개를 데리고 다니는 부인

개를 데리고 다니는 부인
Дама с собачкой

안똔 체호프 소설선집 오종우 옮김

DAMA S SOBACHKOI
by ANTON CHEKHOV (1899)

이 책은 실로 꿰매어 제본하는 정통적인 사철 방식으로 만들어졌습니다.
사철 방식으로 제본된 책은 오랫동안 보관해도 손상되지 않습니다.

굽은 거울	7
어느 관리의 죽음	11
마스크	16
실패	24
애수	27
농담	36
하찮은 것	43
쉿!	52
어느 여인의 이야기	57
자고 싶다	64
6호 병동	73
검은 수사	155
대학생	202
문학 교사	208

농부들	243
새로운 별장	292
개를 데리고 다니는 부인	315
역자 해설 하찮음 속의 진실	341
안똔 체호프 연보	357

굽은 거울
크리스마스 주일(週日)의 이야기

나와 아내는 응접실에 들어갔다. 그곳에서 이끼와 습기 냄새가 났다. 백 년은 켜지 않은 벽 쪽의 등에 불을 붙이자, 크고 작은 수많은 쥐들이 구석으로 잽싸게 도망쳤다. 문을 닫자 바람이 일어 몇 발짝 떨어진 구석에 놓여 있던 종이가 살짝 움직였다. 불빛에 비친 종이에서 우리는 옛 문자와 중세의 그림을 보았다. 세월에 바랜 벽에는 선조들의 초상이 걸려 있었다. 선조들이 준엄하게 내려다보며 이렇게 말하는 듯했다.

〈네 이놈, 맞아 볼 테냐!〉

우리의 발소리가 온 집 안에 울려 퍼졌다. 나의 기침 소리는 예전에 나의 선조들 때도 그랬을 그대로의 울림으로 울렸다…….

바람이 신음하며 울부짖었다. 벽난로의 굴뚝에선 누군가 울고 있었고, 그 울음에는 절망이 담겨 있었다. 굵은 빗방울이 어둡고 뿌연 창을 두드렸고, 그 소리는 애수를 불러일으켰다.

「아, 선조들이여, 선조들이여!」 크게 한숨을 내쉬며 나는 말했다. 「초상들을 보니, 내가 만일 작가라면 길고 긴 장편소설을 쓸 수 있을 것 같아. 나이 든 이분들도 모두 이전에는 젊었을 테고, 모두 길고 긴 이야기를 간직하고 있었을 텐데……. 정말로 긴 이야기를! 여기 이 할머니, 나의 증조할머니를 봐. 아름답기는커녕 몰골사나운 이 여인은 아주 흥미로운 이야기를 지니고 있지. 저기 구석에 걸려 있는 거울이 보여?」 나는 아내에게 물으며 증조할머니의 초상 옆 구석에 걸려 있는, 검은 청동 테를 두른 커다란 거울을 가리켰다.

「이 거울은 마력을 가지고 있지. 이 거울 때문에 증조할머니의 삶이 엉망이 되었어. 할머니는 엄청난 값에 이 거울을 사서 죽을 때까지 손에서 놓지 않았어. 할머니는 낮이고 밤이고 거울을 들여다보고 또 들여다봤지. 심지어 먹고 마실 때도 들여다봤으니까. 잠자리에 들면서도 늘 거울을 침대에 눕혔고, 돌아가실 땐 관에 함께 넣어 달라고 유언까지 하셨으니까. 하지만 그 유언은 거울이 관에 들어가지 않아서 들어 드리지 못했어.」

「요부였나 보군요?」 아내가 물었다.

「글쎄. 그런데 증조할머니에게 다른 거울은 없었을까? 대체 왜 다른 거울은 제쳐 놓고 이 거울만 그토록 좋아했던 걸까? 과연 더 좋은 거울이 없어서였을까? 아니, 그렇지 않아. 여기엔 여보, 어떤 엄청난 비밀이 숨어 있지. 그렇지 않고서야. 전해 오는 말에 따르면, 이 거울에는 귀신이 살고 있고, 증조할머니는 귀신에 약했다고 해. 물론 이건 터무니없는 이야기지만, 청동 테를 두른 거울에는 신비한 힘이 있다고 믿었어.」

나는 거울에서 먼지를 털어 낸 다음, 거울을 바라보며 크게 웃었다. 나의 웃음소리가 둔탁하게 울렸다. 거울은 굽어 있어서 내 모습이 온통 찌그러져 보였다. 코는 왼쪽 뺨에 붙어 있고, 턱은 둘로 갈라져 옆으로 삐죽 뻗어 있었다.

「증조할머니 취향은 참 이상하기도 해!」 내가 말했다.

아내는 주저하며 다가와, 역시 거울을 들여다보았다. 그러자 곧 엄청난 일이 벌어졌다. 아내는 얼굴이 창백해지더니, 팔다리를 떨기 시작하며 비명을 질렀다. 촛대가 아내의 손에서 미끄러져 바닥으로 떨어졌고, 구르면서 불이 꺼졌다. 우리는 어둠에 휩싸였다. 순간 바닥에 뭔가 묵직한 것이 떨어지는 소리가 들렸다. 아내가 정신을 잃고 쓰러진 것이다.

바람은 더 애처롭게 신음 소리를 내고, 큰 쥐들이 뛰어다니고, 생쥐들이 종이 위에서 바스락거리기 시작했다. 덧문이 창에서 뜯겨 바닥에 떨어지자 머리카락이 곤두서 흔들렸다. 창밖으로 달이 보였다…….

나는 아내를 안아 들고 선조들의 거주지에서 나왔다. 아내는 다음 날 저녁이 되어서야 정신을 차렸다.

「그 거울! 그 거울 갖다 줘요!」 정신이 들자 아내가 말했다. 「거울 어딨죠?」

1주일 내내 아내는 마시지도 먹지도 자지도 않고, 그 거울을 가져다 달라고 조르기만 했다. 아내는 흐느껴 울며 머리카락을 쥐어뜯으며 나뒹굴었고, 마침내 쇠약해진 아내의 상태가 무척 위험하며 죽을 수도 있다고 의사가 진단하자, 나는 공포를 억제하며 다시 아래층으로 내려가 증조할머니의 거울을 아내에게 가져다주었다. 그 거울을 보자 아내는 행복에 겨워 크게 웃고는 거울을 껴안고 입 맞추고 뚫어지게 바라보았다.

그로부터 10년이 지났다. 아내는 여전히 거울을 들여다보며 잠시도 떼어 놓지 않는다.

「이게 정말 나일까?」 아내가 속삭인다. 그리고 홍조 띤 얼굴에 더없는 행복과 희열이 떠오른다. 「그래, 이건 나야. 모두가 거짓말을 해도 이 거울은 그렇지 않아! 사람들은 거짓을 말하고, 남편도 거짓을 말하지! 오, 내가 만일 나를 더 일찍 봤더라면, 내가 정말 어떤지 알았다면, 그런 사람하고는 결혼하지도 않았을 텐데! 그이는 나에게 어울리지 않는 사람이야! 아주 잘생기고 당당한 기사들이나 내 발밑에 엎드릴 수 있지!」

한번은 내가 아내 뒤에 서서 우연히 거울을 보게 되었다. 그리고 그 굉장한 비밀을 알았다. 거울에서 나는 평생 한 번도 만난 적 없는 눈부시게 아름다운 여인을 보았다. 그 모습은 자연의 경이로움과 아름다움과 우아함과 사랑의 일치였다. 그런데 이건 무슨 조화인가? 대체 무슨 일인가? 나의 못생기고 매력 없는 아내가 어떻게 거울에선 그렇게 아름다운 걸까? 어떻게?

그건 굽은 거울이 내 아내의 못생긴 얼굴을 온통 비틀고 변형시켜, 그 얼굴이 우연히 아름다워졌기 때문이다. 마이너스 곱하기 마이너스는 플러스니까.

이제 우리 둘, 나와 아내는 거울 앞에 앉아 잠시도 눈을 떼지 않고 그것을 바라본다. 내 코는 왼쪽 뺨 위로 기어가고 턱은 둘로 갈라져 한쪽으로 움직인다. 그러나 아내의 얼굴은 매혹적이다. 지독하고 격렬한 열정이 나를 사로잡는다.

「하하하!」 내가 거칠게 웃는다.

그렇지만 아내는 들릴 듯 말 듯 속삭인다.

「난 정말 아름다워!」

어느 관리의 죽음

 어느 멋진 밤, 그 못지않게 멋지게 차려입은 회계 관리 이반 드미뜨리치 체르뱌꼬프는 특석 둘째 열에 앉아 오페라글라스를 들고 「코르네빌의 종(鐘)」을 보고 있었다. 그는 오페라를 보며 더없는 행복을 느끼고 있었다. 그런데 갑자기……. 소설들에는 이 〈그런데 갑자기〉가 너무 자주 나온다. 하지만 작가들은 이 말을 쓸 수밖에 없지 않은가. 그만큼 인생에는 갑작스러운 일들이 얼마나 가득한데! 그런데 갑자기 얼굴이 일그러지고 정신이 아득해지며 숨이 멎는가 싶더니…… 눈에서 오페라글라스를 떼고 몸을 구부리자마자…… 에취! 재채기를 했던 것이다. 누구든 어디에서나 재채기를 할 수 있다. 재채기는 농부도 하고, 경찰관도 하고, 심지어 삼등관도 이따금 한다. 모든 사람이 다 재채기를 한다. 체르뱌꼬프는 조금도 당황하지 않고 손수건으로 코를 닦고는, 예의 바른 사람처럼 혹시 자신의 재채기가 다른 사람에게 폐를 끼치지 않았나 주위를 둘러보았다. 순간 그는 당황하지 않을 수 없었다. 자신의 앞좌석, 그러니까 특석 첫째 열에 앉아 있던 조그마한 노인이 장갑으로 자신의 대머리와 목덜미를 닦으면서 뭐라고 투덜대는 걸 본 것이다. 체르뱌꼬프가 보니 그 노인은 통신부 장관 브리즈쟐로프였다.

〈저분께 침이 튀었군!〉 체르뱌꼬프는 잠시 생각했다. 〈나와는 상관없는 다른 부서의 장관님이시지만, 아무래도 마음에 걸려. 용서를 구해야겠어.〉

체르뱌꼬프는 헛기침을 한 번 하고 나서 몸을 앞으로 숙여 장관의 귀에 대고 낮은 목소리로 말하기 시작했다.

「용서해 주십시오, 장관님. 제가 재채기를 해서 침이 튀었습니다…… 저도 모르게…….」

「괜찮소, 괜찮아요…….」

「제발 용서해 주십시오. 정말이지 전…… 저는 이렇게 될 줄은 몰랐습니다!」

「아, 됐으니, 좀 조용히 하시오! 들을 수가 없잖소!」

체르뱌꼬프는 어쩔 줄 몰라 어색하게 미소 짓고는 다시 공연을 보기 시작했다. 보긴 보지만 그는 더 이상 이전과 같은 행복을 느낄 수 없었다. 온통 걱정뿐이었다. 막간 휴식 시간에 그는 브리즈쟐로프에게 다가가서, 그의 주위를 잠시 맴돌다가, 아주 소심하게 분명치 않은 발음으로 말했다.

「제가 재채기를 해서 침이 튀었습니다, 장관님……. 용서해 주십시오……. 전 사실…… 전혀 그런…….」

「아, 됐소……. 이미 다 잊었는데 계속 같은 말을 할 거요!」 이렇게 말하는 장관의 아랫입술이 실룩거렸다.

〈잊었다고 하시지만 그분의 눈은 화가 나 있어.〉 체르뱌꼬프는 걱정스레 장관을 힐끔힐끔 쳐다보며 생각했다. 〈나에겐 말도 하시기 싫은 거야. 하지만, 일부러 그런 게 절대 아니라고…… 그건 자연 현상이라고 말씀드려야 할 텐데. 그렇지 않으면 내가 침을 뱉으려 일부러 그랬다고 생각하실 거야. 지금 당장은 그렇게 생각하시지 않더라도 나중엔 그렇게 생각하실 거야……!〉

집에 돌아와 체르뱌꼬프는 아내에게 자신이 범한 결례를 이야기했다. 그가 보기에 아내는 이 사건을 가볍게 여기는 듯했다. 물론 아내도 처음에는 놀랐으나, 브리즈잘로프가 〈다른 부서의 장관〉이라는 걸 알고 나서는 안심했다.

「그래도 찾아가 용서를 구하세요.」 아내가 말했다. 「그분이 당신을 처신도 제대로 못하는 사람이라고 생각할지 모르니까!」

「그래, 바로 그거야! 난 용서를 구하려 했지만, 그분은 왠지 이상하게도…… 그에 대한 말은 한마디도 하지 않았어. 게다가 차분히 말할 시간도 없었지.」

다음 날 체르뱌꼬프는 새 제복을 차려입고 이발까지 한 다음 브리즈잘로프에게 해명하러 갔다……. 장관 접견실에 들어갔더니 거기엔 많은 민원인들이 있었고, 장관은 그 가운데서 민원을 처리하고 있었다. 몇 명의 민원인을 접견하고 난 장관이 체르뱌꼬프에게 시선을 돌렸다.

「어제 아르까지야 극장에서, 기억하시지요, 장관님.」 회계 관리가 말을 꺼냈다. 「제가 저기 재채기를 해서…… 뜻하지 않게 침이 튀어…… 죄송하…….」

「뭐야, 이건……. 무슨 소릴 하는 거야! 다음, 당신은 무슨 일 때문이오?」 장관은 다음 민원인을 향해 물었다.

〈나에겐 말도 하시기 싫은 거야.〉 체르뱌꼬프가 새파랗게 질려 생각했다. 〈화가 나신 게 분명해……. 그렇다면 가만히 있으면 안 돼……. 해명해야겠어…….〉

장관이 마지막 민원인과 대화를 마치고 자기 방으로 돌아갈 때, 체르뱌꼬프는 뒤를 따라가며 소심하게 말했다.

「장관님! 제가 감히 장관님을 찾아뵌 건, 그건 마음이, 말씀드리자면 참회하는 마음이 들어서입니다……! 그렇지만 절대 일부러 그런 게 아니란 걸 알아주십시오!」

장관은 울상을 지으며 한 손을 내저었다.

「날 놀리는 거요, 당신!」 그는 이렇게 말하고 방 안으로 들어갔다.

〈놀린다는 말은 또 뭐야?〉 체르뱌꼬프는 생각했다. 〈난 놀린 적이 전혀 없잖아! 장관이나 되시면서 그것 하나 이해하시지 못하나! 정 그렇다면 이렇게 대단한 분께 더 이상 용서를 구하러 오지 않겠어! 이런, 제기랄! 편지를 쓰고 말지 더 이상 찾아오지 않겠어! 맹세코, 절대 오지 않겠어!〉

그렇게 생각한 체르뱌꼬프는 집으로 돌아왔다. 그렇지만 그는 장관에게 편지를 쓰지 못했다. 생각하고 생각했지만, 편지에 쓸 말을 생각해 내지 못한 것이다. 다음 날 그는 또 해명하러 찾아갈 수밖에 없었다.

「제가 어제 찾아뵀었던 건, 장관님.」 장관이 무슨 일이냐는 듯 쳐다보았을 때 그는 소심하게 말하기 시작했다. 「장관님께서 말씀하신 것처럼 장관님을 놀릴 생각이 있었던 건 결코 아닙니다. 전 단지 재채기를 하는 바람에 침이 튀어서, 그걸 사죄드리려고 했던 것뿐입니다……. 놀리다니요, 전 전혀 그럴 생각이 아니었습니다. 제가 어떻게 감히 그럴 수 있겠습니까? 놀린다는 건 단지, 그러니까, 남을…… 존중하지 않을 때나…….」

「당장 나가!」 격노한 장관이 몸을 떨면서 버럭 소리를 질렀다.

「왜 그러십니까?」 공포에 질린 체르뱌꼬프가 기어드는 목소리로 물었다.

「당장 나가!」 장관이 발을 구르며 다시 소리쳤다.

체르뱌꼬프의 뱃속에서 뭔가 끊어졌다. 아무것도 보지 못하고, 아무 소리도 듣지 못하고, 그는 뒷걸음쳐 거리로 나와 간신히 걸었다……. 기계적으로 집에 도착해 제복도 벗지 않고 그는 소파에 누웠다. 그리고…… 죽었다.

마스크

 어느 사교 클럽에서 자선 사업을 위해, 이 지방의 처녀들이 의상 무도회라 부르기도 하는 가면무도회를 열었다.

 밤 열두 시였다. 춤을 추지 않는 인텔리들이 가면을 쓰지 않고 — 그들은 모두 다섯 명이었다 — 도서관 열람실의 커다란 책상에 앉아 코와 턱수염을 신문지에 박고서 신문을 읽거나 졸며, 이 지방의 중앙지 통신원인 매우 리버럴한 한 인사의 표현에 따르자면, 〈사색〉하고 있었다.

 강당에서 「물레방아」의 선율에 맞춰 쿼드릴[1]을 추는 소리가 들렸다. 문 옆으로 하인들이 줄곧 뛰어다니며 내는 쿵쾅거리는 발소리와 그릇 부딪치는 소리가 시끄럽게 들렸다. 그렇지만 열람실은 아주 조용했다.

 「여기가 더 좋을 것 같군!」 갑자기, 페치카 안에서 울리는 것처럼 낮게 잠긴 목소리가 들렸다. 「어서 이리 오시오! 이리로들 오라고!」

 문이 열리고, 열람실로 마부 의상을 입고 공작 깃털이 달린 모자를 쓴 키가 작고 뚱뚱한 남자가 가면을 쓴 채 들어왔

[1] 두 사람 또는 네 사람이 짝을 지어 추는 춤.

다. 그 뒤를 따라서 가면을 쓴 두 명의 부인과 쟁반을 든 하인이 들어왔다. 쟁반 위에는 가운데가 불룩 나온 리큐르 병과 붉은 포도주 세 병, 그리고 몇 개의 글라스가 놓여 있었다.

「이리로! 여기가 좀 더 시원할 거야.」 남자가 말했다. 「쟁반을 책상 위에 놓게…… 앉으시죠, 마드무아젤! 이쪽으로들! 그리고 당신들은 좀 비켜 주시오……. 여기 있을 필요 없소!」

남자가 비틀거리며 책상 위에 놓인 잡지들을 쓸어 버렸다.

「이리 내려놓게! 당신들은 비켜 주시오, 한가하게 신문이나 읽고 정치를 논할 때가 아니란 말이오……. 집어치우시오!」

「부탁인데 좀 조용히 해주시오!」 인텔리 중 한 명이 안경 너머로 가면을 쳐다보며 말했다. 「여기는 열람실이지 식당이 아니지 않소……. 여기는 술 마시는 장소가 아니오.」

「장소가 아니라니? 책상이 흔들거리기라도 한단 말이오, 천장이 무너지기라도 한단 말이오? 별소릴 다 듣는군. 하지만…… 당신들과 이야기할 시간이 없소! 신문을 치우시오…… 그런 건 이제 그만 읽어도 되오. 이미 그렇게들 매우 유식한데, 눈만 버릴 뿐이지. 무엇보다도 중요한 건 내가 원치 않는다는 거요. 그런 줄 아시오.」

하인이 쟁반을 책상 위에 놓고 나서 냅킨을 팔에 걸고 문 옆에 섰다. 부인들이 곧바로 붉은 포도주를 마시기 시작했다.

「이런 마실 것들보다 신문을 더 좋아하는 유식한 사람들이 있긴 하지.」 공작 깃털을 단 남자가 리큐르를 따르며 말을 꺼냈다. 「하지만 내 생각엔, 당신들, 존경하는 여러분은 마실 만한 여유가 없어 신문을 사랑하는 것 같소. 내 말이 맞지 않소? 하하……! 여전히 읽고들 계시는군! 그래, 대체 거기에 뭐라 써 있소? 안경 쓴 양반! 당신은 어떤 기사들을 읽고 있소? 하하!

그만 집어치우라고! 계속 고집 부릴 거요! 차라리 마시라고!」

공작 깃털을 단 남자가 몸을 일으켜 안경 쓴 신사의 손에서 신문을 낚아챘다. 그 신사의 얼굴이 창백해졌다가 새빨개졌다. 그리고 놀란 눈으로 다른 인텔리들을 쳐다보았고, 다른 인텔리들도 그를 쳐다보았다.

「여보시오, 당신은 술에 취한 것 같소!」 그가 벌컥 화를 냈다. 「열람실을 술집으로 만들고, 예의도 없이 남의 손에서 신문을 낚아채다니! 더 이상 참을 수 없소! 이보시오, 당신이 지금 누구에게 그러고 있는지 아시오? 나는 은행장 제스쨔꼬프란 말이오.」

「네가 제스쨔꼬프라고 해서 그게 나와 무슨 상관이야! 너의 신문은 이렇게 해주지······.」

남자가 신문을 들더니 조각조각 찢어 버렸다.

「여러분, 이게 대체 무슨 일입니까?」 제스쨔꼬프가 망연자실해져 중얼거렸다. 「이건 괴이한 일이오, 이건······ 이건 정말 있을 수 없는 일이오.」

「저런, 기분들이 언짢으신가 보군.」 남자가 웃음을 터뜨렸다. 「오, 오, 무섭군요! 무릎까지 덜덜 떨리는데. 자, 자, 존경하는 여러분! 농담은 그만둡시다. 난 당신들하고 이야기하고 싶은 마음이 없다고······. 나는 여기서 마드무아젤하고 재미 좀 보려고 하니, 방해하지 말고 나가 주시오······. 제발! 벨레부힌 씨, 썩 꺼지란 말이야! 상판은 왜 찡그리는 거야? 나가 달라고 말하지 않았어, 나가란 말이야! 여기에 있겠다면 무슨 일이 벌어지는지 보라고, 목덜미로 뭐가 날아갈지도 몰라!」

「그게 대체 무슨 말이오?」 고아 법원[2]의 회계원 벨레부힌이 얼굴을 붉히고 어깨를 으쓱하며 물었다. 「도무지 이해할 수 없군……. 알지도 못하는 철면피가 여기로 뛰어들더니…… 별안간 이게 무슨 짓이야!」

「철면피라니 무슨 말이 그래?」 공작 깃털을 단 남자가 화가 나서 소리를 지르며 주먹으로, 쟁반에 놓여 있던 글라스가 튀어 오를 정도로 세게 책상을 내리쳤다. 「너 누구한테 하는 말이야? 내가 가면을 쓰고 있으니까 아무 말이나 함부로 해도 되는 줄 알아? 이런 건방진 놈! 나가라고 말하지 않았어! 은행장, 무슨 일 나기 전에 꺼지라고! 모두 꺼져 버려, 한 놈도 남지 말고 꺼지라고! 썩 꺼지란 말이야!」

「어디 두고 봅시다!」 제스짜꼬프가 말했다. 흥분한 나머지 안경에도 땀방울이 서려 있었다. 「어떻게 되나 봅시다! 이봐, 이리로 당직 주임을 부르시오!」

잠시 후, 옷깃에 푸른 리본을 단 몸집이 작은 붉은 머리의 당직 주임이 춤추다 오느라 숨을 헐떡거리며 들어왔다.

「나가십시오!」 그가 말했다. 「여기는 술 마시는 곳이 아닙니다. 식당으로 가주십시오!」

「넌 또 어디서 나타난 거야?」 가면을 쓴 남자가 물었다. 「내가 언제 너를 불렀어?」

「반말하지 말고 나가 주시오!」

「이거 봐라, 귀여운 친구, 너에게 1분의 여유를 주지……. 주임쯤 되는 인물이라면 여기 이 광대들을 끌어내란 말이야. 나의 마드무아젤들께서 여기에 다른 사람이 있는 걸 좋아하지 않으신다고……. 거북해들 하시니, 나는 돈을 내고라도 이

---

2 Sirotskii sud. 1775년부터 1917년까지 러시아의 도시마다 있던 공공 기관. 이 기관에서는 상인, 수공업자 등 사회적으로 신분이 낮은 계층의 재산을 위탁 관리했다.

분들을 편안히 모시고 싶어.」

「저 우둔한 자는 자기가 무슨 가축 우리에라도 있는 줄 아는가 보군.」 제스쨔꼬프가 소리쳤다. 「여기로 예브스뜨라따 스뻬리도니치 씨를 부르시오.」

「예브스뜨라따 스뻬리도니치 씨!」 클럽에서 그를 찾는 소리가 울렸다. 「예브스뜨라따 스뻬리도니치 씨 어디 계십니까?」

경찰복을 입은 예브스뜨라따 스뻬리도니치가 곧 나타났다.

「여기서 나가 주시오!」 그가 두 눈을 무섭게 부릅뜨고 염색한 수염을 휘날리며 쉰 목소리로 말했다.

「아, 그래, 위협하는 건가!」 남자가 이렇게 말하고는 만족스러운 듯 웃음을 터뜨렸다. 「오호, 위협했단 말이지! 무서워서 부들부들 떨리는군! 고양이 수염을 하고 눈알을 굴리는 모습 좀 보게……. 헤, 헤, 헤!」

「여러 소리 하지 말고 여기서 나가시오!」 예브스뜨라따 스뻬리도니치가 몸을 떨며 있는 힘을 다해 소리 질렀다. 「꺼지란 말이야! 그렇지 않으면 끌어내겠어!」

열람실에서 상상도 할 수 없는 소동이 벌어졌다. 새우처럼 새빨개진 예브스뜨라따 스뻬리도니치가 발을 구르며 소리를 질러 댔고, 제스쨔꼬프도 소리를 질러 댔다. 벨레부힌도 소리를 질러 댔다. 모든 인텔리가 소리를 질러 댔는데, 그들의 목소리를 가면 쓴 남자의 낮고 굵직하며 잠긴 듯한 베이스 음성이 덮어 버렸다. 이런 큰 소동이 벌어지는 바람에 춤은 멈췄고, 강당에 있던 사람들이 열람실로 몰려들었다.

예브스뜨라따 스뻬리도니치는 위압적인 분위기를 조성하려고 클럽에 있던 모든 경찰관들을 불러 모아 놓고, 조서를 쓰기 위해 자리에 앉았다.

「써봐, 써보라고.」 가면을 쓴 남자가 손가락으로 그의 펜을 건드리며 말했다. 「그래, 이제 불쌍한 나는 어떻게 되는 거지? 아, 불쌍한 내 모가지! 당신들은 대체 왜 불쌍한 나를 죽이려는 거지? 하하! 그래, 됐냐? 조서를 다 썼냐고. 모두들 서명은 했고? 자, 그럼 보라고……! 하나…… 둘…… 셋……!」

남자가 일어나서 허리를 쭉 펴고는 자신의 가면을 벗었다. 그러곤 술에 취한 얼굴로 모두를 쳐다보며 사람들의 반응을 즐기면서 안락의자에 몸을 던지고 기분 좋게 소리 내어 웃었다. 사실, 그가 던진 인상은 대단했다. 인텔리들 모두가 안색이 창백해진 채 당황하여 서로를 바라보았고, 몇몇은 뒤통수를 긁적거렸다. 예브스뜨라따 스뻬리도니치도 아주 바보짓을 한 사람처럼 신음 소리를 냈다.

소란을 일으킨 그 사람이 이 지방의 백만장자로 공장주이며, 온갖 스캔들과 자선 행위, 그리고 지방 신문에서 여러 차례 다뤘듯이 계몽 애호가로 유명한, 〈대대로 존경받는 시민〉[3] 빠찌고로프라는 것을 모두가 알아봤던 것이다.

「그래, 이제, 나갈 거야, 말 거야?」 빠찌고로프가 잠깐의 침묵 뒤에 이렇게 물었다.

인텔리들은 묵묵히, 말 한마디 못하고 발끝으로 걸어 열람실에서 나갔다. 빠찌고로프는 그들이 나가자 문을 잠갔다.

「너는 그분이 빠찌고로프 씨라는 걸 알고 있었지!」 조금 뒤 예브스뜨라따 스뻬리도니치가 열람실로 술을 날랐던 하인의 어깨를 흔들며 쉰 목소리로 속삭이듯 말했다. 「어쩌자고 잠자코 있었어?」

---

3 19세기부터 20세기 초까지 있었던 러시아의 특권 계층. 귀족은 아니지만 특별한 공적이 있는 사람에게 황제가 그 지위를 부여한다.

「말하지 말라 하셨습니다!」

「말하지 말라 하셨다고……. 이런 망할 놈, 한 달쯤 가둬 놓아도 〈말하지 말라 하셨습니다〉라고 할 테냐. 썩 꺼져! 그리고 여러분도 참으로 훌륭하십니다.」 그가 이번에는 인텔리들에게 말했다. 「소동이나 일으키고! 잠시라도 열람실에서 나갈 수 없었단 말입니까! 이제 뒷수습은 어떻게 할 작정입니까. 에이, 잘난 양반들 같으니라고……. 정말 어쩔 수 없군!」

인텔리들은 뭔가 불길한 예감에 사로잡혀, 우울하고 의기소침해진 채 죄라도 지은 듯 수군거리며 클럽 안을 이리저리 걸어 다녔다……. 그들의 딸들과 아내들 또한 빠찌고로프가 〈모욕〉당하고 화냈다는 사실을 알고서 찍소리도 못하고 흩어져 집으로 가기 시작했다. 무도회는 중단되었다.

두 시에 빠찌고로프가 열람실에서 나왔다. 술에 취해 비틀거렸다. 강당으로 들어서자 그는 오케스트라 옆에 앉아 음악을 들으며 졸았다. 그러다 애처롭게도 고개를 떨구고는 코를 골기 시작했다.

「음악을 멈추시오!」 당직 주임이 오케스트라를 향해 손을 내저었다. 「쉿! 예고르 닐리치[4] 씨께서 주무신다고…….」

「댁으로 모셔다 드릴까요, 예고르 닐리치 씨.」 벨레부힌이 몸을 구부려 백만장자의 귀에 입을 대고 물었다.

---

4 러시아 사람의 이름은 이름, 부칭(父稱), 성으로 되어 있다. 예고르 닐리치 빠찌고로프에서 예고르는 이름이고 닐리치는 부칭이며 빠찌고로프는 성이다. 부칭의 어미를 예로 들면 〈예비치(오비치)〉나 〈예브나(오브나)〉인데, 닐리치처럼 〈예비치(오비치)〉를 〈이치〉로 줄여 부르기도 한다. 이름과 부칭을 함께 부르는 것은 정중한 표현이고, 친밀한 사이에는 이름만 부르거나 이름의 애칭을 부른다. 애칭은 다양해서, 가령 소피야는 소냐, 소피, 소뉴슈까, 소네치까 등으로 불린다.

빠찌고로프가 볼에 붙은 파리를 쫓아 버리려는 듯이 입술을 달싹였다.

「댁으로 모셔다 드릴까요.」 벨레부힌이 다시 말했다. 「아니면 마차를 준비시킬까요?」

「어, 누구야? 넌…… 대체 뭐야?」

「집으로 모셔다 드리겠습니다……. 주무실 시간입니다…….」

「그, 그래…… 데, 데려가 주게!」

벨레부힌이 기쁜 듯 얼굴이 환해지며 빠찌고로프를 일으켜 세우기 시작했다. 다른 인텔리들도 반가운 미소를 지으며 달려들어 그 〈대대로 존경받는 시민〉을 일으켜 조심스럽게 마차로 데려갔다.

「그렇게 많은 사람들을 바보로 만들 수 있는 건 배우, 재능 있는 배우뿐입니다.」 그를 마차에 태우면서 제스짜꼬프가 유쾌하게 말했다. 「저는 정말로 감동했습니다, 예고르 닐리치 씨! 지금까지도 웃고 있습니다……. 하하……. 저희들은 들떠서 호들갑이랍니다! 하하! 믿어지시나요? 극장에서도 그렇게 웃어 본 적이 한 번도 없다는 게……. 최고의 유머입니다! 평생 잊을 수 없는 이 밤을 기억할 겁니다!」

빠찌고로프를 보내고 나서 인텔리들은 마음이 놓여 쾌활해졌다.

「헤어지면서 나에게 손을 내밀었어.」 이렇게 말하는 제스짜꼬프는 매우 만족스러워했다. 「그건, 전혀 화가 나지 않았다는 뜻이지…….」

「하느님 맙소사!」 예브스뜨라따 스뻬리도니치가 한숨을 내쉬었다. 「아무짝에도 쓸모없는 비열한 놈, 그래도 어쨌든 자선 사업가라니……! 하는 수 없지!」

실패

 일리야 세르게이치 뻬쁠로프와 그의 아내 끌레오빠뜨라 뻬뜨로브나가 문 옆에 서서 아주 열심히 엿듣고 있었다. 문 안쪽 작은 홀에서, 그들의 딸 나따셴까와 지방 공립학교의 교사 슈쁘낀이 서로 사랑을 고백하고 있는 듯했다.
 「잘 진행되고 있어!」 뻬쁠로프가 속삭였다. 그러면서 그는 안절부절못하며 두 손을 비비댔다. 「잘 들어, 여보, 두 사람이 자기 감정을 털어놓기 시작하면, 곧바로 벽에 걸려 있는 성상(聖像)을 떼어 들고 들어가 축복해 주는 거야……. 불시에 덮치는 거지……. 성상으로 하는 축복은 신성해서 깰 수가 없다고……. 법정에 간다고 해도 벗어날 수가 없는 거야.」
 한편 문 안쪽에서는 다음과 같은 대화가 오가고 있었다.
 「그러지 마시오!」 슈쁘낀이 자신의 체크무늬 바지에 딱성냥을 그으며 말했다. 「절대로 당신에게 편지를 쓰지 않았소!」
 「그러시겠죠! 내가 당신 필체를 모르는 줄 아세요?」 처녀는 일부러 쇳소리를 섞어 소리 내어 웃으며, 거울에 비친 자신의 모습에서 눈을 떼지 않았다. 「나는 금방 알아봤어요! 정말 이상한 분이세요! 정서법 교사라면서, 글씨는 괴발개발 그리니.

그렇게 글씨가 엉망이면서 어떻게 정서법을 가르치시나요?」

「음……! 그건 그런 게 아니오. 정서법 수업에서 중요한 것은 필체가 아니라, 학생들이 철자를 잊어버리지 않게 하는 거요. 어떤 놈은 자로 머리를 때리고, 어떤 놈은 무릎을 꿇게 하고……. 필체란 말이오, 중요하지 않소! 네끄라소프는 작가였지만 글씨가 어땠는지 아시오? 작품집에서 그의 필체를 볼 수 있소.」

「네끄라소프는 네끄라소프고, 당신은 당신이죠……. (한숨) 작가와 결혼한다면 좋을 텐데. 항상 나를 위해 시를 써줄 텐데!」

「시라면 나도 당신에게 써줄 수 있소, 원하기만 한다면.」

「무얼 쓰실 수 있죠?」

「사랑…… 느낌…… 당신의 두 눈동자……. 그 시를 읽는다면 정신을 못 차릴 거요……. 눈물을 쏟고 말걸! 내가 당신에게 정말로 시를 써서 바치면, 당신 손에 입 맞추게 해주겠소?」

「그게 무슨 대단한 일인가요……! 지금 입 맞춰도 돼요!」

슈쁘낀이 벌떡 일어나 눈을 크게 뜨고 몸을 숙여 포동포동하고 달걀 비누 냄새가 나는 조그만 손을 잡았다.

「성상을 떼어 와!」 흥분해서 얼굴이 하얘진 뻬뿔로프가 팔꿈치로 아내를 툭 치며 재촉했다. 그리고 윗옷의 단추를 채웠다. 「이리로, 어서!」

뻬뿔로프가 문을 활짝 여는 데 1초도 안 걸렸다.

「얘들아…….」 눈물이 가득한 눈을 끔벅거리며 두 손을 번쩍 치켜들고 그가 웅얼거렸다. 「하느님께서 너희를 축복하실 거다, 나의 아이들아……. 잘살고…… 아이도 많이 낳고…… 번성하거라…….」

「나도…… 나도 너희들을 축복한다…….」 엄마도 행복에 겨워 눈물을 흘리며 거들었다.

「애들아, 행복하거라! 자네는 나에게서 단 하나뿐인 보물을 뺏어 가는군!」 슈쁘낀에게 말했다. 「내 딸을 잘 돌보고 사랑해 주게나……」

슈쁘낀은 너무 놀라 입을 다물지 못했다. 부모의 공세가 너무 급작스럽고 또 과감해서 그는 한마디도 하지 못했다.

〈걸려들고 말았어! 난 붙잡힌 거야!〉 두려움에 사로잡혀 생각했다. 〈이런, 끝장났잖아! 벗어날 수가 없어!〉

그는 마치 〈그렇게 하십시오. 제가 졌습니다〉 하고 말하려는 듯이 공손하게 머리를 숙였다.

「축…… 축복을 비네……」 뻬쁠로프도 눈물을 흘리며 계속 말했다. 「내 딸, 나따셴까야…… 함께 서보렴……. 여보, 어서 성상을 줘……」

그런데 갑자기 뻬쁠로프가 눈물을 그쳤다. 화가 난 그의 얼굴이 일그러졌다.

「이런, 바보 멍청이!」 그가 아내에게 화를 내며 말했다. 「당신, 바보 아니야! 이게 무슨 성상이야?」

「이런 세상에!」

무슨 일이 일어났던가? 정서법 교사는 조심스럽게 고개를 들고, 자신이 어떻게 벗어났는지 보았다. 엄마가 너무 서두르느라고 벽에서 성상이 아니라 작가 라줴츠니꼬프[1]의 초상화를 떼어 들고 들어왔던 것이다. 늙은 뻬쁠로프와 안주인 끌레오빠뜨라 뻬뜨로브나는 손에 초상화를 들고 당황한 채 서서, 무슨 말을 해야 할지 또 어떻게 해야 할지 몰랐다. 정서법 교사는 그 틈을 타 도망쳤다.

---

1 Ivan Ivanovich Lazhechnikov(1792~1869). 역사 소설을 주로 쓴 러시아의 산문 작가.

애수

누구에게 나의 슬픔을 이야기하나……?

어스름한 저녁. 습기를 머금은 커다란 눈송이가 이제 막 불을 밝힌 가로등 주위를 느리게 날아다닌다. 지붕 위에도 말 등 위에도 어깨 위에도 모자 위에도 부드러운 눈이 얇게 쌓인다. 마부 이오나 뽀따뽀프는 유령처럼 온통 하얗다. 그는 살아 있는 몸으로 가능한 한 잔뜩 웅크리고 마부대에 앉아 꼼짝도 하지 않는다. 눈 더미가 쏟아진다 해도 그 눈을 털어 낼 생각이 전혀 없어 보인다……. 그의 늙은 말도 하얗게 되어 전혀 움직이지 않는다. 막대기처럼 꼿꼿한 다리로 좀체 움직이지 않는 딱딱한 모습이 설탕을 녹여 만든 말 모양의 과자처럼 보인다. 말은 깊은 사색에 잠겨 있는 듯하다. 멍에가 벗겨지고, 익숙한 회색의 풍경에서 떨어져 나와 괴물 같은 불빛과 멈출 줄 모르는 소음과 뛰어다니는 사람들로 가득한 이 소용돌이 속에 던져졌으니, 어떻게 생각에 잠기지 않을 수 있겠는가…….

이오나와 그의 늙은 말은 이미 오래전부터 그 자리에서 움직이지 않고 있다. 점심 전에 숙소에서 나왔지만 아직 한 명의 손님도 태우지 못했다. 그런데 이렇게 도시에 저녁의 어둠이 내리고 있다. 창백한 가로등 불빛이 점점 더 밝아지고, 거리는 더욱 소란스러워진다.

「이보게, 마부, 비보르그스까야 거리로 가세!」 누군가가 이오나를 부른다. 「이보게, 마부!」

이오나가 몸을 떨며 눈이 달라붙은 속눈썹 사이로 모자가 달린 외투 차림의 군인을 본다.

「비보르그스까야 거리로 가자고!」 군인이 다시 말한다. 「졸고 있는 거야? 비보르그스까야 거리로 가자니까!」

알겠다는 표시로 이오나가 고삐를 잡아당긴다. 그러자 쌓여 있던 눈이 말 등과 그의 어깨 위에서 쏟아져 내린다……. 군인이 썰매 마차에 탄다. 마부가 입맛을 쩝, 다시고 백조같이 목을 쭉 빼고 몸을 곧추세운 다음, 습관적으로 채찍을 휘두른다. 말도 마찬가지로 목을 빼고 막대기처럼 꼿꼿한 다리를 굽히며 내키지 않는 듯 움직이기 시작한다…….

「어디로 가는 거야, 망할 자식!」 출발하자마자, 이리저리 움직이는 사람들의 검은 무리 속에서 터져 나온 고함이 이오나에게 들린다. 「네 맘대로 가겠다는 거야? 오른쪽으로 틀란 말이야!」

「말은 제대로 몰 줄 아는 거야! 오른쪽으로 틀라고!」 군인도 화를 낸다.

사륜마차의 마부가 욕설을 퍼붓는다. 뛰면서 길을 건너다가 말의 콧등에 어깨가 부딪친 행인이 소매에서 눈을 털어내며 매섭게 노려본다. 이오나가 바늘방석에 앉은 것처럼 마부대에서 우물쭈물하며 두 팔꿈치를 양옆에 바짝 붙이고 정신이 나간 사람처럼 두리번거린다. 여기가 어디고 또 자신이 여기에 왜 있는지 모르는 사람 같다.

「비열한 놈들!」 군인이 코웃음을 친다. 「자네하고 부딪치거나 아니면 말 밑으로 깔려 들어갈 생각이었던 거야. 저자들이 작당을 한 거지.」

이오나가 승객을 뒤돌아보며 입술을 달싹거린다……. 표정으로 보아 뭔가 말하고 싶은 눈치지만 목구멍에서 신음 소리만 새어 나올 뿐 아무 말도 나오지 않는다.

「뭐야?」 군인이 묻는다.

미소로 입이 비틀린 이오나가 목에 힘을 주고 쉰 목소리로 말한다.

「나으리, 저…… 제 아들놈이 이번 주에 죽었습니다.」

「음……! 왜 죽었지?」

이오나는 아예 온몸을 승객 쪽으로 돌리고 말한다.

「그걸 어찌 알겠습니까! 아마도 열병 때문이었을 겁니다……. 사흘 동안 병원에 누워 있다가 죽었습죠……. 하느님의 뜻이지요.」

「저리 비켜, 빌어먹을!」 어둠 속에서 큰 소리가 들려온다. 「기어갈 거야, 이 더러운 자식아! 눈을 뜨고 보라고!」

「어서 가게, 어서……」 승객이 말한다. 「이러다간 내일이 돼도 도착하지 못할 거야. 어서 몰아!」

마부가 다시 목을 쭉 빼고 몸을 곧추세운 다음, 무겁고 우아한 동작으로 채찍을 치켜든다. 그리고 나서 몇 번이나 뒤돌아 손님을 보지만, 손님은 두 눈을 감고 더 이상 듣고 싶지 않아 하는 표정이다. 비보르그스까야 거리에 그를 내려놓고 나서, 마부는 마차를 선술집 근처에 세우고 다시 웅크린 채 마부대에 앉아 꼼짝도 하지 않는다……. 습기를 머금은 눈이 다시 그와 그의 늙은 말을 하얗게 채색한다. 한 시간이 지나고, 또 한 시간이 지난다……

보도로, 덧신 소리를 시끄럽게 내고 욕설을 내뱉으며 세 명의 젊은이들이 지나간다. 그들 가운데 두 사람은 키가 크고 날씬하며, 나머지 한 사람은 키가 작은 곱사등이이다.

「마부, 뽈리쩨이스끼 다리로 가게!」 곱사등이가 카랑카랑한 소리로 외친다. 「세 사람에…… 20꼬뻬이까 주지!」

이오나가 고삐를 잡아당기고 입맛을 다신다. 20꼬뻬이까는 적은 금액이지만, 그는 가격 따위엔 관심도 없다……. 1루블이건 5꼬뻬이까이건 지금 그에게는 마찬가지이고 손님만 있으면 되었다……. 세 명의 젊은이들이 서로 밀치며 추잡한 말들을 늘어놓으며, 썰매 마차로 다가가 한꺼번에 좌석으로 기어오른다. 그러고는 어느 두 명이 앉고 어느 한 명이 서느냐 하는 문제를 따지기 시작한다. 오랫동안 욕설과 변덕과 비난이 오간 다음, 곱사등이가 가장 작으니까 서는 것으로 해결된다.

「자, 어서 몰아!」 카랑카랑한 목소리의 곱사등이가 서서 이오나의 뒷덜미에 숨을 내쉬며 말한다. 「채찍질을 해! 모자는 이게 또 뭐야! 정말 형편없군. 뻬쩨르부르그에서 이보다 못난 모자는 없을걸…….」

「허허…… 허허허…….」 이오나가 소리 내어 웃는다. 「왜 없겠어요…….」

「뭐야, 잔말 말고 어서 몰아! 계속 이렇게 갈 건가? 어? 모가지를 얻어맞고 싶어……?」

「머리가 깨지는 것 같아…….」 키가 큰 한 사람이 말한다. 「어제 두끄마소프네 집에서 바시까하고 둘이서 코냑을 네 병이나 마셨거든.」

「무슨 소리야, 거짓말하지 마!」 또 한 명의 키가 큰 사람이 말한다. 「개자식 같으니.」

「하늘에 걸고 맹세하지, 정말이라고……」

「벌레가 기침을 한다는 것도 정말이지.」

「허허허!」 이오나가 이를 드러내며 히죽 웃는다. 「재미있는 분들이군요!」

「이런, 제기랄!」 곱사등이가 소리를 버럭 지른다. 「이 늙정이야, 가는 거야, 안 가는 거야? 계속 이렇게 갈 거냐고? 채찍질하라니까! 빌어먹을! 어! 세게 갈겨!」

이오나는 등 바로 뒤에서 비비 트는 곱사등이의 몸과 목소리의 진동을 느낀다. 그는 자신에게 쏟아지는 욕설을 들으며, 사람들을 보면서, 고독한 감정이 차츰차츰 가슴에서 사라져 가는 것을 느낀다. 곱사등이는 목이 메고 기침이 나올 때까지 험담하고 욕설을 퍼붓는다. 키가 큰 사람들은 나제즈다 뻬뜨로브나라는 어떤 여자의 이야기를 하기 시작한다. 이오나가 자꾸 그들을 뒤돌아본다. 그들의 대화가 잠시 멈추자, 다시 뒤를 돌아보며 이렇게 웅얼거린다.

「이번 주에 제…… 저…… 제 아들놈이 죽었습니다!」

「누구나 죽어……」 곱사등이가 한숨을 내쉰다. 그리고 기침하고 입을 닦는다. 「어서 몰아, 어서 몰란 말이야! 얘들아, 나는 앞으로 이런 굼벵이 같은 마차는 절대 타지 않을 거야! 이러다가 대체 언제 도착하겠어?」

「그렇다면 힘 좀 내라고 귀싸대기를 갈겨……!」

「이 늙정이야, 들었어? 귀싸대기를 갈겨 볼까……! 점잖게 대해 주니까, 아예 걸어가는군! 너 말이야, 이무기라고 불러

줄까? 아니면 어떤 욕을 해줄까?」

이오나는 뒤통수를 때리는 소리를 아무 느낌 없이 듣는다.
「허허허……」 그가 웃는다. 「재미있는 분들이군요……. 복 많이들 받으시기 바랍니다.」
「이보게, 마부, 결혼은 했는가?」 키가 큰 한 사람이 묻는다.
「저요? 허허허…… 재미있는 분들이군요! 지금 제 유일한 아내는 축축한 땅이랍니다……. 흐, 허허허…… 말하자면, 무덤이죠……! 아들놈은 죽었는데, 나는 이렇게 살아 있으니……. 이상한 일이랍니다, 죽음이 문을 잘못 열었으니……. 나한테 와야 하는데 아들놈한테 간 거죠…….」
이오나가 자신의 아들이 어떻게 죽었는지 이야기하려고 몸을 돌린다. 하지만 그때, 곱사등이가 안도의 한숨을 내쉬며 〈이제야 겨우 다 왔군〉 하고 도착 사실을 알린다. 20꼬뻬이까를 받고 나서, 이오나는 한동안 어두운 입구로 사라져 가는 건달들의 뒷모습을 바라본다. 다시 혼자가 된 그를 정적이 감싼다……. 잠시 잠잠했던 애수가 다시 살아나 아주 강하게 가슴에 밀어닥친다. 이오나의 시선이 거리 양옆을 바쁘게 오가는 사람들을 좇아 불안하고 고통스럽게 흔들린다. 이렇게 많은 사람들 속에서 그의 말을 들어줄 이가 한 명도 없는 것일까? 그도 그의 애수도 아랑곳하지 않고 군중들은 바삐 지나다니고 있다……. 애수는 그 끝을 알 수 없이 거대하다. 이오나의 가슴을 찢고 그 애수를 밖으로 쏟아 낸다면 아마도 온 세상이 잠길 테지만, 그렇지만 그 애수는 보이지 않는다. 애수는 밝은 대낮에도 보이지 않는 아주 작은 껍질 속에 자리 잡고 있다…….
이오나가 문지기를 발견하고 그에게 말을 걸어 본다.

「이보시오, 지금 몇 시요?」 이오나가 묻는다.

「아홉 시가 넘었소……. 그런데 왜 여기 마차를 세워 놓은 거야? 어서 가!」

이오나는 그곳을 떠나 조금 가다가, 몸을 구부리고 애수에 젖는다……. 사람들에게 호소하는 건 더 이상 무의미하다고 그는 생각한다. 5분도 채 지나지 않아, 이오나는 몸을 펴고 두통이 심한 듯 머리를 흔들며 고삐를 잡아당긴다……. 견딜 수가 없었다.

⟨숙소로 가야지.⟩ 그가 생각한다. ⟨숙소로 가야지!⟩

늙은 말도 이오나의 생각을 알아차리기라도 한 듯 빨리 걷기 시작한다. 한 시간 반이 지나고, 이오나는 이제 더럽고 커다란 뻬치까 옆에 앉아 있다. 뻬치까 위에도 바닥 위에도 긴 의자 위에도 사람들이 누워 코를 골고 있다. 공기는 숨이 막힐 정도로 후텁지근하다……. 이오나는 잠든 사람들을 바라보고 머리를 긁적이며, 일찍 돌아온 것을 후회한다…….

⟨귀릿값도 못 벌었어.⟩ 그가 생각한다. ⟨그래서 이렇게 슬픈 거야. 자기가 해야 할 일을 잘 알고, 자신도 말도 배부르게 한 사람은 언제나 편안한데…….⟩

한쪽 구석에서 젊은 마부가 일어나, 잠이 덜 깬 채 툴툴거리며 물통 쪽으로 손을 뻗는다.

「물을 마시려고?」 이오나가 묻는다.

「그래요, 목이 말라요!」

「그렇군……. 많이 마시게……. 그런데 이보게, 내 아들놈이 죽었다네……. 들어 본 적 있나? 이번 주에 병원에서……. 어찌하겠나!」

이오나는 자신의 말에 그가 어떻게 반응하나 보려 하지만,

그럴 수 없다. 젊은 마부는 담요를 머리까지 뒤집어쓰고 이미 잠들었다. 늙은 이오나가 한숨을 내쉬고 머리를 긁적인다……. 젊은 마부가 그렇게 물을 마시고 싶어 했던 것처럼 그도 무척이나 말하고 싶다. 아들이 죽은 지 곧 1주일이 되지만 그는 아직 그 누구에게도 말해 본 적이 없다……. 자세히 차근차근 이야기하고 싶다……. 아들이 어떻게 병에 걸렸고, 얼마나 괴로워했으며, 죽기 전에는 무슨 말을 했고, 또 어떻게 죽어 갔는지 그런 이야기들을 해야 한다……. 장례식이 어떠했는지, 죽은 아이의 옷을 가지러 병원에 어떻게 갔는지 말해야 한다. 시골에는 딸 아니시야만 남았다……. 딸아이 얘기도 해야 한다……. 지금 그가 말할 수 있는 것이 어디 그뿐이겠는가? 듣는 사람은 기가 막혀 한숨을 내쉬며 슬프게 울 수밖에 없을 것이다……. 여자들과 이야기하면 더 좋을 것이다. 그 여자가 아무리 바보라 하더라도 두어 마디만 듣고도 통곡할 것이다.

〈말이나 살펴보러 가야지.〉 이오나가 생각한다. 〈자기에는 아직 일러……. 조금 있다가 실컷 자야지…….〉

그는 외투를 걸치고 말을 매어 둔 마구간으로 간다. 그러면서 귀리를, 건초를, 날씨를 생각한다……. 혼자 있을 때는 아들을 생각할 수 없다……. 누군가와 이야기해야 한다. 혼자서 아들을 생각하고 아들의 모습을 그려 보는 것은 견딜 수가 없다…….

「건초를 먹니?」 이오나가 반짝이는 말의 눈을 쳐다보며 묻는다. 「그래, 어서 먹어라, 어서……. 귀릿값을 못 벌었으니, 건초라도 먹어야지……. 그래…… 마차를 몰기에는 난 너무 늙었어……. 내가 아니라 아들놈이 몰아야 했지……. 훌륭한 마부였는데……. 살아만 있다면…….」

이오나가 잠시 침묵하다가 이어서 말한다.
「그래, 그래, 너는 아니……. 꼬지마 이오니치는 이젠 없어……. 이 세상을 떠나 버렸지……. 허무하게 떠나 버렸다고……. 만일 말이다, 너에게 새끼가, 네가 낳은 새끼가 있다면 말이다……. 그런데 갑자기 말이다, 그 새끼가 죽었다면 말이다…… 얼마나 괴롭겠니?」

늙은 말이 건초를 먹으며, 이야기를 들으며, 주인의 손에 입김을 내뿜는다…….

이오나가 아주 열심히 말에게 모든 것을 이야기한다…….

농담

 맑은 겨울의 한낮……. 건드리면 주위가 쨍하고 갈라질 듯 무척이나 추워, 나의 팔을 잡고 있는 나젠까의 귀밑 곱슬머리와 입술 위 솜털에 은빛 성에가 서려 있다. 우리는 높은 언덕 위에 서 있다. 우리의 발밑에서 저 아래 평지까지는 가파른 비탈이고, 그 비탈 위로 마치 거울처럼 태양이 비치고 있다. 우리 옆에는 선홍색 천으로 치장된 삯은 썰매가 있다.

 「타고 내려갑시다, 나제즈다 뻬뜨로브나!」 내가 간청했다. 「딱 한 번만! 절대로 다치는 일 없이 안전할 겁니다, 내가 보장하지요.」

 하지만 나젠까는 무서워한다. 작은 덧신 아래로, 얼어붙은 언덕 끝까지 펼쳐지는 공간 전체가 그녀에게는 잴 수 없는 깊고 무서운 심연처럼 보였다. 아래를 내려다보는 것만으로도, 썰매를 타자는 말을 들은 것만으로도, 정신이 아찔해지고 숨이 멎을 듯한데, 어떻게 저 심연 속으로 진짜 뛰어든단 말인가! 나젠까는 정신이 나가 꼭 죽을 것만 같았다.

 「부탁입니다!」 내가 말했다. 「무서워하지 마십시오! 소심한 겁쟁이나 그러는 겁니다!」

나젠까가 결국은 진다. 나는 그녀의 얼굴에서 그녀가 생명의 위험을 무릅쓰고 양보한다는 것을 알아챈다. 창백해져서 덜덜 떠는 나젠까를 썰매에 앉히고, 한 팔로 안고서 함께 심연으로 뛰어든다.

썰매가 총알처럼 날아간다. 썰매가 가르는 공기가 얼굴을 두들기고, 울부짖고, 귓전을 휘휘 때리고, 채찍질하고, 심술궂게 아프도록 잡아뜯고, 어깨에서 머리를 떼어 내려고 한다. 바람의 압력 때문에 숨을 제대로 쉬기도 힘들다. 마귀가 으르렁대면서 발톱으로 우리를 움켜잡고 지옥으로 질질 끌고 가는 것 같다. 주위의 사물들이 맹렬히 질주하면서 하나의 띠로 합쳐진다……. 순식간에 둘 다 끝장이라도 날 듯하다!

「나는 당신을 사랑합니다, 나쟈!」 내가 속삭이듯 말했다.

썰매의 속도가 점점 느려지고, 울부짖는 바람 소리나 미끄러지며 웅웅대는 소리가 더 이상 무섭지 않고, 숨쉬기가 편해지더니, 드디어 언덕 끝이다. 나젠까는 거의 죽을 지경이다. 그녀는 하얗게 질려 간신히 숨을 내쉰다……. 일어나는 그녀를 내가 부축한다.

「무슨 일이 있어도 절대 다시 타지 않겠어요.」 공포에 질린 커다란 눈으로 나를 바라보며 그녀가 말했다. 「무슨 일이 있어도 말이에요! 죽는 줄만 알았어요!」

시간이 좀 지나 정신을 차리자, 궁금한 표정으로 나의 눈을 바라본다. 그 네 마디의 말을 이 사람이 했을까, 아니면 세찬 바람 소리 때문에 그렇게 들렸다고 착각한 것일까? 하지만 나는 나젠까 옆에 서서 담배를 피우며 장갑을 이리저리 살펴봤다.

그녀가 내 팔을 잡았고, 우리는 한동안 언덕 근처를 걸었다. 수수께끼 같은 일 때문에 나젠까의 마음이 편치 않아 보였다. 그 말을 한 것인가, 안 한 것인가? 그런가, 아닌가? 그런가, 아닌가? 이것은 자존심과 명예와 인생과 행복에 관한 문제이다. 세상에서 아주 중요하고, 가장 중요한 문제이다. 나젠까는 미심쩍은 눈초리로 초조하고 애처롭게 나를 바라보며, 엉뚱한 말을 늘어놓으며, 내가 무슨 말인가 하기를 기다린다. 이 귀여운 얼굴에, 얼마나 재미있는 표정인가? 나는 나젠까가 자기 자신과 싸우는 것을 볼 수 있다. 뭔가를 말해야겠고, 뭔가를 물어야겠는데, 적당한 단어가 떠오르지 않는다. 그녀는 찜찜하고 두렵지만, 뛸 듯이 기쁘기도 하다…….

「아세요?」 나젠까가 나와 눈을 맞추지 않고 말했다.

「네?」 내가 물었다.

「저어…… 한 번 더 타시겠어요?」

우리는 계단을 통해 언덕 위로 올라간다. 나는 창백해져 덜덜 떠는 나젠까를 썰매에 앉히고, 우리는 다시 무서운 심연 속으로 뛰어든다. 다시 바람이 울부짖고 웅웅거리며 미끄러진다. 가장 빠르고 시끄러운 순간에 나는 다시 속삭이듯 말한다.

「나는 당신을 사랑합니다, 나젠까!」

썰매가 멈춰 서자, 우리가 방금 타고 내려온 언덕을 나젠까가 힐끔 쳐다본다. 그러고 나서 오랫동안 나의 얼굴을 살펴보지만, 냉담하고 태연한 나의 목소리만 들을 뿐이다. 나젠까의 모든 것, 심지어 머프[1]와 방한용 두건조차도, 그녀의 모든 모습이 정말 알 수 없다는 표정이다. 나젠까의 얼굴에 이렇게 쓰여 있다.

---

[1] 원통형의 모피로, 그 안에 양손을 넣는 여성용 방한 용품.

〈어떻게 된 일이지? 대체 누가 그 말을 했을까? 이 사람일까, 아니면 착각한 걸까?〉

나젠까는 궁금하여 마음이 어지럽고 침착하지 못하다. 가련한 소녀는 어떤 질문에도 대답하지 못하고, 금방이라도 울음을 터뜨릴 듯 우울한 얼굴이다.

「집으로 돌아갈까요?」 내가 물었다.

「아니, 저는…… 저는 썰매 타는 게 좋아요.」 나젠까가 얼굴을 붉히며 말했다. 「다시 한 번 타시겠어요?」

나젠까는 썰매를 타는 게 〈좋다〉고 말하면서도, 썰매에 앉을 때에는 이전과 마찬가지로, 창백해지고 간신히 숨을 내쉬며 덜덜 떤다.

우리는 세 번째로 미끄러져 내려온다. 나젠까가 내 얼굴을 쳐다보며 내 입술을 지켜보는 것을 나는 본다. 하지만 나는 손수건으로 입을 가리고 기침을 한다. 그리고 언덕 중간쯤 내려왔을 때, 재빨리 웅얼거린다.

「나는 당신을 사랑합니다, 나쟈!」

이 수수께끼는 수수께끼로 남았다! 나젠까가 말없이 뭔가 생각한다……. 나는 그녀를 집까지 바래다주었다. 나젠까는 조용히 그리고 천천히 걸으려고 애쓰며, 내가 그 말을 하지 않을까 하고 내내 기다린다. 그녀의 마음이 괴롭고, 그녀가 이런 말을 하지 않으려고 자신을 억누르고 있다는 것을 나는 본다.

〈바람이 그런 말을 할 리가 없잖아요! 나는 바람이 그런 말을 하지 않았길 바라요!〉

다음 날 아침, 나는 다음과 같은 메모를 받았다. 〈오늘도 썰매를 타러 가실 거면, 저에게 들러 주세요. N.〉 이날 이후,

나는 나젠까와 함께 매일 썰매를 타러 간다. 그리고 썰매를 타고 내려오면서, 나는 매번 똑같은 말을 속삭인다.

「나는 당신을 사랑합니다, 나쟈!」

나젠까는 마치 술이나 모르핀처럼 이 말에 금방 중독되었다. 이 말을 듣지 않으면 그녀는 살 수 없을 것 같았다. 사실, 언덕에서 미끄러져 내려오는 것은 이전과 마찬가지로 무섭지만, 이제 그 공포와 위험이 오히려 사랑의 속삭임에 특별한 매력을 더해 준다. 이전에는 수수께끼가 되어 마음을 어지럽히던 그 속삭임에……. 내가 하는 말인지 바람이 하는 말인지에 대한 의혹은 여전하다……. 둘 중 누가 그녀에게 사랑을 고백하는지 그녀로서는 알 수 없지만, 이제 그녀는 아무래도 괜찮다는 표정이다. 술꾼이 어떤 술잔에 술을 마시는지 상관하지 않는 것처럼…….

한번은 내가 한낮에 혼자 썰매 타는 곳으로 갔다. 사람들 틈에 끼어 나젠까가 언덕 쪽으로 다가가며 눈으로 나를 찾는다……. 그러다 나젠까가 겁을 내며 계단을 통해 정상으로 올라간다……. 혼자 타는 것은 무섭다, 오, 정말 무섭다! 나젠까는 눈처럼 창백해졌고, 몸을 덜덜 떨며 형장에라도 끌려가는 듯했다. 그러나 이내 결심한 듯 주위를 둘러보지 않고 걷는다. 나젠까는 마침내, 내가 없어도 그 놀랍고 달콤한 말이 들리는지 실험해 보기로 결심한 것이 분명하다. 창백한 그녀가 공포에 질려 입을 벌리고 썰매에 앉아, 눈을 꼭 감고 지상과 영원히 작별 인사를 한 채 출발하는 것을 본다……. 〈슈우웅〉 소리를 내며 미끄러진다. 나젠까가 그 말을 들었는지 알 수 없다……. 그녀가 다리에 힘이 풀린 채 간신히 썰매에서 일어서는 것만 본다. 나젠까의 얼굴로 보아, 그녀 자신도 모르는 것 같았다. 썰매를 타고 내려오는 동안의 공포가 그녀에게서 소리를 듣고 분간하고 이해하는 능력을 앗아 간 것이다…….

3월의 봄이 찾아왔다……. 햇빛이 부드러워졌다. 얼어붙어 반짝거리던 언덕도 검게 변하더니 마침내 녹기 시작했다. 더는 썰매를 탈 수 없게 된 것이다. 가련한 나젠까는 어디서도 더 그 말을 들을 수 없게 되었다. 바람 소리도 들리지 않고, 나도 장기간에 걸쳐, 아니 어쩌면 영원히 뻬쩨르부르그로 떠날 준비를 하여, 아무도 그 말을 해줄 수 없게 된 것이다.

떠나기 이틀 전, 어둑해질 무렵, 나는 작은 뜰에 앉아 있었다. 그 작은 뜰은 나젠까가 살고 있는 집의 마당과, 못이 박힌 높은 울타리를 경계로 붙어 있다……. 아직 추위가 완전히 풀리지 않아 거름 밑에는 눈이 녹지 않았고 나뭇가지는 앙상했지만, 그래도 이미 봄 냄새가 나고 둥지로 돌아가는 갈까마귀들이 야단스럽게 울어 댔다. 나는 울타리로 다가가서 틈새를 통해 한동안 들여다봤다……. 나젠까가 현관 밖으로 나와, 우울하고 애처로운 시선으로 하늘을 올려다보는 것을 나는 바라본다……. 봄바람이 창백하고 우울한 나젠까의 얼굴을 향해 분다……. 그 봄바람이 그녀에게 언덕 위에서 울부짖었던 그때 그 바람과 그녀가 들었던 네 마디의 단어를 생각나게 했다. 나젠까의 얼굴이 슬퍼지고 쓸쓸해지더니, 뺨을 타고 눈물이 흘러내린다……. 가련한 소녀는 마치 바람에게 그 말을 다시 들려 달라고 애원이라도 하듯이 두 팔을 뻗는다. 그리고 나는 바람이 불기를 기다렸다가 속삭인다.

「나는 당신을 사랑합니다, 나쟈!」

그때, 나젠까에게 무슨 일이 일어났던가! 나젠까는 비명을 지르며 얼굴 가득 미소를 띤 채 기쁘고 행복하고 무척이나 아름다운 모습으로 바람을 향해 두 팔을 뻗었다. 그리고 나는 짐을 꾸리려고 돌아섰다…….

이것은 이미 오래전에 있었던 일이다. 나젠까는 이미 결혼했다. 어쩔 수 없이 했든 아니면 좋아서 했든 그것은 상관없다. 평의회 서기와 결혼하여 지금은 아이를 셋이나 두었다. 예전에 우리가 함께 썰매를 타러 다녔던 일과 바람이 그녀에게 〈나는 당신을 사랑합니다, 나젠까〉라는 말을 전해 주었던 일은 잊지 않고 있다. 지금도 나젠까에게 그 일은 인생에서 가장 행복하고 가장 감동적이며 가장 아름다운 추억이다…….

나이 든 지금, 내가 왜 그 말을 했는지, 무엇 때문에 그런 농담을 했는지, 나 자신도 여전히 알 수 없다…….

하찮은 것

 어느 저녁 무렵 니꼴라이 일리치 벨랴예프가 올가 이바노브나 이르니나 여사에게 들렀다. 뻬쩨르부르그의 건물 주인인 그는 경마장에 자주 드나드는 서른두 살의 살찌고 혈색이 좋은 젊은이다. 그와 그녀는 동거를 하는 사이거나 아니면, 그의 표현에 따르면, 길고 지루한 로맨스를 오래 끌고 있는 사이다. 사실, 이 로맨스의 첫 페이지는 흥미롭고 열정적이었으나, 너무 오래 읽다 보니, 이제 그 페이지가 늘어지고 또 늘어져 하나도 신선하거나 흥미롭지 않았다.

 올가 이바노브나가 외출하고 없어서, 우리의 주인공은 응접실의 침대 겸용 소파에 기대고 앉아 기다리기 시작했다.

 「안녕하세요, 니꼴라이 일리치 아저씨!」 어린아이의 목소리가 들렸다. 「엄마는 곧 오실 거예요. 소냐와 함께 의상실에 가셨거든요.」

 응접실의 다른 소파에 올가 이바노브나의 아들 알료샤가 누워 있었다. 알료샤는 응석받이로 자란, 날렵한 여덟 살의 꼬마로, 최신 유행의 벨벳 재킷과 검은색의 긴 타이츠를 입고 있었다. 그는 공단으로 만든 쿠션을 베고 누워, 얼마 전에

봤던 서커스의 곡예사 흉내를 내듯 두 발을 들어 젓고 있었다. 그의 미끈한 다리가 지치자, 손으로 다리를 잡기도 하고 벌떡 일어나 두 손을 바닥에 대고 두 다리를 들어 올려 보려고 하기도 했다. 이런 장난을, 그는 마치 신으로부터 그런 불편한 신체를 받아 유감스럽다는 듯이 아주 진지한 표정으로 힘겹게 끙끙거리며 하고 있었다.

「아, 너로구나!」 벨랴예프가 말했다. 「네가 있는 줄 몰랐다. 엄마는 건강하시냐?」

오른손으로 왼쪽 발끝을 붙잡고 아주 부자연스러운 자세를 취하고 있던 알료샤가 몸을 틀어서 벌떡 일어나더니, 술이 많이 달린 커다란 전등갓 너머에서 벨랴예프를 쳐다보았.

「뭐라고 말씀드려야 할까요?」 이렇게 말하고 어깨를 으쓱했다. 「사실 엄마는 건강해 본 적이 없거든요. 엄마는 여자잖아요, 니꼴라이 일리치 아저씨, 여자는 언제나 어딘가 아프죠.」

벨랴예프는 마땅히 할 일이 없어서 알료샤의 얼굴을 요리조리 뜯어보기 시작했다. 올가 이바노브나와 알고 지낸 이후, 그는 한 번도 이 꼬마에게 관심을 기울여 보지 않았고, 그의 존재에 전혀 신경을 쓰지도 않았다. 꼬마는 늘 눈앞에서 알짱거렸지만, 왜 그 아이가 거기에 있고 또 무슨 놀이를 하는지에 대해 생각할 마음이 왠지 들지 않았다.

저녁의 어스름 속에서 이마가 창백해 보이고 검은 두 눈을 깜박거리지 않는 알료샤의 얼굴이 벨랴예프에게 불현듯, 로맨스 첫 페이지 때의 올가 이바노브나를 떠올리게 했다. 그는 꼬마와 장난치고 싶어졌다.

「얘야, 이리 와봐라!」 그가 말했다. 「가까이서 네 얼굴 좀 보자.」

꼬마는 소파에서 뛰어내려 벨랴예프에게 달려왔다.

「그래.」 니꼴라이 일리치가 아이의 마른 어깨에 손을 얹으며 말을 꺼냈다. 「뭐 하고 지내니?」

「뭐라고 말씀드려야 할까요? 이전에는 아주 잘 지냈죠.」

「어떻게?」

「아주 간단해요! 이전에 나와 소냐는 음악을 듣거나 책을 읽기만 했지만, 지금은 프랑스 시를 익혀야 하거든요. 이발소에 다녀온 지 얼마 안 되죠?」

「그래, 얼마 안 된다.」

「그럴 줄 알았어요. 수염이 짧은 걸 보면 알 수 있죠. 수염을 만져 봐도 돼요……? 아프지 않아요?」

「그래, 아프지 않다.」

「털 한 가닥을 잡아당기면 아픈데, 많이 잡아당기면 전혀 아프지 않은 건 왜 그렇죠? 우스워요! 아저씬 볼에 수염이 없네요. 여긴 이렇게 면도를 하고, 얼굴 양옆에는…… 털을 남겨 놨어요…….」

꼬마가 벨랴예프에게 달라붙어 이번에는 그의 시곗줄을 가지고 놀기 시작했다.

「중학교에 가면 엄마가 시계를 사주신댔어요.」 꼬마가 말했다. 「이것처럼 줄이 달린 시계를 사달라고 할 거예요……. 메달 같잖아요! 아빠한테도 이것하고 똑같은 메달이 있어요. 이것처럼 여기에 얇은 줄이 달리고 글자가 새겨진……. 한가운데에는 엄마 사진이 있었죠. 이제 아빠 시계에는 고리가 아니라 리본으로 된 다른 줄이 달려 있어요…….」

「어떻게 알았니? 아빠를 만났니?」

「내가요? 음…… 아뇨! 난…….」

거짓말이 탄로나자 알료샤는 얼굴을 붉히고 무척 당황해하며, 손톱으로 메달을 열심히 긁어 댔다. 벨랴예프는 그를 뚫어지게 쳐다보며 물었다.

「아빠를 만났지?」

「아…… 아니에요……!」

「아니라고? 너 솔직히, 정직하게 말해라……. 네 얼굴에는 거짓말을 하고 있다고 쓰여 있는데. 숨기려고 괜히 얼버무리면 안 된다. 말해 봐, 만났지? 친구 사인데 어때!」

알료샤가 생각에 잠겼다.

「엄마한테 말하진 않겠죠?」 꼬마가 물었다.

「뭐 하러 그러겠어!」

「정말이죠?」

「정말이다.」

「맹세하세요!」

「녀석, 되게 끈질기네! 날 어떻게 보고 그러는 거냐!」

알료샤가 주위를 둘러보고 나서 눈을 크게 뜨고 속삭였다.

「하느님께 걸고 엄마한테 말하지 마세요……. 누구한테도 말하면 안 돼요. 이건 비밀이거든요. 만일 엄마가 아시면, 나뿐만 아니라 소냐도, 뻴라게야도 혼나요……. 그럼 말할게요. 나하고 소냐는 아빠를 매주 화요일하고 금요일에 만나요. 뻴라게야가 점심 식사 전에 우리를 데리고 산책을 나가면 우리는 아쁘펠 제과점에 들르죠. 아빠가 거기서 우리를 기다리거든요……. 아빠는 언제나 별실에 앉아 계신데, 아세요? 거기엔 진짜 대리석으로 만든 테이블도 있고 등 없는 거위 모양의 재떨이도 있어요…….」

「거기서 뭘 하니?」

「아무것도 안 해요! 처음엔 잘 지냈는지 물어보고, 그러곤 모두 테이블 주위에 모여 앉아 아빠가 사주시는 코코아와 파이를 먹어요. 소냐는, 아세요? 고기를 넣은 파이를 먹는데, 난 이제 고기를 넣은 게 싫어요! 양배추 넣은 거나 계란 넣은 걸 좋아하죠. 우리는 거기서 배불리 먹지만, 그래도 집에 돌아와 점심 식사를 할 때엔 엄마가 눈치 채지 못하게, 될 수 있는 대로 많이 먹으려고 노력하죠.」

「거기서 무슨 얘기를 하니?」

「아빠하고요? 아무거나 다 얘기해요. 아빠는 우리에게 뽀뽀해 주고, 안아 주고, 아주 우스운 얘기도 해주죠. 아세요? 아빠는 우리가 더 크면 우릴 데려가 같이 살 거래요. 소냐는 싫다지만 난 그럴 거예요. 엄마가 없는 건 당연히 싫지만, 엄마한테 편지를 쓰면 되죠, 뭐! 휴일마다 엄마를 찾아오는 게 이상한 일은 아니잖아요, 그렇죠? 아빠는 또 나한테 말을 사주신댔어요. 아빠는 정말 멋져요! 그런데도 엄마는 왜 아빠하고 같이 살자고 하지 않고 또 아빠를 만나지 못하게 하는지 알 수 없어요. 아빠는 엄마를 무척 사랑하는데. 아빠는 언제나 우리에게, 엄마는 건강하니, 엄마는 뭘 하니 하고 묻거든요. 엄마가 아프기라도 하면, 아빠는 머리를 감싸고, 이렇게 말이에요…… 어쩔 줄 몰라 방 안을 이리저리 뛰어다녀요. 항상 우리에게 엄마 말 잘 듣고 존경하라고 타일러요. 그런데 말이에요, 정말로 우리는 불쌍한 애들인가요?」

「음…… 그런데 왜?」

「아빠가 그랬어요. 불쌍한 녀석들이라고 말이에요. 그런 말을 들으면 정말 이상해요. 아빠는 너희들도 불쌍하고, 나도 불쌍하고, 엄마도 불쌍하다고 말하죠. 그러면서 자기 자신을 위해서, 엄마를 위해서 기도한다고 말하죠.」

알료샤가 박제된 새에 시선을 고정하고 생각에 잠겼다.

「그건 말이다……」 벨랴예프가 머뭇거리며 말했다. 「그냥 그렇다는 말이지. 제과점에서의 회합이라. 그런데 엄마는 모르신다고?」

「모르세요……. 어떻게 아시겠어요? 뻴라게야는 절대 이르지 않을 거예요. 어제는 아빠가 배를 먹으라고 주셨는데, 잼처럼 얼마나 달콤했는지 몰라요! 난 두 개나 먹었어요.」

「음…… 그런데 말이다…… 아빠가 나에 대해서는 아무 말도 않던?」

「아저씨에 대해서요? 뭐라고 말씀드려야 할까요?」

알료샤는 벨랴예프의 얼굴을 살펴보고 어깨를 으쓱했다.

「특별한 말은 없었어요.」

「예를 들면 무슨 말을 하셨는데?」

「화를 내진 않으시겠죠?」

「무슨! 내 욕을 했나 보구나?」

「욕을 한 게 아니라…… 화를 내셨어요. 아저씨 때문에 엄마가 불행하다고 그랬어요. 그리고 아저씨가…… 엄마를 망치고 있대요. 아빠는 정말 이상해요! 나는 아빠한테, 아저씨는 좋은 사람이고 엄마한테 소리치지도 않는다고 열심히 말했어요. 그런데 아빠는 머리만 흔들 뿐이에요.」

「내가 엄마를 망치고 있다고 정말 그렇게 말했니?」

「예. 화내지 않으시겠죠, 니꼴라이 일리치 아저씨?」

벨랴예프는 자리에서 일어나 잠시 서 있더니 응접실을 걸어 다니기 시작했다.

「이상하고…… 웃긴 일이야!」 그가 중얼거리며, 어깨를 움츠리고 조소하는 미소를 지었다. 「자기가 정말 잘못해 놓고, 내가 망치고 있다고? 대체 누가 죄 없는 양인데. 그런데도 너한테 내가 네 엄마를 망치고 있다고 말했다고?」

「예. 하지만…… 아저씬 화내지 않겠다고 하셨죠?」

「난 화를 내는 게 아니야……. 네가 상관할 바 아니다! 정말, 정말 우습군! 걸려든 건 나인데, 이제 내가 잘못했다고!」

벨 소리가 났다. 꼬마가 자리에서 벌떡 일어나 뛰어나갔다. 조금 뒤 응접실로 어린 소녀와 함께 부인이 들어왔다. 알료샤의 어머니 올가 이바노브나였다. 뒤따라 두 손을 휘젓고 소리 내어 흥얼거리며 알료샤가 깡충깡충 뛰어 들어왔다. 벨랴예프는 고개를 끄덕하고 나서 계속 응접실을 걸어 다녔다.

「물론, 지금 나 말고 누구를 비난하겠어?」 그가 씩씩대며 중얼거렸다. 「그 사람이 옳아! 그 사람이 모욕당한 남편이니까!」

「무슨 말을 하는 거예요?」 올가 이바노브나가 물었다.

「무슨 말……? 그렇다면 당신 남편께서 무슨 말씀을 하셨는지 들어 봐! 내가 아주 비열하고 더러운 놈이 돼서 당신과 아이들을 망치고 있다고 하더군. 당신들 모두 다 불쌍한데, 오직 나만 더럽게 행복하대나! 더럽게, 더럽게 행복하다고!」

「무슨 말이 그래요, 니꼴라이! 무슨 일이 있었어요?」

〈이 젊은 신사께 물어보시지!〉 하고 말하며 벨랴예프가 알료샤를 가리켰다.

알료샤의 얼굴이 빨개졌다가 곧 하얗게 질렸다. 두려움에 온통 일그러진 채.

「니꼴라이 일리치 아저씨!」 꼬마의 낮은 목소리가 터져 나왔다. 「제발!」

올가 이바노브나는 놀라 알료샤와 벨랴예프를 번갈아 쳐

다보았다.

「물어보시라니까!」 벨랴예프가 계속했다. 「당신의 그 뻴라게야가, 그 바보 같은 뻴라게야가 아이들을 제과점으로 데려가 아빠와 만나게 해준다는군. 아니, 그게 문제가 아니야. 문제는 그 아빠는 수난자이고 나는 당신들 두 사람의 인생을 망쳐 놓은 더러운 무뢰한이라는 거야……」

「니꼴라이 일리치 아저씨!」 알료샤가 신음 소리를 냈다. 「약속했잖아요!」

「귀찮게 굴지 마라!」 벨랴예프가 손을 내저었다. 「이건 약속 따위보다 더 중요한 거야. 나는 그 위선에, 그 거짓에 화가 나!」

「이해할 수 없군요!」 올가 이바노브나가 눈물을 글썽이며 웅얼거렸다. 「들어 보자, 알료샤.」 아들을 향해 말했다. 「너 아빠하고 만나니?」

알료샤는 그 말을 미처 듣지 못하고 벨랴예프를 두려움에 떨며 쳐다보고 있었다.

「그럴 순 없다!」 어머니가 말했다. 「뻴라게야에게 물어봐야겠다.」

올가 이바노브나가 나갔다.

「아저씨, 약속했잖아요!」 알료샤가 온몸을 떨며 중얼거렸다.

벨랴예프는 그에게 손을 내젓고 계속해서 응접실 안을 걸어 다녔다. 모욕감에 젖어서 그는 이전처럼 꼬마에게 신경을 쓰지 않았다. 그처럼 크고 심각한 사람에게 꼬마는 안중에도 없었다. 하지만, 알료샤는 구석에 앉아 두려움에 젖어 소냐에게 그가 속였다고 말하고 있었다. 꼬마는 몸을 떨었고, 말을 더듬었으며, 눈물을 흘렸다. 꼬마는 태어나서 처음으로 거짓과 거칠게 맞닥뜨린 것이다. 이전에 꼬마는, 이 세상에 달콤한 배나 파이나 값비싼 시계 외에도, 아이들의 말로는 표현하지 못하는 다른 많은 것들이 존재한다는 사실을 알지 못했었다.

쉿!

 신문에 글을 기고하는 삼류 작가 이반 예고로비치 끄라스누힌이 심각하고 우울하며 뭔가에 특히 골몰한 표정으로, 밤 늦게 집에 돌아온다. 마치 경찰의 가택 수색을 기다리거나 자살을 심각하게 고려하고 있는 사람의 표정 같다. 방 안에서 잠시 서성대다가 갑자기 멈춰 서서, 머리카락을 곤두세우고, 자신의 누이에게 복수하겠다던 라에르뜨의 톤으로 말한다.

「지쳐 버렸어, 진절머리가 나, 가슴이 쓰리고 답답하다고, 그런데도 너는 앉아서 쓰라고? 그러면서 이것이 현실이라고?! 우울하면서도 대중을 웃겨야만 하는, 아니면 즐거우면서도 의뢰 때문에 눈물을 쏟게 만들어야만 하는 작가의 그 고통스러운 부조화에 대해서, 대체 왜 아무도 쓰지 않는 거지? 마음이 언짢은데도 아니면, 이를테면 말이야, 몸이 아프다거나 자식이 죽었다거나 아내가 출산 중이거나 할 때에도, 나는 장난스러워야 하고, 무심하며 냉정해야 하고, 익살맞아야 한단 말인가!」

 그는 이 말을 하면서, 주먹을 휘두르고 눈알을 굴린다……. 그러고 나서 침실로 가더니 아내를 깨운다.

「나쟈.」 그가 말한다. 「앉아서 글을 써야겠어……. 아무도 날 방해하지 못하게 해줘. 아이들이 울거나 하녀가 코를 골면, 글을 쓸 수가 없다고……. 그리고 차하고…… 비프스테이크가 있는지 알아봐 줘……. 차가 없으면 내가 글을 쓸 수 없다는 건 당신도 잘 알잖아……. 오직 차만이 내 작업에 힘을 준다고.」

자기 방으로 돌아온 그가 프록코트와 조끼와 장화를 벗는다. 천천히 벗고 나서, 부당하게 모욕을 받은 표정을 지으며 책상에 앉는다.

책상 위에는 우연하고 평범한 것이란 하나도 없다. 모든 것이, 아주 작고 자질구레한 장식품들도 심사숙고하고 계획을 엄격하게 세우는 그의 성격을 담고 있다. 위대한 작가들의 작은 반신상과 사진들, 육필 초고의 뭉치들, 페이지를 접어 놓은 벨린스끼[1] 선집, 재떨이 대용 두개골, 아무렇게나 그렇지만 파란색 연필로 표시한 굵은 글씨의 표제 〈비겁하다!〉가 보이도록 구겨 놓은 신문지. 책상 위에는 또한, 끝을 뾰족하게 깎은 연필 열 자루와 펜촉을 새로 갈아 끼운 펜대 몇 개가, 펜촉이 망가지는 것처럼 우연히 발생하는 외적인 원인들로 인해 자유로운 창작의 비상이 꺾이지 않도록 준비되어 있다…….

끄라스누힌은 안락의자의 등받이에 몸을 기대고 눈을 감은 채, 글의 주제에 대해 몰두한다. 아내가 슬리퍼를 질질 끌고 가 사모바르에 넣을 나뭇조각을 쪼개는 소리가 들린다. 아내는 잠이 아직 덜 깬 모양이다. 사모바르의 뚜껑과 부엌

[1] Vissarion Grigoryevich Belinskii(1811~1848). 19세기 전반에 활동하면서 러시아 문학 비평의 토대를 놓은 비평가.

용 칼을 줄곧 손에서 놓쳐 떨어뜨리는 소리로 알 수 있다. 곧 사모바르 끓는 소리와 고기 굽는 소리가 들려온다. 아내는 여전히 나뭇조각을 쪼개면서, 뻬치까의 덮개와 바람구멍을 끊임없이 덜커덕거린다. 갑자기 끄라스누힌이 몸을 떨면서 놀라 눈을 뜨고, 킁킁거리며 냄새를 맡기 시작한다.

「이게 뭐야, 가스 냄새잖아!」 얼굴이 고통스럽게 일그러진 채 신음 소리를 낸다. 「가스 냄새! 이 지긋지긋한 여자가 나를 가스에 중독시키려고 작정한 거 아니야! 말해 보라고, 내가 어떻게 이런 상황에서 글을 쓸 수 있겠어?」

그가 부엌으로 뛰어 들어가서 드라마틱하게 탄식하는 소리를 쏟아 낸다. 그리고 잠시 뒤, 아내가 발끝으로 살금살금 걸어와 그에게 찻잔을 내밀고, 그는 이전처럼 안락의자에 앉아 눈을 감은 채 자신의 주제에 몰두한다. 그는 미동도 하지 않고 앉아서, 두 손가락으로 가볍게 이마를 두드리며, 아내의 존재에는 아랑곳하지 않는 표정을 짓고 있다······. 그의 얼굴에 이전처럼 부당하게 모욕을 받은 표정이 떠오른다.

그는 제목을 쓰기 전에 먼저, 값비싼 부채를 선물받은 소녀처럼 한참을 혼자서 아양을 부리다가 으스대다가 거드름을 피운다······. 그는 관자놀이를 누르면서, 마치 아파서 그러기라도 하듯이 몸을 웅크리고 두 다리를 벌려 안락의자 밑을 단단히 버티기도 하고, 소파 위의 고양이처럼 나른하게 실눈을 뜨기도 한다······. 마침내, 머뭇거리지 않는 건 아니지만, 잉크스탠드에 손을 뻗더니 사형 선고에 서명이라도 하는 표정으로 제목을 작성한다······.

「엄마, 물 줘!」 아들의 목소리가 들린다.

「쉿!」 엄마가 말한다. 「아빠가 글을 쓰신다! 쉿······.」

그는 고치는 것 없이 빨리빨리 써서 한 장을 거의 다 채워 간다. 저명한 작가들의 반신상과 초상들이 거침없이 써 내려가는 그의 펜을 바라보며, 미동도 하지 않으면서 이렇게 생각하는 듯하다. 〈오, 대단히 솜씨가 좋은 친구로군!〉

「쉿!」 펜이 삐걱거린다.

「쉿!」 그의 무릎이 닿아 들썩거리는 책상과 함께 흔들리며 작가들이 소리를 낸다.

갑자기 끄라스누힌이 몸을 펴고 펜을 내려놓더니 귀를 기울인다……. 단조롭고 고른 속삭임이 들린다……. 그것은 옆방에서 하숙하는 포마 니꼴라예비치가 기도드리는 소리다.

「말하지 않았어!」 끄라스누힌이 고함을 지른다. 「조용히 기도드릴 수 없겠어! 당신이 지금 글을 쓰는 걸 방해하고 있다고!」

「죄송합니다……」 포마 니꼴라예비치가 소심하게 대답한다.

「쉿!」

다섯 장을 가득 쓰고 나서, 끄라스누힌은 기지개를 켜며 시계를 쳐다본다.

「이런, 벌써 세 시네!」 그가 신음 소리를 낸다. 「사람들은 다 자는데, 나만…… 나 혼자만 일을 하고 있다니!」

지친 그는 진저리를 치며 고개를 옆으로 떨어뜨리고 침대로 가, 아내를 깨우고 힘없는 목소리로 말한다.

「나쨔, 차 좀 더 줘! 나는…… 정말 힘들어!」

그는 네 시까지 더 쓴다. 쓸 이야기가 더 있었다면 여섯 시까지라도 썼을 것이다. 혹독하고 비판적인 눈으로부터 벗어나 혼자서, 생명이 없는 사물들 앞에서 부리는 아양과 거드름이, 자신의 힘에 운명이 달린 작은 개밋둑 앞에서 부리는 전횡과 교만이 그의 존재에 소금과 꿀이 된다. 여기 집에서 부리는 이러한 전횡은 우리가 편집국에서 익숙하게 봐왔던 소심하고 비굴하며 고분고분하고 무능한 사람의 모습과 얼마나 다른가!

「잠을 못 잘 정도로 나는 지쳐 버렸어……」 그가 침대에 누우면서 말한다. 「우리의 일이라는 게, 보답 없이 고단하고 저주받은 일이라서, 몸보다도 정신을 더 지치게 하거든……. 브롬화칼륨[2]이라도 먹어야겠어……. 가족만 아니라면 이 일을 아주 집어치우고 싶어……. 의뢰에 맞춰 글을 써야 하다니! 아주 지긋지긋해!」

그는 낮 열두 시나 한 시까지 잔다. 아주 곤하게 잘 잔다……. 아, 그는 잠 속에서나마 꿈을 꾸면서 유명한 작가나 편집장이나 아니면 발행인이라도 되어 본다!

「그이는 밤새 글을 썼어요!」 아내가 놀란 얼굴을 하고 속삭인다. 「쉿!」

아무도 감히 말을 하거나 걸어 다니거나 소리를 내지 못한다. 그의 꿈은 죄인이 모욕의 값비싼 대가로 얻는 신성한 보물이다.

쉿, 하는 소리가 집 안 전체에 퍼진다.

「쉿!」

2 진정제.

어느 여인의 이야기

9년 전, 풀베기가 한창이던 시기의 어느 늦은 오후, 임시 예심 판사로 일하는 뾰뜨르 세르게이치와 나는 말을 타고 우편물을 찾으러 역으로 갔다.

날씨가 무척이나 좋았다. 그런데 돌아오는 길에 천둥 치는 소리가 들렸다. 우리는 성난 검은 구름이 다가오는 것을 보았다. 검은 구름은 우리 쪽으로 점차 다가왔고, 우리 또한 그 구름 쪽으로 가고 있었다.

검은 구름을 배경으로 우리 집과 교회가 하얗게 보였다. 키가 큰 미루나무가 은빛으로 빛났다. 건초와 비 냄새가 났다. 함께 길을 가는 동행자의 기분이 무척 좋아 보였다. 그는 웃으며 여러 농담을 늘어놓았다. 가는 길에 불쑥, 톱니 모양의 탑들이 있고 이끼가 끼고 부엉이가 우는 중세의 성이 나타나, 그곳에서 비를 피하다가 결국은 벼락에 맞아 죽는 것도 나쁘지 않겠다고 그가 말했다…….

호밀과 귀리가 자라는 들판에 잔물결이 일다가, 갑자기 돌풍이 불어 흙먼지가 소용돌이쳤다. 뾰뜨르 세르게이치는 큰 소리로 웃기 시작하며 말에 박차를 가했다.

「좋아!」 그가 소리를 질렀다. 「정말 좋아!」

그의 유쾌함에 전염된 나는, 순식간에 온몸이 흠뻑 젖고 벼락에 맞아 죽을 수도 있다는 생각을 하며, 웃기 시작했다.

바람에 숨이 막히고, 회오리바람이 부는 가운데로 새가 된 듯 빠르게 말을 달리니 가슴이 설레고 두근거렸다. 우리가 마당에 들어섰을 때 바람은 이미 멎었고, 커다란 빗방울이 풀잎과 지붕 위로 후드득후드득 떨어졌다. 마구간 근처에는 인기척이 없었다.

뾰뜨르 세르게이치는 직접 말의 재갈을 벗기고, 말을 마구간의 칸막이 안으로 몰아넣었다. 나는 그를 기다리며 문간에 서서 비스듬히 내리는 빗줄기를 바라보았다. 달콤하고 자극적인 건초 냄새가 들판에서보다 더 강하게 느껴졌다. 검은 구름과 쏟아지는 비로 사방이 어둑해졌다.

「소리 한번 요란하군!」 하늘을 둘로 쪼갤 듯 매우 강하게 울리는 천둥소리를 듣고 나자, 뾰뜨르 세르게이치가 나에게 다가오며 말했다. 「그렇지 않소?」

문간에 나란히 서서, 빠르게 말을 달린 탓에 여전히 가쁜 숨을 몰아 쉬며, 그가 나를 바라봤다. 나에게 마음을 빼앗긴 모양이었다.

「나딸리야 블라지미로브나······.」 그가 말했다. 「조금이라도 더 이렇게 서서 당신을 바라볼 수만 있다면 나는 무엇이라도 내놓겠소. 오늘 당신은 무척 아름답군요.」

그의 눈동자는 황홀하고 간절해 보였고, 얼굴은 창백했다. 그의 턱수염과 콧수염에서 반짝이는 빗방울들도 나를 간절하게 바라보는 듯했다.

「당신을 사랑합니다.」 그가 말했다. 「사랑합니다. 당신을 이렇게 보고 있는 것만으로도 행복합니다. 당신이 내 아내가 될 수 없다는 건 나도 잘 압니다. 하지만 나는 아무것도 바라지 않습니다. 아무것도 필요치 않습니다. 단지 내가 당신을 사랑한다는 사실만 당신이 알아주시면 됩니다. 아무 말도 필요 없습니다, 대답할 필요도 없습니다, 신경 쓰지도 마십시오, 단지 당신이 나에게 소중한 사람이라는 것만 알아주십시오, 바라만 볼 수 있게 해주십시오.」

그의 희열이 나에게도 전해졌다. 나는 그의 도취된 얼굴을 바라보며, 빗소리와 뒤섞인 그의 말소리를 들으며, 홀린 듯 몸을 움직일 수 없었다.

나는 한없이 그의 빛나는 눈동자를 바라보면서 그의 말을 듣고 싶었다.

「아무 말도 하지 마십시오, 정말 아름답습니다!」 뾰뜨르 세르게이치가 말했다. 「제발 아무 말도 하지 마십시오.」

나는 기분이 좋았다. 흐뭇한 웃음을 터뜨리고 퍼붓는 비를 맞으며 집으로 뛰어갔다. 그도 웃으면서 물웅덩이를 뛰어넘으며 나를 따라 달렸다.

우리 둘은 어린아이들처럼 소란스럽게, 비에 젖어 숨을 헐떡이고 계단을 쿵쾅거리며 거실로 뛰어 들어갔다. 아버지와 오빠가, 여간해서 명랑하게 소리 내어 웃지 않는 나를 놀란 눈으로 쳐다보며 역시 웃음을 터뜨렸다.

소나기구름이 지나가고 천둥소리가 잠잠해졌지만, 뾰뜨르 세르게이치의 턱수염에서는 여전히 빗방울이 반짝거렸다. 저녁 식사 때까지 줄곧 그는 노래를 불렀고, 휘파람을 불었고, 온 방 안을 뛰어다니며 개하고 소란스럽게 장난을 쳤다. 그러다가 사모바르를 든 하인을 쳐서 넘어뜨릴 뻔했다. 저녁 식탁에 앉아 그는 많이 먹었고 우스갯소리를 했으며 겨울에 신선한 오이를 먹으면 입에서 봄 냄새가 난다고 우겼다.

잠자리를 준비하면서, 나는 촛불을 밝히고 창문을 활짝 열었다. 알 수 없는 감정이 나의 마음을 사로잡았다. 누워서 이런 생각을 했다. 나는 자유롭고 건강하며 부유한 명문가 출신이다. 사람들이 나를 사랑한다. 중요한 건 내가 부유한 명문가 출신이라는 것이다. 부유한 명문가, 얼마나 멋진가, 아……! 잠시 후, 이슬이 내린 정원에서 방으로 스며드는 차가운 기운 때문에 침대 속에서 웅크리고, 내가 뾰뜨르 세르게이치를 사랑하는지 아닌지를 알아보려고 애썼다……. 그렇지만 아무런 결론도 내리지 못하고 잠들었다.

아침이 되어, 침대 위에서 흔들거리는 햇살과 보리수나무 가지의 그림자를 보자, 어제의 일이 기억 속에서 생생하게 되살아났다. 인생은 풍요롭고 다양하며 매력으로 가득 찬 듯 여겨졌다. 콧노래를 흥얼거리며 얼른 옷을 입고 정원으로 뛰어나갔다…….

그리고 무슨 일이 벌어졌던가? 그러고 나서 아무 일도 없었다. 도시에서 사는 겨울 동안, 뾰뜨르 세르게이치가 가끔 우리를 방문했다. 시골에서 사귄 사람은 시골에서만, 그것도 여름에만 매력적인 법이다. 도시에서, 게다가 겨울에, 그들은 매력의 절반을 잃는다. 도시에서 차를 대접하면, 다른 사람의 프록코트를 빌려 입은 것 같은 그들은 지나치게 오랫동안 스푼으로 차를 젓는다. 도시에서도 뾰뜨르 세르게이치가 이따금 사랑을 이야기했지만, 그 결과는 시골에서와 전혀 달랐다. 도시에서 우리는 우리 사이에 가로놓인 벽을 더 강하게 느꼈다. 나는 부유한 명문가 출신이지만, 그는 가난하고 더군다나 귀족 출신도 아니다. 그는 보조 사제의 아들로, 임시 예심 판사일 뿐이다. 우리 두 사람은 — 나는 젊기 때문에, 그는 영문도 모른 채 — 이 벽이 매우 높고 단단하다고 여겼다. 그리고 그는 도시로 우리를 방문하면, 어색한 미소를 지으며 상류 사회를 비판하거나 응접실에 다른 손님이라도 있으면 시무룩하게 아무 말도 하지 않았다. 세상에 부술 수 없는 벽이란 없다. 하지만 현대 소설의 주인공들은, 내가 아는 한 너무 소심하고 생기가 없고 게으르고 걱정이 많다. 그리고 지나치게 쉽게, 자신이 실패자라는 생각, 그리고 사생활이 자신을 속인다는 생각과 타협한다. 투쟁하는 대신, 그들은 세상이 저속하다고 비판만 할 뿐이다. 그들의 비판 자체도 조금씩 그 저속함 속으로 빠져 드는 것을 모른 채.

나는 사람들의 사랑을 받았다. 행복은 가까이 있었다. 행복이 나와 어깨를 나란히 하고 사는 듯했다. 나는 나 자신을 알려고 노력하지도 않았고, 내가 인생에서 뭘 기다리고 바라는지도 알려고 하지 않았다. 그렇게 나는 마음 편히 살았다. 그러는 사이 시간은 하염없이 흘러갔다……. 나를 사랑했던 사람들이 나의 곁을 스쳐 지나갔고, 밝은 낮들과 따뜻한 밤들이 아른거리며 지나갔고, 꾀꼬리가 노래를 불렀고, 건초 냄새가 났다. 기억 속에서는 사랑스럽고 멋진 이 모든 것들이, 누구에게나 그렇듯이 나에게도 흔적도 없이 빠르게 지나갔다. 안개처럼 아무런 가치도 남기지 않고 사라졌다……. 그것들은 모두 어디에 있는가?

아버지가 돌아가시고 나는 나이가 들었다. 한때 좋아했고 즐거움과 희망을 가져다주었던 그 모든 것들, 빗소리, 천둥소리, 행복에 대한 생각들, 사랑에 관한 대화들, 이 모든 것들이 오직 기억으로만 남아, 나의 앞에는 단조롭고 황량한 먼 길만 보인다. 그 위에는 인기척도 없고, 저 멀리 지평선은 무섭도록 어둡다······.

초인종이 울린다······. 뾰뜨르 세르게이치이다. 겨울 나무들을 바라보면서, 여름 동안 그 나무들이 나를 위해 얼마나 푸르렀는가를 떠올리며 나는 속삭인다.

「오, 사랑스러워!」

나의 봄을 함께 보낸 사람들을 보면, 나는 따뜻하고 슬퍼져서 똑같은 말을 속삭인다.

그는 이미 오래전에, 내 아버지의 도움을 받아 도시로 자리를 옮겼다. 그는 더 마르고 늙었다. 그는 이미 오래전부터 사랑을 고백하지 않고 허튼소리도 하지 않는다. 그는 자신의 일도 좋아하지 않는다. 건강도 좋지 않아 쉽게 환멸을 느낀다. 무슨 일에도 손만 내저으며 마지못해 살고 있다. 지금도 벽난로 옆에 앉아 말없이 불빛만 바라보고 있다······. 나는 무슨 말을 해야 할지 몰라 그냥 묻는다.

「저어, 무슨 일 있어요?」

「없소······.」 그가 대답한다.

다시 침묵에 잠긴다. 붉은 불빛이 그의 우울한 얼굴에 어른거린다.

옛일이 떠오른다. 갑자기 어깨가 흔들리고, 나는 고개를 숙인 채 씁쓸한 울음을 터뜨린다. 나 자신과 이 사람이 견딜 수 없이 불쌍해진다. 이제는 돌이킬 수 없는 지난 일들을 간절하게 바란다. 더 이상 나는 내가 부유한 명문가 출신이라는 생각을 하지 않는다.

관자놀이를 꼭 누르고, 큰 소리로 흐느껴 울면서 웅얼거린다.

「이를 어떡해, 이를 어떡해, 인생이 망가져 버렸어……」

하지만 그는 아무 말도 하지 않고 앉아만 있다. 나에게 울지 말라는 말도 하지 않는다. 그는, 울 필요가 있으며 그럴 때가 됐다는 것을 잘 알고 있다. 나를 안쓰럽게 여긴다고 그의 눈이 말하고 있다. 나 또한 그가 안쓰럽고, 나의 인생도 그 자신의 인생도 제대로 세우지 못한 이 소심한 실패자에게 화가 난다.

그를 배웅할 때, 그가 현관에서 일부러 느리게 털외투를 입고 있다고 생각된다. 아무 말없이 두 번 나의 손에 입을 맞추고, 오랫동안 눈물에 젖은 내 얼굴을 바라본다. 이 순간 그는 뇌우, 빗줄기, 우리의 웃음, 당시의 내 얼굴을 떠올렸으리라고 생각한다. 그는 나에게 뭔가를 말하고 싶어 한다. 그는 기꺼이 말할 수도 있다. 하지만 아무 말도 하지 않고 고개만 흔들며 내 손을 꼭 잡는다. 안녕히 가시길!

그를 떠나보내고, 나는 서재로 돌아와서 다시 벽난로 옆 양탄자에 앉는다. 재가 덮인 붉은 목탄이 꺼져 가고 있다. 추위가 점점 더 사납게 창문을 두드리고, 바람이 벽난로 굴뚝에서 애처롭게 울부짖는다.

하녀가 들어온다. 내가 자는 줄 알고 나를 소리 내어 부른다……

자고 싶다

밤. 열세 살 어린 소녀인 유모 바리까가 아기가 누워 있는 요람을 흔들며 들릴 듯 말 듯 웅얼거린다.

「자장, 자장, 자장, 노래 불러 줄게……」

성상 앞에는 초록색 작은 램프가 타오르고 있다. 방 안 전체를 가르며 이 구석에서 저 구석으로 줄이 묶여 있고, 그 위에 기저귀들과 검은색 어른 바지가 걸려 있다. 램프의 불빛이 천장에 커다란 초록색 반점으로 어룽지고, 기저귀들과 바지가 긴 그림자를 뻬치까와 요람과 바리까 위로 드리운다……. 작은 램프가 흔들리기 시작하면 반점과 그림자가 되살아나 마치 바람이라도 부는 것처럼 움직인다. 무덥다. 양배추 수프와 구두를 만드는 데 쓰는 가죽 냄새가 난다.

아기가 운다. 오래전부터 우느라 이미 목이 쉬어 이제는 지칠 만한데도, 여전히 큰 소리로 울어 댄다. 언제 그칠지 알 수가 없다. 바리까는 자고 싶다. 두 눈은 감기고 고개는 끄덕이고 목덜미는 아프다. 눈꺼풀도 입술도 달싹할 수 없다. 얼굴이 바싹 말라 마비된 것 같고, 머리가 좁쌀만큼 작아진 듯하다.

「자장, 자장, 자장.」 바리까가 나지막이 웅얼거린다. 「아가를 위해 까샤¹를 끓여 줄게…….」

뻬치까 위에서 귀뚜라미가 운다. 문이 맞닿아 있는 옆방에서 구두 수선공인 집주인 아파나시가 코를 골고 있다……. 요람은 애처롭게 삐걱거리고 바리까는 여전히 웅얼거린다. 이 소리는 잠자리에 든 사람에게라면 매우 달콤하게 들릴, 한밤중의 자장가를 이룬다. 그렇지만 지금 이 음악은, 너무도 졸리지만 잘 수가 없는 바리까의 신경을 건드리며 괴롭힐 뿐이다. 바리까가 잠이라도 들면, 안쓰럽게도 안주인이 매질을 할 것이기 때문이다.

작은 램프가 깜박거린다. 초록색 반점과 그림자가 움직이며, 절반쯤 감겨 움직이지 않는 바리까의 눈동자에 기어들어, 반 정도 잠든 뇌수 속에 몽롱한 공상을 만든다. 바리까는 하늘에서 연달아 흘러가며 아기처럼 울어 대는 먹구름을 본다. 그러다가 갑자기 바람이 불어 구름이 흩어지자, 바리까는 먼지가 뿌옇게 덮인 넓은 포장도로를 본다. 포장도로 위로 짐마차 대열이 지나고, 등에 배낭을 짊어진 사람들이 느리게 걸어가고, 앞뒤로 알 수 없는 그림자들이 날아다닌다. 차갑고 짙은 안개를 뚫고 길 양옆으로 숲이 보인다. 갑자기 등짐을 진 사람들과 그림자들이 먼지가 뿌연 땅바닥으로 쓰러진다. 〈왜 그러지?〉 바리까가 묻는다. 〈자야지, 잘 거야!〉 하는 대답이 들린다. 그들이 곤하게 잠을 잔다. 달콤하게 잠을 잔다. 전신줄 위에 까막까치들이 앉아 그들을 깨우려고

---

1 러시아의 전통 음식 가운데 하나로, 죽과 비슷하다. 메밀이나 호밀, 보리, 쌀 등의 곡식을, 끓인 우유나 물에 넣고 소금, 설탕, 버터 등으로 맛을 낸다. 야채나 과일, 버섯, 육류 등을 넣어 함께 끓이기도 한다.

애쓰면서 아기처럼 울어 댄다.

「자장, 자장, 자장, 노래를 불러 줄게……」 응얼거리는 바리까가 이제 어둡고 무더운 농가 안에 있는 자신을 본다.

돌아가신 아버지 예핌 스쩨빠노프가 바닥에서 몸을 뒤척인다. 아버지의 얼굴은 보이지 않고, 통증 때문에 바닥에서 뒹구는 아버지의 신음 소리만 들린다. 아버지의 말로는 〈탈장이 심해졌다〉. 통증이 심해 말 한마디도 제대로 할 수 없었고 간신히 숨을 들이쉬며 입술로 북 두드리는 소리를 내뱉는다.

「부부부부…….」

어머니 뺄라게야가 예핌이 죽어 간다고 주인들에게 말하려고 저택으로 뛰어간다. 떠난 지 이미 오래지만 돌아올 기미조차 없다. 바리까는 뻬치까 위에 누워 아버지의 〈부부부〉 하는 소리에 귀를 기울인다. 그때 누군가 농가에 도착하는 소리가 들린다. 그것은 주인들이 부른 의사가 시내에서 그들의 집으로 막 도착하는 소리다. 의사가 농가 안으로 들어선다. 어두워 그의 모습은 보이지 않고 그가 기침을 하며 문을 여닫는 소리만 들린다.

「불을 켜십시오.」 그가 말한다.

「부부부…….」 예핌이 대답한다.

뺄라게야가 뻬치까로 뛰어가서 성냥갑을 찾기 시작한다. 잠시 정적이 흐른다. 의사가 호주머니를 뒤져 자기 성냥을 찾아 불을 켠다.

「이를 어째, 금방 돌아올게요, 금방.」 뺄라게야가 이렇게 말하고 농가 밖으로 성급하게 나갔다가, 잠시 후 타다 남은 양초를 가지고 돌아온다.

예핌의 뺨은 불그스름하고 두 눈은 빛난다. 예핌의 시선은 마치 농가와 의사를 꿰뚫어 보듯 어딘지 모르게 날카롭다.

「왜 그러는 겁니까? 무슨 생각을 하는 거지요?」 의사가 예 핌을 향해 허리를 숙이고 말한다. 「저런! 오래전부터 이러고 있었나요?」

「어떤가요? 의사 선생님, 죽을 때가 됐나 봅니다……. 살기는 다 틀렸습니다…….」

「쓸데없는 말은 그만두고…… 치료해 봅시다!」

「의사 선생님, 그렇게 말씀해 주시니 무척 고맙습니다만, 우리가 이해하기로는…… 죽음이 바로 앞에 도착했다면.」

의사는 15분 정도 진찰하더니 일어나 말한다.

「내가 할 수 있는 일은 아무것도 없군요……. 병원에 입원해서 수술을 받아야 합니다. 지금이라도 당장…… 지체하지 말고 당장 출발하십시오! 조금이라도 늦으면 모두 자고 있을 겁니다. 하지만 걱정하지 마십시오, 내가 메모해 드릴 테니. 알겠습니까?」

「어쩌나, 뭘 타고 간다지?」 뻴라게야가 말한다. 「우리에게는 말이 없어요.」

「걱정 마십시오, 내가 주인들께 부탁해 보겠습니다, 그분들이 말을 내줄 겁니다.」

의사가 떠나고, 촛불이 꺼지고, 다시 〈부부부〉 하는 소리가 들린다……. 반 시간쯤 지났을 무렵 누군가 농가에 도착한다. 병원에 가라고 나리가 보낸 조그만 짐마차가 도착한 것이다. 예핌은 채비를 하고 떠난다…….

이제 맑고 화창한 아침이 찾아온다. 뻴라게야는 집에 없다. 병원으로 예핌이 어떻게 되었는지 보러 떠난 것이다. 어딘가에서 아기가 운다. 바리까는 누군가 그녀의 목소리로 노래 부르는 것을 듣는다.

「자장, 자장, 자장, 노래를 불러 줄게……」

뻴라게야가 돌아온다. 성호를 긋고 나서 이렇게 소곤소곤 말한다.

「밤새 탈장된 것을 수술했지만, 아침 무렵에 하늘나라로 떠나셨어……. 천국에 갔겠지, 영원한 평화가 깃들기를……. 치료가 너무 늦어서 어쩔 수 없었다고 하더구나……. 좀 더 일찍 갔더라면……」

바리까는 숲 속으로 들어가서 운다. 그런데 갑자기 누군가 그녀의 뒤통수를 세게 내려친다. 이마가 자작나무에 부딪칠 정도로 세게. 머리를 들어 보니 바로 앞에 구두 수선공인 집 주인이 있다.

「이런 나쁜 년, 대체 뭘 하는 거야?」 그가 말한다. 「아이가 우는데도 잠을 자?」

그가 바리까의 귀를 아프도록 잡아당긴다. 바리까가 고개를 젓고 나서, 요람을 흔들며 노래를 웅얼거린다. 초록색 반점과 바지와 기저귀의 그림자가 떨리고 깜박이며 다시 곧 그녀의 뇌수를 사로잡는다. 다시 그녀는 먼지가 뿌옇게 덮인 넓은 포장도로를 본다. 등짐을 진 사람들과 그림자들이 쭉 뻗고 누워 곤하게 잠을 잔다. 그들을 바라보면서 바리까는 너무도 자고 싶다. 편안히 눕는가 싶었는데, 어머니 뻴라게야가 그녀 옆에서 걸으며 그녀를 재촉한다. 어머니와 바리까 두 사람은 셋집을 알아보려고 서둘러 도시로 걸어간다.

「제발 자비를 베풀어 주십시오!」 어머니가 지나가는 사람들한테 구걸을 한다. 「하느님의 은총을 빕니다, 제발 자비를 베풀어 주십시오!」

「이리로 아기를 데려와!」 익숙한 목소리가 바리까에게 대답한다. 「이리로 아기를 데려와!」 같은 목소리가 되풀이해서 말한다. 이미 화가 난 날카로운 목소리다. 「듣고 있는 거야? 더러운 년!」

바리까는 주위를 둘러보고 나서 벌떡 일어나 어떻게 된 일인지 알아본다. 넓은 포장도로도 삘라게야도 지나가는 사람들도 없다. 방 한가운데에 아기한테 젖을 물리려고 온 안주인이 서 있을 뿐이다. 어깨가 넓고 뚱뚱한 안주인이 젖을 먹이며 아기를 달래는 동안, 바리까는 그대로 서서 그녀를 바라보며 다 먹이기만 기다린다. 창문 밖은 벌써 파르스름하고, 천장의 그림자와 초록색 반점도 눈에 띄게 희미하다. 곧 아침이다.

「데려가!」 안주인이 블라우스의 앞단추를 잠그면서 말한다. 「운다. 그러면 가만 안 둬.」

바리까는 아기를 받아 요람에 눕히고 다시 흔들기 시작한다. 초록색 반점과 그림자가 점차 희미해지더니, 더 이상 그녀의 머리로 기어들어 뇌수를 몽롱하게 만들지 않는다. 하지만 여전히 자고 싶다. 지독하게 자고 싶다! 바리까는 요람의 귀퉁이에 머리를 기대고 잠을 이겨 내려고 온몸을 흔든다. 하지만 눈은 여전히 감기고 머리는 무겁다.

「바리까, 뻬치까에 불을 때!」 문밖에서 집주인의 목소리가 울린다.

그러니까 벌써 잠자리에서 일어나 일을 시작할 때가 된 것이다. 바리까는 요람을 내버려 두고 장작을 가지러 헛간으로 달려간다. 바리까는 기쁘다. 걷거나 뛰어다닐 때면 앉아 있을 때처럼 그렇게 자고 싶지 않기 때문이다. 바리까는 장작을 가지고 와서 뻬치까에 불을 때며 무감각해진 얼굴이 펴지고 머리가 맑아지는 것을 느낀다.

「바리까, 사모바르를 올려놔!」 안주인이 소리친다.

바리까가 나무를 잘게 쪼개어 간신히 불을 붙인 다음 사모바르 속에 집어넣자마자 새로운 명령이 들린다.

「바리까, 주인어른의 덧신을 닦아 놔!」

바리까가 바닥에 앉아 덧신을 닦으면서, 커다랗고 깊은 덧신 속에 머리를 박고 잠깐이라도 잠을 자면 좋겠다고 생각한다……. 그때 갑자기 덧신이 부풀어 올라 커지더니 방 안을 가득 채운다. 바리까는 브러시를 떨어뜨리고 재빨리 머리를 흔들며 눈을 크게 뜨고서, 물체들이 커지지 않고 눈 안에서 움직이지 않도록 노려본다.

「바리까, 계단 위부터 물청소를 해, 안 그러면 구두 맞추러 오는 손님들한테 부끄럽지 않니!」

바리까는 계단을 닦고 방을 치우고 나서 다른 뻬치까에 불을 때고 가게로 뛰어간다. 할 일이 많아 잠시도 쉴 틈이 없다.

싱크대 앞 한구석에 서서 감자를 씻는 일만큼 힘든 것도 없다. 싱크대 쪽으로 고개를 빼어 내밀면, 감자가 눈앞에서 어른거리고 칼이 손에서 미끄러진다. 양 소매를 걷어올린 뚱뚱하고 신경질적인 안주인이 그 옆을 지나다니며 귀가 울리도록 큰 소리로 말을 한다. 식사 시중을 드는 것, 세탁하는 것, 바느질하는 것도 고통스럽다. 아무것도 개의치 않고 바닥에 쓰러져 자고 싶은 순간이 잦아진다.

날이 저문다. 창밖이 어두워지는 것을 바라보며 바리까는 자신의 무감각해진 관자놀이를 꼭 누르고 미소를 짓는다. 무엇 때문에 그래야 하는지 자신도 알지 못한 채. 저녁 안개가 바리까의 감기는 눈을 어루만지며 그녀에게 깊은 잠을 곧 잘 수 있을 거라고 약속한다. 저녁에 집주인에게 손님들이 찾아온다.

「바리까, 사모바르를 올려!」 안주인이 소리친다.

집주인의 사모바르는 작아서, 손님들이 차를 다 마시려면 다섯 번을 끓여야 한다. 차를 준비한 후에도 바리까는 한 시간은 더 그 자리에 서서 손님들을 바라보며 명령을 기다려야 한다.

「바리까, 얼른 뛰어가서 맥주 세 병을 사와!」

바리까는 그 자리에서 벗어나, 잠을 쫓기 위해 될 수 있는 한 빨리 달리려고 애쓴다.

「바리까, 얼른 뛰어가서 보드까를 가져와! 바리까, 병따개는 어디에 있니? 바리까, 청어를 씻어!」

그러다 마침내 손님들이 떠난다. 불이 꺼지고, 주인들은 잠자리에 든다.

「바리까, 아기 요람을 흔들어!」 마지막 명령이 울려 퍼진다.

뻬치까 안에서 귀뚜라미가 운다. 천장에 어룽진 초록색 반점과 기저귀들과 바지의 그림자가 반쯤 감긴 바리까의 눈 속으로 기어들어 깜박이며 머리를 몽롱하게 한다.

「자장, 자장, 자장.」 바리까가 웅얼거린다. 「노래 불러 줄게……..」

아기가 큰 소리로 울어 댄다. 지치도록 큰 소리로 울어 댄다. 바리까는 다시 먼지 쌓인 포장도로와 등짐 진 사람들과 뻴라게야와 아버지 예핌을 본다. 그녀는 모든 일들을 파악하고 모든 사람들을 알아본다. 하지만, 반쯤 잠든 상태에서 자신의 두 팔과 두 다리를 옴짝달싹 못하게 하며 그녀를 짓누르고 그녀가 살아 있는 것을 방해하는 그 힘만큼은 결코 이해할 수가 없다. 바리까는 주위를 둘러보며 그 힘이 무엇인지 찾아내어 벗어나 보려고 하지만, 찾아낼 수가 없다. 결국 기진맥진해져 자신의 온 힘을 다해 두 눈을 부릅뜨고 머리 위에서 깜박거리는 초록색 반점을 바라본다. 그러면서 울음소리에 귀를 기울이다가, 마침내 그녀가 살아 있는 것을 방해하는 적을 발견한다.

그 적은 바로 아기다.

바리까가 웃는다. 이렇게 간단한 것을 왜 좀 더 일찍 알지 못했는지 그녀 자신도 놀랄 지경이다. 초록색 반점, 그림자, 그리고 귀뚜라미도 웃으면서 놀라는 것 같다.

그릇된 관념이 바리까를 사로잡는다. 바리까는 접의자에서 일어나 활달하게 미소를 지으며 눈도 깜박이지 않고 방 안을 천천히 걸어 다닌다. 자신의 두 팔과 두 다리를 억누르고 있는 아기로부터 이제 벗어나게 될 거라는 생각에 그녀는 유쾌하고 근질근질하다……. 아기를 죽이고, 그러고 나서 자는 거다, 잠을 자는 거다…….

웃으며 눈을 끔벅이며 초록색 반점을 손가락으로 으르며 바리까는 요람으로 살그머니 다가가 아기 쪽으로 몸을 굽힌다. 아기를 질식시키고 서둘러 바닥에 눕힌다. 이제는 잘 수 있다는 기쁨에 웃는다. 1분도 채 지나지 않아 이미 바리까는 곤하게 자고 있다, 마치 죽은 사람처럼…….

6호 병동

1

 병원의 마당에 그리 크지 않은 별채가 있다. 우엉과 엉겅퀴와 야생 대마의 무성한 수풀이 별채를 둘러싸고 있다. 별채의 지붕은 녹이 슬어 적갈색이고, 굴뚝은 반쯤 주저앉았고, 입구의 계단은 썩어 잡초로 뒤덮여 있으며, 벽에 바른 석회는 흔적뿐이다. 별채의 앞면은 병원과 마주 보고 있고, 뒷면은 벌판을 향해 있다. 별채와 벌판 사이에는 못이 박힌, 병원의 회색 울타리가 쳐 있다. 날카로운 끝이 위를 향하고 있는 못들과 울타리, 그리고 별채 자체의 불길하고 음침한 외관은 이 나라의 병원과 감옥의 건물에서만 볼 수 있는 것이다.
 당신이 만일 엉겅퀴에 찔리는 것을 겁내지 않는다면, 함께 좁은 오솔길을 걸어 별채로 가서 그 안에서 벌어지는 일을 들여다보자. 첫 번째 문을 열면 우리는 현관에 들어서게 된다. 이곳의 벽과 페치카 옆에는 병원의 허섭스레기들이 산더미처럼 쌓여 있다. 매트리스, 파란 줄무늬가 그려진 낡고 찢어진 환자복의 윗도리와 바지들, 닳아 해진 신발들, 이 모든 누더기들이 구겨지고 엉킨 채 산더미같이 쌓이고 썩어서 질식할 듯한 악취를 풍기고 있다.

이 허섭스레기 위에 언제나 문지기 니끼따가 입에 파이프를 물고 누워 있다. 니끼따는 색 바랜 견장을 달고 있는, 늙은 퇴역 군인이다. 여위고 험상궂은 얼굴, 초원의 양치기 같은 인상을 주는 처진 눈썹, 붉은 코, 그리고 그리 크지 않은 키에 마른 데다가 힘줄이 불거져 있으며, 태도는 매우 위압적이고 주먹은 단단했다. 그는 세상 그 무엇보다도 질서를 사랑해서 〈그들〉은 맞아야만 한다고 확신하는, 그런 단순하고 적극적이며 맹종하고 우둔한 부류의 사람에 속한다. 그는 얼굴이건 가슴이건 등이건 닥치는 대로 두들겨 패면서, 그렇지 않으면 질서가 유지되지 않는다는 신념을 가지고 있다.

당신이 더 들어가면, 현관을 제외한 별채 전체를 차지하는 크고 넓은 방으로 들어가게 된다. 이곳의 벽에는 지저분한 파란색이 아무렇게나 발려 있고, 천장은 굴뚝 없는 농가에서처럼 그을음투성이다. 겨울이면 분명히 뻬치까의 연기로 자욱해질 것이다. 창문마다 안쪽에 쇠창살이 보기 흉하게 설치되어 있다. 바닥은 회색이고 군데군데 갈라져 있다. 소금에 절인 양배추와 램프 심지의 그을음이 있고 빈대와 암모니아의 악취 때문에 막 방에 들어서면 당신은 동물 우리에 들어간 듯한 착각이 들 것이다.

방 안에는 바닥에 고정된 침대들이 있다. 침대 위에는 파란 환자복을 입고 구식 나이트캡을 쓴 사람들이 앉거나 누워 있다. 이들은 정신병자들이다.

이곳에는 모두 다섯 명이 있다. 한 사람만 귀족 신분이고, 나머지는 모두 평민이다. 문에서 가장 가까운 곳에 있는 첫 번째 사람은 번질거리는 붉은 콧수염에, 울어서 눈이 퉁퉁 부은, 키가 크고 마른 사람으로 턱을 괴고 앉아 한곳만 바라보고 있다. 그는 밤이건 낮이건 애달픈 모습으로 고개를 젓거나 한숨을 내쉬거나 씁쓸한 미소를 짓는다. 대화에 끼어드는 일이 거의 없고, 무엇을 물어도 좀처럼 대답하지 않는다. 주는 것만 기계적으로 먹고 마실 뿐이다. 고통스럽게 발작적으로 터져 나오는 기침이나 홍조를 띤 수척한 뺨으로 보아 그는 폐병 초기이다.

그다음에는 뾰족한 턱수염에, 흑인처럼 머리카락이 검고 꼬불꼬불한, 몸집이 작고 생기가 있으며 매우 민첩한 노인이 있다. 낮이면 병동 안을 창문에서 창문까지 걸어 다니거나, 아니면 자신의 침대에 터키식으로 다리를 모으고 앉아 피리새처럼 소란스럽게 휘파람을 불거나 작은 소리로 노래를 부르거나 낄낄 웃거나 한다. 어린애같이 명랑하고 쾌활한 성격이 밤에도 이어져, 신에게 기도를 드리기 위해 일어나서는 주먹으로 자기 가슴을 치거나 손가락으로 열쇠 구멍을 쑤시기도 한다. 이 유대인 모이세이까는 20년 전 그의 모자 만드는 작업장이 불타 버린 이후로 미친 백치이다.

6호 병동의 거주자들 가운데 그에게만 유일하게 별채 밖으로, 심지어 병원 밖 거리로도 나가는 것이 허락되었다. 그는 그와 같은 특권을 오래전부터 누려 왔는데, 그것은 그가 병원에서 가장 오랫동안 지낸 연장자이고, 또 말썽을 피우지 않는 온순한 바보인 데다, 마을 사람들 또한 이미 오래전부터 거리에서 꼬마들과 개들에 둘러싸인 그의 모습을 보는 데 익숙해졌을 정도로 도시의 어릿광대가 되어 버렸기 때문이다. 긴 환자복을 걸치고 우스꽝스러운 나이트캡을 쓰고 슬리퍼를 끌며, 이따금 맨발에 바지도 입지 않은 채 거리를 돌아다니며 대문 앞에 서거나 상점에 들러 동전을 구걸한다. 어떤 곳에서는 끄바스[1]를 얻고, 어떤 곳에서는 빵을, 또 다른 곳에서는 동전을 구걸하여, 언제나 배가 부르고 부유해져 별채로 돌아온다. 하지만 그가 가지고 오는 모든 것을 니끼따가 압수하여 자신이 사용한다. 이 군인은 하느님이 내려다보신다고 말하면서, 주머니를 뒤지며 거칠게 화를 낸다. 그러면서 그 유대인을 더 이상 거리로 내보내지 않겠다느니, 자신은 무질서를 이 세상에서 가장 싫어한다느니 하고 말한다.

모이세이까는 다른 사람들에게 도움을 주는 것을 좋아한다. 그는 동료들에게 물을 날라다 주기도 하고, 잠이 든 동료에게 담요를 덮어 주기도 하고, 모두에게 1꼬뻬이까씩 거리에서 가져다주거나 새로운 모자도 하나씩 만들어 주겠다고 약속하기도 한다. 그리고 왼쪽 옆에 있는, 중풍으로 몸이 마비된 동료의 숟가락질을 도와주기도 한다. 그가 이런 일을 하는 것은 어떤 동정심이나 박애 정신 때문이 아니고, 오른쪽에 있는 동료 그로모프를 흉내 내다가 자기도 모르게 닮아 버렸기 때문이다.

이반 드미뜨리치 그로모프는 법원의 집행관과 관청의 서기를 지낸, 서른세 살의 귀족 출신 사내로, 피해망상에 시달리고 있다. 그는 몸을 움츠리고 침대에 누워 있거나, 산보라도 하듯이 구석구석을 걸어 다니며, 좀처럼 앉아 있으려고 하지 않는다. 막연하고 어렴풋한 어떤 기다림 속에서 언제나 흥분하여 신경이 곤두선 긴장된 모습이다. 현관에서 나는 사각거리는 소리나 마당에서 들리는 고함 소리에도 그는 고개

[1] 러시아 전통 음료.

를 들고 귀를 기울인다. 자신을 부르러 오는 게 아닌가, 자신을 찾고 있지나 않나 하고. 그럴 때 그의 얼굴에는 극도의 불안과 혐오감이 떠오른다.

나는 투쟁과 계속되는 공포에 지쳐 있는 영혼을 거울처럼 반영하는, 언제나 창백하고 불행한, 그의 광대뼈가 튀어나온 넓적한 얼굴을 좋아한다. 찌푸린 그의 얼굴은 기이하고 병적이지만, 진지하고 깊은 고민이 각인된 섬세한 모습은 현명하고 지적이며, 눈에서는 따뜻하고 건강한 빛이 난다. 나는 또한 정중하고 친절하며, 니끼따를 제외한 그 누구에게도 무척이나 겸손한 그를 좋아한다. 누가 단추나 숟가락을 떨어뜨리기라도 하면, 그는 재빠르게 침대에서 벌떡 일어나 주워 준다. 그는 잠이 깨면 동료들에게 아침 인사를 하고, 잠자리에 누울 때면 잘 자라는 인사를 한다.

계속되는 긴장 상태와 찌푸린 얼굴 외에도, 그의 광기는 이렇게 나타난다. 이따금 저녁이 되면 자신의 환자복을 단단히 여미고, 온몸을 떨고 이빨을 덜덜거리며 침대 사이 구석구석을 빠르게 돌아다니기 시작한다. 마치 심한 열병에라도 걸린 듯이. 그러다가 갑자기 멈춰 서서 동료들을 쳐다본다. 그렇지만 그들이 자신의 말을 들어 주지도 않을 거고 또 이해하지도 못할 거라고 판단한 표정으로, 조급하게 머리를 흔들고 다시 걷기 시작한다. 하지만 곧 말하고 싶다는 욕망이 그 어떤 판단보다 앞서, 내키는 대로 격정적으로 열변을 토한다. 그의 이야기는 헛소리처럼 무질서하고 들떠 있으며 돌발적이어서 전혀 이해할 수 없지만, 그래도 사용하는 낱말들과 목소리에는 대단히 고결한 뭔가가 담겨 있다. 그가 말할 때 당신은 그의 안에 미치광이와 정상적인 인간이 공존한다는 것을 알 수 있다. 그의 광기 어린 연설을 제대로 적기는 힘들다. 그가 말하는 것은 인간의 비겁함, 정의를 유린하는 폭력, 지상에 곧 도래할 아름다운 삶, 폭력을 사용하는 자의 어리석음과 잔인함을 시시각각 상기시키는 창문의 쇠창살 등에 관한 것이다. 오래된, 그러나 아직 못다 부른 노래의 무질서하고 사리에 맞지 않는 접속곡이 이뤄진다.

2

 12년에서 15년 전, 도시의 가장 번화한 거리에 부유하고 평판이 좋은 그로모프라는 관리가 살고 있었다. 그에게는 두 명의 아들, 세르게이와 이반이 있었다. 대학교 4학년이던 세르게이는 급성 결핵에 걸려 죽었고, 이 죽음은 그로모프 가족에게 갑자기 들이닥친 일련의 불행의 시작이었다. 세르게이의 장례식이 있고 1주일 후, 늙은 아버지는 문서 위조와 공금 횡령 혐의로 법정에 섰고, 그러다 곧 티푸스에 걸려 구치소의 병원에서 죽었다. 집과 모든 동산이 경매에 붙여지고, 이반 드미뜨리치는 어머니와 함께 빈털터리 신세가 되었다.
 아버지가 살아 있던 예전에, 이반 드미뜨리치는 뻬쩨르부르그의 대학에서 공부하면서 집에서 다달이 부쳐 주는 60에서 70루블의 돈으로 궁핍함을 모르고 지냈다. 그렇지만 이제 그의 생활은 완전히 변할 수밖에 없었다. 그는 아침부터 저녁까지 싸구려 가정 교사로 일하고 문서 정리를 했지만, 번 돈을 모두 어머니의 생계비로 보냈기 때문에 굶주려야 했다. 그런 생활을 이반 드미뜨리치는 견디기 힘들었다. 그는 의기소침하고 몸도 쇠약해져 대학을 그만두고 집으로 돌아왔다. 이곳 도시에서 그는 아는 사람의 도움으로 지방 학교의 교사직을 얻었으나, 동료들과 잘 어울리지 못하고 학생들이 좋아하지도 않아 이내 그만두었다. 어머니도 세상을 떠났다. 그는 반년 가까이 직장을 구하지 못해 빵과 물만으로 연명하다가, 가까스로 법원의 집행관으로 들어갔다. 그는 이 일을 병으로 해고당할 때까지 했다.

그는 건강한 인상을 준 적이 한 번도 없다. 젊은 대학생 시절에도 그랬다. 언제나 그는 창백하고 말랐으며 감기에 자주 걸렸고 잘 먹지도 자지도 못했다. 포도주 한 잔에도 머리가 어지러웠고 히스테릭해졌다. 늘 사람들과 어울리고 싶어 했지만, 곧잘 흥분하고 의심이 많은 성격 때문에 누구와도 가깝게 지내지 못했고 친구도 없었다. 그는 도시의 주민들을 늘 경멸하며, 그들의 형편없는 무지와 무기력하고 야만적인 생활이 몹시 역하고 혐오스럽다고 말했다. 그는 높고 큰 목소리로, 흥분하여 화를 내거나 환희에 젖어 감탄하면서 열정적으로, 그러면서도 언제나 진지하게 말했다. 그와 함께 무슨 이야기를 시작하더라도 늘 한 가지 결론에 도달했다. 이 도시에서 사는 것은 답답하고 따분하며, 이 사회에는 고결한 관심이 없고, 흐리멍덩하고 무의미한 생활이 지속될 뿐이며, 폭력과 난잡한 방탕과 위선이 가득하다는 것이다. 비열한 자들은 좋은 옷을 입고 배가 부르지만, 정직한 사람들은 빵 조각으로 연명한다는 것이다. 학교가 필요하며, 정직한 보도를 하는 지방 신문과 극장과 대중 강연과 인텔리들의 연대가 필요하다는 것이다. 이 사회로 하여금 자신의 모습을 깨닫고 두려움을 알게 할 필요가 있다는 것이다. 사람들을 판단할 때, 그는 백과 흑,

두 가지 색으로만 짙게 칠할 뿐 그 어떤 중간색도 인정하지 않았다. 인류는 정직한 부류와 비열한 부류로 나뉠 뿐 그 중간이란 없다는 것이다. 여자와 사랑에 대해서는 언제나 들떠 열정적으로 말하지만, 아직 한 번도 사랑에 빠진 적이 없었다.

신랄한 생각과 신경질에도 불구하고 도시에서 그는 사랑을 받아, 사람들은 그가 없을 때에도 다정하게 바냐라고 불렀다. 그의 타고난 겸손과 친절, 성실, 순수한 마음, 낡아빠진 프록코트, 병약한 모습, 가정의 불행 등이 친근하고 따뜻하며 슬픈 감정을 불러일으켰다. 게다가 그는 훌륭한 교육을 받았고, 책도 많이 읽었다. 도시 사람들은 그가 모르는 것이 없다고 생각했으며, 때문에 그는 도시에서 걸어 다니는 백과사전과 같은 대우를 받았다.

그는 많은 책을 읽었다. 클럽에 꼼짝도 하지 않고 앉아서 신경질적으로 턱수염을 잡아당기며 책이나 잡지의 페이지를 넘기는 그의 모습을 흔히 볼 수 있었다. 얼굴 표정으로 보아, 그는 읽고 있다기보다 완전히 씹어 삼키고 있는 것 같았다. 그가 아주 게걸스럽게, 해가 지난 신문들과 캘린더까지 손에 닿는 대로 몰두해 읽는 것을 보면, 독서는 그의 병적인 습관들 가운데 하나라고 생각할 수 있었다. 집에서 책을 읽을 때 그는 늘 드러누웠다.

3

어느 가을 아침, 외투 깃을 세우고 이반 드미뜨리치가 건물들의 뒤쪽으로 난 질퍽질퍽한 골목길을 따라 걷고 있었다.

법원의 명령서를 보이고 벌금을 받기 위해 어떤 상인에게 가는 중이었다. 아침이면 늘 그렇듯이 그의 기분은 울적했다. 한 골목에서, 그는 족쇄를 찬 두 명의 죄수와 소총을 들고 그들을 호송하는 네 명의 군인과 맞닥뜨렸다. 이전에도 이반 드미뜨리치는 자주 죄수들과 마주쳤는데, 그럴 때마다 동정심과 함께 불쾌한 감정이 들었다. 그런데 이번의 마주침은 그에게 이전과는 다른 기이한 인상을 불러일으켰다. 무슨 이유에서인지 갑자기, 그 자신도 족쇄를 차고 그들처럼 진흙길을 걸어 감옥으로 끌려갈지도 모른다는 생각이 든 것이다. 상인의 집을 방문하고 집으로 돌아오다가 그는 우체국 근방에서 안면이 있는 경찰서장을 만났다. 경찰서장은 그에게 아는 척을 했고, 그들은 함께 거리를 몇 발짝 걸었는데, 이 일이 그에게 왠지 꺼림칙했다. 집에서 보낸 그날 하루 종일, 그의 머리에서 죄수들과 총을 든 군인들의 모습이 떠나지 않았고, 까닭 없이 마음이 불안해 책도 읽을 수 없었고, 정신도 집중할 수 없었다. 저녁이 되어 집에 왔지만 불도 켜지 않고 잠도 자지 않으면서, 자신이 체포되어 족쇄를 차고 감옥에 끌려갈지도 모른다는 생각만 했다. 그는 지금까지 사소한 죄도 짓지 않았고, 또 앞으로도 살인이나 방화나 도둑질 같은 짓은 당연히 하지 않을 것이지만, 어쩌다 뜻하지 않게 범죄에 휘말리지 말라는 법은 없으며, 무고한 중상이나 재판의 오류가 있지 말라는 법은 없었다. 오죽하면 옛날부터, 비렁뱅이와 감옥살이는 장담하지 말라는 말이 전해 오겠는가. 더군다나 현재의 소송 절차에서는 재판의 오류가 얼마든지 가능하고 또 놀랄 일도 아니었다. 다른 사람들의 고통을 다루는 업무에 종사하는 사람들, 이를테면 판사, 경찰관, 의사 같은 사람들은 시간이 흐를수록 타성에 빠져서, 그렇게 하지 않으려 해도 점차 자신의 의뢰인들을 형식적으로 대하게 된다. 이런 점에서 보면, 그들은 뒷마당에서 양이나 송아지를 잡으면서 피가 튀어도 무감각한 잡부들하고 다르지 않다. 개인에 대한 비정하고 형식적인 태도 때문에, 죄 없는 사람에게서 모든 권리를 빼앗고 징역형을 선고하는 데 판사에게 필요한 것은 오직 하나, 시간뿐이다. 대수롭지 않은 형식주의의 준수를 위해 보내는 시간으로 판사는 봉급을 받고, 그러고 나면 모든 일은 끝나는 것이다. 그 후에, 철도에서 2백 베르스따[2]나 떨어진 이 작고 초라한 도시에서 정의를 찾고 보호하겠다고 한들 무슨 소용이 있겠는가! 온갖 폭력이 사회의 합리적이고 정당한 필연으로 받아들여지고, 무죄 판결과 같이 자비로운 모든 행동에 불만과 복수의 감정이 폭발하는 속에서 정의를 생각하는 것은 우습지 않은가?

다음 날 아침, 이반 드미뜨리치는 두려움에 떨며 침대에서 일어났다. 그의 이마에서는 식은땀이 흘렀다. 이제 그는 자신이 언젠가 체포될 거라 확신하고 있었다. 〈어제의 무거운 생각이 이렇게 오랫동안 나를 붙잡고 있는 것을 보면〉 하고 그는 생각했다. 〈그것이 곧 어느 만큼은 사실이기 때문이다. 사실 아무런 까닭도 없이 그런 생각이 머리에 떠오를 리 없지 않은가?〉

경찰관이 천천히 창문 옆으로 지나갔다. 예사롭지 않은 일이다. 두 명이 집 근처에 잠자코 서 있다. 도대체 왜 그들은 아무 말도 없는 것일까?

이제 이반 드미뜨리치에게 밤낮으로 고통이 찾아왔다. 창

---

2 미터법 시행 이전 러시아의 거리 단위. 1베르스따는 1.067킬로미터이므로 2백 베르스따는 약 213킬로미터이다.

문 옆으로 지나다니거나 마당 안으로 들어오는 모든 사람들이 탐정이거나 형사로 여겨졌다. 보통 정오 무렵에 경찰서장은, 말 두 필이 끄는 사륜마차를 타고 거리를 지나간다. 교외에 있는 자신의 영지에서 경찰서로 가는 길이다. 그렇지만 이반 드미뜨리치는 그때마다, 경찰서장이 긴박한 표정으로 서둘러 말을 몰고 있다고 생각했다. 〈아마도 도시에 매우 중대한 범죄자가 출현해서 급하게 가고 있나 보다.〉 이반 드미뜨리치는 초인종이 울리거나 문을 두드리는 소리가 나면 소스라치게 놀랐고, 주인집에서 낯선 사람이라도 만나면 두려움에 떨었다. 경찰관이나 헌병을 만나기라도 하면 아무렇지도 않은 듯이 미소를 짓거나 휘파람을 불었다. 그는 체포라도 될까 봐 밤새 한숨도 자지 못했다. 그러면서도 집주인에게 잠이 든 것처럼 보이기 위해 큰 소리로 코를 골거나, 잠잘 때 나는 숨소리를 흉내 냈다. 〈잠을 못 이룬다는 것은 양심의 가책으로 괴로워한다는 뜻이고, 그것만으로도 단서가 된다!〉 진실과 건전한 논리는 이러한 공포가 터무니없는 정신 이상이며, 체포니 감옥이니 하는 것도 문제를 좀 더 넓게 바라보면 본질적으로 양심에 걸릴 것이 없기 때문에 전혀 두려워할 일이 아니라고 자신을 설득했지만, 이성적이고 논리적으로 생각할수록 정신적인 불안은 더 심해지고 고통스러워졌다. 이것은 마치 어떤 은둔자가 처녀림 속에서 자신이 지낼 공간을 위해 나무를 베어 낼 때, 열심히 도끼질을 하면 할수록 숲은 더 억세지고 울창해지는 것과 같았다. 이반 드미뜨리치는 결국 더 이상 어찌해 볼 수 없다는 것을 깨닫고, 논리적인 사고를 아예 버리고 절망과 공포에 빠져 들었다.

그는 사람들을 멀리하고 피하기 시작했다. 이전부터 싫어했던 직장은 이제 견딜 수 없게 되었다. 사람들이 속임수를 써서 그의 주머니에 슬쩍 뇌물을 찔러 넣고 나중에 고발하지나 않을까, 아니면 자신이 공문서를 작성하다가 문서 위조로 내몰릴 수 있는 실수를 무심코 저지르지나 않을까, 아니면 다른 사람의 돈을 잃어버리지나 않을까 하는 생각에 두려워졌다. 이상한 일이지만 그의 생각이 지금처럼 유연하고 창의적이었던 적은 이제껏 한 번도 없었다. 그는 매일, 자신의 자유와 명예를 심각하게 훼손시킬 수 있는 수천 가지 다양한 원인들을 생각해 냈다. 그 대신 외부 세계에 대한 관심, 특히 책에 대한 관심이 현저하게 사라졌고, 기억력도 크게 나빠지기 시작했다.

봄이 되어 눈이 녹으면서 공동묘지 근처의 협곡에서 반쯤 부패한 두 구의 시체가 발견되었다. 노파와 소년, 두 시체에는 타살의 흔적이 남아 있었다. 도시는 온통 두 구의 시체와 밝혀지지 않은 살인자에 관한 화제로 시끄러웠다. 이반 드미뜨리치는 자기 자신이 살인자로 의심받을까 봐, 밖으로 나와 미소를 지으면서 걸어 다녔고, 아는 사람을 만나면 얼굴이 창백해졌다 붉어졌다 하면서, 힘없고 연약한 사람을 죽이는 것처럼 비열한 범죄는 없다고 역설해 댔다. 이런 가식에 그는 곧 지쳤고, 몇 가지 궁리 끝에 자신의 상황에서 가장 좋은 방법은 주인집 지하실에 숨는 것이라고 결론 내렸다. 지하실에 앉아 낮을 보내고, 이어지는 밤과 다음 날 낮도 보냈다. 그렇지만 오한이 심하게 들어, 어두워지기를 기다렸다가 몰래 도둑처럼 자신의 방으로 들어갔다. 새벽까지 그는 방 한가운데서 귀를 기울인 채 미동도 하지 않고 서 있었다. 아침 일찍, 해도 뜨기 전에 뻬치까 고치는 사람들이 주인집에 왔다. 이반 드미뜨리치는 그들이 부엌에 있는 뻬치까를 수선하기 위해 왔다는 것을 잘 알고 있었지만, 공포가 그에게 그들은 수선공으로 변장한 경찰관이라고 속삭였다. 그는 슬그머니 방에서 거리로 빠져나와, 모자도 쓰지 않고 코트도 걸치지 않은 채 공포에 휩싸여 뛰기 시작했다. 그 뒤를 개들이 짖으면서 쫓아갔다. 어딘가에선 농부가 그를 향해 고함을 질렀다. 귓가에서 공기가 윙윙 울렸다. 이반 드미뜨리치는 온 세상의 폭력이 그의 등 뒤로 몰려와 그를 뒤쫓고 있다고 생각했다.

사람들이 그를 붙잡아 집으로 데려갔다. 집주인은 의사를 부르러 갔다. 의사 안드레이 에피미치가, 그에 대해서 다음에 이야기하겠다, 머리에 냉찜질을 하라고 지시하고 물약을 처방한 다음, 애처롭게 고개를 젓고는, 집주인에게 사람이 미쳐 가는 것은 막을 도리가 없으니 더 이상 자신이 왕진 올 필요가 없다고 말한 후 떠났다. 집에서는 생계를 유지할 방도도 치료할 방도도 없기 때문에, 이반 드미뜨리치는 병원에 보내져 성병 환자들을 치료하는 병동에 들어갔다. 밤새 잠을 자지 않고 별나게 행동한 그는 다른 환자들에게 피해를 주어 곧, 안드레이 에피미치의 지시에 따라 6호 병동으로 옮겨졌다.

1년 후, 도시에서 이반 드미뜨리치의 존재는 완전히 잊혔다. 집주인이 헛간 안 썰매 마차 속에 쌓아 놓은 그의 책들은 아이들이 가져가 버렸다.

4

이반 드미뜨리치의 왼쪽 옆 환자는, 내가 이미 말했던 것처럼, 유대인 모이세이까이고, 오른쪽에 있는 환자는 우둔하고 전혀 감각이 없는 얼굴에 기름기가 흐르고 둥그스름한 농부이다. 이자는 이미 오래전에 생각하고 느끼는 능력을 상실한, 거의 움직이지 않으면서 먹기만 하는 불결한 짐승이다. 그에게서는 항상 숨이 막힐 듯한 악취가 난다.

니끼따는 그의 주위를 치우면서, 자기 주먹이 얼마나 센지를 생각지도 않고 온 힘을 다하여 무섭게 그를 두들겨 팬다. 이럴 때 무서운 것은 그가 얻어맞는다는 점이 아니라 — 그것에는 익숙해질 수 있다 — 무감각한 짐승은 얻어맞으면서도 소리를 내거나 움직이거나 눈동자가 떨리거나 하는 어떤 반응도 보이지 않고, 그저 묵직한 나무통처럼 조금 흔들릴 뿐이라는 사실이다.

6호 병동의 마지막 다섯 번째 거주자는 이전에 우체국에서 우편물 분류 일을 했던 사람이다. 선량하면서도 어딘지 교활한 얼굴을 한, 몸집이 작고 마른 금발의 사내다. 맑고 쾌활하게 상대를 쳐다보는 영리하고 침착한 눈매로 보아, 그는 빈틈이 없고 뭔가 매우 중요하고 즐거운 비밀을 간직하고 있는 듯하다. 그의 베개와 매트리스 밑에는, 그가 빼앗기거나 도둑맞을 걱정 때문이 아니라 부끄러움 때문에 아무에게도 보여 주지 않는 뭔가가 있다. 이따금 그는 창가로 다가가 동료들에게 등을 돌린 채, 뭔가를 가슴에 달고 고개를 숙이고 바라본다. 만일 그가 그럴 때 가까이 가기라도 하면, 그는 당황하여 가슴에서 그 뭔가를 떼어 낸다. 하지만 그의 비밀을 짐작하는 것은 그리 어렵지 않다.

「축하해 주시오.」 그는 이반 드미뜨리치에게 자주 이렇게 말한다. 「나는 별이 달린 스따니슬라프 이등 훈장[3]을 받게 되었소. 별이 달린 이등 훈장은 외국인에게만 주는 것인데,

무슨 이유로 나에게 예외적으로 주려고 하는지 모르겠소.」 그가 이해할 수 없다는 듯이 어깨를 움츠리고 미소를 짓는다.「솔직히 말해서, 이건 정말 뜻밖이란 말이오!」

「그런 건 나는 잘 모릅니다.」 이반 드미뜨리치가 언짢아하며 단호하게 말한다.

「조만간 내가 무엇을 받게 되는지 아십니까?」 이전에 우체국에서 일했던 사내가 교활하게 실눈을 뜨고 말을 잇는다. 「나는 반드시 스웨덴의 북극성 훈장을 받게 될 겁니다. 애써 볼 가치가 있는 훈장이지요. 하얀 십자가에 검은 리본, 무척 아름답답니다.」

이 별채 안만큼 생활이 단조로운 곳은 어디에도 없을 것이다. 아침에 환자들은, 중풍 환자와 뚱뚱한 농부를 제외하고, 현관에 있는 커다란 나무통에서 물을 떠 손과 얼굴을 씻고, 환자복 아랫부분을 닦는다. 그런 다음, 니끼따가 중앙동에서 날라 오는 차를 손잡이가 달린 철제 컵에 따라 마신다. 누구도 한 잔 이상은 마실 수 없다. 정오에, 소금에 절인 양배추로 끓인 수프와 까샤를 먹고, 저녁에는 점심 때 남긴 까샤를 마저 먹는다. 그 사이에는 눕거나 잠을 자거나 창밖을 바라보거나 구석구석을 돌아다니거나 한다. 날마다 이렇게 지낸다. 이전에 우체국에서 일했던 사내가 언제나 훈장 이야기만을 하는 것도 마찬가지다.

6호 병동에서 새로운 사람을 보는 일은 매우 드물다. 의사가 오랫동안 새로운 정신병자를 받지 않았고, 정신병동을 찾아올 사람이 세상에 그리 흔하지 않기 때문이다. 두 달에 한

---

3 혁명 전 러시아에서 스따니슬라프 이등 훈장은 관등이 낮은 관리들에게 수여되었다.

번 이발사 세묜 라자리치가 별채를 방문한다. 그가 정신병자들의 머리를 어떻게 깎는지, 니끼따가 그의 일을 어떻게 도와주는지, 술에 취한 이발사가 미소를 지으며 나타날 때마다 환자들이 얼마나 당황하는지, 이런 건 말할 필요도 없을 것 같다.

이발사를 제외하면 아무도 별채 안을 들여다보지 않는다. 환자들이 날마다 볼 수 있는 사람은 니끼따뿐이다.

그런데 얼마 전부터 중앙 병동에 아주 이상한 소문이 떠돌고 있다.

의사가 6호 병동을 찾아간다는 소문이 퍼졌던 것이다.

5

이상한 소문!

의사 안드레이 에피미치 라긴은 그 나름대로 주목할 만한 인물이다. 사람들의 말에 의하면, 아주 젊었을 때 그는 신앙심이 깊어 성직자가 되겠다고 마음을 먹고, 1863년에 중등학교를 졸업하자 신학교에 입학할 준비를 했다고 한다. 그렇지만 의학 박사이자 외과 의사인 그의 아버지가 그런 그를 신랄하게 비웃으며, 만일 그가 사제가 되면 자기 아들로 여기지 않겠다고 단호하게 선언했다는 것이다. 이 말을 어느 정도까지 믿을 수 있는지 모르지만, 여하튼 안드레이 에피미치가 직접, 의학을 비롯한 자연 과학들에 사명감을 느껴 본 적이 없다고 여러 번 털어놓은 것은 사실이다.

어찌 되었든, 그는 사제가 되지 못했고, 의학부를 마쳤다.

그는 의사가 된 초기나 지금이나 마찬가지로 특별히 종교적인 모습이나 깊은 신앙심을 드러낸 적이 없었다.

그의 외모는 무디고 거친 농부 같다. 얼굴 생김새, 턱수염, 헝클어진 머리카락, 건장하고 투박한 체격은 배가 불룩하고 절제할 줄 모르며 고집이 센, 대로변에 있는 선술집의 주인을 연상시킨다. 얼굴은 험상궂은 데다 파란 정맥이 드러나 있고 눈은 작고 코는 빨갛다. 키가 크고 어깨가 넓으며 손과 발은 거대하다. 그 주먹으로 한 대 맞으면 정신이 나갈 것 같다. 그런데 그의 말소리는 조용하고 걸음걸이는 조심스러우며 알랑거린다. 좁은 복도에서 마주치면 그는 언제나 먼저 멈춰 서서 길을 내주고, 기대되는 굵은 목소리가 아닌 높고 가늘며 부드러운 목소리로 〈실례합니다!〉 하고 말한다. 그의 목에는 조그만 혹이 있어 풀 먹인 빳빳한 칼라가 달린 옷을 입지 못하고 늘 부드러운 리넨이나 면으로 만든 셔츠를 입고 다닌다. 그래서 그의 모습은 의사답지 못하다. 10년째 언제나 같은 양복을 걸치고 다닌 탓에 유대인 가게에서 산 새 옷도 그가 입으면 헌 옷처럼 낡고 구깃구깃해 보인다. 그리고 언제나 똑같은 프록코트를 입고 환자를 보고 식사를 하고 초대받은 곳을 다니는데, 그것은 그가 인색해서가 아니라 외모에 전혀 신경을 쓰지 않기 때문이다.

안드레이 에피미치가 근무를 하기 위해 이 도시에 도착했을 무렵, 〈자선 병원〉의 상태는 열악했다. 병실과 복도, 병원의 마당에서는 악취 때문에 숨을 쉬기도 힘들었다. 병원의 잡역부들, 간호보조원들, 그리고 그들의 아이들이 환자들과 함께 병동에서 잠을 잤다. 바퀴벌레와 빈대와 쥐들 때문에 살 수가 없다는 불평이 많았다. 수술실에서는 단독(丹毒)에 걸리기 일쑤였다. 병원 전체에 외과용 메스가 두 개밖에 없었고, 체온계는 하나도 없었으며, 목욕탕에는 감자가 쌓여 있었다. 사무장과 시트를 담당하는 여직원과 보조 의사는 환자들을 갈취했다. 안드레이 에피미치의 전임자인 늙은 의사에 대해서는 소독용 알코올을 몰래 내다 팔았다느니, 병원을 간호보조원들과 여자 환자들의 하렘으로 만들었다느니 하는 말들을 했다. 도시 사람들은 이러한 병원의 무질서를 잘 알고 있었고 심지어 과장해서 말했지만, 그냥 내버려 두었다. 어떤 사람들은, 병원에 입원해 있는 사람들은 빈민과 농부들뿐이고 그들은 병원보다 가정 형편이 훨씬 더 나쁘기 때문에 불만을 털어놓을 입장이 되지 않는다고, 다시 말해서 〈들꿩들한테까지 사료를 줄 수는 없는 노릇이다!〉라며 병원의 무질서를 두둔했다. 또 어떤 사람들은, 젬스뜨보[4]의 지원을 받지 않으면서 도시 자체만으로는 좋은 병원을 운영할 능력이 없기 때문에 나쁜 병원이라도 그나마 있는 것이 다행이라고, 역시 두둔해 말했다. 새로 구성된 젬스뜨보는 도시에 이미 병원이 있다는 구실로, 시내나 변두리에 진료소를 열려고 하지 않았다.

병원을 둘러보고 나서 안드레이 에피미치는 이 시설이 부도덕하고 안에 사는 사람들의 건강에 무척이나 해롭다는 결론에 도달했다. 그의 의견에 따르면, 지금 할 수 있는 가장 현명한 조치는 환자들을 내보내고 병원 문을 닫는 것이었다. 그렇지만 그는 그렇게 하는 것이 자기 혼자 힘으로는 힘들고, 또 그런 조치가 반드시 유익한 것만은 아니라는 판단을 내렸

---

4 1864년 1월 1일자 법령에 의해 지방마다 설치되어 1917년 10월 혁명까지 있었던 러시아의 지방 자치 기관.

다. 육체적인 또는 정신적인 더러움은 어느 한 곳에서 몰아낸다 하더라도 다른 곳으로 옮아갈 뿐이다. 차라리 저절로 사라지기를 기다려야 한다. 게다가 사람들이 병원을 열었고, 이 병원을 용인하고 있다는 것은 결국 이 병원이 그들에게 필요하다는 뜻이다. 편견과 세상 속의 모든 속악하고 혐오스러운 것들도 필요하다. 마치 분뇨가 흑토가 되듯이 그것들도 시간이 흐르면 쓸모 있는 무언가로 변질될 것이기 때문이다. 지상에서 그 원천이 속악하지 않은 훌륭한 것이란 하나도 없다.

병원에서 근무하면서 안드레이 에피미치는 무질서에 대해서 아주 무심한 태도를 취했다. 그저 잡역부들과 간호보조원들에게 병실에서 자지 말라고 당부했고, 의료 기구가 든 캐비닛을 두 개 들여놨을 뿐이다. 사무장과 시트 담당 여직원과 보조 의사와 수술실의 단독은 예전 그대로 방치했다.

안드레이 에피미치는 지성과 정직을 대단히 사랑하지만, 자기 주위에 지적이고 정직한 현실을 만들어 내기에는 품성이나 자신감이 부족하다. 명령하고 금지하고 주장하는 일을 전혀 하지 못한다. 〈결코 목소리를 높이지 않겠다, 명령법을 쓰지 않겠다〉고 서약이라도 한 듯했다. 그는 〈주시오〉나 〈가져오시오〉와 같은 말을 여간해서 하지 않는다. 배가 고플 때에도 그는 헛기침을 하고 머뭇거리면서 하녀에게 이렇게 말한다. 〈차를 마시고 싶은데……〉 아니면 〈먹을 게 좀 있을까……〉. 사무장에게 도둑질을 하지 말라고 말하거나 그를 해고하거나 그 기생충과 같은 불필요한 직책을 아주 폐지하는 것은 그의 능력을 완전히 벗어난 일이다. 속이거나 아첨을 하거나 명백한 가짜 계산서를 가져와 서명해 달라고 할 때, 안드레이 에피미치는 얼굴이 새우처럼 새빨개지면서 잘못된 것임을 알면서도 어쩔 수 없이 서명을 한다. 환자들이, 자신들이 굶주리고 있다거나 간호보조원이 난폭하게 대한다고 불만을 털어놓아도, 그는 당황해하며 잘못을 빌듯 이렇게 웅얼거린다.

「알겠습니다, 알겠습니다, 나중에 알아보겠습니다……. 아마도, 오해가 있을 겁니다…….」

처음 얼마 동안 안드레이 에피미치는 아주 열심히 일했다. 그는 매일, 아침부터 저녁 식사 때까지 진찰하고 수술하고 심지어는 해산을 돕는 일까지 했다. 부인들은 그에 대해서, 신중하고 질병을, 특히 아이들과 여자들의 질병을 잘 진단한다고 말했다. 하지만 시간이 지날수록 하는 일이 단조롭고 전혀 무익하여 그를 매우 권태롭게 만들었다. 오늘 서른 명을 진찰하면, 다음 날에는 서른다섯 명으로 늘어나고, 그다음 날에는 마흔 명으로 늘어나는 그런 생활이 매일매일 해가 바뀌어도 계속되었다. 그런데도 도시의 사망률은 줄어들지 않고 환자들의 발걸음도 끊이지 않는다. 마흔 명의 외래 환자를 아침부터 저녁 식사 때까지 꼼꼼히 치료한다는 것은 육체적으로 불가능한 일이어서, 어쩔 수 없이 환자를 속이게 된다. 1년에 1만 2천 명의 외래 환자를 진단한다는 기록은, 정확하게 표현하면 1만 2천 명의 사람을 속인다는 뜻이다. 중환자를 병실에 입원시키고 과학의 규칙들에 따라 돌본다는 것도 불가능하다. 왜냐하면 규칙은 있어도 과학이 없기 때문이다. 철학을 집어치우고 다른 의사들처럼 현학적으로 규칙들을 따르려 해도, 그러기 위해서는 무엇보다 먼저 더럽지 않은 깨끗한 환경과 환기가 필요하며, 악취가 나는 소금에 절인 양배추로 끓인 수프가 아니라 영양가 높은 음식이 필요하며, 도둑놈이 아니라 훌륭한 조수가 필요한 것이다.

사실, 죽음이 누구에게나 정상적이고 당연한 결말이라면 무엇 때문에 사람들이 죽는 것을 막으려 한단 말인가? 어떤 장사치나 관리가 5년이나 10년을 더 산다 한들 무슨 의미가 있겠는가? 의학의 목적을 약으로 고통을 덜어 주는 데서 찾는다면, 다음과 같은 질문이 생기는 것은 당연하다. 고통을 무엇 때문에 줄이려 하는가? 첫째, 흔히 말하듯이 고통은 사람을 완성으로 이끈다. 둘째, 인류가 정말로 알약과 물약으로 자신의 고통을 경감시킬 줄 알게 된다면, 그전까지 온갖 불행으로부터 자신을 보호해 주고 나아가 행복을 가져다주었던 종교와 철학을 아주 저버릴 것이다. 뿌쉬낀은 죽음을 앞에 두고 무서운 고뇌에 휩싸였고, 가난한 하이네는 중풍 때문에 몇 해 동안 누워만 있었다. 그런데 안드레이 에피미치나 마뜨료나 사비슈나와 같은 사람이 아프지 말아야 할 이유가 뭐란 말인가? 그들의 삶은 보잘것없으며, 고통마저 없다면 아메바의 삶같이 전적으로 공허할 것이다.

이런 생각들에 짓눌려 안드레이 에피미치는 기운을 잃고, 병원에 매일 나가지도 않았다.

6

그의 생활은 이렇게 지나간다. 대체로 그는 아침 여덟 시에 일어나 옷을 입고 차를 마신다. 그리고 서재에 앉아 책을 읽거나 병원에 출근한다. 병원의 어둡고 좁은 복도에 진료를 기다리는 외래 환자들이 앉아 있다. 그들 옆으로, 벽돌 바닥을 쿵쾅거리며 병원의 잡역부들과 간호보조원들이 뛰어다니고, 환자복을 입은 초췌한 환자들이 걸어가고, 시체와 오물 통이 지나가고, 아이들이 울고, 틈새 바람이 분다. 안드레이 예피미치는 열병을 앓는 환자, 폐병 환자, 노이로제 환자들에게 이러한 환경이 고통을 준다는 것을 알고 있다. 그렇다고 뭘 어떻게 해본단 말인가? 진찰실에서 보조 의사 세르게이 세르게이치가 그를 맞는다. 세르게이 세르게이치는 몸집이 작고 뚱뚱한 사람으로, 말끔하게 면도를 한 포동포동한 얼굴에 몸짓이 부드럽고 경쾌하며 새로 맞춘 정장을 하고 있어, 보조 의사라기보다는 상원 의원 같아 보인다. 그는 하얀 넥타이를 매고 도시의 이곳저곳을 다니면서 진료를 많이 하여, 병원 밖 진료를 전혀 하지 않는 의사보다 자신이 더 능숙하다고 여긴다. 진찰실 구석에는 케이스가 달린 커다란 성상과 두꺼운 초가 놓여 있고, 그 옆으로 하얀 커버를 씌운 타가가 있다. 벽에는 성직자들의 초상화와 스뱌또고르스끼 수도원의 풍경화와 말린 국화꽃 다발이 걸려 있다. 세르게이 세르게이치는 종교적인 사람이어서 웅장한 것을 좋아한다. 성상도 자기 돈으로 가져다 놓았다. 일요일마다 진찰실에서 환자들 가운데 한 명이 그의 지시에 따라 성가를 소리 내어 부르고, 성가 부르기가 끝나면 세르게이 세르게이치가 직접 향로를 들고 병실마다 돌아다니며 향을 뿌린다.

환자는 많고 시간은 부족해서, 진료는 짧은 질문 한두 마디와 연화 연고나 피마자 기름 같은 약을 처방하는 것으로 끝난다. 안드레이 예피미치는 생각에 잠겨 주먹으로 뺨을 받치고 앉아 기계적으로 질문을 던진다. 세르게이 세르게이치도 앉아서 양손을 비비며 이따금 끼어든다.

「우리가 병들고 가난에 시달리는 것은……」 세르게이 세르게이치가 말한다. 「자비로우신 주님께 기도를 잘 드리지 않아서 그렇지. 아무렴!」

안드레이 에피미치는 절대로 수술을 하지 않는다. 그는 오랫동안 수술을 하지 않아서 피만 보아도 불쾌해진다. 목 안을 보기 위해서 어쩔 수 없이 어린아이의 입을 벌려야 할 때, 어린아이가 조그만 두 손으로 입을 가리고 비명을 지르면, 그 소리에 현기증이 나고 눈에 눈물이 괸다. 그는 서둘러 처방전을 쓰고, 아이를 빨리 데리고 나가라고 아낙네에게 손짓을 한다.

진찰을 시작한 지 얼마 되지 않아, 그는 말귀를 알아듣지 못하고 겁을 먹는 환자들의 모습과 곁에 점잖게 앉아 있는 세르게이 세르게이치와 벽에 걸린 초상들과 20년 이상 계속되는 자신의 똑같은 질문에 지겨워지기 시작한다. 그는 대여섯 명의 환자를 진찰하고 밖으로 나가 버린다. 그러고 나면 보조 의사가 나머지 환자들을 진료한다.

다행스럽게도 이미 오래전부터 개인 진료가 없어져 아무도 자신을 방해하지 않는다는 생각에 기분이 좋아진 안드레이 에피미치는 집으로 돌아와 서재에 느긋하게 앉아 책을 읽기 시작한다. 많은 책을 읽은 그는 책을 읽을 때마다 언제나 커다란 만족감을 느낀다. 봉급의 절반을 책을 사는 데 쓴다. 그가 사는 집의 방 여섯 개 가운데 셋은 책과 낡은 잡지들로 가득 차 있다. 그가 특히 좋아하는 글은 역사와 철학에 관한 것이다. 의학 잡지로는 『의사』만을 구독하는데, 이 잡지를 그는 늘 끝에서부터 읽기 시작한다. 한번 책을 읽기 시작하면 쉬지 않고 몇 시간을 계속해서 읽는데, 그래도 지치는 법이 없다. 이반 드미뜨리치가 예전에 그랬듯이 산만하고 성급하게 책을 읽는 게 아니라, 천천히 그리고 철저하게, 마음에 들거나 이해가 되지 않는 부분에서는 페이지를 넘기지 않고 오랫동안 머물면서 책을 읽는다. 책 옆에는 늘 보드까 병이 있고, 소금에 절인 오이나 물에 담근 사과가 쟁반이 아니라 책상 위에 그대로 놓여 있다. 30분에 한 번 그는 책에서 눈을 떼지 않은 채 보드까를 잔에 따라 단숨에 들이켜고, 역시 보지도 않고 손으로 더듬더듬 오이를 찾아 한입 베어 문다.

세 시에 그는 조심스럽게 부엌문으로 다가가, 헛기침을 먼저 하고 이렇게 말한다.

「다류슈까, 점심을 먹을 수 있을까…….」

매우 빈약하고 맛없는 점심을 마치고, 안드레이 에피미치는 팔짱을 끼고 방 안을 거닐며 생각에 잠긴다. 네 시를 치고 다섯 시를 쳐도, 그는 여전히 서성거리며 생각에 잠겨 있다. 아주 드물게 먼저 부엌문이 삐걱 열리고 다류슈까의 졸린, 붉은 얼굴이 보인다.

「안드레이 에피미치 씨, 맥주를 드시겠습니까?」 하녀가 그를 배려하듯 이렇게 묻는다.

「아니, 아직…….」 그가 대답한다. 「조금 더 있다가…… 조금만 더…….」

저녁때가 되면 보통 우체국장 미하일 아베랴니치가 찾아온다. 그는 도시 전체에서 안드레이 에피미치가 부담 없이 만날 수 있는 단 한 사람이다. 미하일 아베랴니치는 예전에는 아주 부유한 지주로 기병대에서 근무했으나, 몰락한 이후 늘그막에 생계 때문에 우체국에 들어갔다. 그는 쾌활하고 건장한 외모에 흰 구레나룻이 덥수룩하고 교양 있는 매너와 크고 유쾌한 목소리를 가진 인물이다. 그는 친절하고 섬세하지만 성미가 급하다. 만일 우체국에서 방문객 중 누군가가 항의를 하거나 이의를 제기하거나 뭔가를 따지고 들면, 미하일 아베랴니치는 불끈하여 온몸을 떨며 우레와 같은 목소리로 고함을 지른다. 「조용히 못해!」 그래서 우체국은 오래전부터 방문하기 두려운 시설이라는 평판을 얻게 되었다. 미하일 아베랴니치는 안드레이 에피미치를 교양 있고 고결하다는 이유로 좋아하고 또 존경한다. 그렇지만 다른 평범한 사람들한테는 마치 아랫사람에게 하듯 얕잡아 대했다.

「내가 왔소이다!」 그는 안드레이 에피미치의 집에 들어서면서 이렇게 말한다. 「잘 지내셨소, 선생? 내가 온 게 싫지는 않겠지요?」

「그렇지 않습니다. 반갑습니다.」 의사가 그에게 대답한다. 「언제나 환영합니다.」

두 친구는 서재의 소파에 앉아 잠시 말없이 담배를 피운다.

「다류슈까, 우리에게 맥주 좀 가져다주겠소?」 안드레이 에피미치가 말한다.

처음 한 병은 여전히 말없이 마신다. 의사는 생각에 잠긴 채, 미하일 아베랴니치는 뭔가 아주 재미있는 이야깃거리를 가지고 있는 사람처럼 쾌활하고 생기 있는 표정으로 맥주를 마신다. 대화는 늘 의사가 시작한다.

「참 안타깝습니다.」 상대방의 눈을 쳐다보지 않고 고개를 흔들며 그가 느리고 나지막하게 말한다(그가 다른 사람의 눈을 쳐다보는 경우는 없다). 「정말이지 안타까운 것은, 존경하는 미하일 아베랴니치 씨, 지혜롭고 재미있는 대화를 나눌 수 있고 또 좋아할 만한 사람이 우리 도시에 전혀 없다는 겁니다. 이것은 우리 나라의 커다란 손실이지요. 인텔리겐치아 마저도 저속함에서 벗어나지 못하니. 그들의 발달 수준은 하층 계급보다 더 높지 못하다고 단언할 수 있어요.」

「정말 그렇습니다. 맞는 말씀입니다.」

「당신도 아시다시피…….」 의사가 계속해서 조용히, 띄엄띄엄 말한다. 「이 세상에서 지성의 고결하고 정신적인 발휘만큼 의미 있고 흥미로운 일은 없습니다. 지성은 사람과 동물을 뚜렷하게 가르고, 인간이 지닌 신성을 암시하며, 존재하지 않는 불멸을 어느 정도까지는 대신 인간에게 부여합니다. 이런 점에서, 지성은 즐거움을 낳는 유일한 원천이라 할 수 있지요. 그런데 우리는 주위에서 지성을 볼 수도 들을 수도 없습니다. 말하자면 우리는 즐거움을 잃은 겁니다. 물론 책이 있긴 합니다만 생생한 대화와 교제는 전혀 없습니다. 아주 괜찮은 비유라고 할 수는 없지만, 책이 악보라면 대화는 노래입니다.」

「정말 그렇습니다.」

침묵에 빠진다. 부엌에서 다류슈까가 나른하고 우울한 표정으로 나와 이야기를 듣기 위해 문간에 서서 주먹으로 턱을 괸다.

「휴우!」 미하일 아베랴니치가 한숨을 내쉰다. 「요즘 사람들한테서 어떻게 지성을 기대하겠습니까!」

미하일 아베랴니치는 예전의 생활이 얼마나 건강하고 유쾌하며 즐거웠는지, 러시아에 지혜로운 인텔리겐치아가 얼마나 많았는지, 또 그들이 명예와 우정을 얼마나 고귀하게 다뤘는지에 대해서 이야기했다. 어음을 끊지 않고도 돈을 빌려줬고, 어려움에 처한 동료에게 도움의 손길을 내밀지 않는 것을 수치스럽게 생각했다. 그리고 얼마나 멋진 행군이었고 모험이었고 전투였던가! 아, 그때 그 동료들, 여인들! 까프까즈는 얼마나 경이로운 지역이었던가! 어느 대대장의 아내는 장교 복장을 하고 저녁마다 안내인도 없이 혼자 산속으로 들어가던 이상한 여자였는데, 소문에 의하면 그 지역의 어떤 공작과 로맨스가 있었다고 한다.

「오, 자비로우신 성모여……」 다류슈까가 한숨을 내쉰다.

「얼마나 마셔 댔고, 얼마나 먹어 댔던지! 리버럴리스트들은 또 얼마나 터무니없었던지!」

안드레이 에피미치는 딴생각을 하느라 건성으로 들으면서 맥주를 홀짝거린다.

「나는 자주 꿈에서 지적인 사람들을 만나고 또 그들과 이야기를 나눈답니다.」 안드레이 에피미치가 미하일 아베랴니치의 말을 가로채며 불쑥 이렇게 말한다. 「나의 아버지는 나에게 훌륭한 교육을 받게 해주셨습니다. 하지만 아버지는 60년대 사상의 영향을 받아 날 의사로 만드셨죠.[5] 그때 만일 아버지의 뜻을 어겼다면, 난 지금쯤 지적 흐름의 중심에 있을 겁니다. 어쩌면 대학교수가 되었을지도 모르죠. 물론 지성도 영원할 수 없고 덧없지만, 어째서 내가 지성에 끌리는지 당신도 아실 겁니다. 인생은 지긋지긋한 덫입니다. 생각이 있는 사람이 성숙하게 인식할 수 있게 되면, 자신이 출구 없는 덫에 걸려들었다는 것을 저절로 알게 됩니다. 사실, 그는 자기 의지와 상관없이 어떤 우연에 의해서 무(無)에서 이 세상으로 불려

---

5 1860년대는 러시아의 인텔리겐치아들 사이에서 민주적이고 혁명적인 사상이 퍼지기 시작했던 시기이다. 이때 이들에게 큰 영향을 준 것은 서구에서 유입된 자연 과학과 유물론이다.

나온 것입니다……. 왜? 그는 자기 존재의 의의와 목적을 알고 싶어 하지만, 누구도 그에게 말해 주지 않고 혹시 말해 준다 하더라도 그저 무의미할 따름입니다. 그가 두드려도 문은 열리지 않고, 죽음만 찾아옵니다. 그것도 역시 그의 의지와는 상관없이 말입니다. 이렇게 감옥과 같은 곳에서 똑같은 불행으로 엮인 사람들이 함께 모여 산다면 좀 나은 것처럼, 인생에 있어서도 분석과 종합을 즐기는 사람들이 함께 모여 살면서 자유롭고 고매한 사상들을 교환하며 시간을 보낸다면 덫에 걸린 것을 신경 쓰지 않게 될 겁니다. 이런 의미에서 지성은 무엇과도 바꿀 수 없는 즐거움입니다.」

「정말 그렇습니다.」

상대방의 눈을 쳐다보지 않고 안드레이 에피미치가 띄엄띄엄 조용히, 지적인 사람들과 또 그들과의 대화에 관해서 계속 말하는 동안, 미하일 아베랴니치는 그의 말을 열심히 들으며 〈정말 그렇습니다〉 하고 동의했다.

「영혼의 불멸을 믿지 않나요?」 우체국장이 불쑥 묻는다.

「믿지 않습니다. 존경하는 미하일 아베랴니치 씨, 나는 믿지 않습니다. 믿을 만한 근거가 없지 않습니까.」

「사실, 나도 의심하지요. 내가 절대 죽지 않을 거라는 생각이 들긴 하지만 말입니다. 이런 생각을 곧잘 합니다. 늙었으니 이제 죽을 때가 됐지! 그러면 내 속에서 작은 목소리가 속삭입니다. 그렇지 않아, 넌 죽지 않을 거야……!」

아홉 시가 지나면 미하일 아베랴니치가 떠난다. 현관에서 털외투를 입으면서 그는 이렇게 탄식한다.

「하지만, 무슨 팔자로 우리는 이런 벽촌에 굴러들었을까요! 더 분한 것은 여기서 인생을 마쳐야 한다는 겁니다. 아……!」

7

친구를 보낸 후, 안드레이 에피미치는 책상에 앉아 다시 책을 읽기 시작한다. 아무 소리도 들리지 않는 저녁과 이어지는 밤의 정적 속에서, 시간은 멈추어 책 속에 파묻혀 있는 의사와 함께 사라져 버린 듯하다. 책들과 초록색 갓을 쓴 램프를 제외하고는 아무것도 존재하지 않는 듯하다. 무디고 거친 농부와 같은 의사의 얼굴이 지성의 흐름 앞에서 감동과 환희에 젖은 미소를 띠며 조금씩 환해진다. 〈아, 어째서 사람은 불멸하지 못할까?〉 그가 생각한다. 〈뇌의 중추와 주름은 무엇 때문에 있는 걸까? 시력, 언어, 자각, 천재는 도대체 뭘까? 이 모든 것들이 땅속으로 사라지고 결국 지구의 표면과 함께 싸늘하게 식어, 이후 수백만 년을 아무런 의미도, 아무런 목적도 없이 지구와 함께 태양 주위를 돌 텐데. 그렇다면 무(無)에서 인간을, 그것도 고결하고 거의 신과 같은 지성을 지닌 인간을 끄집어내서, 마치 놀리기라도 하듯이 흙으로 돌아가게 할 필요는 전혀 없지 않은가.〉

물질의 순환! 그러나 불멸을 대신하는 이 말로 자신을 위로한다는 것은 얼마나 어리석은가! 자연 속에서 진행되는 그 무의식적인 과정은 사람의 어리석음보다 못하다. 어리석음 속에는 어쨌거나 의식과 의지가 있지만, 자연의 그 과정 속에는 아무것도 없기 때문이다. 죽음 앞에서 엄숙하지 못하고 공포에 떠는 겁쟁이들만이 자기 몸이 시간이 흐르면 풀이나 돌이나 두꺼비 속에서 살게 될 거라고 자신을 위로한다……. 물질의 순환 속에서 자신의 불멸을 찾는 것은 이미 부서져 쓸모없게 된 값비싼 바이올린의 케이스가 화려한 미래를 지녔다고 예언하는 것만큼이나 이상한 일이다.

 시계의 종이 울리고, 안드레이 에피미치는 안락의자의 등받이에 몸을 젖힌 채 눈을 감고 잠시 생각에 잠긴다. 그러다 문득, 책에서 읽은 멋진 사상의 영향으로, 자신의 과거와 현재를 돌아보게 된다. 과거는 역겨워 생각하지 않는 편이 더 낫다. 그렇다고 현재가 과거와 다른 것도 아니다. 그는 자신의 생각이 차가운 지구와 함께 태양의 주위를 돌고 있는 이 시간에도, 집에서 가까운 큰 건물 안에서 사람들이 질병과 육체적 불결로 고통받고 있다는 것을 잘 안다. 누군가는 잠도 못 자고 이와 싸우고 있는지도 모른다. 누군가는 단독에 감염됐거나 아니면 지나치게 꽉 맨 붕대 때문에 신음하고 있는지도 모른다. 어쩌면 환자들이 간호보조원들과 함께 카드를 치며 보드까를 마시고 있는지도 모른다. 1년에 1만 2천 명의 사람들이 속는다. 병원의 모든 일은 20년 전과 마찬가지로, 절도와 다툼과 험담과 정실(情實)과 그리고 노골적인 엉터리 진료 위에 있다. 병원은 예전과 마찬가지로 부도덕한 시설이고, 그곳에 사는 사람들의 건강에 극도로 유해한 시설이다. 그는 6호 병동의 철창 안에서 니끼따가 환자들을 두들겨 패고, 모이세이까가 매일 도시를 돌아다니며 구걸을 한다는 사실도 알고 있다.

 반면, 그는 최근 25년 동안 의학 분야에서 믿기 힘든 변화가 일어나고 있다는 것을 잘 알고 있다. 대학에서 공부하던 시절에 그는 의학이 연금술과 형이상학의 운명을 곧 따라잡을 것으로 여겼다. 그런데 밤마다 책을 읽는 지금, 의학은 그를 감동시키고 경탄과 심지어 희열에 빠져 들게 한다. 사실, 기대하지도 않았던 광명이고 혁명이 아니던가! 방부제 덕분에, 위대한 삐로고프[6]가 미래에도 불가능할 거라 생각했던 수술을 하고 있지 않은가. 평범한 시골 의사도 과감하게 무릎 관절 절제 수술을 해내고, 개복 수술의 사망률이 1퍼센트에 불과하고, 결석이 생기는 병은 처방도 필요 없는 하찮은 질병으로 취급된다. 매독은 깨끗이 완치된다. 유전 이론, 최면술, 파스퇴르와 코흐의 발견, 통계 위생학, 그리고 우리 러시아의 지방 의술은 또 어떤가? 지금과 같은 분류법 그리고 진단과 치료의 방법들을 가진 정신 의학은 이전과 비교해서 완전한 엘보루스[7]이다. 지금은 정신병자의 머리에 찬물을 끼얹고 몸을 죄는 상의를 입히지 않는다. 그들을 인간적으로 대하며, 심지어 신문에도 간혹 보도되듯이 그들을 위해 연극과 춤을 공연한다. 오늘날의 시각과 흐름이 그러한데, 6호 병동과 같은 추악함은 철도에서 2백 베르스따나 떨어진 이런 작은 도시에서나 가능하다는 것을 안드레이 에피미치는 알고 있다. 도시의 시장과 모든 시 의원들이 제대로 글을 읽고 쓸 줄 모르는 평범한 사람들이고, 의사는 입을 벌리고 끓는 납을 부어야 한다고 해도 아무런 의심 없이 믿어야 하는 사제쯤으로 생각한다. 만일 다른 곳이었다면, 이미 오래전에 대중들과 언론에서 이 작은 바스티유를 조각조각 부숴 버렸을 것이다.

〈그렇지만?〉 안드레이 에피미치가 눈을 뜨며 자신에게 묻는다. 〈그렇다고 어쩌겠는가? 방부제, 코흐, 파스퇴르, 그렇지만 문제의 본질은 전혀 변하지 않았다. 질병에 걸리는 것이나 사망률은 예전이나 마찬가지다. 정신병자들에게 춤과 연극을 보여 준다고 하지만, 그렇다고 그들을 자유롭게 내버려

---

6 Nikolai Ivanovich Pirogov(1810~1881). 러시아의 외과 의사로 해부학 실험의 창시자.
7 흑해와 카스피 해 사이에 있는 까프까즈 산맥에서 가장 높은 산.

두지는 않는다. 그렇다면 모든 것이 다 불필요하고 허무하지 않은가. 훌륭하다는 비엔나의 병원과 나의 병원 사이에는 본질적으로 아무런 차이가 없다.〉

그러나 안타까움과 부러움 비슷한 감정이 그의 마음을 어지럽힌다. 피로해서 그럴 것이다. 무거운 머리가 자꾸만 책 쪽으로 꾸벅거리자, 두 손으로 얼굴을 받쳐 편안한 자세를 취하고 나서 계속 생각한다.

〈나는 해로운 일을 하면서, 나에게 속는 사람들로부터 봉급을 받는다. 나는 정직하지 못하다. 나 자신은 아무것도 아니다. 나는 사회의 필요악의 일부분에 지나지 않는다. 모든 지방 관리들도 해로운 일을 하면서, 하는 일 없이 봉급을 받는다……. 그러니까, 내가 부정직한 것은 나의 잘못이 아니라 이 시대의 잘못이다……. 내가 2백 년 후에 태어난다면 딴사람일 것이다.〉

시계가 세 시를 치자, 그제야 그는 램프를 끄고 잠자리에 들었다. 잠이 오지 않는다.

8

2년 전 젬스뜨보는 젬스뜨보의 병원을 열기 전까지 시립 병원에서 근무하는 의료 인력을 보강하기 위해 1년에 3백 루블을 보조금으로 지출하기로 선뜻 결정했다. 그래서 시는 안드레이 에피미치를 도와줄 의사로 예브게니 표도리치 호보또프를 초빙했다. 그는 서른 살이 채 되지 않은 아주 젊은 사람으로, 갈색 머리에 광대뼈가 넓고 눈이 작은, 조상이 러시아인이 아닌 듯한 인물이었다. 그는 돈도 한 푼 없이 작은 가방을 들고, 부엌일을 하는 하녀라고 소개한 젊고 못생긴 여자와 함께 이 도시에 왔다. 그 여자에게는 젖먹이가 있었다. 예브게니 표도리치는 차양이 달린 모자를 쓰고 긴 장화를 신고 다니며, 겨울이면 반코트를 입었다. 그는 보조 의사 세르게이 세르게이치 그리고 재무 담당 직원과 아주 가깝게 지냈으나, 다른 직원들은 무슨 이유에서인지 그를 귀족이라 불렀으며 그 또한 그들을 멀리했다. 그의 집에는 통틀어 봐야 책이 한 권밖에 없었다.『1881년 비엔나 병원의 최신 처방』, 병원에 갈 때 그는 늘 이 책을 가지고 갔다. 저녁이면 클럽에서 당구를 치지만, 카드는 좋아하지 않았다. 대화를 할 때에는 〈지겨운 농담〉이라든가 〈식초에 절인 망토〉라든가 〈거짓말이지〉 하는 말을 아주 즐겨 사용했다.

그는 병원에 1주일에 두 번 출근하여 병실을 돌며 환자들을 진료했다. 방부제와 흡각기가 전혀 없다는 데 화를 내기도 했지만, 안드레이 에피미치를 자극할까 봐 두려워서 새로운 질서를 세우려고 하지도 않았다. 자신의 동료인 안드레이 에피미치를 늙은 협잡꾼이라 여기고, 그의 많은 재산을 미심쩍어하면서도 은근히 부러워했다. 그는 안드레이 에피미치의 자리를 기껍게 빼앗을 사람이었다.

9

3월 말, 땅 위의 눈도 녹고 병원 마당에서 찌르레기가 울던 어느 봄날 저녁, 의사가 친구인 우체국장을 배웅하려고 밖으로 나왔다. 바로 그때, 구걸하고 돌아오던 유대인 모이세이까가 마당 안으로 들어왔다. 그는 모자도 쓰지 않고 맨발 위에 낮은 덧신만 신고 구걸한 물건들을 담은 작은 자루를 손에 들고 있었다.

「한 푼만 주시오!」 추위에 떠는 그가 미소를 지으며 의사에게 말했다.

거절할 줄 모르는 안드레이 에피미치는 그에게 10꼬뻬이까 동전을 주었다.

〈꼴이 말이 아니군.〉 빨갛고 마른 복사뼈가 드러난 모이세이까의 맨발을 내려다보며 그가 생각했다. 〈흠뻑 젖었어.〉

연민과 혐오가 뒤섞인 감정에 흥분한 안드레이 에피미치가 유대인의 대머리와 복사뼈를 번갈아 쳐다보며 그 뒤를 따라 별채로 들어섰다. 의사가 들어서자, 니끼따가 허섭스레기 더미에서 벌떡 일어나 차려 자세를 취했다.

「안녕하시오, 니끼따.」 안드레이 에피미치가 부드럽게 말했다. 「이 유대인에게 장화를 주어야 할 텐데, 어떤가, 그렇지 않으면 감기에 걸리겠어.」

「알겠습니다, 나리. 사무장님께 보고하겠습니다.」

「그래 주게. 내 이름으로 요청하게나. 내가 부탁하더라고 말이야.」

현관에서 병동으로 들어가는 문이 열려 있었다. 팔꿈치로 몸을 괴고 침대에 엎드려 있던 이반 드미뜨리치가 낯선 목소리에 불안해하며 귀를 기울이다가 목소리의 주인이 문득 의사라는 걸 알아챘다. 그는 분노로 온몸을 떨며 벌떡 일어나더니, 험상궂고 상기된 얼굴로 눈을 부라리며 병동 한가운데로 뛰쳐나갔다.

「의사가 왔다!」 그가 외치며 큰 소리로 웃었다. 「드디어 말이야! 여러분, 축하합니다, 의사가 드디어 우리를 방문하셨답니다! 빌어먹을 자식!」 그는 지금까지 병동 안에서는 드러내지 않았던 광기에 빠져 고함을 지르고 발을 굴러 댔다. 「저 자식을 죽여라! 아니, 그냥 죽여서는 안 되지, 오물통에 처넣어라!」

안드레이 에피미치는 그 말을 듣고, 현관에서 병동 안을 들여다보며 부드럽게 물었다.

「무슨 일이오?」

「무슨 일이오?」 이반 드미뜨리치가 일그러진 얼굴로 그에게 다가가 성급하게 환자복을 여미며 냅다 소리를 질렀다. 「무슨 일이오? 도둑놈!」 그가 혐오감에 젖어 침을 뱉으려는 시늉을 했다. 「사기꾼! 악당!」

「진정하시오.」 안드레이 에피미치가 잘못이라도 한 듯이 미소를 지으며 말했다. 「맹세코 나는 지금까지 한 번도 도둑질을 해본 적이 없소. 그 밖의 다른 말들은 어쩐지 당신이 무척 과장하는 것 같소. 보아하니, 당신은 나에게 화가 난 듯한데, 제발, 진정하시오. 그리고 될 수 있으면 냉정하게 말씀하시오. 무엇 때문에 당신은 화를 내는 거요?」

「무슨 까닭으로 당신은 나를 여기에다 가뒀소?」

「당신이 아프기 때문이오.」

「그래, 아프지. 하지만 당신들이 무식하게도 미치광이와 건강한 사람을 구별하지 못해서 수십, 수백 명의 미치광이들이 자기 맘대로 나돌아 다니지 않소. 대체 왜 나와 여기 이 불쌍한 사람들만이 속죄양처럼 모든 사람들을 대신해서 여기에 갇혀 있어야 하는 거요? 당신, 보조 의사, 사무장, 그리고 당신 병원의 모든 쓰레기 같은 인간들이 도덕적인 태도 면에서 여기에 있는 우리보다 훨씬 더 나쁜데, 대체 왜 우리는 여기에 갇혀 있고, 당신들은 그렇지 않은 거요? 무슨 논리가 그렇소?」

「도덕적인 태도와 논리는 여기서 거론할 일이 못 됩니다. 모든 일은 우연에 달려 있으니까요. 붙잡힌 사람은 갇혀 있는 것이고, 붙잡히지 않은 사람은 돌아다니는 것이지, 그 이상은 없습니다. 내가 의사이고 당신이 정신병자라는 데 허무한 우연만 있지 도덕성이나 논리는 없습니다.」

「그런 헛소리는 나는 몰라……」 이반 드미뜨리치가 우물거리며 자신의 침대에 걸터앉는다.

의사가 있어서 니끼따의 몸수색을 모면한 모이세이까가 자신의 침대 위에 빵 조각, 종이 조각, 뼈다귀 들을 늘어놓았다. 그리고 여전히 추위에 몸을 떨며 뭔가를 빠르게 노래하듯 유대어로 지껄였다. 마치 자신이 가게를 차렸다고 상상하고 있는 듯했다.

「나를 내보내 주시오.」 이반 드미뜨리치가 떨리는 목소리로 말했다.

「그럴 수 없습니다.」

「이유가 뭐요? 이유가?」

「그것은 내 권한을 벗어나는 일입니다. 내가 풀어 준다고 해도 아무런 소용이 없습니다. 주민들이나 경찰한테 잡혀 다시 이곳으로 돌아오게 될 테니.」

「좋소, 좋아, 맞는 말이오…….」 이반 드미뜨리치가 이마를 문지르며 웅얼거렸다. 「정말 끔찍한 일이야! 도대체 나는 뭘 어떻게 해야 한단 말이오? 뭘?」

이반 드미뜨리치의 목소리와 그의 젊고 지적인 찡그린 얼굴이 안드레이 에피미치의 마음에 들었다. 그는 이 젊은이를 위로해 마음을 가라앉히고 싶었다. 그는 이반 드미뜨리치와 나란히 침대 위에 앉아서, 잠시 생각에 잠겼다가 말했다.

「무엇을 해야 하는지 물으셨나요? 당신의 상황에서 가장 좋은 것은 여기서 달아나는 것입니다. 그렇지만 유감스럽게도, 그래 봐야 아무 소용도 없습니다. 다시 붙잡힐 테니까. 사회가 범죄자나 정신병자와 같이 달갑지 않은 사람들로부터 자신을 보호하려고 들면, 그것을 이겨 낼 수 없답니다. 당신이 할 수 있는 것은 한 가지, 여기에 있어야 한다는 생각을 가지고 마음을 가라앉히는 일입니다.」

「여기에 있어야 할 사람은 아무도 없소.」

「감옥과 정신 병원이 있는 한, 누군가 거기에 갇혀 있어야 합니다. 당신이 아니라면 나라도, 내가 아니면 다른 누구라도. 기다려 봅시다. 먼 미래에 감옥과 정신 병원이 존재하지 않게 되면, 창문의 쇠창살과 환자복도 사라지겠죠. 물론, 그 날은 빠르든 늦든 올 겁니다.」

이반 드미뜨리치는 비웃었다.

「농담도 잘하시는군.」 그가 실눈을 뜨고 말했다. 「당신과 당신의 조수 니끼따와 같은 양반들에게 미래가 무슨 상관이겠소만, 그래도 여보시오, 좋은 시대가 올 거라고 믿어도 되오! 내 표현이 저속하다고 비웃어도 좋소. 하지만 새로운 생활의 여명이 빛나기 시작할 거고, 정의가 승리할 거요, 그리고 우리의 거리에서 축제가 열릴 거요! 나는 그때를 보지 못하고 뒈지겠지만, 후손들 가운데 누군가는 보게 되겠지. 나는 온 마음으로 환영하며 기쁘게 생각하오. 그들을 위해 기쁘게 생각한다고! 전진! 친구들이여, 그대들에게 하느님의 가호가 있기를!」

이반 드미뜨리치가 눈을 반짝거리며 일어나 창문을 향해 두 팔을 뻗고 격앙된 목소리로 계속 말했다.

「철창 안에서 그대들을 축복한다! 정의 만세! 나는 기쁘도다!」

「내가 보기에는 기뻐할 만한 특별한 이유가 있을 것 같지 않소.」 안드레이 에피미치가 말했다. 이반 드미뜨리치의 동작이 연극적으로 여겨졌지만, 그러면서도 무척 마음에 들었다. 「감옥과 정신 병원이 사라지고, 당신의 말처럼 정의가 승리한다고 해도, 사물들의 본질은 변하지 않고 자연의 법칙은 그대로일 겁니다. 사람들은 지금과 마찬가지로 여전히 아프고 늙고 죽을 겁니다. 찬란한 서광이 당신의 삶을 비춘다 해도 결국은 관 속으로 들어가 땅속에 묻히게 될 겁니다.」

「그렇지만, 불멸은?」

「오, 불멸이라니!」

「당신은 믿지 않지만, 나는 믿소. 도스또예프스끼의 작품인지 볼테르의 작품인지 모르겠지만 여하튼 작품 속의 누군가가, 신이 없다면 사람이 신을 만들어야 한다고 말했지. 만일 불멸이 없다면 사람의 위대한 지성이 언젠가 불멸을 발명해 낼 거라고 나는 굳게 믿고 있소.」

「좋습니다.」 안드레이 에피미치가 만족스러운 미소를 띠며 말했다. 「당신에게 믿음이 있다는 것은 좋은 일입니다. 그런 믿음이 있다면 벽 속에 갇힌다 해도 마음 편하게 살 수 있습니다. 당신은 어딘가에서 교육을 받은 듯한데?」

「대학에서 공부했소. 졸업은 못했지만.」

「당신은 사상이 있고 생각이 많은 사람이군요. 어떤 환경에서라도 당신은 자신 속에서 평정을 찾을 수 있을 겁니다. 인생을 이성적으로 이해하려고 하는 자유롭고 심오한 사유, 세상의 어리석은 소란을 아주 무시할 줄 아는 것, 이 두 가지는 사람이 알 수 있는 최상의 축복입니다. 당신은 비록 쇠창살 안에 갇혀 살지만, 이 두 가지를 모두 지닐 수 있습니다. 디오게네스[8]도 나무통 속에서 살았지만, 지상의 어느 황제보다도 행복했습니다.」

「당신이 말하는 디오게네스는 멍청한 자였소.」 이반 드미뜨리치가 무뚝뚝하게 말했다. 「무엇 때문에 나에게 디오게네스니 이성적인 이해니 하는 말을 하는 거요?」 갑자기 그가 화를 내며 벌떡 일어났다. 「나는 삶을 사랑합니다. 열렬히 사랑합니다! 나에게 피해망상이 있어 끊임없이 무서운 공포에 시달리지만, 삶에 대한 갈망이 나를 사로잡는 순간이 찾아오면 그때는 미쳐 버리는 것이 아닌가 두려워집니다. 나는 무척 살고 싶습니다, 지독하게!」

그는 흥분하여 병동 안을 이리저리 돌아다니다가, 목소리를 낮추고 말했다.

「공상에 잠기면 여러 환영들이 나를 찾아옵니다. 사람들이 나에게 다가오고, 나는 목소리와 음악을 듣습니다. 그리고 마치 어떤 숲 속과 바닷가를 거니는 듯합니다. 그리고 세상의 소란과 근심이 열렬히 그리워집니다……. 말해 주시오, 그곳에 새로운 일이 없는지.」 이반 드미뜨리치가 물었다. 「그

---

8 Diogenes(B.C. 400?~B.C. 323). 그리스 키니코스 학파의 대표적인 철학자. 행복은 인간의 자연스러운 욕구를 가장 쉬운 방법으로 만족시키는 것이라고 역설하면서, 가난하지만 부끄러움이 없는 자족의 생활을 실천했다.

곳은 어떤가요?」

「당신은 이 도시에 관해서 알고 싶은 겁니까, 아니면 세상 일반에 관해서 알고 싶은 겁니까?」

「뭐, 그럼 먼저 도시에 관해서 이야기해 주고 세상에 대해서도 이야기해 주시오.」

「글쎄, 도시는 참기 힘들 만큼 따분하답니다……. 대화를 나눌 상대도 없고, 이야기를 듣는 사람도 없습니다. 새로운 얼굴도 없지요. 아니, 얼마 전에 호보또프라는 젊은 의사가 왔군요.」

「그 사람은 내가 있을 때 왔소. 어떻소, 야비한 놈이죠?」

「그렇습니다, 교양도 없는 사람입니다. 이상한 일은 말입니다, 당신도 알지 모르겠지만…… 어느 점에서 보더라도, 우리 나라의 큰 도시들은 지적으로 침체되어 있지 않습니다. 아니, 활발하지요. 말하자면 거기에는 참된 사람들이 있다는 뜻일 겁니다. 하지만 어찌 된 일인지 매번, 이곳으로는 두 번 다시 보기 싫은 사람들만 옵니다. 불행한 도시입니다!」

「예, 불행한 도시죠!」 이반 드미뜨리치가 한숨을 내쉬고 웃기 시작했다. 「세상은 어떻죠? 신문이나 잡지에 뭐라고 쓰여 있나요?」

병동 안은 이미 어두워졌다. 의사는 일어서서, 외국과 러시아에서 보도되고 있는 것들이 무엇인지, 지금 어떤 경향의 사상이 나타나고 있는지 이야기하기 시작했다. 이반 드미뜨리치는 주의 깊게 들으면서 질문을 던졌다. 그러다 갑자기 무슨 무서운 생각이 떠올랐는지, 자신의 머리를 붙잡고 의사에게 등을 돌리며 침대에 누웠다.

「왜 그러시오?」 안드레이 에피미치가 물었다.

「당신한테는 앞으로 한마디도 하지 않을 거야!」 이반 드미뜨리치가 거칠게 말했다. 「나를 내버려 둬!」

「무슨 일이오?」

「말하지 않았어, 날 내버려 두라고! 망할 자식!」

안드레이 에피미치는 어깨를 움츠리고 한숨을 내쉬며 나왔다. 현관을 지나면서 그가 말했다.

「여기 좀 치워야겠소, 니끼따…… 냄새가 정말 지독하군!」

「알겠습니다, 나리.」

〈정말 유쾌한 젊은이야!〉 안드레이 에피미치가 집으로 걸어가면서 생각했다. 〈내가 여기서 살게 된 이후로 아마도 처음 만난, 제대로 이야기할 만한 상대인 것 같아. 그는 논리적으로 생각할 줄도 알고 또 중요한 일에 관심을 가지고 있어.〉

책을 읽다가 잠자리에 누워 그는 줄곧 이반 드미뜨리치를 생각했다. 다음 날 아침에 눈을 뜨자마자, 그는 어제 지적이고 흥미로운 사람을 알게 되었다는 사실을 떠올리고, 기회가 나는 대로 그에게 다시 한 번 가보기로 결심했다.

10

이반 드미뜨리치는 어제와 같은 자세로 두 손으로 머리를 붙잡고 다리를 오므리고 누워 있었다. 얼굴이 보이지 않았다.

「안녕하십니까, 친구.」 안드레이 에피미치가 말했다. 「잡니까?」

「첫째, 나는 당신의 친구가 아니오.」 이반 드미뜨리치가 베개에 얼굴을 묻고 말했다. 「둘째, 당신은 쓸데없는 일을 하는 거요. 나에게서 한마디도 얻지 못할 테니까.」

「이상한 일이군요……」 당황한 안드레이 에피미치가 중얼거렸다. 「어제는 우리가 아주 편안하게 이야기를 나눴는데, 무슨 이유 때문인지 갑자기 당신이 화를 내고 또 말을 하지 않으려 하니……. 내가 아마도 불쾌하게 이야기를 했거나, 아니면 당신의 신념에 어긋나는 생각을 말했거나 한 모양이지요…….」

「그렇소, 내가 어떻게 당신을 믿겠소!」 이반 드미뜨리치가 머리를 들고 조소와 불안이 교차하는 시선으로 의사를 바라보며 말했다. 그의 눈동자는 붉었다. 「다른 곳에서라면 스파이 짓을 하며 이것저것 캐물어 볼 수도 있을 테지만, 여기서는 안 될걸. 당신이 왜 왔는지 나는 이미 어제 알았어.」

「이상한 상상입니다!」 의사가 가볍게 웃었다. 「그러니까 내가 스파이일 거라고 추측한단 말이죠?」

「그렇소……. 스파이거나, 나를 시험하려고 파견된 의사이거나, 마찬가지지.」

「아, 당신은 정말, 미안하지만…… 별난 사람이오!」

의사는 침대 옆에 있는 등받이 없는 의자에 앉아, 책망하듯이 고개를 흔들었다.

「정 그렇다면, 당신이 옳다고 해봅시다.」 의사가 말했다. 「내가 배신하여 경찰에 넘기려고 당신의 말꼬리를 잡는다고 해봅시다. 당신이 체포되어 재판을 받게 되겠지요. 하지만, 법정과 감옥이 여기 이곳보다 당신에게 더 나쁠까요? 아니면 유형을 가게 된다거나 강제 노동을 하게 된다 해도 이 별채에 갇혀 있는 것보다 더 나쁠까요? 나는 더 나쁘다고 생각하지 않습니다……. 그런데 무엇이 그리 두려운 겁니까?」

이 말이 이반 드미뜨리치를 움직인 것 같았다. 그는 조용히 일어나 앉았다.

오후 네 시가 지났다. 이 시간은 보통 안드레이 에피미치가 자신의 방에서 서성대며, 다류슈까가 맥주를 마시겠냐고 묻는 시간이다. 밖은 맑고 조용한 날씨였다.

「나는 점심 식사를 하고 나서 산책하러 나왔다가, 보시다시피 이렇게 들른 겁니다.」 의사가 말했다. 「완연한 봄입니다.」

「지금은 몇 월이죠? 3월인가요?」 이반 드미뜨리치가 물었다.

「예, 3월 말입니다.」

「밖의 땅은 질겠군요.」

「아니요, 그렇게 질진 않습니다. 길도 이미 나 있습니다.」

「마차를 타고 교외로 나간다면 얼마나 좋을까.」 이반 드미뜨리치가 마치 잠에 취한 듯 붉은 눈을 문지르며 말했다. 「그리고 집으로 돌아가 따뜻하고 아늑한 서재에서…… 게다가, 훌륭한 의사한테 두통을 치료받는다면……. 여기는 너무 혐오스러워! 견딜 수 없이 혐오스럽다고!」

어제의 흥분 때문에 그는 지치고 무기력해져 마지못해 이야기했다. 손끝이 떨렸고, 두통이 심한 얼굴이었다.

「따뜻하고 아늑한 서재와 이 병동 사이에는 아무런 차이도 없습니다.」 안드레이 에피미치가 말했다. 「사람의 평화와 만족은 외부가 아니라 그 내부에 있으니까요.」

「무슨 뜻이죠?」

「평범한 사람들은 좋거나 나쁘거나 한 원인을 자기 밖에서 구합니다. 마차가 어떻고 서재가 어떻고 하면서 말입니다. 그러나 사유할 줄 하는 사람은 모든 원인을 자기 내부에서 구한답니다.」

「그런 철학이라면, 따뜻하고 등자 향이 퍼지는 그리스에나 가서 늘어놓으시지, 이곳 기후에 맞지 않으니까. 내가 누구하고 디오게네스를 이야기했지? 당신이었던가?」

「그렇습니다, 어제 나하고 했습니다.」

「디오게네스에게는 서재도 따뜻한 집도 필요 없었지. 그러잖아도 그곳은 더우니까. 나무통 속에 누워서 오렌지와 올리브 열매를 먹을 수 있었지. 하지만 러시아에 데려와 살라고 하면, 그는 12월은 고사하고 5월이 되어서도 방 안으로 들어가겠다고 간청했을 거요. 아마도 추위 때문에 괴로워했을 겁니다.」

「그렇지 않습니다. 추위는 물론이고 다른 어떤 고통도 느끼지 않을 수 있습니다. 마르쿠스 아우렐리우스는 이렇게 말했습니다. 〈고통은 고통에 대한 살아 있는 관념이다. 의지를 가지고 관념을 바꾸기 위해 노력하라, 관념을 버려라, 불평을 그쳐라, 그러면 고통이 사라질 것이다.〉 옳은 말입니다. 현인, 아니, 그렇게 거창한 인물이 아니더라도 사상이 있고 생각이 많은 사람은 괴로움을 무시할 줄 안다는 점에서 다르지요. 그런 사람은 늘 만족하고, 어떤 일에도 놀라지 않습니다.」

「그러니까, 나는 백치로군. 언제나 괴로워하고 불만에 가득 차 있고 사람들의 비열함에 놀라니까 말이오.」

「괜한 말입니다. 당신이 조금 더 자주 숙고한다면, 우리를 자극하는 외부의 모든 것들이 다 허무하다는 사실을 깨닫게 될 겁니다. 인생을 이성적으로 이해하려고 노력해야 합니다. 그 속에 진정한 기쁨이 있습니다.」

「이성적인 이해……」 이반 드미뜨리치가 얼굴을 찡그렸다. 「외부의 것, 내부의 것……. 미안하지만 나는 그런 것을 이해하지 못하겠소. 내가 아는 것은……」 그가 일어나서 화가 난 듯 의사를 바라보며 말했다. 「내가 아는 것은 신이 나를 따뜻한 피와 신경으로 만들었다는 겁니다. 그렇소! 유기적인 조직체는, 죽지 않았다면 모든 자극에 반응해야 합니다. 그래서 나는 반응하고 있는 겁니다! 고통에 대해 나는 비명과 눈물로 대답합니다. 비열함에 대해서는 분노로, 혐오스러운 것에 대해서는 구역질로 대답합니다. 내가 생각하기에는, 이것이 바로 삶이라 불리는 것입니다. 저급한 유기체일수록 감각이 무디고 자극에 약하게 반응합니다. 고등한 유기체일수록 더 예민하고 더 활발하게 현실에 반응합니다. 어떻게 이것을 모릅니까? 의사 선생, 이렇게 간단한 것도 모르나요? 고통을 무시하고 언제나 만족하고 어떤 일에도 놀라지 않기 위해서는 그러한 상태에 도달해야 합니다.」 이반 드미뜨리치가 기름기가 흐르는 뚱뚱한 농부를 가리켰다. 「아니면, 고통에 대한 모든 감각을 잃어버리도록 자신을 단련해야 하지요, 다른 말로 하자면, 사는 것을 그만두는 겁니다. 미안하지만, 나는 현인도 철학자도 아닙니다.」 이반 드미뜨리치가 짜증스럽게 말을 이었다. 「그래서 그런 건 전혀 이해하지 못합니다. 나는 이성적으로 이해할 만한 사람이 못 됩니다.」

「그렇지 않습니다. 당신은 아주 훌륭하게 이성적으로 판단하고 있습니다.」

「당신이 언급하는 스토아 철학자들은 뛰어난 사람들이었지만, 그들의 학설은 2천 년 전에 이미 폐기되어 조금도 앞으로 나아가지 못했고, 또 앞으로도 진전이 없을 겁니다. 그것은 실용적이지 못하고 또한 전혀 생명력이 없기 때문입니다. 학설이라고 하면 무조건 탐닉하고 연구하는 소수의 사람들에게서만 성공을 거뒀을 뿐, 대다수의 사람들은 그것을 이해하지도 못했습니다. 부와 쾌적한 생활에 대한 무관심, 고통과 죽음에 대한 무시를 가르치는 그 학설은 대부분의 사람들에게 전혀 이해되지 않지요. 왜냐하면 우선, 대부분의 사람들이 부도 쾌적한 생활도 알지 못하기 때문입니다. 그리고, 고통을 경멸하라는 것은 대부분의 사람들에게 삶 자체를 무시하라는 뜻이 됩니다. 사람이라는 존재 자체는 굶주림, 추위, 모욕, 상실, 죽음에 대해 햄릿처럼 공포를 느끼도록 이뤄져 있기 때문입니다. 이러한 느낌 안에 삶 자체가 있습니다. 삶을 부담스러워할 수도 있고 싫어할 수도 있지만, 무시할 수는 없습니다. 바로 그렇기 때문에, 다시 말하지만, 스토아 학설은 결코 미래를 가질 수 없습니다. 당신도 알다시피, 삶이 시작된 이래로 지금까지 투쟁, 통증에 대한 민감한 반응, 자극에 반응하는 능력 등등이 진보하고 있습니다⋯⋯.」

이반 드미뜨리치가 갑자기 생각의 끈을 놓쳐서, 하던 말을 그치고 짜증스럽게 이마를 문질렀다.

「중요한 이야기를 하려고 했는데, 생각이 나질 않는군.」 그가 말했다. 「내가 무슨 말을 하려고 했지? 그렇지! 내가 하려던 말은, 스토아 학파의 누군가가 가까운 사람이 팔리지 않게 하려고 자기 자신을 노예로 팔았다는 이야기입니다. 그것은 바로, 스토아 철학자도 자극에 반응을 보였다는 뜻입니다. 가까운 사람을 위해 자신을 낮추는 그런 고결한 행위를 하려면 분노하는 마음, 동정하는 마음이 필요하기 때문입니다. 나는 공부한 모든 것을 이곳 감옥 안에서 잊어버렸습니다, 그렇지 않았다면 좀 더 기억해 냈을 텐데. 그렇지, 그리스도는 어땠습니까? 그리스도는 울기도 하고, 미소 짓기도 하고, 슬퍼하기도 하고, 화를 내기도 하고, 아니면 괴로워하기도 하면서 현실에 반응했죠. 그분은 고통을 미소로 맞이하지 않았고, 죽음을 무시하지도 않았으며, 겟세마네 동산에서는 〈이 잔을 거두어 주소서〉 하고 기도드렸습니다.」

이반 드미뜨리치가 웃으면서 앉았다.

「사람의 평화와 만족이 외부에 있지 않고 그 내부에 있다고 합니다.」 그가 말했다. 「고통을 무시하고 어떤 일에도 놀라지 않아야 한다고 합시다. 그렇지만, 당신은 무슨 근거로 이와 같은 것을 가르치려 드는 겁니까? 당신이 현인입니까? 철학자입니까?」

「나는 철학자가 아닙니다. 하지만 누구나 이와 같은 것을 가르칠 수 있습니다. 이치에 맞는 것이니까 말입니다.」

「아니요, 내가 알고 싶은 것은, 이성적인 이해니 고통에 대한 무시니 하는 문제들을 다룰 자격이 자신에게 있다고 당신 스스로 생각하는 근거입니다. 당신은 한 번이라도 괴로워해 본 적이 있나요? 고통이 어떤 것인지 알기나 합니까? 어렸을 적에 매를 맞아 본 적이 있기나 한가요?」

「아니요, 나의 부모님은 체벌이 나쁘다고 가르치셨습니다.」

「나는 아버지한테 채찍으로 심하게 맞으며 자랐습니다. 아버지는 엄격한 관리셨지요. 치질을 앓았고, 목 주변이 노랗고 코가 길었습니다. 당신 이야기나 합시다. 지금까지 살아오면서 당신에게 누구도 손가락 하나 대지 않았고, 으르거나 때리지도 않았습니다. 당신은 황소처럼 건강합니다. 아버지의 보호 속에서 자랐고, 아버지의 돈으로 공부했고, 그리고 곧장 편안한 직장도 움켜쥐었습니다. 20년 이상 당신은 난방 시설이 잘돼 있고 밝고 하녀까지 딸린, 집세를 낼 필요도 없는 주택에서 살고 있고, 게다가 마음이 내킬 때 원하는 만큼만 일하고 그렇지 않을 때에는 아무 일도 하지 않아도 되는 권한까지 가지고 있습니다. 선천적으로 당신은 게으르고 나태한 사람이라서, 어떠한 방해도 받지 않으며 꿈쩍도 하지 않는 생활을 유지하려고 애썼을 겁니다. 당신은 보조 의사와 쓰레기 같은 자들에게 일을 미뤄 두고 자신은 따뜻하고 조용한 곳에 앉아, 돈을 쌓아 두고, 책을 읽거나 고상하지만 실없는 여러 가지 생각이나 즐기고, 그리고 (이때 이반 드미뜨리치가 의사의 붉은 코를 힐끔 쳐다봤) 술이나 훌쩍거립니다. 한마디로, 당신은 삶이 어떤지 본 적이 없고, 삶이 무엇인지 전혀 모릅니다. 다만 이론적으로 현실을 알고 있을 따름입니다. 당신이 고통을 무시하고 어떤 일에도 놀라지 않는 것은 아주 단순한 이유 때문입니다. 헛되고 헛된 현세니, 삶과 고통과 죽음에 대한 내적이고 외적인 무시니, 이성적인 이해니, 진정한 축복이니 하는 것들은 모두 러시아의 게으름뱅이들에게나 가장 잘 어울리는 넋두리입니다. 가령 말입니다, 농부가 아내를 때리는 광경을 당신이 봤다고 합시다. 무엇 때문에 참견하나? 때리도록 내버려 두지, 이러나저러나 어차피 두 사람 다 언젠가 죽을 테니까. 게다가 맞는 아내가 아니라 때리는 농부가 때린다는 사실 자체 때문에 스스로 자기 자신에 대해 언짢아할 텐데. 술을 마시고 취하는 것은 한심하고 메스꺼운 일이지만 술을 마시든 마시지 않든 죽는 것은 매한가지다. 아낙네가 와서 이빨이 아프다고 한다······ 그런데 그게 어쨌단 말인가? 고통은 고통에 대한 관념이고, 게다가 아프지 않고 이 세상에서 살 수는 없고 누구나 어차피 죽는 건데, 그러니 내가 사색하고 보드까를 마시는 걸 방해하지 말고 어서 돌아가시오. 젊은 사람이 무엇을 하고 어떻게 살아야 하는가 하고 조언을 구합니다. 다른 사람이라면 대답하기 전에 생각을 하겠지만, 당신에게는 이미 대답이 준비되어 있습니다. 이성적인 이해 아니면 진정한 축복을 얻도록 노력하시오. 그런데 도대체 그 기괴한 〈진정한 축복〉이 무엇이란 말이오? 물론 대답은 없습니다. 우리가 이곳 쇠창살 안에 갇혀 격리된 채 학대받지만, 그러나 그것은 훌륭하고 이치에 맞는 일입니다. 왜냐하면 이 병동과 따뜻하고 아늑한 서재 사이에는 아무런 차이가 없으니까. 참 편리한 철학입니다. 아무것도 하지 않으면서, 양심이 깨끗한 현인이라도 된 듯이 느낄 수 있으니 말입니다……. 아니, 이보시오, 이것은 철학도 사색도 넓은 견해도 아니오, 게으름이고, 무기력이고, 잠에 취한 무감각입니다……. 그렇지 않소!」 이반 드미뜨리치가 다시 화를 냈다. 「고통을 무시한다지만, 손가락이 문에 끼이면 당신도 목청껏 비명을 지르고 말걸!」

「아니, 비명을 지르지 않을지도 모르죠.」 안드레이 에피미치가 부드러운 미소를 지으며 말했다.

「그래, 그러시겠지! 하지만 만일 당신이 중풍으로 쓰러진다면, 혹은 가정해 봅시다, 어떤 바보나 막된놈이 자신의 지위나 관등을 이용해서 당신을 공개적으로 모욕하고, 또 그러고도 그 사람이 어떤 처벌도 받지 않고 잘 지낸다는 것을 당신이 알게 되면, 그런 경우가 닥치면, 당신이 다른 사람들에게 이성적인 이해니 진정한 축복이니 하고 충고하는 것이 어떤 일인지 알게 될 겁니다.」

「아주 참신합니다.」 안드레이 에피미치가 만족스럽게 웃고 두 손을 문지르며 말했다. 「당신의 일반화하는 취향에 정말 감탄했습니다. 그리고, 지금 막 해주신 나에 관한 특징 묘사는 무척 뛰어납니다. 솔직하게 말해서, 당신에게 듣는 이야기에 나는 아주 크게 만족합니다. 그런데 지금까지는 내가 당신의 말을 들었으니, 이제는 당신이 나의 말을 들어 보시지요…….」

11

이 대화는 한 시간가량 더 계속되었고, 안드레이 에피미치에게 깊은 인상을 준 것 같았다. 그는 별채를 매일 드나들기 시작했다. 오전이나 점심 식사 후에 그곳에 가서, 자주 저녁의 어둠이 내릴 때까지 이반 드미뜨리치와 이야기를 나눴다. 이반 드미뜨리치는 처음에는 그를 피하고 나쁜 의도로 온 것은 아닌가 의심하면서 공공연하게 적의를 드러냈지만, 점차 의사에게 익숙해져서 더 이상 신랄하게 대하지 않고 관대하면서도 비꼬는 태도를 취했다.

의사 안드레이 에피미치가 6호 병동을 찾아간다는 소문이 금세 병원에 퍼졌다. 아무도, 보조 의사도, 니끼따도, 간호보조원들도 그가 왜 그곳에 가는지, 무슨 이유로 몇 시간씩 그곳에 앉아 있는지, 무엇을 이야기하는지, 어째서 처방전을 쓰지 않는지 알지 못했다. 그의 행동은 이상하게 생각되었다. 미하일 아베랴니치는 이전과 달리 집으로 찾아가도 그를 만나지 못했고, 다류슈까는 정해진 시간에 의사가 더 이상 맥주를 마시지 않고 심지어 이따금 식사 때도 늦어지곤 하는 것에 무척 혼란스러워했다.

6월도 다 지난 어느 날, 의사 호보또프가 일이 있어 안드레이 에피미치를 찾아갔다. 하지만 집에서 그를 만나지 못해 병원의 마당으로 갔다. 그곳에서 선임 의사로부터 그가 정신병자들한테 갔다는 이야기를 들었다. 별채로 들어서다가 현관에 멈춰 서서 호보또프는 이런 이야기를 듣게 되었다.

「우리는 결코 협조할 수 없으며, 당신의 신념에 따르도록 나를 바꾸는 일은 성공하지 못할 겁니다.」 이반 드미뜨리치가 화를 내며 말했다. 「당신은 현실을 전혀 모르며, 한 번도 고통받아 본 적이 없습니다. 기생충처럼 다른 사람들이 고통받는 옆에서 배불리 포식하고 살았습니다. 그러나 나는 태어나서 지금까지 끊임없이 고통을 받아 왔습니다. 따라서 솔직하게 말해, 나는 내가 모든 점에서 당신보다 더 뛰어나고 더 많이 알고 있다고 생각합니다. 그러니 나를 가르치려 들지 마십시오.」

「나의 신념을 따르게 하려고 당신을 바꿀 생각은 추호도 없습니다.」 안드레이 에피미치가 상대방이 자신의 생각을 이해하려고 하지 않는 데 안타까워하며 나지막하게 말했다. 「그리고 문제는 그게 아니란 말입니다, 친구. 문제는 당신이 고통을 받고 있는데 나는 고통받지 않는다는 데 있지 않습니다. 고통과 기쁨은 순간적인 것이지요. 그런 것들에 신경 쓸 필요가 없습니다. 중요한 것은 바로, 당신이나 내가 생각을 한다는 겁니다. 우리는 다른 사람들을 통해 우리가 생각하고 판단하는 능력이 있다는 것을 보게 됩니다. 이것이 우리를 연결해 줍니다. 의견이 아무리 다르더라도 말입니다. 이보시오, 친구, 내가 얼마나 널리 퍼져 있는 광기와 재능 없고 둔한 것에 지쳐 있는지, 그리고 당신과 이야기 나누는 것이 항상 얼마나 기쁜지 알아줬으면 좋겠소! 당신은 지적인 사람이라, 나는 당신하고 알고 지내는 것이 즐겁답니다.」

호보또프는 문을 1베르쇼끄[9] 정도 열고 병동 안을 들여다 봤다. 나이트캡을 쓴 이반 드미뜨리치와 의사 안드레이 에피미치가 침대 위에 나란히 앉아 있었다. 미치광이는 얼굴을 찡그리고 경련을 일으키면서 불안한 듯 환자복을 여미고 있었고, 의사는 고개를 떨군 채 전혀 움직이지 않고 앉아 있었다. 상기된 의사의 얼굴이 무기력하고 슬퍼 보였다. 호보또프는 어깨를 으쓱하고 미소를 지으며 니끼따와 눈짓을 주고받았다. 니끼따도 어깨를 으쓱했다.

다음 날 호보또프는 보조 의사를 데리고 별채로 갔다. 두 사람이 현관에 서서 몰래 엿들었다.

「우리 영감이 아주 미친 것 같아!」 호보또프가 별채에서 나오면서 말했다.

「주님, 죄 많은 우리를 가엾게 여기소서!」 종교적인 인물 세르게이 세르게이치가 깨끗이 닦은 장화를 더럽히지 않으려고, 조심스럽게 고여 있는 물을 피해 걸으면서 한숨을 내쉬었다. 「이제야 말씀드리지만, 존경하는 예브게니 표도리치 씨, 나는 이미 오래전부터 이렇게 되리라고 생각했습니다.」

12

이 일이 있은 후, 안드레이 에피미치는 주위의 은밀한 변화를 느끼기 시작했다. 병원의 잡역부들, 간호보조원들, 그

[9] 미터법을 쓰기 전 러시아의 길이 단위. 1베르쇼끄는 4.445센티미터.

리고 환자들이 그와 마주치면 그를 미심쩍은 듯이 바라보고 나서 서로 뭐라고 속삭였다. 안드레이 에피미치가 그동안 병원의 뜰에서 마주치면 좋아했던, 사무장의 딸인 마샤라는 꼬마는 이제 머리를 쓰다듬어 주려고 미소를 지으며 다가오는 그를 피해 슬그머니 달아났다. 우체국장 미하일 아베랴니치는 그의 말을 듣고도 더 이상 〈정말 그렇습니다〉라고 말하지 않았고, 이해할 수 없이 난처해하며 그저 〈네, 네, 네……〉 하고 우물거리면서 그를 우울하고 슬픈 표정으로 바라보았다. 무슨 이유에서인지 미하일 아베랴니치는 자신의 친구에게 보드까와 맥주를 그만 마시라고 충고하기 시작했다. 그렇지만 이 충고를 정중한 사람답게 직설적으로 하지 않고, 넌지시, 뛰어난 대대장과 연대에 배속된 젊고 멋진 사제가 있었는데 그가 술을 너무 마셔 병이 들었다가 술을 끊은 후에 건강을 완전히 회복했다는 이야기를 들려줬다. 동료 의사 호보또프는 두세 번 안드레이 에피미치를 찾아와서, 마찬가지로 알코올 음료를 그만 마시라고 충고했고, 또 뚜렷한 이유도 대지 않고 브롬화칼륨을 복용하라고 권했다.

8월에 안드레이 에피미치는 시장으로부터 매우 중요한 용건이 있으니 방문해 주기 바란다는 편지를 받았다. 약속된 시간에 시청에 도착하니, 연대장, 장학관, 시 의원, 호보또프, 그리고 안드레이 에피미치에게 자신을 의사라고 소개하는 뚱뚱한 금발의 신사가 그를 맞았다. 폴란드 사람으로 발음하기 힘든 성을 가진 이 의사는 도시에서 30베르스따 떨어진 종마 사육장 근처에 사는데, 지나가는 길에 이 도시에 들렀다고 했다.

「이것은 선생의 병원에 관한 신청 서류입니다.」 서로 인사를 나누고 각자 자리에 앉은 다음, 시 의원이 안드레이 에피미치를 향해 말했다. 「여기 예브게니 표도리치 씨 말씀으로는, 중앙 병동에 있는 약국이 협소해서 별채로 옮겨야겠다고 하시더군요. 옮기는 일은 물론 어렵지 않지만, 문제는 별채를 수리해야 한다는 겁니다.」

「예, 수리해야겠지요.」 안드레이 에피미치가 잠시 생각하고 나서 말했다. 「구석에 있는 별채를 약국을 위해서 정비한다고 하면, 추측하건대, 〈미니멈〉 5백 루블은 들 겁니다. 별로 생산적이지 못한 지출입니다.」

잠시 침묵이 흘렀다.

「10년 전에도 보고했습니다만……」 안드레이 에피미치가 낮은 목소리로 말을 이었다. 「시의 예산 규모로 보면, 이 병원은 지금 상태로도 사치스럽습니다. 40년대에 지어졌으니까, 아시다시피 당시에는 더 큰 비용의 돈이 든 것입니다. 시는 불필요한 건물과 여분의 직무에 지나치게 많은 돈을 지출하고 있습니다. 내가 생각하기로는, 지출 체계를 바꾼다면 그 돈으로 모범적인 병원을 두 개나 운영할 수 있을 거라고 봅니다.」

「그렇다면 다른 체계를 도입합시다!」 시 의원이 활기차게 말했다.

「내가 전에 제안했듯이, 의료 부분을 젬스뜨보의 소관으로 넘깁시다.」

「예, 젬스뜨보에 돈을 넘겨주면, 도둑질해 갈 겁니다.」 금발의 의사가 웃었다.

「언제나 그래 왔습니다.」 이렇게 동의하는 시 의원도 웃었다.

안드레이 에피미치는 나른하고 흐리멍덩한 눈으로 금발

의 의사를 잠시 쳐다보고 나서 말했다.

「정의로워야 합니다.」

다시 침묵이 흘렀다. 차가 나왔다. 무슨 이유에서인지 매우 당황한 연대장이 테이블 너머로 안드레이 에피미치의 손을 건드리며 말했다.

「의사 선생, 당신은 우리를 아주 잊고 있었군요. 하기야 당신은 성직자 같아서 카드도 여자도 좋아하지 않으니까 우리 같은 사람들이 따분하겠지요.」

모두들, 점잖은 사람이 이 도시에서 산다는 게 얼마나 따분한 일인지를 이야기하기 시작했다. 극장도 없고, 음악도 없다. 클럽에서 열린 최근의 무도회에는 스무 명의 부인들이 참석했지만 남자 파트너는 고작 두 명뿐이었다. 젊은 남자들은 춤을 추는 대신 술집에 모여 시간을 보내거나 카드놀이를 했다. 안드레이 에피미치가 느리고 나지막하게 아무도 쳐다보지 않으며 다음과 같은 것들이 얼마나 안타깝고 안타까운지 말하기 시작했다. 도시의 주민들은 자신들의 생활 에너지와 감성과 지성을 카드놀이와 잡담에 허비한다. 흥미로운 대화와 독서로 시간을 보낼 의향도 능력도 없다. 지성이 부여하는 즐거움을 누리려고 하지도 않는다. 오직 지성만이 흥미롭고 주목할 만한 것이며 그 나머지는 모두 하찮고 저급한데도 말이다. 호보또프는 동료 의사의 이야기를 주의 깊게 듣다가 대뜸 이렇게 물었다.

「안드레이 에피미치 씨, 오늘이 며칠입니까?」

대답을 들은 다음, 호보또프와 금발의 의사가, 자기 자신을 졸렬하다고 느끼는 시험관의 톤으로, 오늘이 무슨 요일인가, 1년에는 며칠이 있는가, 6호 병동에 뛰어난 예언자가 산다고 하던데 그게 사실인가 하고 안드레이 에피미치에게 차례로 물었다.

마지막 질문에 대해 안드레이 에피미치는 얼굴을 붉히며 이렇게 대답했다.

「그렇습니다, 환자이긴 하지만 흥미로운 젊은입니다.」

그들은 더 이상 묻지 않았다.

안드레이 에피미치가 현관에서 옷을 입고 있을 때, 연대장이 그의 어깨에 손을 올려놓고 한숨을 내쉬며 말했다.

「우리같이 나이 든 사람들은 그만둘 때가 됐소!」

시청을 나오면서, 안드레이 에피미치는 이 위원회가 자신의 정신 능력을 평가하기 위해서 열렸다는 것을 깨달았다. 그는 자신이 받은 질문들을 떠올리고는 얼굴을 붉히면서, 태어나서 처음으로 의학에 대해 씁쓸하게 생각했다.

〈아, 이런.〉 그는 조금 전 두 의사가 자신을 실험하던 모습을 떠올리며 생각했다. 〈정신병학을 안 지 얼마나 되었다고 실험하려 들다니, 어떻게 그리 형편없이 무식할 수 있을까? 정신병학에 대한 개념도 모르면서!〉

태어나서 처음으로 그는 모욕과 분노를 느꼈다.

그날 저녁 그에게 미하일 아베랴니치가 찾아왔다. 인사도 하지 않고 우체국장은 그에게 다가와 두 손을 꼭 붙잡고, 흥분한 목소리로 말했다.

「이보시오, 나의 친구, 당신이 나의 진심 어린 호의를 믿어 주고 또 나를 친구로 여기고 있다는 것을 보여 주기 바라오······ 나의 친구!」 안드레이 에피미치의 말을 막으며 그가 흥분한 채 계속 말했다. 「나는 당신이 받은 교육과 고결한 정신을 사랑합니다. 제발 나의 말을 들어 주시오. 의사들은 과학의 법칙에 얽매여 당신에게 진실을 감추고 있지만, 나는 군인 출신답게 툭 털어놓겠소. 당신은 건강하지 못합니다! 나를 용서하시오, 나의 친구. 하지만 이것은 사실이오, 주위의 모두가 이미 오래전부터 알고 있는 사실이란 말입니다. 조금 전에 나에게 예브게니 표도리치 의사가 말했지요, 건강을 회복하기 위해서 당신이 쉬면서 기분 전환을 해야만 한다고. 정말 그렇습니다! 차라리 잘되지 않았습니까! 최근에 나도 휴가를 얻어, 다른 공기를 쐬러 떠나려던 참이었습니다. 당신이 나의 친구라는 것을 보여 줘서 함께 떠납시다! 함께 떠나서, 지나간 일들은 털어 버립시다.」

「나는 아주 건강합니다.」 안드레이 에피미치가 잠시 생각하고 나서 말했다. 「여행을 떠날 수는 없습니다. 당신께 다른 방법으로 나의 우정을 보여 주게 해주십시오.」

아무런 이유도 없이 책도 다류슈카도 맥주도 없는 어디론가로 떠나 지난 20년 동안 쌓아 올린 생활의 질서를 갑자기 깨뜨린다는 것이 생각만 해도 처음에는 야만스럽고 황당한 일이라고 여겨졌다. 하지만, 시청에서 있었던 대화와 시청을 나와 집으로 돌아오면서 느꼈던 불쾌한 기분을 상기하고는, 자신을 미치광이로 취급하는 이 도시를 잠시 떠나는 것도 괜찮겠다고 생각하며 미소 지었다.

「어디로 여행을 떠날 생각이었나요?」 안드레이 에피미치가 그에게 물었다.

「모스끄바와 뻬쩨르부르그와 바르샤바로 갈까 합니다······. 바르샤바에서 나는 내 생애에서 가장 행복한 5년을 보냈습니다. 정말 멋진 도시랍니다! 우리 함께 갑시다!」

13

1주일 후 안드레이 에피미치는 쉬라는 제안을 받았다. 그것은 곧 퇴직하라는 뜻이었지만 그는 무심한 태도를 취했다. 그리고 또 1주일 후, 그와 미하일 아베랴니치는 이미 우편 마차에 앉아 가까운 기차역으로 향했다. 파란 하늘이 멀리까지 투명하게 보이는 서늘하고 맑은 날이었다. 2백 베르스따 떨어진 역까지 꼬박 이틀이 걸렸고, 가는 도중 두 번 숙박했다. 역참에서 더러운 컵에 차가 나오거나 마차에 말을 매는 일이 늦어지면, 미하일 아베랴니치는 얼굴을 붉히고 온몸을 부르르 떨며 고함을 질렀다. 「입 닥쳐! 딴소리하지 마!」 마차에 앉아 있을 때에는 잠시도 쉬지 않고 까프까즈와 폴란드 왕국을 여행했던 이야기를 했다. 온갖 기이한 사건들, 여러 만남들! 그는 큰 소리로 떠들었고, 거짓말하고 있기 않나 하는 생각이 들 정도로 눈동자를 굴렸다. 게다가, 이야기하면서 그는 안드레이 에피미치의 얼굴에 대고 숨을 내쉬었고, 귀에 대고 껄껄 웃었다. 이런 일이 의사를 괴롭혔고, 정신을 모으고 생각하는 것을 방해했다.

돈을 아끼려고 삼등급의 금연 열차에 타고 철도 여행을 했다. 승객의 절반가량은 깨끗한 사람들이었다. 미하일 아베랴니치는 금세 모든 승객들과 친숙해져 좌석을 옮겨 다니며, 큰 소리로 떠들어 댔다. 이런 불쾌한 철도로 여행을 하는 것이 아니다. 주위에는 사기뿐이다! 말을 타고 여행하면 다르다. 하루에 1백 베르스따를 거뜬히 달리고, 그러고 나면 기분도 상쾌하고 좋다. 우리 지역에서 농작물이 잘되지 않는 것은 삔스끼 늪을 간척했기 때문이다. 소름끼치게 잘못된 관리가 도처에 널려 있다. 그는 흥분하여 큰 소리로 떠들어 대며, 다른 사람들에게 말할 틈을 주지 않았다. 시끄럽게 웃는 소리와 풍부한 제스처가 뒤섞여 끝없이 이어지는 잡담에 안드레이 에피미치는 지쳐 버렸다.

〈우리 둘 중 누가 미친 거야?〉짜증이 난 그가 생각했다. 〈승객들에게 불편을 끼치지 않으려고 노력하는 나인가, 아니면 자기가 이 승객들 가운데서 가장 지적이고 흥미로운 사람이라고 생각하고 다른 사람들을 귀찮게 하는 저 에고이스트인가?〉

모스끄바에서 미하일 아베랴니치는 견장이 없는 군인용 프록코트와 붉은 줄무늬가 있는 바지를 샀다. 그는 앞챙이 있는 군인 모자를 쓰고 외투를 입고 거리를 걸어 다녔고, 병사들은 그에게 경례를 했다. 안드레이 에피미치는 이제, 그가 예전에 가지고 있던 모든 귀족적인 가치들 가운데서 좋은 것은 모두 다 버리고 나쁜 것만 지니고 있다고 생각하게 되었다. 미하일 아베랴니치는 전혀 그럴 필요가 없을 때조차 사람들에게 자신을 시중들게 하는 것을 좋아했다. 성냥이 바로 앞 테이블에 있으면서도, 성냥을 가져오라고 소리쳐 사람을 불렀다. 하녀가 있는 곳에서도 그는 거리끼지 않고 속옷 차림으로 다녔다. 모든 하인들에게, 나이가 많은 하인일지라도 〈너〉라고 말했고, 화가 나면 〈멍청한 놈, 바보 같은 놈〉하고 불렀다. 이런 행동은, 안드레이 에피미치가 생각했던 것처럼 귀족적이긴 했지만 추악한 것이었다.

미하일 아베랴니치는 가장 먼저 자기 친구를 이베르스까야 교회[10]로 데려갔다. 그는 눈물을 흘리며 바닥에 머리가 닿도록 열심히 기도를 드린 다음, 깊은 숨을 내쉬며 말했다.

10 성모 성상으로 유명한 모스끄바에 있는 교회.

「혹시 신앙심이 없다고 해도 기도드리면 마음이 편안해질 겁니다. 성상에 입을 맞춰 보시죠.」

당황한 안드레이 에피미치가 성상에 입을 맞췄고, 미하일 아베랴니치는 입술을 내밀고 머리를 흔들며 웅얼웅얼 기도를 드렸다. 다시 그의 눈에서 눈물이 흘렀다. 그리고 그들은 끄레믈린으로 가서 짜르의 대포와 짜르의 종[11]을 구경하면서 손으로 만져 보기도 했다. 강 건너편의 경치에 도취하기도 했고, 구세주 교회당과 루만쩨프 박물관도 둘러보았다.

점심은 쩨스또프에서 먹었다. 미하일 아베랴니치는 구레나룻을 잡아당기면서 메뉴를 오랫동안 들여다보고 나서, 레스토랑을 집 안처럼 편안하게 여기는 식도락가의 톤으로 말했다.

「오늘 음식은 어떤지 좀 볼까!」

14

의사는 걸어 다니며 구경하고 먹고 마시기도 했지만, 그의 감정은 단 하나, 미하일 아베랴니치에 대한 불편함뿐이었다. 안드레이 에피미치는 친구로부터 벗어나 쉬고 싶었고, 그를 떠나 숨고 싶었지만, 친구는 그에게서 한 발짝도 떨어지지 않고 가능한 한 많은 즐거움을 제공하는 것이 자신의 의무라고 생각했다. 볼거리가 없을 때에는 이야기로 즐겁게 해주려

---

11 짜르의 대포는 무게가 40톤으로 16세기에 주조되었고, 짜르의 종은 무게가 2백 톤에 높이가 6미터로 18세기에 주조되었다. 이것들은 러시아 주조 기술의 기념물이다.

고 했다. 안드레이 에피미치는 이틀은 참았지만, 사흘째 되는 날에는 몸이 좋지 않아 하루 종일 숙소에 있겠다고 친구에게 선언했다. 친구는 그렇다면 자신도 숙소에 남겠다고 말했다. 사실, 휴식이 필요하기도 했다. 쉬지 않고는 다리가 견디지 못할 것이다. 안드레이 에피미치는 얼굴을 등받이 쪽으로 돌리고 소파에 누워, 이를 악물고 친구의 말을 들었다. 미하일 아베랴니치는 프랑스가 조만간 독일을 박살 낼 거다, 모스끄바에는 사기꾼들이 많다, 말의 외양만 봐서는 말의 장점들을 판단할 수 없다고 열심히 이야기했다. 의사는 귀가 아프고 심장이 뛰기 시작했지만, 마음이 약해 친구에게 나가라거나 조용히 하라고 차마 말하지 못했다. 다행스럽게도, 미하일 아베랴니치는 호텔 방에 앉아 있는 것이 지루해져서 점심 식사 후엔 산책하러 나갔다.

혼자 남자, 안드레이 에피미치는 쉬는 기분이 들었다. 소파 위에 움직이지 않고 누워 방 안에 혼자 있다는 사실을 의식한다는 것은 얼마나 유쾌한 일인가! 진짜 행복은 고독 없이는 불가능하다. 타락한 천사가 하느님을 배반한 것도 다른 천사들이 모르는 고독을 원했기 때문일 것이다. 안드레이 에피미치는 며칠 동안 보고 들은 것들을 생각해 보려 했지만, 미하일 아베랴니치가 머리에서 떠나지 않았다.

〈그 사람이 휴가를 내어 나와 함께 여행을 떠난 것은 물론 우정과 관대한 마음에서였겠지만…….〉 짜증이 난 의사가 생각했다. 〈이런 우정의 보살핌보다 못한 것은 없을 거다. 선량하고 너그럽고 쾌활한 사람인 듯하지만 따분하기 짝이 없어. 참을 수 없이 따분해. 사람들 중에는, 이처럼 언제나 영리하고 멋진 말만 하지만 우둔한 느낌을 주는 이들이 많지.〉

며칠 동안 계속 안드레이 에피미치는 몸이 좋지 않다고 말하고 호텔 방에서 나가지 않았다. 그는 소파 등받이 쪽으로 얼굴을 돌리고 누워, 친구가 그의 기분 전환을 위해 해주는 이야기들에 괴로워하다가, 친구가 밖으로 나가면 그제야 휴식을 취했다. 그는 여행을 떠난 자신에게 화가 났으며, 날이 갈수록 점차 말이 많아지고 더 허물없이 구는 친구에게 짜증이 났다. 그에게서 진지하고 고상한 수준의 사상을 기대한다는 것은 아주 불가능했다.

〈이것은 이반 드미뜨리치가 말했던, 내가 현실에 굴복한다는 걸 거야.〉 대범하지 못한 자신에게 화가 나서 생각했다. 〈그렇지만 부질없는 일이지……. 집으로 돌아가면, 모든 게 다 예전처럼 될 거야…….〉

뻬쩨르부르그에 가서도 마찬가지였다. 그는 하루 종일 호텔 방에서 나가지 않았고, 소파 위에 누워 맥주를 마실 때에만 일어났다.

미하일 아베랴니치는 줄곧 바르샤바로 가자고 서둘렀다.

「무엇 때문에 내가 거기에 가야 합니까?」 안드레이 에피미치가 간청하듯 말했다. 「나는 집으로 돌아가게 놔두고, 혼자 가십시오! 부탁합니다!」

「무슨 일이 있어도 그럴 순 없습니다!」 미하일 아베랴니치가 거절했다. 「정말 멋진 도시랍니다. 그곳에서 나는 내 생애에서 가장 행복한 5년을 보냈습니다!」

안드레이 에피미치는 자기 주장을 고수할 만큼 성격이 강하지 못했다. 그는 마지못해 바르샤바로 갔다. 그곳에서도 그는 호텔 방에서 나가지 않고 소파에 누워, 자기 자신과 친구와 러시아어를 이해하지 못한다고 버티는 웨이터에게 분노를 느꼈다. 미하일 아베랴니치는 언제나 그렇듯이, 건강하고 활기차고 쾌활했으며, 아침부터 저녁까지 도시를 돌아다니며 옛 친구들을 찾아다녔다. 몇 번 그는 숙소에 돌아오지 않았다. 어느 날 이른 아침, 어디선가 밤을 보내고 매우 격앙된 상태로, 머리는 헝클어지고 얼굴은 상기된 채 그가 돌아왔다. 그는 뭐라고 웅얼거리면서 오랫동안 방 안에서 서성대다가 멈춰 서더니 이렇게 말했다.

「무엇보다도 명예야!」

다시 왔다 갔다 하다가 머리를 감싸 쥐고 비통한 목소리로 말했다.

「그래, 무엇보다도 명예야! 제기랄, 이런 바빌론에 오려고 했던 게 잘못이야! 이보시오.」 그가 의사를 향했다. 「나를 경멸해 주시오. 나는 노름으로 돈을 죄다 날려 버렸소. 5백 루블만 빌려 주겠소?」

안드레이 에피미치는 5백 루블을 세어서 아무 말도 하지 않고 친구에게 주었다. 수치심과 분노로 여전히 상기된 그가 두서없이 불필요한 맹세를 하고 나서, 군인 모자를 쓰고 밖으로 나갔다. 두 시간쯤 뒤에 돌아온 그가 안락의자에 털썩 주저앉더니 큰 소리로 한숨을 내쉬며 말했다.

「명예는 찾았어! 떠납시다, 친구! 이 저주받을 도시에 조금도 더 머물고 싶은 생각이 없소. 사기꾼들! 오스트리아의 스파이들!」

두 사람이 도시로 돌아왔을 때는 이미 11월이었고, 거리에는 많은 눈이 쌓여 있었다. 안드레이 에피미치의 자리에는 호보또프 의사가 앉아 있었다. 호보또프는 안드레이 에피미치가 돌아와 병원의 관사를 치워 주기를 기다리며 아직 이전에 살던 집에서 지내고 있었다. 그가 부엌일을 하는 하녀라고 말했던 못생긴 여자는 이미 병원 안에서 살고 있었다.

도시에는 병원에 관한 새로운 소문이 퍼져 있었다. 그 못생긴 여자가 사무장하고 싸웠는데, 사무장이 여자 앞에서 무릎을 꿇고 용서를 빈 것 같다는 소문이었다.

안드레이 에피미치는 도착한 첫날부터 새로운 집을 구해야 했다.

「친구.」 우체국장이 조심스럽게 말을 꺼냈다. 「무례한 질문을 하는 걸 용서하시오. 돈이 얼마나 있나요?」

안드레이 에피미치는 말없이 돈을 세고 말했다.

「86루블입니다.」

「내가 묻는 건 그게 아니고······.」 미하일 아베랴니치가 의사의 말을 이해하지 못하고 주저하며 말했다. 「당신의 전 재산은 얼마나 됩니까?」

「말씀드렸듯이, 86루블입니다······. 더는 없습니다.」

미하일 아베랴니치는 의사를 정직하고 고상한 사람으로 알고 있기는 했지만, 그래도 그의 재산이 최소한 2만 루블은 될 거라고 상상했었다. 그렇지만 이제, 안드레이 에피미치가 살아갈 돈도 없는 빈털터리라는 것을 알고 나서, 어째서인지 갑자기 울음을 터뜨리며 자신의 친구를 껴안았다.

15

안드레이 에피미치는 도시에 있는, 창문이 세 개밖에 없는 벨로바라는 여자의 작은 집에서 살았다. 이 작은 집에는 부엄을 빼고 방이 세 개밖에 없었다. 거리로 창문이 난 두 개의 방을 의사가 썼고, 나머지 방 하나와 부엌에서는 다류슈까와 집주인이 세 명의 아이들과 함께 살았다. 이따금 여주인에게 정부가 찾아와 자고 갔다. 그는 주정뱅이로, 술에 취해 밤새 난폭하게 굴었기 때문에, 아이들과 다류슈까는 공포에 떨어야 했다. 그가 와서 부엌에 버티고 앉아 보드까를 내놓으라고 하면 모두들 어쩔 줄 몰라 했다. 의사는 동정심에서, 우는 아이들을 자기 방으로 데려와 바닥에서 재웠다. 이런 일이 그에게 커다란 만족감을 가져다주었다.

예전처럼 그는 여덟 시에 일어나 차를 마시고 책상에 앉아 오래된 책들과 잡지를 읽었다. 그에게 새 책을 살 돈은 없었다. 책이 낡은 탓인지 아니면 환경이 바뀐 탓인지 그는 이제 독서에 전념하지 못하고 금방 지쳤다. 시간을 헛되이 보내지 않으려고 그는 자기가 가지고 있는 책들의 자세한 목록을 만들어 그 표를 책의 겉장마다 붙였다. 기계적이고 꼼꼼한 이 작업이 독서보다 더 흥미롭게 여겨졌다. 단조로운 작업이 신기하게도 그의 생각을 잠재워, 아무런 생각을 하지 않고도 시간이 빨리 흘렀다. 심지어, 부엌에 앉아 다류슈까와 함께 감자 껍질을 벗기거나 메밀 속에서 티를 고르는 일도 흥미로웠다. 토요일과 일요일이 되면 그는 교회에 갔다. 벽 옆에 서서 눈을 반쯤 감고 찬송가를 들으면서, 아버지와 어머니, 그리고 대학 시절과 종교에 관해서 생각했다. 그는 편안하고 슬펐다. 그러다가 예배가 너무 빨리 끝난 것을 서운해하면서 교회를 나왔다.

그는 두 번, 이야기를 나누려고 병원으로 이반 드미뜨리치를 찾아갔다. 하지만 두 번 다 이반 드미뜨리치가 몹시 흥분하여 사납게 굴었다. 이반 드미뜨리치는 이미 공허한 잡담에 싫증이 났으니 자기를 편안하게 내버려 두라고 요구했고, 더럽고 빌어먹을 놈들한테, 자신이 받는 고통의 대가로 독방에 넣어 달라고 요청하고 있다고 말했다. 이것마저 거절당해야 한단 말인가? 안드레이 에피미치가 저녁 인사를 하고 떠나는 두 번 다, 그가 이빨을 드러내며 말했다.

「악마한테나 잡혀가라!」

안드레이 에피미치는 이제, 다시 그를 찾아갈 것인가 말 것인가 망설였다. 물론 가고는 싶었다.

예전에 안드레이 에피미치는 점심 식사를 하고 나서 방 안을 거닐며 사색을 했지만, 지금은 점심때부터 저녁에 차 마시는 시간까지 등받이 쪽으로 얼굴을 돌린 채 소파에 누워, 사소한 생각에 잠겨 헤어나지 못했다. 그는 20년이 넘게 근무했는데 연금도 퇴직금도 받지 못한 것에 모욕감을 느꼈다. 사실 그가 성실하게 근무한 것은 아니었지만, 연금은 성실성과는 관계없이 모든 근무자들이 받는 것이다. 현대의 정의란 바로, 관등과 훈장과 연금이 도덕적인 자질이나 능력에 부여되는 것이 아니라 직장이 무엇이건 상관없이 모든 근로자에게 주어진다는 점에 있다. 무슨 까닭으로 그 혼자만 예외가 되어야 하는가? 그에게는 돈이 한 푼도 없었다. 그는 가게를 지나치는 일도 집주인을 마주치는 일도 창피하게 생각했다. 맥줏값이 이미 32루블이나 밀려 있었다. 집주인 벨로바에게도 지불할 돈이 밀려 있었다. 다류슈까는 슬그머니 헌 옷과 책을 내다 팔았고, 집주인에게는 의사가 곧 목돈을 받게 될 거라고 거짓말했다.

안드레이 에피미치는 모아 두었던 1천 루블을 여행에 써버린 자신에게 화가 났다. 그 1천 루블이 지금 있다면 얼마나 유용하겠는가! 그는 사람들이 자신을 가만히 내버려 두지 않는 데도 짜증이 났다. 호보또프는 병든 동료를 가끔 방문하는 것이 자신이 해야 할 일이라고 여겼다. 안드레이 에피미치는 호보또프의 모든 점이 메스꺼웠다. 기름기가 도는 얼굴도, 너그러운 척하는 야비한 목소리도, 〈동료〉라는 말도, 굽이 높은 장화도 모두 메스꺼웠다. 그 가운데 가장 혐오스러운 것은 그가 안드레이 에피미치를 치료하는 것이 자신의 의무라고 여기고, 또 실제로 치료하고 있다고 생각한다는 점이었다. 올 때마다 브롬화칼륨이 담긴 작은 약병과 알약을 가져왔다.

미하일 아베랴니치도 친구를 방문하여 위로하는 것이 자신의 의무라고 여겼다. 매번 그는 안드레이 에피미치에게 아무 일도 없는 것처럼 와서 억지로 소리 내어 웃으면서, 오늘은 안색이 좋다느니 하느님 덕분에 병이 나아가고 있다느니 하고 그에게 강조했다. 이 말은 곧 미하일 아베랴니치가 친구의 상태를 가망이 없다고 여긴다는 뜻이었다. 그는 아직도 바르샤바에서 진 빚을 갚지 않았고, 그것이 부끄럽고 거리끼니까 더 크게 웃으려 했고, 더 우스운 이야기를 하려고 애썼다. 그가 들려주는 황당하고 우스운 이야기는 끝이 없는 듯했고 안드레이 에피미치에게나 그 자신에게나 고통스러웠다.

그가 오면, 안드레이 에피미치는 늘 벽을 향한 채 소파에 누워 이를 악물고 이야기를 들었다. 그의 마음에는 물때가 겹겹이 쌓여 있었다. 그리고 친구가 방문하고 갈 때마다, 물때가 점점 더 쌓여 목구멍까지 차오르는 기분이 들었다.

사소한 감정을 억누르기 위해 그는 서둘러, 그 자신도 호보또프도 미하일 아베랴니치도 언젠가는 죽어 자연으로 돌아가 흔적도 남지 않을 거라고 생각했다. 상상해 보면, 1백만 년 후에 어떤 영혼이 우주를 날아다니다가 지구 옆을 스쳐 지나간다면, 진흙과 닳아 버린 바위만 보게 될 것이다. 문화도 도덕의 규범도 모두 다 사라지고 우엉조차 자라지 않을 것이다. 가게 주인 앞에서 느끼는 창피함이나 보잘것없는 호보또프나 미하일 아베랴니치의 부담스러운 우정이 무슨 의미가 있단 말인가? 이 모두 다 하찮고 무의미한 것이다.

그러나 이러한 논리도 아무런 도움이 되지 못했다. 그가 1백만 년 후의 지구를 상상하자, 닳아 버린 바위 뒤에서 굽이 높은 장화를 신은 호보또프가 얼굴을 내밀거나, 미하일 아베랴니치가 격렬하게 웃으면서 나타나 부끄러워하며 속삭였다. 〈바르샤바에서 진 빚은 며칠 안으로 갚겠소…… 반드시.〉

16

한번은 미하일 아베랴니치가 점심 식사 후에 찾아왔다. 그때 안드레이 에피미치는 소파에 누워 있었다. 그리고 마침 호보또프도 브롬화칼륨을 가지고 나타났다. 안드레이 에피미치는 힘겹게 일어나, 두 손으로 소파를 짚고 앉았다.

「아, 오늘은……」 미하일 아베랴니치가 말을 꺼냈다. 「얼굴빛이 어제보다 훨씬 좋군요. 잘됐습니다! 정말 잘됐습니다!」

「이제, 이제 나으려는가 봅니다, 동료 선생.」 호보또프가 하품을 하면서 말했다. 「그렇게 오래 끌어서야 되겠습니까.」

「나을 겁니다!」 미하일 아베랴니치가 명랑하게 말했다. 「백 년은 더 살 겁니다! 아무럼!」

「백 년까지는 안 되겠지만, 20년은 충분합니다.」호보또프가 보장했다. 「아무것도, 아무것도 아닙니다, 동료 선생. 기운을 차리셔야죠……. 우울하게 지내지 마십시오.」

「우리는 아직 건재합니다!」 미하일 아베랴니치가 큰 소리로 웃기 시작하며 친구의 무릎을 툭 쳤다. 「우리는 아직 건재합니다! 돌아오는 여름에는, 우리 함께 까프까즈로 가서 말을 타고 돌아다닙시다. 타가닥! 타가닥! 타가닥! 그리고 까프까즈에서 돌아와서는, 어쩌면 결혼식을 보게 될지도 모릅니다.」 미하일 아베랴니치가 능청맞게 눈을 끔뻑했다. 「당신의 결혼식을…… 결혼시켜 드리죠…….」

안드레이 에피미치는 갑자기, 물때가 목구멍까지 차오르는 것을 느꼈다. 심장이 무섭게 두근거렸다.

「정말 저속하군!」 이렇게 말하고 벌떡 일어나 창문 쪽으로 갔다. 「왜 당신들은 자신들이 하는 말이 저속하다는 것을 모릅니까?」

그는 부드럽고 정중하게 말하려고 했으나 의지와 달리, 갑자기 주먹을 불끈 쥐어 머리 위로 치켜들었다.

「날 내버려 두라고!」 얼굴을 붉히고 온몸을 부들부들 떨며, 그는 평소와 다른 목소리로 고함을 질렀다. 「나가! 둘 다 나가, 둘 다!」

미하일 아베랴니치와 호보또프는 일어나서, 처음에는 그를 이해할 수 없다는 듯이, 그리고 나중에는 공포에 질려 쳐다보았다.

「둘 다 나가!」 안드레이 에피미치가 계속 외쳤다. 「멍청한 자들! 바보 같은 놈들! 나에겐 우정도 약도 다 필요 없어, 멍청한 놈들아! 저속하고 비열하단 말이다!」

호보또프와 미하일 아베랴니치는 망연자실해져 서로 쳐다보다가, 문 쪽으로 뒷걸음질치더니 현관으로 나갔다. 안드레이 에피미치가 브롬화칼륨이 담긴 유리병을 움켜쥐더니 그들이 나간 쪽을 향해 힘껏 던졌다. 유리병이 문지방에 부딪쳐 소리를 내며 산산조각났다.

「악마한테나 잡혀가라!」 현관으로 뛰쳐나가면서 그가 울부짖었다. 「악마한테나 잡혀가라!」

방문객들이 떠난 후에도, 안드레이 에피미치는 열병에라도 걸린 듯이 몸을 떨며 소파 위에 누워, 오랫동안 계속 되풀이해 말했다.

「멍청한 자들! 바보 같은 놈들!」

안정을 되찾자 먼저, 가련한 미하일 아베랴니치가 지금쯤 분명히 무거운 마음으로 아주 부끄러워할 거라는 것과 끔찍하다는 생각이 들었다. 이전에 이런 일은 한 번도 없었다. 절도와 시성은 어디에 있단 말인가? 사물들에 대한 이성적인 이해와 철학적인 평정은 어디에 있단 말인가?

의사는 밤새, 자신에 대한 부끄러움과 분노로 잠을 이루지 못했다. 다음 날 아침, 열 시에 그는 우체국으로 가서 우체국장에게 사과했다.

「지난 일은 기억하지 맙시다.」 감격한 미하일 아베랴니치가 그의 손을 꼭 잡고 한숨을 내쉬며 말했다. 「옛일을 들먹이는 사람은 눈이 먼다고 하지 않습니까. 류바프낀!¹²」 그가 갑자기 큰 소리로 외치는 바람에 우체국 직원들과 방문객들이 깜짝 놀랐다. 「의자를 가져와. 당신은 좀 기다려!」 창구 밖에

---

12 안드레이 에피미치의 성(姓). 우체국장 미하일 아베랴니치가 안드레이 에피미치를 거북하게 여기고 있어 이전과 달리 성을 부른 것이다.

서 그에게 등기 우편을 내미는 아낙네에게 그가 소리쳤다. 「내가 바쁜 게 보이지 않아? 옛일은 기억하지 맙시다.」 그가 안드레이 예피미치를 바라보며 부드럽게 이어서 말했다. 「정중하게 부탁드립니다, 앉으시지요.」

그는 한동안 말없이 자신의 무릎을 쓰다듬다가 입을 열었다.

「당신에게 화를 낼 생각은 전혀 없습니다. 병은 어쩔 수 없다는 것을 아니까요. 어제 당신의 발작 때문에 나와 의사는 많이 놀랐습니다. 그리고 우리는 오랫동안 당신에 관해서 이야기했지요. 어째서 당신은 당신의 병을 진지하게 생각하지 않는 겁니까? 정말 괜찮겠습니까? 친구로서 솔직하게 말하는 것을 용서하십시오.」 미하일 아베랴니치가 속삭였다. 「지금 당신은 아주 좋지 못한 환경 속에서 살고 있습니다. 좁고 불결하고 당신을 돌봐 주는 사람도 없고 치료할 약도 돈도 없고…… . 여보시오, 친구, 의사와 함께 당신에게 진심으로 부탁합니다, 제발 우리의 충고를 받아들이십시오. 병원에 입원하는 겁니다! 그곳에 가면 음식도 좋고 간호도 받을 수 있고 치료도 받을 수 있습니다. 예브게니 표도리치는, 우리끼리 이야기인데, 좀 야비한 데가 있긴 하지만 실력이 있고 아주 믿을 만합니다. 그는 나에게 당신을 잘 보살피겠다고 약속도 했습니다.」

안드레이 예피미치는 진심에서 우러나온 관심과 우체국장의 뺨에서 갑자기 반짝이는 눈물에 감동했다.

「우체국장님, 믿지 마십시오!」 가슴에 손을 얹고 그가 속삭였다. 「그 사람들을 믿지 마십시오! 다 속임수입니다! 나의 병은 20년 만에 우리 도시 전체에서 유일하게 지적인 사람을 발견했는데, 그 사람이 정신병자라는 데 있을 뿐입니다. 내가 병든 게 아닙니다. 단지 벗어날 수 없는 궁지에 빠진 겁니다. 괜찮습니다, 나는 어떤 일에도 각오가 되어 있습니다.」

「병원에 입원하십시오, 제발.」

「설사 구덩이에 빠진다 해도 나는 괜찮습니다.」

「무슨 일이 있어도 예브게니 표도리치의 말을 듣겠다고 약속하십시오.」

「약속하지요. 하지만, 우체국장님, 나는 궁지에 빠진 것입니다. 이제 모든 것들이, 진심에서 우러나온 친구들의 관심마저 나를 단 한 가지, 파멸로 이끄는군요. 나는 파멸하고 말 겁니다. 그것을 받아들일 용기는 있습니다.」

「당신은 건강을 되찾게 될 겁니다.」

「무엇 때문에 그런 말을 하는 겁니까?」 안드레이 에피미치가 짜증스럽게 말했다. 「인생의 마지막에서 지금 내가 겪는 일 같은 것을 경험하지 않는 사람은 아주 드물 겁니다. 사람들이 당신에게 악성 신장염이나 심장 비대증에 걸렸다고 말하면, 당신은 치료를 받을 겁니다. 아니면, 사람들이 당신이 미쳤다거나 죄를 지었다고 말하면, 한마디로 사람들이 갑자기 당신을 주목한다면, 당신은 벗어날 수 없는 궁지에 빠졌다는 사실을 알게 될 겁니다. 벗어나려고 애쓰겠지만 그럴수록 더 벗어날 길이 보이지 않을 겁니다. 항복해야 합니다. 사람의 힘으로 당신을 구할 수 없으니까요. 나는 그렇게 생각합니다.」

그사이에 창구 앞은 사람들로 붐볐다. 안드레이 에피미치는 일을 방해하지 않으려고 일어나서 작별 인사를 했다. 미하일 아베랴니치는 다시 한 번 그에게서 약속을 다짐받고, 바깥문까지 그를 배웅했다.

바로 그날, 저녁이 채 되기도 전에 호보또프가 안드레이 에피미치를 불쑥 찾아왔다. 반코트를 입고 굽이 높은 장화를 신고 찾아온 호보또프는 마치 어제 아무 일도 없었던 듯이 말했다.

「용무가 있어 왔습니다, 동료 선생. 당신을 초청하려고 합니다. 나와 함께 진찰하러 가십시다, 예?」

호보또프가 함께 산책하며 기분 전환을 시켜 주려고 왔거나 아니면 정말로 돈을 벌게 해줄지도 모른다고 생각하며, 안드레이 에피미치는 옷을 입고 그를 따라 밖으로 나갔다. 어제의 잘못을 사과하고 화해할 기회가 생긴 것이 기뻤다. 그리고 어제의 일에 대해서는 한마디도 하지 않은 채 자신을 용서한 것 같은 호보또프가 진심으로 고마웠다. 이 교양 없는 사람에게 이러한 섬세함이 있었다니.

「그런데 환자는 어디에 있습니까?」 안드레이 에피미치가 물었다.

「병원에 있습니다. 오래전부터 당신에게 보이려고 했는데……. 아주 흥미로운 증상입니다.」

두 사람은 병원 안으로 들어섰다. 중앙 병동을 지나 정신병자들이 수용되어 있는 별채로 향했다. 어째서인지 두 사람 다 말이 없었다. 별채 안으로 들어가자, 니끼따가 보통 때처럼 벌떡 일어나 차려 자세를 취했다.

「이곳에 있는 어떤 환자의 폐에 합병증이 생겼습니다.」 호보또프가 안드레이 에피미치와 함께 병동 안으로 들어가면서 나지막이 말했다. 「여기서 기다리십시오. 청진기를 가지고 곧 돌아오겠습니다.」

그리고 나가 버렸다.

17

이미 어두워졌다. 이반 드미뜨리치는 베개에 얼굴을 파묻고 침대에 엎드려 있었다. 중풍 환자는 움직이지 않고, 앉은 채로 소리 내지 않고 울면서 입술을 우물거렸다. 뚱뚱한 농부와 이전에 우체국에서 일했던 사내는 잠들어 있었다. 고요했다.

안드레이 에피미치는 이반 드미뜨리치의 침대에 앉아서 기다렸다. 한 시간 반이 지난 뒤, 호보또프 대신 니끼따가 환자복과 누군가의 속옷과 슬리퍼를 한 아름 안고 들어왔다.

「이 옷을 입으십시오, 나리.」 그가 조용히 말했다. 「여기가 당신 침대입니다. 이리로 오십시오.」 얼마 전에 가져다 놓은 것으로 보이는 빈 침대를 가리키며 그가 덧붙였다. 「별일 아닙니다. 곧 회복되실 겁니다.」

안드레이 에피미치는 모든 것을 알아차렸다. 그는 아무 소리 없이, 니끼따가 가리킨 침대로 가서 앉았다. 니끼따가 서서 기다리는 것을 보면서 그는 옷을 모두 벗었다. 수치스러웠다. 그러고 나서 환자복을 입었다. 속바지는 매우 짧았고, 상의는 길었다. 환자복에서는 소금에 절인 생선 냄새가 났다.

「곧 회복되실 겁니다.」 니끼따가 다시 말했다.

니끼따는 안드레이 에피미치가 벗어 놓은 옷을 챙겨 들고 밖으로 나가 문을 닫았다.

〈아무러면 어떤가……〉 안드레이 에피미치는 창피스러운 듯 환자복의 앞자락을 여미며 생각했다. 새 옷을 입은 자신이 죄수 같다고 느껴졌다. 〈아무러면 어떤가……. 연미복이면 어떻고, 제복이면 어떻고, 이 환자복이면 어떤가…….〉

그런데 시계는 어떡하지? 옆 주머니에 넣어 둔 수첩은? 궐

련은? 니끼따는 옷을 어디로 가져갔을까? 이제는, 어쩌면 죽을 때까지 바지도 조끼도 장화도 필요 없을지 모른다. 처음에는 이 모든 일들이 웬일인지 이상했고 이해되지도 않았다. 안드레이 에피미치는, 벨로바의 집과 6호 병동 사이에는 아무런 차이도 없고, 세상의 모든 일은 하찮고 허무하다는 것을 확신하기는 했지만, 그래도 손이 떨렸고 다리가 차갑게 느껴졌고 이반 드미뜨리치가 이제 곧 일어나 환자복을 입은 자신의 모습을 보게 될 거라는 생각에 끔찍해졌다. 그는 일어나서 잠시 서성대다가 다시 앉았다.

그렇게 앉아 있는 동안, 반 시간, 한 시간이 흘렀다. 마음이 어수선했다. 과연 이 사람들처럼 이곳에서 하루, 1주일, 아니 몇 년을 살 수 있을까? 그가 일어나서 서성대다가 다시 앉았다. 창문으로 가서 밖을 바라볼 수도 있고, 이 구석 저 구석을 왔다 갔다 할 수도 있다. 하지만 그다음에는? 조각상처럼 이렇게 앉아 늘 생각만 한단 말인가? 아니, 그것은 거의 불가능하다.

안드레이 에피미치는 누웠다가 곧바로 일어나, 소매로 이마의 식은땀을 닦았다. 얼굴에서 소금에 절인 생선 냄새가 나는 듯했다. 그는 다시 서성댔다.

「무슨 오해가 있을 거야……」 알 수 없다는 듯이 두 팔을 벌리고 중얼거렸다. 「오해라면 풀어야 해…….」

이때 이반 드미뜨리치가 잠에서 깼다. 이반 드미뜨리치는 일어나, 주먹으로 뺨을 받치고 앉았다. 침을 뱉었다. 그러고 나서 아무 생각 없이 의사를 쳐다보았다. 아직 아무것도 눈치 채지 못한 표정이었다. 하지만 곧 잠에 취한 얼굴이 빈정거리면서 짓궂어졌다.

「저런, 당신도 이곳에 갇히셨나 보군요!」 그가 잠에서 덜 깬 쉰 목소리로 말하며, 한쪽 눈을 찡긋했다. 「반갑습니다. 다른 사람들의 피를 빨아먹었으니, 이제 당신이 빨아먹힐 차례요. 아주 잘된 일입니다!」

「무슨 오해가 있을 겁니다……」 안드레이 에피미치가 이반 드미뜨리치의 말에 소스라치게 놀라며 웅얼거렸다. 그리고 어깨를 움츠리며 반복해서 말했다. 「무슨 오해일 겁니다……」

이반 드미뜨리치는 다시 침을 뱉고 누웠다.

「저주받을 인생!」 그가 투덜거렸다. 「쓸쓸하고 화가 나는 것은, 이 생활이 고통에 대한 보답으로 끝나거나 오페라에서처럼 갈채를 받으며 끝나는 것이 아니라, 죽음으로 끝난다는 거지. 잡역부들이 와서 시체의 손과 발을 잡고 구덩이로 질질 끌고 가서 던져 버릴 거야. 푸우! 그래도 괜찮아……. 저세상으로 가면 우리 세상일 테니까. 나는 저세상에서 유령이 되어 여기에 와 이 악당들을 놀라게 해줄 거야. 머리카락이 세도록 말이야.」

모이세이까가 돌아왔다. 의사를 보고는 손을 내밀었다.

「한 푼만 주시오!」 모이세이까가 말했다.

18

안드레이 에피미치는 창문으로 가서 벌판을 바라보았다. 이미 어둠이 내렸고, 지평선 오른쪽에서는 자줏빛의 차가운 달이 떠오르고 있었다. 병원 울타리에서 가까운, 1백 사젠[13]이 채 되지 않는 곳에 돌로 된 벽으로 둘러싸인 높고 흰 건물이 서 있었다. 감옥이었다.

〈이것이 현실이다!〉 이렇게 생각하자 안드레이 예피미치는 무서워졌다.

달도, 감옥도, 못이 박힌 울타리도, 멀리 보이는 화장터의 불길도 무서웠다. 등 뒤에서 숨소리가 들렸다. 안드레이 예피미치가 뒤를 돌아보니, 빛나는 별 모양의 훈장을 가슴에 단 사내가 미소를 지으며 교활하게 눈을 찡긋했다. 그것도 무서웠다.

안드레이 예피미치는, 달이나 감옥에 특별한 것이란 없다, 정신적으로 건강한 사람도 훈장을 달고 다닌다, 모든 것이 다 시간이 지나면 썩어서 흙으로 변한다며 애써 마음을 가라앉히려 했지만, 갑자기 절망에 사로잡혔다. 그는 두 손으로 쇠창살을 붙잡고 힘껏 흔들었다. 단단한 쇠창살은 끄덕도 하지 않았다.

공포심을 억누르려고, 이반 드미뜨리치의 침대로 가서 앉았다.

「정말 우울하군요.」 식은땀을 닦고 몸을 떨면서 그가 중얼거렸다. 「우울하군요.」

「철학이나 하시죠.」 이반 드미뜨리치가 비웃으며 말했다.

「나는 어떡합니까, 아, 아…… 그래, 그래요……. 당신이 언젠가 이런 말을 했죠, 러시아에는 철학은 없으면서 시시한 사람들도 모두 철학을 한다고. 하지만 시시한 사람들이 철학을 한다고 해서, 그것이 누구에게 해가 되지는 않습니다.」 안드레이 예피미치가 울음을 터뜨릴 듯하며 동정을 자아내는 목소리로 말했다. 「이보시오, 왜 그렇게 심술궂게 웃는 겁니까?

13 러시아에서 이전에 사용하던 길이 단위. 1사젠은 2.134미터이므로 1백 사젠은 약 213미터.

불만스럽다면 시시한 사람이라도 철학을 할 수 있는 것 아닙니까? 지적이고 교육을 받았고 자긍심이 있고 자유를 사랑하고 신을 닮은 사람이, 아무런 출구도 없이 더럽고 무지한 시골구석의 의사가 되어 평생을 약병과 거머리와 겨자씨 연고 속에서 파묻혀 지냅니다! 기만, 편협함, 저속함! 오, 맙소사!」

「어리석은 말은 그만 지껄이시지. 의사가 그렇게 싫다면 장관이 되지 그랬소.」

「벗어날 수가 없어, 벗어날 수가. 우리는 연약하단 말입니다……. 이전에 나는 침착했고, 밝고 건전하게 논리적으로 생각했었소. 하지만 현실이 거칠게 나를 건드리기만 했는데, 나는 좌절하고 말았소……. 붕괴되고 말았소. 우리는 연약하오, 우리는 시시하단 말이오……. 당신도 마찬가지요. 당신은 지적이고 고상한 사람이오. 어린 시절부터 고결한 충동이 몸에 배었지만, 현실 속으로 들어가자마자 지치고 병에 걸린 것입니다……. 연약하고 연약하단 말입니다!」

저녁이 된 이후 줄곧, 공포감과 모욕감 말고도, 성가신 또 한 가지가 안드레이 에피미치를 괴롭혔다. 그는 그것이 맥주를 마시고 담배를 피우고 싶은 욕구라는 것을 깨달았다.

「나는 여기서 나갈 겁니다.」 그가 말했다. 「이곳으로 등불을 가져오라고 말하겠소……. 이런 상태에서…… 난 견딜 수가 없소…….」

안드레이 에피미치는 가서 문을 열었다. 그 순간 니끼따가 벌떡 일어나 그의 앞을 가로막았다.

「어디로 가는 겁니까? 안 됩니다, 안 돼!」 그가 말했다. 「잘 시간입니다!」

「잠시만 밖에서 걷고 싶은데.」 안드레이 에피미치가 겁에 질린 채 대답했다.

「안 됩니다, 안 돼, 금지된 일입니다. 잘 알지 않습니까.」

니끼따가 문을 쾅 닫고 나가서, 문에 기대고 섰다.

「내가 잠시 밖에 나간다고, 그것이 누구에게 피해를 줄 일은 아니지 않은가?」 안드레이 에피미치가 어깨를 움츠리고 물었다. 「이해할 수 없군! 니끼따, 나는 좀 나가야겠어!」 그가 떨리는 목소리로 말했다. 「제발!」

「규칙을 어기지 마십시오, 좋지 않습니다!」 니끼따가 훈계하듯 말했다.

「말도 안 되는 소리 하지 마!」 갑자기 이반 드미뜨리치가 소리를 버럭 지르며 벌떡 일어섰다. 「무슨 권리로 못 나가게 하는 거야! 너희들이 감히 우리를 여기에다 가둬? 그 누구도 재판 없이는 자유를 빼앗을 수 없다고 법에 분명히 정해져 있어! 이건 폭력이야! 횡포라고!」

「그래, 횡포!」 안드레이 에피미치가 이반 드미뜨리치의 고함에 힘을 얻어 말했다. 「제발 좀 나가야겠어! 자네에게는 못 나가게 할 권한이 없어! 말하지 않는가, 좀 내보내 주게!」

「못 알아듣겠어, 이 짐승같이 멍청한 놈아!」 이반 드미뜨리치가 소리를 지르며 주먹으로 문을 두드렸다. 「문을 열어, 그렇지 않으면 부숴 버리겠어! 흡혈귀 같은 자식!」

「문 열어!」 안드레이 에피미치도 온몸을 떨며 소리를 질렀다. 「열란 말이야!」

「계속 떠들 테야?」 문 뒤에서 니끼따가 반응했다. 「계속 떠들 테냐고?」

「정 그렇다면, 예브게니 표도리치를 이리로 불러 주게! 잠깐만이라도 들러 달라고 말해 주게…… 잠깐만이라도!」

「내일 오실 거요.」

「우리를 내보내지 않을 작정인가!」 그러는 사이에도 이반 드미뜨리치는 계속 소리쳤다. 「여기서 우릴 썩혀 버릴 거냐고! 오, 맙소사, 저세상에는 지옥도 없어 이 불한당들을 그냥 용서할 텐가? 도대체 정의는 어디에 있는 거지? 이 불한당아, 문을 열어, 숨을 쉴 수가 없어!」 그가 목이 쉰 채 소리쳤다. 그리고 문에 머리를 들이받았다. 「내 머리를 부숴 버릴 테다, 살인마들아!」

니끼따가 갑자기 문을 열고 들어와, 두 손과 무릎으로 안드레이 에피미치를 거칠게 밀어붙이고 주먹을 들어 올리더니, 얼굴을 내리쳤다. 안드레이 에피미치는 짠맛이 나는 거대한 파도가 머리를 덮쳐 침대 쪽으로 자신을 밀어내는 느낌을 받았다. 정말로 입안이 짭짤했다. 잇몸에서 피가 흐르는 듯했다. 그는 정말로 파도에서 벗어나려고 팔을 휘젓다가 누군가의 침대를 붙잡았다. 그 순간 니끼따가 등을 두 번 내리치는 것을 느꼈다.

이반 드미뜨리치가 큰 소리로 비명을 질렀다. 그 역시 얻어맞은 듯했다.

그러고 나서 조용해졌다. 희미한 달빛이 쇠창살 사이로 들어와, 바닥에 그물 같은 그림자를 만들었다. 섬뜩했다. 안드레이 에피미치는 숨죽이고 누워 있었다. 다시 얻어맞을까 봐 공포에 떨었다. 마치 누군가 낫을 들고 와 그의 몸을 찌르고, 가슴과 창자를 여러 차례 비트는 것 같았다. 고통스러워서 그는 베개를 이빨로 악물었다. 혼란스러운 가운데, 불현듯 견딜 수 없이 무서운 생각이 선명하게 떠올랐다. 이와 같은 고통을, 희미한 달빛을 받아 검은 그림자처럼 보이는 이 사람들이 몇 년이나 매일같이 겪었을 것이 틀림없다. 어떻게

20년 이상의 세월이 흐르는 동안 이런 사실을 알지도 못했고 또 알려고 하지도 않았단 말인가. 그는 고통을 몰랐고, 또 고통에 대한 개념조차 가지고 있지 않았다. 그러니까 그의 잘못이라 할 수는 없다. 하지만, 니끼따처럼 완고하고 투박한 양심이 그를 머리부터 발끝까지 서늘하게 만들었다. 그는 벌떡 일어났다. 온 힘을 다하여 소리를 지르며, 니끼따와 호보또프와 사무장과 보조 의사를 죽이고 자살하고 싶었다. 그러나 가슴속에선 작은 소리도 나오지 않았고, 다리도 꿈쩍할 수 없었다. 그는 숨을 헐떡이며 셔츠와 환자복을 잡아 찢다가, 의식을 잃고 침대에 쓰러졌다.

19

다음 날 아침, 그는 머리가 아팠고 귀가 멍했고 온몸이 뻐근했다. 연약했던 어제의 모습이 떠올랐으나 부끄럽지는 않았다. 어제 그는 소심했고, 달빛마저 무서워했으며, 이전에는 상상조차 못했던 감정과 생각을 솔직하게 드러냈다. 이를테면, 불만스러워 철학 하는 시시한 사람에 관한 생각 같은 것들 말이다. 하지만 지금은 아무래도 괜찮았다.

그는 먹지도 마시지도 않고 누워서 침묵했다. 전혀 움직이지도 않았다.

〈아무러면 어떤가.〉 사람들이 묻는 소리를 들으면서 그가 생각했다. 〈대답하지 않겠다……. 아무러면 어떤가.〉

점심때가 지났을 무렵, 미하일 아베랴니치가 찾아와 4분의 1푼뜨[14]의 차와 1푼뜨의 마멀레이드를 놓고 갔다. 다류슈까도 와서, 얼굴에 슬픈 표정을 희미하게 띤 채 한 시간이나 침대 옆에 서 있다가 돌아갔다. 의사 호보또프도 브롬화칼륨이 든 작은 유리병을 들고 그를 방문했다. 그리고 니끼따에게 병동 안에 향을 피우라고 명령했다.

저녁 무렵, 안드레이 에피미치는 뇌일혈로 죽었다. 처음에 그는 심한 오한을 느꼈고 구역질이 났다. 뭔가 혐오스러운 것이 몸속 전체로, 심지어 손가락 끝까지 뚫고 들어오는 듯했다. 그리고 그것이 위장에서부터 머리로 뻗치더니 눈과 귀로 넘쳐흐르는 듯했다. 눈앞이 파래졌다. 안드레이 에피미치는 자신에게 마지막이 찾아온 것을 알았다. 그리고 이반 드미뜨리치, 미하일 아베랴니치와 수백만의 사람들이 불멸을 믿는다는 사실을 떠올렸다. 갑자기 왜 그런 생각이 든 것일까? 하지만 그는 불멸을 원치 않았다. 그는 아주 잠깐 불멸에 관해 생각했을 뿐이었다. 이전에 책에서 읽은 아주 아름답고 우아한 사슴 떼가 그의 옆을 뛰어 지나갔다. 아낙네가 그에게 등기 우편을 쥔 손을 내밀었다……. 미하일 아베랴니치가 뭔가를 말했다. 그리고 모든 것이 사라졌고, 안드레이 에피미치는 의식을 영원히 잃었다.

잡역부들이 와서 그의 손과 발을 잡고 그를 교회당으로 운반했다. 그곳의 단 위에 그가 눈을 뜬 채 누워 있었다. 밤새 달빛이 그를 비췄다. 아침에 세르게이 세르게이치가 와서 그리스도의 십자가상 앞에서 경건하게 기도를 드리고, 옛 상관의 눈을 감겨 주었다.

그다음 날, 안드레이 에피미치는 땅에 묻혔다. 장례식에는 미하일 아베랴니치와 다류슈까만 참석했다.

14 러시아의 이전 중량 단위. 1푼뜨는 0.41킬로그램.

검은 수사

1

석사(碩士) 안드레이 바실리치 꼬브린은 지쳐 신경이 날카로웠다. 이것을 치료받지 않고 지내던 그가 친구인 의사와 포도주 한 병을 마시며 무심코 자신의 상태를 이야기하다가, 친구에게서 봄과 여름을 시골에서 보내라는 충고를 들었다. 따냐 뻬소쯔까야가 그에게 보리소프까로 와주기 바란다고 초대하는 긴 편지를 보내온 것은 이즈음의 일이었다. 그는 정말 떠나야겠다고 결심했다.

아직 4월이어서 우선 그는 자신의 고향 꼬브린까로 가서 3주 동안 혼자 지냈다. 그리고 길이 어느 정도 좋아지자, 마차를 타고 예전에 자신의 후견인이자 보호자였던, 러시아의 유명한 원예사 뻬소쯔끼에게로 출발했다. 꼬브린까에서 뻬소쯔끼가 사는 보리소프까까지는 70베르스따[1]가 채 되지 않아서, 부드러운 봄 길을 따라 편안하게 흔들리는 사륜마차를 타고 가는 여행은 정말 즐거웠다.

1 약 75킬로미터.

뻬소쯔끼의 저택은 무척 컸다. 원주 기둥들과 석회 칠이 벗겨진 사자 상(像)들이 있었으며, 입구엔 프록코트를 입은 하인들이 서 있었다. 오래된 정원은 어둡고 단정하며 영국식 스타일로 꾸며져, 집에서부터 거의 1베르스따나 떨어진 강까지 펼쳐져 있었다. 정원이 끝나는, 진흙으로 쌓은 가파른 강둑에는 털이 덥수룩한 짐승의 발처럼 뿌리가 드러난 소나무들이 자라 있었고, 그 아래서는 강물이 반짝거렸으며, 인적 없이 도요새들만 애처롭게 울며 날아다녔다. 그곳은 언제나 앉아 발라드를 쓰고 싶은 그런 분위기였다. 집 근처 뜰과 묘목밭이 함께 있는 30제샤찌나[2]의 과수원은 날씨가 나빠도 즐겁고 활기찼다. 꼬브린은, 그토록 훌륭한 장미와 백합, 동백꽃, 그리고 하양 같은 밝은 색에서 새까만 색에 이르는 온갖 색상의 튤립 등 무척이나 다양한 꽃들을 뻬소쯔끼의 집이 아닌 다른 어느 곳에서도 본 적이 없었다. 이제 겨우 봄이 시작되었고 진짜 화려한 화단은 아직 온실에 숨어 있었지만, 정원에 난 길을 따라 걸을 때 꽃밭 여기저기에 핀 꽃들만으로도 부드러운 색깔의 왕국에 온 듯한 느낌을 받았다. 특히 꽃잎에 이슬이 반짝이는 이른 시간이면 더 그랬다.

정원의 장식 부분은, 뻬소쯔끼는 잡동사니라고 하찮게 여기지만, 어렸을 적의 꼬브린에게 동화의 나라에 온 것 같은 인상을 주었다. 정말이지 이 정원에서는 이상야릇하고 기괴한 모양들과 자연에 대한 장난을 볼 수 있다! 도열한 과일 나무들, 피라미드 모양의 배나무, 공 모양의 참나무와 보리수나무, 우산 모양의 사과나무, 아치들, 모노그램들, 촛대 모

---

[2] 미터법 시행 이전 러시아의 토지 면적 단위. 1제샤찌나는 1.092헥타르이므로 30제샤찌나는 약 33헥타르.

양의 나뭇가지들, 심지어는 뻬소쯔끼가 원예를 시작한 연도를 가리키는 살구나무로 만든 1862란 숫자까지 있었다. 그리고 그곳에는 종려나무처럼 줄기가 곧고 단단하며 아름답고 우아한 묘목들도 있는데, 자세히 보아야만 그 묘목이 구스베리나 까막까치밥나무라는 사실을 알 수가 있었다. 무엇보다도 정원을 즐겁고 활기차게 만드는 것은 끊임없는 움직임이었다. 이른 아침부터 저녁까지 나무와 풀숲 옆에서, 길 위와 화단 안에서 개미 떼처럼 외바퀴 손수레와 곡괭이와 조로를 든 사람들이 우글거렸다.

꼬브린이 뻬소쯔끼의 집에 도착한 것은 저녁 아홉 시가 넘어서였다. 그때 따냐와 그의 아버지 예고르 세묘느치는 큰 근심에 싸여 있었다. 별이 빛나는 맑은 하늘과 온도계가 아침에 서리가 내릴 거라 예고하고 있지만, 정원 책임자 이반 까를리치가 시내로 가버려, 믿을 만한 사람이 없었기 때문이다. 저녁 식사 내내 그들은 아침에 내릴 서리에 대해 이야기했다. 마침내 따냐가 자정 이후 정원에 나가 모든 게 괜찮은지 둘러보기로 했고, 예고르 세묘느치는 세 시나 아니면 그보다 일찍 일어나기로 했다.

꼬브린은 저녁내 따냐와 앉아 있다가 자정이 지나자 함께 정원으로 나갔다. 추웠다. 뜰에서는 연기 냄새가 강하게 났다. 예고르 세묘느치에게 해마다 수천 루블의 순수입을 가져다줘서 영리 과수원이라고 불리기도 하는 커다란 과수원에 매캐하고 짙은 연기가 나무들을 감싸, 수천 루블을 서리로부터 보호하고 있었다. 그곳의 나무들은 장기판을 구획하듯 곧고 바르게, 정렬한 군인들처럼 심겨져 있었다. 학자다운 이런 엄격한 규칙성과 모든 나무가 같은 키에 같은 줄기를 하고 있다는 점은 단조롭고 심지어 지루한 풍경을 만들어 냈다. 꼬브린과 따냐는 나무들 사이로 걸어갔다. 짚과 거름과 온갖 쓰레기를 태우는 모닥불 연기 속에서 그림자처럼 느리게 움직이는 일꾼들과 이따금 마주쳤다. 벚나무와 살구나무 그리고 몇몇 품종의 사과나무에 꽃이 핀 정원 전체가 연기에 휩싸여, 꼬브린은 묘목장 근처에 와서야 간신히 숨을 깊게 내쉴 수 있었다.

「어렸을 적에도 여기에서 연기만 맡으면 재채기를 했지.」 그가 어깨를 움츠리며 말했다. 「하지만 아직도 어떻게 연기가 서리를 방지하는지 알지 못해.」

「구름이 없을 때에는 연기가 구름을 대신하지요……..」 따냐가 대답했다.

「구름이 왜 필요한데?」

「흐리고 구름이 많은 날씨에는 아침 서리가 내리지 않거든요.」

「그렇군!」

그가 웃으면서 그녀의 팔짱을 끼었다. 추위에 떠는 매우 진지하면서도 활달한 얼굴, 가늘고 짙은 눈썹, 머리를 자유롭게 움직이지 못할 만큼 세워진 외투 깃, 마르고 균형 잡힌 몸매, 이슬에 젖지 않게 걷어올린 옷자락, 그런 따냐의 모습에 그의 마음이 설렜다.

「이제 보니, 다 컸구나!」 그가 말했다. 「5년 전 내가 여기를 마지막으로 다녀갔을 땐 아직 어렸었는데. 그땐 무척 마르고 다리만 길고 맨머리에 짧은 스커트를 입고 다녀서 내가 황새라고 놀리곤 했는데……. 세월이 참!」

「그럼요, 5년이나 지났는걸요!」 이렇게 말하고는 따냐가 한숨을 내쉬었다. 「그 후로 얼마나 많은 강물이 흘러갔는데요. 안드류샤, 솔직히 말해 보세요.」 그의 얼굴을 쳐다보며 그녀가 활기차게 말하기 시작했다. 「당신은 우리를 잊고 지냈죠? 그런데 이런 걸 내가 왜 묻는 거지? 당신은 남자예요, 자신이 원하는 삶을 살고 있죠. 당신은 뛰어난 사람인걸요······. 그러니 잊고 지내는 건 당연하겠죠! 그렇지만, 안드류샤, 당신이 우리를 가족처럼 여기길 바라요. 우리에게는 그럴 권리가 있어요.」

「난 그렇게 생각해, 따냐.」

「정말이세요?」

「그럼, 정말이지.」

「오늘 우리 집에 당신 사진이 많이 있는 걸 보고 놀랐죠? 아버지가 당신을 무척 소중하게 여기신다는 걸 아시잖아요. 난 이따금 아버지가 나보다 당신을 더 사랑하고 있는 게 아닌가 의심한답니다. 아버진 당신을 자랑스러워해요. 당신은 학자이고, 평범하지 않은 사람이죠. 눈부신 경력도 쌓았고. 아버지는 그게 다 자신이 당신을 키운 덕분이라고 믿고 계시답니다. 난 아무 말도 하지 않았어요. 그렇게 생각하시라고 하죠, 뭐.」

이미 동이 트기 시작했다. 대기 속으로 피어오르는 연기와 나무 꼭대기의 윤곽이 점차 선명해져 갔다. 꾀꼬리가 울었다. 벌판에서 메추라기 우는 소리가 들렸다.

「자러 갈 시간이에요.」 따냐가 말했다. 「춥군요.」 그녀가 그의 팔짱을 꼈다. 「고마워요, 안드류샤, 이렇게 와줘서. 이곳에는 알고 지낼 만한 사람도 별로 없고, 있다 해도 시시하거든요. 우리가 가진 건 이 정원, 정원뿐이에요. 나무줄기, 나뭇가지.」 따냐가 웃기 시작했다. 「이러저러한 사과나무들, 즉 아뽀르뜨, 라네뜨, 보로빈까…… 눈 접붙이기, 가지 접붙이기……. 우리는 생활 전부를 정원에서 보내고 있어요. 나는 언제나 사과나 배에 대한 꿈만 꾸죠. 물론 유익하고 좋은 일이에요. 하지만 가끔은 변화를 바란답니다. 당신이 휴가를 보내기 위해서, 아니면 그저 그냥 우리를 방문했을 때를 기억해요. 그럴 때면 마치 샹들리에와 가구를 덮었던 커버를 벗긴 듯 집 안이 활기에 넘치고 밝아지곤 했죠. 그때 나는 아직 어렸지만 그 정도는 알았어요.」

따냐는 들떠서 오랫동안 이야기했다. 그는 왠지 불현듯, 여름 동안 이 조그맣고 연약하고 이야기하기 좋아하는 존재에 이끌려 사랑에 빠지게 될지도 모른다는 생각을 했다. 지금의 상황에서라면 그것은 가능하고 또 자연스러운 일이다! 이런 생각이 그를 설레고 즐겁게 했다. 그는 근심이 서린 사랑스러운 얼굴을 굽어보며 나지막이 노래를 불렀다.

오네긴, 난 숨길 수 없어.
나는 따찌야나를 미친 듯 사랑해…….[3]

집에 돌아왔을 때 예고르 세묘니치는 이미 일어나 있었다. 꼬브린은 잠이 오지 않아서 이 노인과 이야기하며 함께 다시 정원으로 나갔다. 예고르 세묘니치는 키가 크고 어깨가 넓었으며, 배가 많이 나와 헐떡거리면서도 언제나 걸음이 빨라서 따라 걷기가 쉽지 않았다. 그는 몹시 근심스러운 모습으로,

---

3 뿌쉬낀의 운문 소설을 기초로 한 차이꼬프스끼의 오페라 「예브게니 오네긴」에 나오는 아리아.

조금이라도 늦으면 모든 걸 망쳐 버리기라도 할 듯이 서둘러 다녔다.

「이보게, 알 수 없는 건 말이야…….」 숨을 돌리기 위해 멈춰 서서 그가 말을 꺼냈다. 「땅의 표면이 이렇게 얼었는데도, 막대에 달린 온도계를 지상에서부터 2사젠 위로 올려 보면, 그곳은 따뜻하거든……. 대체 왜 그런가?」

「정말 모르겠습니다.」 이렇게 말하고 꼬브린이 웃었다.

「음…… 모든 걸 다 알 수는 없겠지, 물론……. 머리가 아무리 커도 모두 다 집어넣을 수는 없을 거야. 자네 관심은 아무래도 철학이겠지?」

「예. 심리학 강의를 하고 있지만, 철학 일반을 공부하고 있습니다.」

「지루하지는 않나?」

「그렇지 않습니다. 오히려 그것 때문에 사는걸요.」

「그래, 그렇군…….」 예고르 세묘니치가 생각에 잠겨 자신의 하얀 구레나룻을 쓰다듬으며 분명치 않은 발음으로 말했다. 「그래, 그렇군……. 난 자네를 보면 기분이 좋아…… 기분이 좋다네…….」

그러다 갑자기 귀를 기울이더니, 걱정스러운 얼굴로 한쪽으로 뛰어갔다. 곧 나무들 너머 연기 사이로 사라졌다.

「누가 사과나무에 말을 매어 놓았어?」 가슴을 찢어 놓을 듯한 그의 절박한 외침이 들렸다. 「감히 사과나무에 말을 매어 놓은 망할 놈의 더러운 자식이 누구냔 말이야? 하느님 맙소사, 하느님 맙소사! 다 망쳐 놓았어, 다 얼어 버렸어, 아주 못쓰게 만들어 버렸어, 아주 못쓰게 말이야! 정원을 망쳐 놓다니! 정원이 망가졌어! 하느님, 맙소사!」

꼬브린이 있는 곳으로 돌아온 그의 얼굴은 화가 나 지쳐 보였다.

「이 몽매한 사람들을 자네는 어떻게 하겠나?」 그가 양팔을 벌리고 눈물에 젖은 목소리로 말했다. 「스쬬쁘까란 놈이 거름을 나르면서 말을 사과나무에 매어 놓은 거야! 그 망할 놈이 고삐를 둘둘 말아 단단히도 매어 놓아서, 나무껍질이 세 군데나 떨어져 나갔어. 어떻게 그럴 수 있지! 내가 말하는데도 그놈은 눈을 끔벅거리며 뭐라 웅얼대기나 하고! 목매달아도 시원치 않을 놈!」

마음이 가라앉자 그는 꼬브린을 껴안고 볼에 입을 맞추었다.

「아, 그래…… 그래……」 그가 분명치 않은 발음으로 말하기 시작했다. 「이렇게 와줘서 정말 기쁘다. 말할 수 없이 정말 기뻐……. 고맙다.」

그러고 나서 그는 여전히 빠른 걸음으로, 근심 어린 얼굴을 하고 정원 전체를 돌아다녔다. 그러면서 이전의 피후견인에게 온실과 건조실, 지하 창고, 그리고 이 시대의 기적이라 불리는 두 개의 양봉장을 보여 주었다.

그들이 걸어 다니는 사이, 해가 떠서 정원을 밝게 비췄다. 따뜻해지기 시작했다. 꼬브린은 맑고 유쾌하고 긴 낮 시간이 될 거라 예상하며, 아직 5월 초밖에 되지 않았으니 온전한 여름을 곧 맞이하게 될 거라고 생각했다. 맑고 유쾌하고 긴 여름을. 그러자 갑자기 가슴속에서 자신이 어린 시절에 정원을 뛰어다니면서 느꼈던 즐거운 감정이 일어났다. 이번에는 그가 노인을 껴안고 부드럽게 입을 맞췄다. 두 사람 다 마음이 들뜬 채 집으로 돌아와 낡은 도자기 컵에 차를 마시며 크림과 버터 바른 흰 빵을 먹었다. 이 사소한 일들로 꼬브린은 다시 어린 시절과 청년 시절을 떠올렸다. 아름다운 현재와 다시 깨어난 과거의 인상이 함께 뒤섞여 그의 마음은 벅차올랐고, 또 즐거웠다.

그는 따냐가 깨어나기를 기다려 함께 커피를 마시고 산책을 했다. 그리고 자신의 방에 돌아와 일을 하려고 앉았다. 주의 깊게 책을 읽다가 메모를 하고 아주 가끔 눈을 들어 열린 창 밖을 바라보거나 탁자 위 꽃병에 꽂혀 있는 아직도 물기를 머금은 싱싱한 꽃들을 바라보았다. 그리고 다시 책으로 눈을 돌렸다. 희열에 핏줄 하나하나가 맥박 치며 떠는 듯 여겨졌다.

2

시골에서도 그는 도시에서와 마찬가지로 여전히 신경이 날카롭고 휴식이 없는 생활을 계속했다. 그는 많은 책을 읽었고 글을 썼으며, 이탈리아어를 공부했다. 산책할 때에도 다시 앉아 일할 생각에 희열을 느꼈다. 모두들 그가 조금밖에 잠을 자지 않는다는 사실에 놀랐다. 낮에 반 시간 정도 꾸벅 졸고 나서는 밤을 새웠고, 밤새 한숨도 자지 않았지만 아무렇지 않은 듯 활기차고 유쾌했다.

그는 말을 많이 했고, 포도주를 마시고 비싼 시가를 피웠다. 뻬소쯔끼의 집에 자주, 거의 매일 이웃에 사는 처녀들이 찾아와 따냐와 함께 피아노를 치면서 노래를 불렀다. 때로는 바이올린을 잘 연주하는 젊은 이웃 청년이 찾아오기도 했다. 꼬브린은 열심히 악기 연주와 노랫소리를 듣지만, 결국은 금방 지쳐 눈을 감거나 고개를 꾸벅였다.

한번은 그가 저녁 차를 마시고 나서 발코니에 앉아 책을 읽고 있을 때였다. 응접실에서는 따냐가 소프라노로, 한 처녀가 콘트랄토로 청년의 바이올린에 맞춰 브라그의 유명한 세레나데를 연습하고 있었다. 꼬브린이 열심히 가사를 들어 봤지만 러시아어인데도 그 뜻을 이해할 수가 없었다. 책을 밀어 놓고 유심히 듣고 나서야 비로소 그 뜻을 이해할 수 있었다. 상상하는 병을 앓는 한 소녀가 어느 날 밤 정원에서 신비한 소리를 듣게 되는데, 그 소리는 성스러운 하모니라고 여길 수밖에 없을 정도로 아름답고 이상했다. 그런데 그 하모니가 우리 인간에게 이해되지 않아 다시 하늘 위로 날아가 버렸다는 내용이었다. 꼬브린의 눈꺼풀이 무거워졌다. 그는 일어나 기진맥진한 채 응접실과 홀을 천천히 걸어 다녔다. 노래가 끝나자 그는 따냐의 손을 잡고 함께 발코니로 나왔다.

「오늘은 아침부터 어떤 전설에 대한 생각이 머리에서 떠나지 않아.」그가 말했다.「어디서 읽은 건지 아니면 들은 건지 알 수는 없지만, 그 전설은 정말 이상하고 신비로워. 분명하지도 않거든. 지금부터 천 년 전에 검은 옷을 입은 수사가 시리아나 아라비아 어디쯤에 있는 황야를 걷고 있었지⋯⋯. 그가 걷고 있던 곳으로부터 몇 마일 떨어진 곳에 있는 어부들이 호수 위에서 천천히 움직이는 다른 검은 수사를 보았어. 이 두 번째 수사는 신기루였어. 지금부터는 광학의 법칙을 잊어야 돼. 이 전설은 그걸 무시하거든. 더 들어 봐. 첫 번째 신기루에서 다음 신기루가 나오고, 다음 신기루에서 세 번째 신기루가 나오고, 이렇게 해서 검은 수사의 형상은 대기의 한 층에서 다른 층으로 끝없이 퍼져 나갔어. 검은 수사를 아프리카에서도, 스페인에서도, 인도에서도, 북방의 오지에서도 보게 되었지……. 마침내, 검은 수사가 대기권을 넘어가 이제는 우주 전체를 떠돌게 됐지. 사라질 수 있는 조건을 만나지 못한 거야. 아마 지금은 화성 어디나, 아니면 남십자성 어디에서 볼 수 있을지 몰라. 그런데 따냐, 이 전설의 가장 중요한 핵심은 그 수사가 황야를 걸은 지 정확히 천 년 후에, 신기루가 지상으로 돌아와 사람들 앞에 나타난다는 거야. 그런데 그 천 년이 거의 다 되었을 거야……. 이 전설에 따르면, 우리는 그 검은 수사를 오늘 아니면 내일이라도 만날 수 있어.」

「이상한 신기루네요.」 전설이 마음에 들지 않은 따냐가 말했다.

「무엇보다 놀라운 것은…….」 꼬브린이 웃음 지었다. 「이 전설을 내가 어떻게 알게 되었는지 전혀 모르겠다는 거야. 어디서 읽었나? 아니면 들었나? 그것도 아니면 검은 수사에 대한 꿈이라도 꿨나? 맹세컨대, 전혀 기억이 나지 않아. 그런데도 이 전설이 머리에서 떠나지 않지. 오늘도 하루 종일 전설에 대해서 생각하고 있어.」

따냐가 손님들에게 가고 나자, 그는 집 밖으로 나와 생각에 잠겨 화단 근처를 거닐었다. 벌써 해가 지고 있었다. 방금 물을 준 꽃들에서 습하고 신경을 거스르는 냄새가 났다. 집 안에서 다시 노래 부르는 소리가 났다. 멀리서 들으니 바이올린 소리가 사람 목소리 같았다. 꼬브린은 그 전설을 어디서 들었는지 아니면 읽었는지 기억해 내려고 애쓰면서 천천히 정원으로 향했다. 그러다가 자기도 모르는 사이에 강가에 다다랐다.

가파른 강둑의, 드러난 나무뿌리들 사이로 난 오솔길을

따라 그는 물가로 내려갔다. 놀란 도요새들이 날아올랐고, 오리 두 마리가 도망쳤다. 지는 해의 마지막 빛이 침침한 소나무들 사이로 비쳤지만, 강의 수면에는 이미 저녁 분위기가 완연했다. 꼬브린은 징검다리를 건너 맞은편으로 갔다. 눈앞으로, 아직 꽃이 피지 않은 어린 호밀들로 덮인 아주 넓은 벌판이 펼쳐졌다. 멀리에 가옥도 사람도 없어, 오솔길을 따라 걸으면 태양이 막 저물어 노을이 장엄하게 불타는 미지의 신비로운 장소에 다다를 것만 같았다.

〈여기는 정말 넓고 자유롭고 고요하구나!〉 오솔길을 따라 걸으며 꼬브린이 생각했다. 〈마치 온 세계가 숨어서 나를 바라보며 내가 자신을 이해해 주기를 바라는 듯하다.〉

그러자 호밀들의 물결이 일고, 가벼운 저녁 바람이 부드럽게 그의 맨머리를 스쳤다. 조금 뒤, 더 강한 돌풍이 일어 호밀들이 술렁거렸고, 뒤에서 소나무들이 웅성거리는 황량한 소리가 들렸다. 꼬브린은 놀라 멈춰 섰다. 지평선 위로 회오리바람 또는 소용돌이처럼 땅에서부터 하늘까지 검은 기둥이 솟구쳤다. 윤곽은 선명하지 않았으나, 그것이 한곳에 멈춰 있는 것이 아니라 맹렬한 속도로 움직여 이곳, 꼬브린 쪽으로 다가오고 있다는 걸 순간 깨달을 수 있었다. 그것은 다가올수록 더 작아지고 선명해졌다. 꼬브린은 길을 내주려고 한쪽 호밀밭 속으로 몸을 피했다. 간신히 피했는가 싶었는데…….

흰머리에 눈썹이 짙은, 검은 옷을 입은 수사가 팔짱을 끼고 옆을 빠르게 스쳐 지나갔다……. 그의 맨발은 땅에 닿아 있지 않았다. 스쳐서 3사젠쯤 더 지나간 후, 그가 뒤돌아 꼬브린을 바라보며 고개를 끄덕이고는 상냥하면서도 교활하게 미소 지었다. 무척이나 창백한, 무서울 정도로 창백한 여원 얼굴이었다! 다시 점차 커지더니, 강을 훌쩍 넘어 진흙으로 된 강둑과 소나무들에 부딪치고도 아무 소리 없이 뚫고 지나가 연기처럼 사라졌다.

「그래, 있어…….」 꼬브린이 중얼거렸다. 「전설은 사실이야.」

이 이상한 현상을 따져 이해하려 하지 않고, 자신이 검은 옷뿐만 아니라 수사의 얼굴과 눈을 아주 가까이서, 그것도 매우 선명하게 봤다는 점에 만족한 그는 격앙되어 집으로 돌아왔다.

정원과 정원에서 사람들이 평화롭게 거닐고 있었고, 집에서는 음악이 연주되고 있었다. 그러니까 수사를 본 이는 그 혼자뿐이었다. 그는 따냐와 예고르 세묘니치에게 모든 것을 이야기하고 싶은 강한 충동을 느꼈다. 하지만 그들이 놀라 그의 말을 헛소리로 여길 것이 분명했기에 차라리 아무 말도 하지 않는 게 낫겠다고 생각했다. 그는 큰 소리로 웃고 노래 부르며 마주르카를 추었다. 그는 즐거웠다. 따냐와 손님들 모두가 그의 얼굴이 오늘 왠지 이례적으로 빛나고 고양되어 있다는 것을 알았다. 그리고 그런 그를 매우 흥미롭게 생각했다.

3

저녁 식사를 마치고 손님들이 떠난 뒤, 그는 자기 방으로 가 소파에 누웠다. 수사에 대해서 생각할 작정이었다. 그런데 잠시 후 따냐가 들어왔다.

「안드류샤, 여기 아버지의 이 글들을 읽어 보세요.」 그에게 팸플릿과 인쇄물 묶음을 건네며 그녀가 말했다. 「아주 잘 쓴 논문들이에요. 아버진 정말 글을 잘 쓰세요.」

「무슨, 쓸데없는 소리!」 예고르 세묘니치가 뒤따라 들어와 어색한 웃음을 지으며 말했다. 그는 부끄러워했다. 「그런 소리 듣지 마라, 제발. 읽을 필요 없어! 그렇지만 혹시 잠을 청하고 싶다면 그땐 읽어도 좋지. 잠이 아주 잘 올 거다.」

「제 생각에는 아주 훌륭한 논문들이에요.」 따냐가 확신하며 말했다. 「안드류샤, 읽어 보시고, 아빠에게 더 자주 쓰시라고 설득 좀 해주세요. 원예의 모든 과정에 대해 쓰실 수 있을 거예요.」

예고르 세묘니치는 얼굴을 붉히고 억지로 소리 내서 웃으며, 당황한 작가들이 흔히 내놓는 그런 말들을 늘어놓았다. 결국 그가 졌다.

「그렇다면 고셰의 논문을 먼저 읽고, 그러고 나서 러시아어로 쓴 이 글들을 읽어야 돼.」 그가 떨리는 손으로 팸플릿을 뒤적이며 웅얼거렸다. 「그렇지 않으면 이해할 수가 없을 거야. 나의 반박을 읽기 전에 내가 무엇에 대해 반박하는지 알아야 할 테니까. 그렇다 해도, 시시한 글들이야……. 지루할 뿐이지. 이제 자러 갈 시간인 것 같다.」

따냐가 나갔다. 예고르 세묘니치는 꼬브린 옆 소파에 앉아 깊게 한숨을 내쉬었다.

「그런데, 이보게…….」 잠깐의 침묵 뒤에 그가 말을 꺼냈다. 「그래, 귀중한 나의 석사님. 이렇게 난 논문들을 쓰고, 전시회에 참여하고, 메달도 받는다네……. 사람들은 뻬소쯔끼가 사람 머리만 한 사과를 키운다고 말하지, 그리고 뻬소쯔끼가 과수원을 해서 상당한 재산을 모았다고도 말하지. 한

마디로, 명망 높고 부유한 꼬추베이라네.[4] 하지만 난 자신에게 물어봐, 이게 다 무엇을 위해서인가 하고. 정원, 사실 훌륭하고 모범적이야……. 이건 정원이 아니라, 국가적으로 아주 중요한 하나의 시설이야. 왜냐하면 러시아의 경제와 산업이 새로운 단계에 진입하고 있기 때문이지. 하지만 무엇을 위해서? 그게 어쨌다는 거지?」

「사업 자체가 말해 주고 있지 않습니까.」

「내 말은 그런 뜻이 아니라, 내가 죽으면 이 정원은 어떻게 될까 하는 거야. 지금 볼 수 있는 이런 모습이 한 달도 못 가겠지. 이 성공의 비결은 정원이 크다거나 일꾼이 많다거나 하는 데 있지 않아. 그건 내가 일을 사랑하기 때문이지. 이해하겠나? 어쩌면 나 자신보다 더 사랑해. 내가 모든 일을 직접 하는 걸 자네도 볼 수 있을 거야. 나는 하루 종일 일한다고. 접붙이는 일 모두 내가 직접 하지, 가지치기도 직접 하고, 나무 심는 일도 직접 하고, 모든 일을 다 내가 직접 해. 누가 날 돕기라도 하면, 나는 시기하고 거칠게 짜증을 내. 모든 비결은 사랑, 달리 말하자면, 주의 깊은 주인의 눈길에, 주인의 손길에 달려 있어. 잠시 어딘가를 방문했을 때에도 그곳에 앉아는 있지만 마음은 그곳을 떠나, 정원에 무슨 일이라도 있는 건 아닌가 하고 걱정하는, 그런 감정에 모든 비결이 있는 거야. 그런데 내가 죽으면 누가 돌보지? 누가 일을 하지? 원예사? 일꾼들? 그럴까? 자네니까 얘기지만, 여보게, 이 일의 가장 큰 적은 산토끼도 해충도 추위도 아니야. 낯선 사람들이지.」

「따냐가 있잖습니까?」 꼬브린이 물으며 웃었다. 「따냐가

---

4 뿌쉬낀의 서사시 「뽈따바」에서 인용한 표현.

토끼보다 더 해로운 건 아니겠죠? 따냐는 일을 사랑하고 또 잘 알고 있습니다.」

「그래, 그 애는 일을 사랑하고 또 잘 알지. 내가 죽으면 그 애가 정원의 주인이 되겠지. 그 이상 뭘 바라겠나. 하지만, 그 애가 결혼이라도 해버리면?」 예고르 세묘니치는 걱정이 가득한 얼굴로 꼬브린을 바라보며 속삭였다. 「바로 그것이 문제야! 결혼할 테고, 애들을 낳을 텐데, 그러고 나면 정원에 대해 생각할 겨를도 없을 거야. 더 걱정스러운 것은 어떤 젊은 놈과 결혼했는데, 그놈이 욕심이 생겨 정원을 여자 소매상한테 임대해 버리기라도 하면, 모든 것이 1년도 못 가고 망가져 버린다는 거지! 우리 일에 여편네들이란 재앙이라네!」

예고르 세묘니치는 한숨을 내쉬고 잠시 말이 없었다.

「어쩌면 이건 이기적인 생각이겠지만, 그래도 솔직히 털어놓겠네. 나는 따냐가 결혼하지 않았으면 해. 걱정스러워! 우리 집에 바이올린을 들고 와 깽깽거리는 그 작자 말이야. 물론, 따냐가 그놈과 결혼하지 않을 거라는 건 나도 잘 알아, 알지. 그래도 그자를 보고 싶지 않거든! 어쨌든, 이보게, 나는 정말 괴팍하지? 인정한다네.」

예고르 세묘니치는 벌떡 일어나 흥분한 채 방 안을 이리저리 걸어 다녔다. 뭔가 매우 중요한 말을 하고 싶으나 선뜻 그러지 못하는 눈치였다.

「나는 자네를 무척 사랑해. 그러니 자네에게 솔직히 말하겠네.」 마침내 결심한 듯, 그가 주머니에 손을 찔러 넣은 채 말을 꺼냈다. 「까다로운 문제들이 생기면 나는 그것들을 단순하게 처리하고, 생각하는 바를 솔직하게 털어놓지. 지금도 내 생각을 숨길 수 없다네. 솔직히 말하지. 자네는 내 딸이 결혼해도 내가 걱정하지 않을 수 있는 유일한 사람이야. 자네는 머리가 좋고 마음도 따뜻하니, 내 사랑하는 일을 망치지 않을 거야. 더 중요한 이유는 내가 자네를 아들처럼 사랑하고 자랑스럽게 여긴다는 거야……. 자네와 따냐가 서로 좋아하지 말란 법은 없지 않은가, 안 그런가? 그렇게 된다면 나는 정말 기쁘고 행복할 텐데. 솔직히 아무런 꾸밈없이 말하는 거야.」

꼬브린이 웃었다. 예고르 세묘니치는 방문을 열고 나가려다 문턱에서 멈춰 섰다.

「만일 자네와 따냐 사이에 아들이 생긴다면, 나는 그놈을 원예사로 만들 거야.」 그가 생각에 잠겨 말했다. 「하지만, 이건 괜한 망상이지……. 잘 자게.」

혼자 남자 꼬브린은 편하게 누워 논문들을 읽기 시작했다. 그 제목은 〈중간 단계의 재배〉, 〈새로운 과수원의 복토 작업에 관한 Z씨 논문에 대한 논평〉, 〈잠자는 씨눈에 접붙이는 방법에 관하여〉, 이런 것들이었다. 무척이나 불안하고 변덕스러운 톤으로 쓰인, 신경질적이고 거의 병적인 격정이 담긴 글들이었다! 그 가운데 가장 평화로운 제목에다 논쟁적이지 않은 내용을 담은 글이 하나 있었다. 그 논문은 러시아산 안또노프까 품종의 사과나무에 대한 것이었다. 예고르 세묘니치는 그 글을 〈*audiatur altera pars*(다른 점을 들어 보자)〉로 시작해서 〈*sapienti sat*(지혜로운 사람에게는 이 정도로 충분하다)〉로 끝냈는데, 이 표현 사이에는 〈자신의 높은 강단에서 자연을 내려다보며 관찰하는 이름난 원예사 양반들의 박식한 무식〉을 향한, 또는 〈무식한 아마추어들이 만들어 준 명예를 누리는〉 고세 씨를 향한 갖가지 독설들이 분출하고 있었다. 그리고, 과일을 훔치느라 나무를 부러뜨린 농부들에게 체형을 가해서는 안 된다는 부자연스럽고 마음에도 없는 유감을 적절하지 못하게 삽입하기도 했다.

〈원예는 아름답고 평화로우며 건강한 일인데도, 이 글은 전쟁처럼 격정적이구나.〉 꼬브린이 생각했다. 〈관념적인 사람들은 어디에서나, 어떤 분야에서나 신경이 날카롭고 지나치게 예민할 수밖에 없나 보다. 어쩌면 그럴 필요가 있는지도 모르지.〉

그는 예고르 세묘니치의 논문들을 그토록 좋아하는 따냐에 대해서 생각했다. 그리 크지 않은 키에, 창백하고, 빗장뼈가 보일 정도로 말랐다. 크게 뜬 검은 두 눈은 총명해 보이고 언제나 어딘가를 골똘히 응시하며 무언가를 찾는 듯했다. 걸음걸이는 아버지처럼 보폭이 짧고 급했다. 그녀는 말을 많이 했고, 논쟁을 즐겼으며, 말하거나 논쟁할 때 아주 사소한 표현에도 풍부한 표정과 몸짓을 섞었다. 아마도 신경이 매우 날카로울 것이다.

꼬브린은 다시 읽기 시작했으나, 아무것도 이해할 수 없어 그만두었다. 아까 음악을 들으며 마주르카를 출 때 가졌던 유쾌한 흥분이 이제는 그를 어수선하게 했고 또한 많은 생각을 불러일으켰다. 그는 일어나 검은 수사를 생각하며 방 안을 거닐기 시작했다. 그 이상하고 초자연적인 수사를 그가 아파서 환각에 사로잡혀 있었기 때문에 혼자만 본 것이 아닌가 하는 의구심이 퍼뜩 들었다. 이것이 그를 놀라게 했지만, 그리 오래가지는 않았다.

〈하지만 기분은 괜찮아. 나쁜 짓을 한 것도 아닌데. 그리고 환각이라도 불쾌한 건 없었잖아.〉 이렇게 생각하자 다시 기분이 좋아졌다.

그는 소파에 앉아 두 손으로 머리를 감싸고, 온몸을 가득 채우는 알 수 없는 기쁨을 억눌렀다. 그리고 다시 방 안을 거닐다가 책상에 앉았다. 하지만 책에서 읽는 사상들이 만족스럽지 못했다. 그는 뭔가 거대한 것, 포착할 수 없는 것, 충격적인 것을 원했다. 아침 무렵, 그는 옷을 벗고 내키지 않았지만 침대에 누웠다. 어쨌든 그는 자야 했다!

정원으로 나가는 예고르 세묘니치의 발소리를 들으면서 꼬브린은 벨을 눌러 하인에게 포도주를 가져오게 했다. 기분 좋게 포도주를 몇 잔 마시고, 담요를 머리까지 덮어썼다. 의식이 흐려지더니 마침내, 잠이 들었다.

4

예고르 세묘니치와 따냐는 자주 말다툼을 하며 서로에게 상처를 줬다.

그날 아침에도 그들은 사소한 일로 말다툼을 했다. 따냐는 울며 자기 방으로 들어가 버렸고, 식사를 하거나 차를 마시러 나오지도 않았다. 예고르 세묘니치는 처음에는, 자신이 세상에서 무엇보다도 정의와 질서를 중히 여긴다는 것을 알리려는 듯이 불쾌하고 엄숙한 표정으로 걸어 다녔다. 하지만 금세 무너져 의기소침해졌다. 그는 애처롭게 정원을 돌아다니며 〈아, 이런! 이런!〉 하고 한숨을 내쉬었다. 음식도 전혀 들지 않았다. 마침내 죄책감과 회한에 젖어, 잠긴 방문을 두드리며 소심하게 딸의 이름을 불렀다.

「따냐! 따냐?」

우느라 기운이 다 빠져 힘이 없는, 그렇지만 단호한 목소리가 방 안에서 들렸다.

「제발 좀 내버려 두세요.」

집주인들의 비탄이 온 집 안에 젖어들었다. 심지어 정원에서 일하는 사람들에게도 영향을 주었다. 자기 일에 흥미를 가지고 몰두해 있던 꼬브린도 결국 거북하고 불편해졌다. 이 불쾌한 분위기를 어떻게든 몰아내기 위해 그는 개입하기로 마음을 먹고 저녁이 되기 전에 따냐의 방문을 두드렸다. 그리고 방 안으로 들어갔다.

「아, 이런, 부끄럽지도 않아!」 그가 익살맞게 말을 꺼냈다. 그러나 눈가에 눈물이 가득 고여 있고 붉은 반점으로 얼룩진 애처로운 따냐의 얼굴을 보고 놀랐다. 「이런, 그렇게 심각한 거야?」

「아버지가 날 얼마나 고통스럽게 했는지 아마 당신은 모르실 거예요!」 이렇게 말하고, 커다란 두 눈에서 눈물을, 뜨거운 눈물을 펑펑 쏟았다. 「아버지 때문에 괴로워요!」 두 손을 꼭 쥐고 말을 이었다. 「난 아버지에게 별말을 하지 않았어요…… 정말 별말이 아니었어요……. 쓸데없이 일꾼들을…… 더 고용할 필요가 없다고, 만일…… 원한다면, 날품 파는 사람을 쓰면 된다고 말했을 뿐이에요. 아시다시피…… 아시다시피, 일꾼들이 벌써 1주일이 넘도록 아무 일도 하고 있지 않거든요……. 나는…… 나는 이 말만 했을 뿐이에요. 그런데 아버지는 나에게 고함을 지르고 아무 말이나 막 해대신 거예요……. 모욕적인, 아주 모욕적인 말들을 말이죠. 도대체 왜 그러시는지 모르겠어요.」

「그만, 됐어, 됐어.」 그녀의 헝클어진 머리를 매만지며 꼬브린이 말했다. 「말다툼을 하고 울었으니, 이젠 됐어. 더 이상 화낼 건 없잖아, 그건 별로 좋지 않아……. 더군다나 아버지가 너를 한없이 사랑하시는데 말이야.」

「아버지는 내…… 내 인생을 망쳐 버렸어요.」 따냐는 흐느껴 울며 계속 말했다. 「내가 듣는 건 모욕과 그리고…… 욕설뿐이에요. 아버진 내가 이 집에서 쓸모없다고 생각하세요. 그럴지도 모르죠. 아버지가 옳아요. 내일 나는 여길 떠나 전신국에서 일자리를 알아볼 거예요……. 그렇게 할 거예요.」

「그만, 그만, 그만…… 그만 울어, 따냐. 그만, 따냐……. 두 사람 다 성미가 급해서 쉽게 화를 내는 거야, 둘 다 잘못이지. 같이 가서, 화해하자.」

꼬브린이 부드러우면서도 확신에 찬 어조로 말했다. 그렇지만 따냐는 계속 우느라 어깨를 들썩였고, 마치 진짜 무서운 불행이 닥치기라도 한 듯이 두 손을 꼭 쥐고 있었다. 그는 그리 심각하지 않은 일에 그토록 고통스러워하는 그녀가 더 안타까웠다. 아무리 사소한 일이라도 한 사람을 하루 종일, 아니 어쩌면 일생 동안 충분히 불행하게 만들 수도 있다! 따냐를 달래면서 꼬브린은, 이 처녀와 그녀의 아버지가 아니었더라면 자신을 가족이나 친지처럼 사랑해 주는 사람을 이 세상에서 좀처럼 만날 수 없었을 거란 생각이 들었다. 만일 이 두 사람이 없었더라면, 아주 어렸을 때 아버지와 어머니를 여읜 그가, 따지는 사랑이 아닌, 혈연 관계에게만 주는 그런 진지하고 순수한 애정을 죽을 때까지 알지 못했을 것이다. 그는 이 훌쩍이며 떨고 있는 처녀의 신경이 자석의 철심처럼 자신의 신경을 매우 아프게 자극하고 있는 것을 느꼈다. 그는 건강하고 강인하며 뺨이 붉은 여자를 사랑하지 않는다. 창백하고 가냘프며 행복하지 못한 따냐가 그의 마음을 끌었다.

그는 기껍게 따냐의 머리와 어깨를 쓰다듬고, 손을 잡아 주고, 눈물을 닦아 주었다……. 마침내 따냐가 울음을 그쳤다. 그렇지만 한참 동안 아버지에 대한 불평을 늘어놓고, 이 집에서 사는 게 힘들고 참기 어렵다며, 꼬브린도 자신의 상태를 체험해 봐야 안다며 투덜댔다. 그리고 나서 조금씩 웃기 시작하더니, 하느님은 자신의 성격을 왜 이렇게 못되게 만드셨는지 모르겠다며 한숨을 내쉬었다. 결국은, 크게 소리 내어 웃고, 자신이 바보였다면서 방에서 뛰쳐나갔다.

잠시 뒤 꼬브린이 정원으로 나가 보니, 예고르 세묘니치와 따냐가 아무 일도 없었던 듯이 오솔길을 나란히 산책하고 있었다. 그리고 배가 고팠던 두 사람은 호밀빵을 소금과 함께 먹었다.

5

중재자 역할을 잘해 낸 데 흡족한 꼬브린은 정원으로 나갔다. 벤치에 앉아 생각에 잠겨 있는데 덜커덩거리는 마차 소리와 여자들의 웃음소리가 들렸다. 손님들이 오는 소리였다. 저녁의 그림자가 정원에 드리우기 시작하자, 바이올린 소리와 노래 부르는 소리가 들려왔다. 그러자 검은 수사에 대한 생각이 났다. 지금 이 시각적 부조리는 어느 나라에서, 아니면 어느 행성에서 떠다니고 있을까?

그가 전설을 떠올리며 호밀밭에서 봤던 그 검은 환영을 머릿속에 그려 보고 있는데, 맞은편 소나무 뒤에서 바스락거리는 작은 소리도 없이, 크지도 작지도 않은 키에 모자를 쓰지 않아 흰머리가 드러난 사람이 나왔다. 그 사람은 맨발에 온통 검은 옷을 입고 있었고, 걸인 같아 보였다. 죽은 듯이 창백한 얼굴 때문에 짙은 눈썹이 두드러져 보였다. 인사하듯 고개를 끄덕이며, 이 걸인 혹은 순례자가 조용히 벤치에 다가와 앉았다. 꼬브린은 그가 검은 수사임을 알아보았다. 잠시 둘은 서로 쳐다만 보았다. 놀란 꼬브린을 수사가 상냥하면서도 이전처럼 조금은 교활하게 그리고 자신만만한 표정으로 쳐다보았다.

「당신은 신기루일 뿐이야.」 꼬브린이 웅얼거렸다. 「도대체 왜 여기로 와 앉아 있는 거지? 전설하고 다르잖아?」

「아무렴 어때.」 수사가 조금 있다가, 그에게 얼굴을 돌리고 낮은 목소리로 대답했다. 「전설, 신기루 그리고 나, 이 모두는 다 네가 지나치게 흥분해서 상상으로 만들어 낸 산물이야. 나는 환영이지.」

「그렇다면 당신은 존재하지 않는 건가?」 꼬브린이 물었다.

「좋을 대로 생각하게.」 수사가 이렇게 말하고 희미하게 미소 지었다. 「나는 너의 상상 속에서 존재하고, 너의 상상은 자연의 일부지. 그러니까 나는 바로 자연 속에서 존재하고 있어.」

「당신은 아주 노련하고 현명해 보이는, 무척이나 인상적인 얼굴을 가졌군. 당신은 정말로 천 년도 더 산 것 같아 보여.」 꼬브린이 말했다. 「나는 내 상상력이 이런 현상들을 만들어 낼 줄 몰랐어. 그런데 당신은 나를 왜 그렇게 기쁜 표정으로 바라보지? 내가 마음에 드나?」

「그럼. 너는 신이 선택한 자라고 불려야 옳은 몇 안 되는 사람들 가운데 한 명이지. 너는 영원한 진리를 섬기고 있어. 너의 생각, 의도, 너의 놀라운 학문, 그리고 너의 삶 전부는 그 안에 신의, 천상의 흔적을 담고 있다고. 왜냐하면 그것들이 이성과 아름다움, 즉 영원한 것에 전념하고 있으니까 말이야.」

「영원한 진리…… 그런데 영원히 살지 못하는 사람에게 영원한 진리가 가능할까? 그리고 또 필요할까?」

「영원한 생명은 있지.」 수사가 말했다.

「사람이 불멸한다고 믿는 건가?」

「그럼, 물론이지. 위대하고 빛나는 미래가 너희 사람들을 기다린다네. 지상에 너와 같은 사람들이 많아진다면, 그 미래가 더 빨리 올 텐데. 고귀한 원칙을 섬기며 의식을 가지고 자유롭게 사는 너 같은 사람들이 없다면, 인류는 하찮아질 거야. 인류가 자연스러운 질서에 따라 발전한다면, 이 지상에서 역사의 궁극을 오래도록 기다려야 할 것이야. 너 같은 사람들이 인류로 하여금 수천 년을 앞당겨 영원한 진리의 왕국에 들어가도록 해주지. 이것이 너희들의 고귀한 공적이야. 너희들은 사람들 속에서 잠자고 있는 신의 축복을 구현하는 거지.」

「그렇다면 영원한 생명의 목적은 무엇인가?」 꼬브린이 물었다.

「어떤 생명이나 그렇듯, 즐거움이야. 진정한 즐거움은 지식 속에 있고, 영원한 생명은 이 지식에 고갈되지 않는 무한한 원천을 제공한다네. 〈내 아버지 집에 거할 곳이 많다〉[5]는

---

5 「요한의 복음서」 14장 2절.

이런 의미의 말이지.」

「그런 소리를 들으니 기분은 좋군.」 기분이 좋아 손을 비비며 꼬브린이 말했다.

「나도 기쁘네.」

「하지만, 당신이 사라지면 나는 당신의 존재에 대한 물음으로 혼란스러워질 거야. 당신은 환영이고 환각이야. 그렇다면 내가 정신병에 걸려 정상이 아니라는 건가?」

「그럴지도 모르지. 그렇지만 그게 무슨 상관인가? 네가 아픈 건 지나치게 과로해서 지쳤기 때문이야. 그러니까, 너는 관념을 위해 너의 건강을 희생한 거고, 또 머지않아 네 목숨도 내놓을 거야. 뭐가 더 좋은 일이겠는가? 천부적인 재능을 지닌 고상한 기질을 모두 관념을 위해 바치는 것 아닐까.」

「내가 정신병에 걸렸다면, 과연 나 자신을 내가 믿을 수 있을까?」

「온 세계가 믿는 그런 천재적인 사람들이 환영을 본 적이 없다고 말할 수 있을까? 요즘 학자들은 천재가 광기에 가깝다고 말하지. 이 친구야, 평범한 사람들이나 건강하고 정상적인 거야. 과민한 시대, 과로, 병 등에 대해 심각하게 염려하는 것은 삶의 목적을 현재에 두고 있는 자들, 즉 사람들 무리나 하는 일이야.」

「*Mens sana in corpore sano*(건강한 몸에 건강한 정신)라고 로마 사람들이 말했지.」

「로마 사람들이나 그리스 사람들이 말한 것이 모두 다 옳은 건 아니야. 고양된 기분, 흥분, 엑스터시. 예언자나 시인이나 관념을 위한 순교자들을 평범한 사람들로부터 구별시켜 주는 이런 것들은 인간의 동물적 측면, 즉 육체적 건강 같은 것과 조화를 이룰 수 없어. 다시 말하지만, 건강하고 정상적이고 싶다면 무리 속으로 들어가게.」

「이상하군, 지금 당신이 말하는 것은 나 자신이 자주 생각했던 거야.」 꼬브린이 말했다. 「당신은 내 숨은 생각을 마치 엿듣고 엿보고 있는 듯하군. 나에 대한 이야기는 그만 하고, 말해 보게, 당신이 말하는 영원한 진리란 무엇인가?」

수사는 대답하지 않았다. 꼬브린이 그를 쳐다보았으나 얼굴이 잘 보이지 않았다. 그의 윤곽이 뿌예지고 흐릿해졌다. 그러다 그의 머리, 팔이 사라지기 시작했다. 그의 몸이 벤치와 저녁 어스름과 뒤섞이더니 완전히 사라졌다.

「환각이 끝났어!」 꼬브린이 이렇게 말하고 웃었다. 「안타깝군.」

그는 유쾌하고 행복해져서 집으로 향했다. 검은 수사가 그에게 말한 몇 가지가 그의 자존심까지 만족시켜 주지는 않았지만, 그의 영혼과 온몸을 들뜨게 했다. 선택받은 자가 되는 것, 영원한 진리를 섬기는 것, 인류에게 가치 있는 신의 왕국이 수천 년 빨리 올 수 있게 하는 존재들 가운데 하나가 되는 것, 인류가 쓸데없이 수천 년을 투쟁과 죄악과 고통 속에 있지 않게 구원하는 것, 젊음과 정력과 건강과 같은 모든 것을 관념에 바치는 것, 공공의 선을 위해 목숨을 바칠 수도 있는 것, 이 얼마나 고귀하고 행복한 운명인가! 문득, 일에 몰두했던 순수하고 순결한 지난 시절이 그의 머릿속을 스쳐 갔다. 또한 그가 공부하면서 다른 사람들을 가르쳤던 것을 떠올리며, 수사의 말이 과장된 것이 아니라고 확신했다.

정원을 가로질러 따냐가 다가왔다. 그녀는 다른 옷으로 갈아입고 있었다.

「여기 계셨군요.」 따냐가 말했다. 「우리는 당신을 찾아다니고 있었어요……. 그런데 무슨 일이에요?」 그의 환하게 빛나는 얼굴과 눈물이 가득 괸 눈을 바라보고 따냐가 놀랐다. 「안드류샤, 이상해 보여요.」

「나는 흡족해, 따냐.」 따냐의 어깨에 손을 올리며 그가 말했다. 「흡족하다 못해 난 행복해! 따냐, 사랑스러운 따냐, 너는 정말 매력적인 사람이야. 사랑하는 따냐, 나는 정말 기뻐, 정말 기뻐!」

그는 뜨겁게 그녀의 두 손에 키스를 하고 계속 말했다.

「나는 방금 밝고 경이롭고 초자연적인 순간을 경험했어. 그렇지만 모두 다 말해 줄 수는 없어, 날 미쳤다고 하거나 믿지 않을 테니까. 그보다 네 얘기를 하자. 멋지고 사랑스러운 따냐! 너를 사랑해, 사랑하고 있었어. 이제 나의 영혼은 너를 가까이 두고 하루에 열 번은 만나야만 해. 내 집으로 돌아간 후 너 없이 어떻게 살아가야 할지 모르겠어.」

「글쎄요!」 따냐가 웃었다. 「이틀만 지나면 우리를 잊을걸요. 우리는 하찮고 당신은 대단하니까요.」

「아니, 우리 진지하게 이야기하자!」 그가 말했다. 「난 너와 함께 가겠어, 따냐. 그래 주겠지? 나와 함께 가주겠지? 나의 사람이 되는 걸 원치 않아?」

「글쎄요!」 이렇게 말하고 따냐는 다시 웃으려 했다. 하지만 웃음이 나오지 않았고, 얼굴만 빨개졌다.

따냐는 숨을 가쁘게 몰아 쉬며 집이 아니라 정원 안쪽으로 빠르게 걸었다.

「생각해 본 적이 없어요…… 없어요!」 마치 자포자기하듯 두 손을 꼭 잡고 그녀가 말했다.

꼬브린은 따냐의 뒤를 따라가면서 여전히 기쁨에 들떠 빛나는 얼굴로 말했다.

「나는 나를 온통 사로잡는 사랑을 원해. 그런 사랑은 오직 너만이 나에게 줄 수 있어, 따냐. 난 행복해! 행복해!」

따냐는 몹시 놀라 몸을 바짝 움츠리고 있어서 마치 10년은 더 늙어 보였다. 하지만 그는 그런 그녀가 아름답다고 생각하며 환희에 젖어 큰 소리로 외쳤다.

「정말 아름다워!」

6

꼬브린으로부터 따냐를 사랑하고 있을 뿐만 아니라 그녀와 결혼까지 하겠다는 말을 듣고, 예고르 세묘니치는 흥분을 감추며 오랫동안 집 안 구석구석을 돌아다녔다. 손이 떨렸고, 목은 부풀어 자줏빛을 띠었다. 그는 당장 드로슈끼[6]를 준비시키고, 그것을 타고 어디론가 떠났다. 말에게 채찍질하는 모습과 모자를 귀까지 깊숙이 눌러쓴 모습에서 따냐는 아버지의 기분을 알 수 있었다. 따냐는 자기 방문을 닫아걸고 하루 종일 울었다.

온실에서는 이미 복숭아와 살구가 익었다. 이 예민하고 상하기 쉬운 과일들을 포장하여 모스끄바로 보내는 일은 많은 주의를 필요로 하는 번거로운 작업이었다. 여름이 무척 덥고 건조했기 때문에 나무마다 물을 충분히 주어야 하는 일에도 많은 시간과 노동력이 들었다. 꼬브린은 질색했지만, 애벌레

6 러시아의 지붕 없는 사륜마차.

가 많이 생겨 일꾼들뿐 아니라 예고르 세묘니치와 따냐도 손으로 일일이 짓눌러 잡아야 했다. 또한 가을에 배달할 과일과 묘목의 주문을 받고 있어서, 처리해야 할 우편물도 엄청났다. 누구도 잠깐의 휴식을 취할 수 없을 만큼 가장 바쁜 시기에 들판의 일도 시작되어, 과수원의 일꾼 절반 이상을 빼앗겼다. 일에 시달려 검게 그을고 까다로워진 예고르 세묘니치는 정원으로 들판으로 바삐 말을 몰고 다녔다. 또 몸이 조각날 지경이고 자기 이마에 총알을 박아 넣고 말겠다고 소리지르곤 했다.

게다가 뻬소쯔끼가 적잖이 신경을 쓰는 혼수 준비까지 겹쳐 온통 법석이었다. 찰각거리는 가위질 소리, 덜컹거리는 재봉틀 소리, 다림질하는 냄새, 신경질적이고 성마른 여자 재봉사의 변덕, 집 안의 모든 사람들이 현기증이 날 지경이었다. 그리고 일부러 더 번거롭게 하려는 듯, 매일 손님들이 찾아와 먹고 놀며 심지어는 하룻밤을 묵기도 하였다. 그러다 어느새 이 중노동이 안개처럼 사라져 버렸다. 따냐는 별안간 사랑과 행복에 사로잡힌 듯이 느껴졌다. 열네 살 이후로 왠지 꼬브린과 결혼하게 될 거라고 확신해 오긴 했지만 말이다. 따냐는 놀랍고 혼란스러웠으며 자기 자신을 믿을 수 없었다……. 갑자기 구름을 타고 날아다니듯 기쁨이 몰려와, 하느님께 기도드리고 싶어졌다. 그러다 문득, 8월이면 태어난 둥지를 떠나야 하고 아버지만 남게 된다는 생각이 들기도 했다. 또는 이유도 없이, 자신이 꼬브린처럼 위대한 사람에 비하면 작고 시시하며 쓸모없다는 생각이 들기도 했다. 그럴 때면 자기 방으로 들어가 문을 걸어 잠그고 몇 시간이고 몹시 울었다. 손님들이 찾아오기라도 하면 불현듯, 잘생긴 꼬

브린에게 모든 여자들이 반해서 자기를 질투한다고 여기고
는 온 세계를 정복한 듯한 기쁨과 자부심으로 가득 찼다. 하
지만 어떤 처녀가 그에게 친절한 미소라도 지으면 질투심에
몸을 떨며 자기 방으로 들어가, 또 눈물을 흘렸다. 이런 새로
운 감정에 완전히 사로잡혀, 따냐는 기계적으로 아버지를 도
울 뿐이었다. 복숭아도, 애벌레도, 일꾼들도, 빠르게 흘러가
는 시간도 알아차리지 못했다.

예고르 세묘니치에게도 거의 같은 일이 일어났다. 그는 아
침부터 밤까지 일하면서 늘 어딘가를 바쁘게 다니며 참지 못
하고 화를 내곤 했는데, 그러면서도 언제나 무엇에 홀린 듯
한 몽롱한 상태에 있었다. 그의 속에는 두 명의 사람이 있는
듯했다. 한 명은 잘못된 일을 보고하는 정원 책임자 이반 까
를리치의 말에 크게 화를 내고 낙담하여 머리를 움켜잡는 진
짜 예고르 세묘니치이고, 다른 한 명은 일에 관한 이야기를
중간에 끊고 정원 책임자의 어깨를 툭 치며 다음과 같이 웅
얼거리기 시작하는, 반쯤 취한 상태의 진짜가 아닌 예고르
세묘니치였다.

「뭐라고 말하더라도, 핏줄은 아주 중요하거든. 그 친구의
어머니는 매우 친절하고 아주 똑똑하고 뛰어난 여자였어. 천
사같이 밝고 순수하며 선량한 그이의 얼굴을 보고만 있어도
무척 즐거웠지. 그림도 아주 잘 그리고, 시도 잘 쓰고, 외국어
도 다섯 개나 할 줄 알고, 노래도……. 불쌍하게도 폐병으로
죽었지, 천상에서 잘 쉬시길.」

진짜가 아닌 예고르 세묘니치는 한숨을 내쉬고 잠시 말이
없다가 계속해서 이렇게 말했다.

「그 친구가 어렸을 때 우리 집에서 자랐는데, 그때 그 애의

얼굴도 천사처럼 밝고 선량했지. 그 애의 시선도 몸가짐도 말소리도 자기 엄마처럼 부드럽고 우아했어. 머리는 또 어땠는데. 그 애는 정말 똑똑해서 늘 우리를 놀라게 했지. 그래, 그 애는 여지없는 학자야! 학자이고말고! 이봐, 이반 까를리치, 그 친구가 10년 후에 무엇이 될 줄 아나? 아무도 근접할 수 없는 대단한 사람이 될 거야!」

그러다 갑자기, 진짜 예고르 세묘니치가 나와 무서운 얼굴로 머리를 움켜잡고는 이렇게 고함을 질렀다.

「나쁜 놈들! 아주 못쓰게 만들어 버렸어, 아주 버렸어, 다 얼었잖아! 정원을 망쳐 놓다니! 정원이 망가졌어!」

꼬브린은 그런 소란에도 아랑곳하지 않고 이전처럼 열심히 공부했다. 사랑만이 불에 기름을 부은 듯했다. 따냐와 만나고 나면 언제나 기쁘고 행복해, 자기 방에 돌아와서도 조금 전 따냐와 입 맞추고 사랑을 고백할 때와 같은 열정으로 책에 몰두하거나 원고를 썼다. 검은 수사가 신에게 선택받은 자들, 영원한 진리, 인류의 빛나는 미래 등에 관해 한 말이 그의 공부에 특별하고 비상한 의미를 주었고, 그의 마음을 자부심과 우월감으로 가득 차게 했다. 1주일에 한두 번, 정원이나 집에서 그는 검은 수사를 만나 꽤 길게 이야기를 나눴다. 이런 일에 이제 그는 놀라지 않고 오히려 황홀해했다. 그가 이미, 그와 같은 환영은 오직 관념을 섬기는 선택받은 뛰어난 사람들에게만 나타난다고 확고하게 믿고 있었기 때문이었다.

한번은 수사가 식사하는 시간에 나타나 식당의 창가에 앉았다. 꼬브린은 기뻐서, 예고르 세묘니치 그리고 따냐와 나누던 이야기를 요령껏 수사가 흥미로워할 주제로 이끌었다. 검은 옷을 입은 방문객은 그의 이야기를 들으며 상냥하게 고개를 끄덕였다. 예고르 세묘니치와 따냐는 꼬브린이 자신들이 아니라 환각과 말하고 있다는 사실을 상상하지도 못하고, 그의 이야기를 들으면서 유쾌하게 미소 지었다.

어느새 성모 승천 금식 기간[7]이 지나고, 결혼식 날이 되었다. 결혼식은 예고르 세묘니치의 고집에 따라 이틀 밤낮으로 흥청거리며 〈떠들썩하게〉 치러졌다. 3천 루블어치나 먹고 마셔 댔지만, 신통치 않은 고용 악대의 연주 소리, 건배를 외치는 소리, 이리저리 뛰어다니는 하인들의 분주함과 그 야단스럽고 북적거림 때문에 모두들 모스끄바에서 주문해 온 훌륭한 전채 요리나 진기한 포도주를 제대로 음미하지도 못했다.

7

어느 긴 겨울밤 꼬브린은 침대에 누워 프랑스 소설을 읽고 있었다. 도시 생활에 익숙하지 못해 저녁마다 두통을 앓는 가엾은 따냐는 이미 잠이 들어 이따금 알아들을 수 없는 잠꼬대를 하고 있었다.

세 시를 쳤다. 꼬브린은 촛불을 끄고 누웠다. 오랫동안 눈을 감고 누워 있었으나, 침실이 무척 덥고 따냐가 잠꼬대를 하고 있어서 그런지 잠을 이룰 수 없었다. 네 시 반쯤 다시 촛불을 켰다. 그 순간, 침대 옆 안락의자에 앉아 있는 검은 수사를 보았다.

「잘 지냈나?」 수사가 말했다. 그리고 잠시 침묵하다가 물었다. 「지금 무슨 생각을 하고 있었나?」

[7] 러시아 구력으로 8월 1일부터 14일까지.

「명예에 관해서.」 꼬브린이 대답했다. 「조금 전에 읽었던 프랑스 소설에, 명예를 갈망해서 어리석은 짓을 하다가 점차 병약해져 가는 젊은 학자 한 사람이 나오는데, 그 갈망이 이해되지 않아.」

「네가 현명해서 그래. 너는 명예에 무관심하지. 그건 너의 관심을 끌지 못하는 장난감과 같은 거야.」

「그래, 그건 사실이야.」

「명예는 너에게 미소 짓지 않아. 너의 이름을 묘비에 새기라고 가르치거나 달래거나 어르는 것이 과연 뭘까? 시간이 지나면 금박 입힌 묘비명은 닳아 없어질 텐데. 다행히도, 허약한 인간의 기억력으로 기억하기에는 너와 같은 사람들이 너무 많아.」

「그렇군.」 꼬브린이 동의했다. 「그런데 왜 그렇게 이름들을 남기려고 하는지. 다른 이야기를 해볼까? 예를 들면, 행복에 관해서. 행복이란 과연 뭘까?」

다섯 시를 쳤다. 그는 침대 위에 걸터앉아 카펫 위에 발을 내려놓고, 수사 쪽으로 몸을 돌려 말했다.

「고대에 어떤 행복한 사람이 끝내 자신의 행복에 놀라 두려워졌어. 그럴 만큼 그 행복이 컸던 거지! 그래서 신들을 달래기 위해서 아끼는 반지를 바쳤어. 알겠어? 나도 폴리크라테스[8]처럼 나의 행복이 점차 부담스러워지기 시작했단 말이야. 나에게 이상한 건, 아침부터 밤까지 기쁨만을 느끼고, 그 기쁨이 내 전체를 가득 채워 다른 모든 감정을 억누르고 있다는 거야. 나는 슬픔이나 비애 또는 권태가 어떤 건지 모르

8 B. C. 540년부터 에게 해 사모스 섬의 군주였음. 폴리크라테스에 대한 이야기는 헤로도토스의 『역사』에 나옴.

겠어. 이렇게 잠을 자지 않고 불면증에 시달리지만 전혀 따분하지 않거든. 심각하게 말해서, 나는 혼란스러워졌어.」

「대체 왜?」 수사가 놀랐다. 「기쁨이 초자연적인 감정이 되기라도 하는가? 그것은 사람의 정상적인 상태이지 않은가? 지적으로 도덕적으로 발달한 사람일수록, 자유로운 사람일수록, 인생에서 더 큰 만족을 얻는다네. 소크라테스, 디오게네스, 마르쿠스 아우렐리우스도 슬픔이 아니라 기쁨을 느꼈다네. 사도도 언제나 기뻐하라고 말하지 않았나. 기뻐하라, 그러면 행복해지리라.」

「그렇지만 신들이 갑자기 화를 낸다면?」 꼬브린이 농담처럼 말하고 웃었다. 「만일 신들이 나의 안락을 빼앗고 나를 춥고 배고프게 한다면, 나는 그러고 싶지 않은데.」

그사이에 따냐가 잠에서 깨어, 놀라고 두려운 마음으로 남편을 바라보았다. 그가 안락의자를 향해 말하며 손짓하고 웃고 있었다. 그의 두 눈은 빛났고, 그의 웃음에는 어떤 기이함이 담겨 있었다.

「안드류샤, 누구하고 이야기하는 거예요?」 수사에게 내민 그의 팔을 붙잡고 그녀가 물었다. 「안드류샤, 누구예요?」

「어? 누구냐고?」 꼬브린이 당황해했다. 「여기 이 사람······ 여기 앉아 있잖아.」 검은 수사를 가리키며 그가 말했다.

「아무도 없잖아요······ 아무도! 안드류샤, 아픈가 보군요!」

따냐는 환영으로부터 그를 보호하려는 듯 남편을 꼭 껴안고, 손으로 그의 두 눈을 가렸다.

「당신은 아픈가 봐요!」 따냐가 온몸을 떨면서 흐느껴 울기 시작했다. 「날 용서해 줘요, 여보, 당신이 뭔가 이상하다고 오래전부터 눈치 챘으면서도······. 정신적으로 아픈 것 같아요,

안드류샤……」

따냐의 떨림이 그에게 전해졌다. 그가 다시 안락의자를 쳐다보았으나 텅 비어 있었다. 갑자기 팔과 다리의 힘이 빠지는 것을 느꼈다. 놀라서 옷을 입기 시작했다.

「아무 일도 아니야, 따냐, 아무 일도……」 그가 떨면서 중얼거렸다. 「사실 몸이 좀 좋지 않거든…… 그래, 이제는 인정해.」

「난 오래전부터 눈치 챘어요…… 아버지도 알고 계세요.」 흐느낌을 참으려 애쓰며 따냐가 말했다. 「당신은 혼자 이야기하고, 아주 이상하게 웃곤 하죠…… 잠도 자지 않으면서. 오, 하느님, 하느님, 우릴 구원하소서!」 따냐가 두려움 속에서 말했다. 「하지만 걱정하지 마세요, 안드류샤, 걱정하지 마세요, 하느님이 지켜 주실 거예요, 걱정하지 마세요…….」

따냐도 옷을 입기 시작했다. 그녀를 보면서, 그제야 꼬브린은 자신의 상태가 매우 심각하다는 것을 깨달았고, 검은 수사가 뭘 의미하고 그와 나누는 대화가 뭘 뜻하는지도 깨달았다. 그는 미쳤던 것이다. 그도 이제, 이 사실을 분명히 알았다.

두 사람은 어찌할 바도 모르면서 옷을 입고 홀로 나갔다. 따냐가 앞장섰고 그가 뒤를 따랐다. 홀에는, 흐느끼는 소리에 잠이 깬, 잠옷을 입은 채 손에 촛불을 들고 있는 예고르 세묘느이치가 서 있었다. 그는 그들을 방문했던 참이었다.

「걱정하지 마세요, 안드류샤.」 따냐가 열병에라도 걸린 듯이 떨면서 말했다. 「걱정하지 마요……. 아빠, 금세 괜찮아질 거예요. 괜찮아질 거예요…….」

꼬브린은 흥분해서 아무 말도 할 수 없었다. 그는 장인에게 농담하듯 말하고 싶었다. 〈축하해 주세요, 전 미쳤나 봐요.〉 하지만 입술만 달싹였고 씁쓸한 미소만 흘러나왔.

아침 아홉 시, 겉옷과 털외투를 입히고 숄로 둘러싸고 그를 마차에 태워 의사에게 데려갔다. 그가 치료받기 시작했다.

8

다시 여름이 되었다. 의사는 시골에서 지낼 것을 지시했다. 꼬브린은 이제 건강이 좋아져 더 이상 검은 수사를 보지 않았다. 그에게는 단지 체력을 보강하는 일만 남았다. 시골의 장인 집에서 지내면서 그는 우유를 많이 마셨고, 하루에 두 시간만 공부했으며, 포도주를 마시지도 담배를 피우지도 않았다.

엘리야 축일[9] 전날 밤 집에서 예배를 드렸다. 보조 사제가 사제에게 향로를 건넸을 때, 낡고 넓은 홀에서 묘지 냄새가 났다. 꼬브린은 울적해졌다. 그는 정원으로 나갔다. 화려하게 핀 꽃들도 눈에 들어오지 않았다. 그는 정원을 잠시 거닐다가, 벤치에 좀 앉아 있다가, 정원을 가로질러 걸어갔다. 강에 다다르자 물가로 내려갔다. 거기서 강물을 바라보며 생각에 잠겼다. 작년에 그토록 젊고 유쾌하며 활기차게 보였던, 뿌리가 덥수룩한 소나무들이 이제는 전혀 속삭이지도 않고, 아무런 움직임도 말도 없이 침울하게 서 있었다. 그를 전혀 알아보지 못하는 듯했다. 사실 그는 길고 아름다운 머리카락을 짧게 깎았고, 걸음걸이는 축 처졌고, 얼굴도 작년에 비해서 살이 찌고 창백해졌다.

그는 징검다리를 건너 맞은편 강변으로 갔다. 작년에 호밀

[9] 예언자 엘리야를 기리는 정교의 축일. 8월 2일.

밭이었던 그곳에는 이제 베어 놓은 귀리가 줄지어 누워 있었다. 해는 벌써 졌지만, 지평선에는 붉은 노을이 넓게 불타며, 내일은 바람이 많은 날씨가 될 거라고 예고하고 있었다. 고요했다. 작년에 검은 수사가 처음 나타난 방향을 응시하며 꼬브린은 저녁 노을이 사라지기 시작할 때까지 20분 정도 그대로 서 있었다······.

그가 불만에 차 힘없이 집에 돌아와 보니, 예배는 벌써 끝나 있었다. 예고르 세묘니치와 따냐는 테라스의 계단에 앉아 차를 마시고 있었다. 뭔가를 이야기하던 그들이 꼬브린을 보자 갑자기 침묵했다. 그는 그들의 얼굴을 통해 자신에 대해서 이야기하고 있었다는 것을 짐작했다.

「우유 마실 시간이 된 것 같아요.」 따냐가 남편에게 말했다.

「아니, 아직 아니야······.」 가장 낮은 계단에 앉으며 그가 대답했다. 「당신이나 마셔. 난 싫어.」

따냐는 아버지와 서로 근심스러운 눈길을 주고받으며 미안한 듯한 목소리로 말했다.

「우유가 당신에게 좋다는 건 당신도 잘 알고 있잖아요.」

「그럼, 아주 좋지!」 꼬브린이 코웃음쳤다. 「여러분께 축하드릴 일이 있어. 금요일 이후 내 몸무게가 1파운드[10] 늘었거든.」 두 손으로 머리를 세게 움켜쥐고는 비통하게 웅얼거렸다. 「왜, 도대체 왜 나를 치료하려는 거지? 브롬화칼륨, 게으름, 따뜻한 목욕, 감시, 말 한마디 움직임 하나에도 전전긍긍하는 모습, 이 모든 게 결국 날 바보 천치로 만들고 말 거야. 미치고 과대망상에 걸렸을 땐 즐겁고 활기차며 행복했었는데, 그때 난 흥미를 가졌고 독창적이었단 말이야. 지금은 신

[10] 1파운드는 약 0.45킬로그램.

중하고 착실해졌는지 모르지만 남들과 다를 바 없어졌어. 나는 아주 평범해, 사는 게 따분해……. 당신들이 나에게 얼마나 잔인한 일을 했는지 알아! 내가 환각을 본다고 그게 누구에게 해가 되기라도 했단 말이야? 누구에게 해가 됐는지 묻고 싶어!」

「무슨 말을 하는 거냐!」 예고르 세묘니치가 한숨을 내쉬었다. 「그런 소리 듣는 거 이제 지겹구나.」

「그럼 듣지 마시죠.」

사람들과 함께 있는 것, 특히 예고르 세묘니치와 함께 있는 것이 이제는 짜증스러웠다. 그의 말에 무성의하고 냉정하게 심지어는 거칠게 대꾸했으며, 언제나 조소하고 증오하는 눈초리로 그를 바라보았다. 예고르 세묘니치는 어쩔 줄 몰라 하며, 자기 자신에게 아무런 잘못이 없다고 느끼면서도 잘못이라도 한 듯이 마른기침을 하곤 했다. 부드럽고 온화했던 관계가 갑자기 변한 이유를 알 수 없는 따냐는 아버지 곁에 바싹 붙어 불안하게 그의 눈을 쳐다보았다. 그 이유를 알고 싶었으나 알 수가 없었다. 단지 그들의 관계가 날마다 점점 나빠져 간다는 사실과 아버지가 최근에 부쩍 늙으셨고 남편이 짜증을 잘 내고, 변덕스러워지고, 트집이나 잡고, 음울해졌다는 사실만이 분명했다. 따냐는 더 이상 웃거나 노래 부르지 않았다. 음식도 입에 대지 못하고, 밤새 잠을 이루지도 못하며, 뭔가 무서운 일을 기다렸다. 그러다 기진맥진해져, 한번은 점심때부터 저녁때까지 기절해 누워 있었다. 예배를 볼 때 따냐는 아버지가 울고 있다는 것을 느꼈다. 그렇지만 지금, 그들 세 사람이 함께 테라스에 앉아 있는 동안 따냐는 그것을 생각하지 않으려고 애썼다.

「불타나 마호메트나 셰익스피어는 그들의 엑스터시와 영감을 친절한 친지들과 의사들이 치료하려 들지 않았기 때문에 얼마나 행복했을까!」 꼬브린이 말했다. 「마호메트가 신경을 억누르려고 브롬화칼륨을 복용하고 하루에 두 시간만 공부하고 우유를 마셨다면, 그 뛰어난 인물 뒤에 남은 거라곤 그가 기르던 개가 남긴 것 정도에 불과했을 거야. 의사들과 친절한 친지들은 결국, 인류를 멍청하게 만들고, 평범함을 천재로 여기게 만들고, 문명을 붕괴시키고 말 거야. 무슨 말인지 알겠어?」 꼬브린이 격분하며 말했다. 「난 당신들이 고맙다고!」

그는 격렬한 분노를 느꼈지만, 그 이상의 말을 하지 않기 위해서 벌떡 일어나 집으로 들어가 버렸다. 조용해졌다. 열린 창문을 통해 정원으로부터 타바코와 할라파[11]의 향기가 들어왔다. 어둡고 커다란 홀의 바닥과 피아노 위로 달빛이 녹색의 얼룩들로 내려앉았다. 할라파 향기가 나고 창문으로 달빛이 비치던 작년의 환희가 꼬브린에게 떠올랐다. 작년의 분위기로 돌아가려고 그는 재빨리 자기 서재로 들어가 독한 시가를 피워 물고 하인에게 포도주를 가져오라고 명령했다. 하지만 입에 문 시가는 쓰고 역했으며, 포도주의 맛은 지난해와 같지 않았다. 습관이 바뀌었기 때문이다! 시가와 두 모금의 포도주로 그의 머리는 어지러웠고 심장은 빨리 뛰었다. 브롬화칼륨을 복용해야만 했다.

잠자리에 들기 전에 따냐가 그에게 말했다.

「아버지는 당신을 무척 소중하게 여기세요. 당신은 무슨 이

[11] *jalapa*. 메꽃과의 여러해살이풀. 순무 같은 덩이뿌리가 있으며, 잎은 달걀 모양이다.

유에서인지 아버지를 노하게 하시는데, 그건 아버지를 죽이는 일이에요. 좀 보세요, 아버진 날마다 아니 매 시간마다 늙어 가시잖아요. 제발 부탁이에요, 안드류샤, 하느님을 위해, 돌아가신 당신 아버지를 위해, 날 편안하게 해주기 위해서라도, 아버지께 부드럽게 대해 주세요!」

「그럴 수 없어, 그러기 싫어.」

「무엇 때문에 그러세요?」따냐가 온몸을 떨기 시작하며 물었다. 「나에게 설명해 주세요, 그 이유를.」

「그 양반을 좋아하지 않아, 그게 다야.」무심하게 말하고 어깨를 움츠렸다. 「앞으로 그 양반에 대해서 이야기하지 마. 당신 아버지일 뿐이야.」

「이해할 수 없어요, 정말 이해할 수 없어요.」관자놀이를 누르며 시선을 고정한 채 따냐가 웅얼거렸다. 「우리 집에서 뭔가 이해할 수 없는 무서운 일이 일어나고 있어요. 당신은 변했어요, 몰라볼 정도로……. 당신처럼 지적이고 비범한 사람이 사소한 일에 화를 내고 또 자잘한 일에 간섭하다니……. 그런 하찮은 일에 흥분하다니, 놀랍기만 해요, 믿을 수가 없어요, 정말 당신 맞나요? 제발, 제발, 화내지 마세요, 화를 내지 마세요.」자신이 한 말에 놀라 그의 손에 입을 맞추며 계속 말했다. 「당신은 지적이고 선량하고 친절하잖아요. 당신은 아버지께 잘하실 거예요. 아버진 정말 좋으신 분이에요!」

「좋은 분이 아니라 친절한 분이지. 당신 아버지는 보드빌에 나오는 아저씨들 같다고. 친절한 표정으로 손님 치르기를 좋아하고 살찌고 별난 그런 인물들이 예전에는 소설에서나 보드빌에서나 실제 삶에서나 나를 감동시키고 웃겼지만, 지금은 그런 자들이 역겨워. 골수 에고이스트들이야. 무엇보다 역겨운 것은 점잔을 빼는 모습, 그리고 동물적인, 순전히 소나 돼지 같은 낙천성이야.」

따냐는 침대에 앉아 머리를 베개에 묻었다. 「이건 고문이야.」 따냐가 웅얼거렸다. 그녀의 목소리에서 그녀가 말하기도 힘들 만큼 극도로 지쳐 있다는 것이 묻어 나왔다. 「겨울 이후로 한순간도 편해 본 적이 없어⋯⋯. 정말 끔찍해. 아, 하느님! 고통스러워요⋯⋯.」

「그래, 나는 헤로데이고 너와 너의 아버지는 이집트의 어린아이들이지.[12] 아무렴!」

따냐는 그의 얼굴이 추하고 불쾌하게 느껴졌다. 증오하고 조소하는 표정이 그에게 어울리지 않았다. 그렇지만 사실 이전에도 따냐는 그의 얼굴에, 마치 지금 머리를 짧게 깎아 얼굴이 변한 것처럼, 뭔가 부족한 게 있다고 생각했었다. 따냐는 그에게 모욕을 주고 싶어졌다. 그 순간, 따냐는 자신에게 생긴 그런 적대감에 깜짝 놀라 침실에서 나왔다.

9

꼬브린이 대학에서 독립된 강좌를 맡게 되었다. 첫 강의가 12월 2일로 정해졌고, 이런 사실이 대학의 복도에 공고되었다. 하지만 정해진 날, 그는 교무처장에게 전보를 보내, 아파서 강의할 수 없다고 알렸다.

그는 목이 부어오르며 피를 토했다. 한 달에 두어 번 상당량의 피를 토했는데, 그럴 때마다 극도로 허약해져 혼수상태

[12] 「마태오의 복음서」 2장 16~18절.

에 빠졌다. 그렇지만 그는 특별히 놀라지 않았다. 돌아가신 그의 어머니도 이런 증상을 보이면서도 10년 이상 사셨다는 것을 알고 있었기 때문이다. 그리고 의사들도 위험한 정도는 아니라고 확신하며, 흥분하지 말고 규칙적인 생활을 하며 말을 적게 하라고 충고했다.

1월에도 같은 이유로 강의를 하지 못했다. 2월은 강좌를 시작하기에는 너무 늦은 시기라서, 다음 해로 미룰 수밖에 없었다.

그는 이미 따냐와 헤어지고 바르바라 니꼴라예브나라는 여자와 살고 있었다. 두 살 연상의 그 여자는 그를 어린아이처럼 돌봐 주었다. 그의 기분은 편안하고 유순해졌다. 그는 기꺼이 순종하여, 그녀가 끄림 반도에 가자고 하자, 그 여행이 그리 탐탁지 않았으나 동의했다.

그들은 저녁에 세바스또뽈에 도착하여, 하룻밤을 쉬고 다음 날 얄따에 가기로 하고 호텔에 머물렀다. 두 사람 다 여행에 지쳐 있었다. 바르바라 니꼴라예브나는 차를 마시고 잠자리에 누워 금세 잠이 들었다. 그러나 꼬브린은 잠자리에 들지 않았다. 집에서 역으로 출발하기 한 시간 전에 그는 따냐의 편지를 받았다. 내키지 않아 뜯어보지 않은 그 편지가 지금 그의 옆 주머니에 있는데, 그것에 대한 생각이 그를 불편하게 했다. 진심으로, 마음속 깊숙이 따냐와의 결혼이 실수였다고 여기고 그녀와 결국 헤어진 것에 만족하고 있었으나, 끝내는 피골이 상접한 모습으로 변해 버린, 총명하게 응시하는 커다란 두 눈을 제외한 모든 것이 죽어 버린 듯한 따냐에 대한 기억, 그 기억이 그의 연민을 자극하여 자기 자신에 대한 염증을 일으켰다. 봉투의 필체가, 그가 자신의 정신적인 공허, 권태, 고독, 현실에 대한 불만 등을 아무런 잘못도 없는 사람들에게 분풀이했던 2년 동안이 얼마나 부당하고 잔인했는지를 상기시켰다. 그러다가, 병들었을 때 썼던 자신의 학위 논문을 비롯한 모든 논문들을 어느 날 갈기갈기 찢어 창밖으로 내버렸더니 그 종이 조각들이 바람에 날려 나무와 꽃들 위에 앉았던 일도 생각났다. 한 문장 한 문장에서, 그는 기이하고 아무런 근거도 없는 주장, 경박한 혈기, 오만, 과대망상을 보았고, 그 서술에서 자신의 악덕을 읽는 듯했었다. 하지만 마지막 노트를 찢어 창밖으로 날려 보냈을 때 그는 왠지 분하고 씁쓸해져서, 아내에게 불쾌한 말들을 퍼붓고 말았다. 아, 그가 따냐를 얼마나 괴롭혔던가! 한번은 따냐에게 고통을 주고 싶어서, 그는 그녀에게 그녀의 아버지가 그들의 사랑에 추잡스럽게 끼어들어 결혼을 부탁했다고 말했다. 예고르 세묘니치는 우연히 이 말을 듣고 방으로 뛰어 들어왔지만 절망하여 한마디도 말하지 못하고, 마치 혀가 떨어져 나간 듯 이상한 신음 소리만 내고 그 자리에서 발만 구를 뿐이었다. 따냐는 아버지를 쳐다보며 찢어지는 듯한 비명을 지르고 기절했었다. 정말 추악한 일이었다.

이런 모든 일이, 낯익은 필체를 보자 머릿속에 떠올랐다. 꼬브린은 발코니로 나갔다. 고요하고 따뜻한 날씨였고, 바다 냄새가 났다. 경이로울 정도로 아름다운 만(灣)이 달빛을 받아, 한 낱말로 표현하기 힘든 빛깔을 띠었다. 푸른색과 초록색이 부드럽고 경쾌하게 섞인 그런 빛깔이었다. 바다의 어떤 부분은 황산동 빛깔을 띠었고, 또 어떤 부분에서는 강렬한 달빛이 바닷물 대신 만을 가득 채운 듯했다. 얼마나 아름다운 빛깔들의 조화인가! 얼마나 평화롭고 고요하고 장엄한 분위기인가!

　창문이 열린 듯, 발코니 밑 아래층에서 여자들의 목소리와 웃음소리가 또렷이 들려왔다. 작은 파티가 열린 것 같았다.

　꼬브린은 마음을 가다듬고 편지 봉투를 뜯고 나서 호텔 방 안으로 들어가 읽었다.

　〈방금 아버지께서 돌아가셨습니다. 당신 때문입니다. 당신이 아버지를 죽인 겁니다. 우리 정원도 황폐해졌습니다. 낯선 사람들이 주인 행세를 하고 있지요. 불쌍한 아버지께서 염려하시던 그대로 이뤄진 겁니다. 나는 이것도 당신 때문이라고 생각합니다. 나는 당신을 내 온 마음으로 증오합니다. 난 당신이 빨리 죽어 버리기 바랍니다. 아, 나는 얼마나 괴로운지 모릅니다! 견딜 수 없는 고통이 내 마음을 괴롭히고 있습니다……. 당신을 저주합니다. 나는 당신을 비범한 사람, 천재로 여겼죠. 그래서 당신을 사랑했습니다. 하지만 당신은 미친 사람이었던 겁니다…….〉

　꼬브린은 더 이상 읽을 수 없어 편지를 찢어 던져 버렸다. 그에게 공포와 불안감이 엄습했다. 칸막이 뒤에서 잠자고 있는 바르바라 니꼴라예브나의 숨소리가 들렸다. 아래층에서는 여자들의 목소리와 웃음소리가 들려왔다. 하지만 그는 호텔 전체에 자기 혼자만 있는 것처럼 느껴졌다. 슬픔에 빠진 불행한 따냐가 편지에서 그를 저주하고 또 그의 죽음을 바랐기 때문에 그는 무서웠다. 그는 힐끔 문을 쳐다보았다. 지난 2년 동안 그의 삶뿐 아니라 주위 사람들의 삶도 파멸로 이끌었던 알 수 없는 힘이 호텔 방 안으로 들어와 자기를 잡아갈 것만 같아 두려웠다.

　신경을 감당하기 어려워지면 공부하는 것이 가장 좋은 약이라는 사실을 그는 경험을 통해 잘 알고 있었다. 책상에 앉아 어떻게 해서라도 한가지 생각에 몰두해야 했다. 그는 자신의 붉은색 서류철에서 노트를 꺼냈다. 그 노트에는 그리 많지 않은, 편집한 자료들의 개요가 적혀 있었다. 끄림에서 지내다 할 일이 없어 지루해지면 정리하려던 노트였다. 그는 책상에 앉아 그 개요를 검토했다. 다시 평화롭고 온순하며 무심한 기분으로 돌아간 듯했다. 개요가 적힌 노트는 세상사의 무상함에 대한 사색으로 그를 이끌었다. 인생이 사람에게 줄 수 있는 그런 하찮거나 아주 평범한 이득을 위해 인생은 또 얼마나 많은 것을 강요하는가에 대해서 생각했다. 예를 들어, 나이 마흔이 다 되어 강좌를 얻기 위해, 평범한 교수가 되기 위해, 시들고 지루하고 따분한 언어로 평범한 그것도 남의 사상을 설명하기 위해, 한마디로 평범한 학자의 지위에 오르기 위해, 꼬브린은 15년을 연구해야 했고, 밤낮없이 공부해야 했고, 심각한 정신 질환을 앓아야 했고, 실패한 결혼생활을 겪어야 했고, 기억하기도 싫은 온갖 어리석고 옳지 못한 행동을 저질러야 했다. 이제 꼬브린은 자기 자신이 아주 평범하다는 것을 분명히 깨닫고 그 사실을 기꺼이 받아들였다. 모든 사람은 자신의 모습 그대로에 만족해야 한다고 생각했기 때문이다.

그 개요가 그를 완전히 진정시켰다. 그렇지만 마룻바닥 위에 흩어진 편지 조각들이 그의 집중력을 방해했다. 그는 책상에서 일어나 편지 조각들을 주워 창밖으로 내던졌다. 그런데 바다에서 가벼운 바람이 불어와 편지 조각들이 창턱에 흩어졌다. 다시 그에게 공포와 불안감이 엄습했고, 호텔 전체에 자기 혼자만 있는 것처럼 느껴지기 시작했다……. 그는 발코니로 나갔다. 만이 마치 살아 있는 것처럼 푸른색, 파란색, 청록색, 타는 듯한 붉은색의 많은 눈동자들로 그를 바라보며 손짓해 불렀다. 사실 무더웠으므로 해수욕을 해도 나쁠 건 없었다.

갑자기 발코니 밑 아래층에서 바이올린 켜는 소리가 났고, 두 명의 여자가 부드럽게 노래를 부르기 시작했다. 알고 있는 노래였다. 아래층에서 부르는 로맨스는 상상하는 병을 앓는 어느 소녀에 대한 것이었다. 그 소녀는 어느 날 밤 정원에서 신비한 소리를 듣게 되는데, 그 소리는 우리 인간에게 이해되지 않는 성스러운 하모니였다……. 꼬브린은 숨이 막혔고, 슬픔에 가슴이 죄어 왔다. 경이롭고 달콤한 환희, 그가 오랫동안 잊고 있었던 그 환희가 가슴속에서 울렸다.

회오리바람 혹은 소용돌이 같은, 높고 검은 기둥이 해안에 나타났다. 그것이 맹렬한 속도로 만을 가로질러 호텔 쪽으로 다가왔다. 점점 더 작아지고 검어졌다. 꼬브린은 길을 내주기 위해 간신히 비켜섰다……. 아무것도 쓰지 않은 흰머리에 눈썹이 짙은 수사가 맨발에 팔짱을 끼고서 그의 곁을 스쳐 지나가 방 한가운데에 멈춰 섰다.

「왜 너는 나를 믿지 않는 거지?」 그가 꼬브린을 다정하게 바라보며 질책하듯 물었다. 「네가 천재라는 나의 말을 믿었다면, 지난 2년 동안 너는 그렇게 비참하고 따분하지 않았을 텐데.」

꼬브린은 이제 다시 자신이 신이 선택한 자이고 천재라는 것을 믿었다. 그는 이전에 검은 수사와 나누었던 대화들을 생생하게 기억해 내고 말하려 했으나, 갑자기 가슴 위로 피를 토했다. 어떻게 해야 할지 몰라, 손으로 가슴을 쓸어내렸다.

옷소매가 피에 젖었다. 그는 칸막이 뒤에서 자고 있는 바르바라 니꼴라예브나를 부르려고 있는 힘을 다해 소리를 냈다.
「따냐!」
그는 바닥에 굴러 떨어져 팔로 몸을 지탱하면서 다시 불렀다.
「따냐!」
그는 따냐를 불러냈고, 꽃들이 아름답고 이슬이 내린 커다란 정원을 불러냈다. 정원과 뿌리가 무성한 소나무들, 호밀밭 그리고 자신의 경이로운 학문, 자신의 젊음, 용기, 기쁨을 불러냈다. 그는 그렇게 아름다웠던 생활들을 불러냈다. 그는 자신의 얼굴 옆 마룻바닥에 피가 흥건히 괴어 있는 것을 보았다. 이미 너무 약해져 한마디도 말할 수 없었다. 그렇지만 형용할 수 없는 무한한 행복이 그의 온몸을 가득 채웠다. 발코니 밑 아래층에서 연주하는 세레나데가 들려왔다. 그리고 검은 수사가 그에게, 너는 천재이고, 너의 육체가 균형을 잃어 더 이상 천재의 거죽 역할을 할 수 없어서 네가 죽는 거라고 속삭였다.

바르바라 니꼴라예브나가 잠에서 깨어나 칸막이 뒤에서 나왔을 때에는 이미, 꼬브린은 죽어 있었다. 얼굴에 행복한 미소를 띤 채.

대학생

 날씨는 처음에 맑고 고요했다. 티티새가 울고, 가까운 늪에서는 어떤 생명체가 빈 유리병을 부는 듯한 둔탁한 소리를 처량하게 내고 있었다. 도요새 한 마리가 쭉 날아올랐고, 그 새를 겨눈 총소리가 큰 소리로 봄의 대기를 가르며 경쾌하게 울렸다. 별안간 숲 속이 어두워지고 몸을 파고드는 차가운 바람이 동쪽에서 불어오더니 이내 잠잠해졌다. 웅덩이마다 얼음이 바늘처럼 날카롭게 얼고, 숲 속에는 스산하고 황량하고 쓸쓸한 기운이 퍼져 갔다. 겨울 냄새가 났다.
 보조 사제의 아들로 신학 대학의 학생인 이반 벨리꼬뽈스끼는 철새 사냥에서 돌아와 집으로 가기 위해, 범람한 물에 언제나 잠겨 있는 초원의 오솔길을 따라 걷고 있었다. 그의 손가락은 얼어 곱았고, 얼굴도 찬바람에 빨갛게 상기되어 있었다. 그는, 갑작스럽게 찾아온 이 추위가 자연의 모든 질서와 조화를 끔찍할 정도로 파괴하여 저녁의 어둠이 어느 때보다도 더 빠르게 짙어진 거라고 생각했다. 주위는 황량하고 어쩐지 몹시 음산했다. 강가에 있는 〈과부들의 텃밭〉에서만 불빛이 비칠 뿐, 멀리 4베르스따[1] 떨어진 마을까지도 온통 차

가운 저녁 안개 속에 잠겨 있었다. 문득 대학생은 그가 집을 나설 때 어머니가 현관 마룻바닥에 맨발로 앉아 사모바르를 닦고, 아버지가 뻬치까 위에 누워 기침하고 있던 것이 떠올랐다. 수난 금요일이었기 때문에 집에서는 음식을 끓이지 않아 무척이나 허기가 졌다. 지금 대학생은 추위에 몸을 움츠리고 이런 생각을 했다. 이 같은 찬바람이 류리끄 시대에도, 이반 뇌제 시대에도, 뾰뜨르 대제 시대[2]에도 불었으며, 그때에도 지금처럼 모진 가난과 굶주림, 그리고 이렇게 해진 짚지붕과 무지와 우수, 이런 황량함과 어둠과 압박감이 똑같이 있었을 것이다. 이런 모든 공포가 예전에도 있었고, 현재에도 있으며, 미래에도 있을 것이다. 그렇기 때문에 1천 년이 지나도 현실은 더 나아지지 않을 것이다. 이런 생각이 들자 그는 집으로 돌아가고 싶지 않았다.

텃밭이 과부들의 텃밭이라고 불리는 것은 어머니와 딸, 두 과부가 그곳을 경작하기 때문이었다. 모닥불이 탁탁 튀는 소리를 내면서 경작한 부근의 땅을 멀리까지 비추며 활활 타고 있었다. 과부 바실리사는 키가 크고 뚱뚱한 노파로 남성용 반코트를 입고 모닥불 옆에 서서 생각에 잠긴 채 그 불을 바라보고 있었다. 딸인 루께리야는 몸집이 작고 우둔해 보이는 얼굴에 주근깨가 많은 여자로 땅바닥에 앉아 솥과 숟가락들을 닦고 있었다. 방금 저녁 식사를 마친 듯했다. 남자들의 말소리가

1 약 4.3킬로미터.
2 류리끄(?~879)는 러시아 최초의 대공으로 이후 16세기 말까지 계속된 류리끄 왕조를 열었다. 이반 뇌제(1530~1584)는 러시아 역사상 가장 개성이 강하고 강력한 군주로 이반 4세를 가리키며, 뾰뜨르 대제(1672~1725)는 러시아의 서구화 정책을 이끈 군주로 상뜨뻬쩨르부르그는 그의 서구화 정책의 일환으로 건설된 도시이다.

들렸다. 텃밭의 일꾼들이 강가에서 말에게 물을 먹이고 있었다.

「겨울이 다시 돌아왔나 봅니다.」대학생이 모닥불로 다가가며 말했다. 「안녕하십니까?」

바실리사가 몸을 떨다가 그를 금방 알아보고는 친절하게 미소 지었다.

「저런, 몰라보겠네.」그녀가 말했다. 「어서 이리로 오세요.」

잠시 대화가 오고 갔다. 바실리사는 예전에는 여러 지주 집들을 돌아다니며 젖어멈으로, 그리고 이후엔 유모로 일하기도 했던 세상 경험이 많은 여자였다. 말투가 정중했고, 얼굴에는 부드럽고 점잖은 미소가 늘 떠나지 않았다. 그녀의 딸 루께리야는 남편의 학대를 받은 시골 아낙네로, 대학생을 보고도 눈만 가늘게 뜰 뿐 아무 말도 하지 않았다. 루께리야의 표정은 마치 귀머거리와 벙어리처럼 이상했다.

「바로 이렇게 추운 밤에 사도 베드로가 모닥불을 쬐었죠.」대학생이 불을 향해 손을 뻗으며 말했다. 「그러니까, 그땐 정말 추웠습니다. 아, 아주머니, 얼마나 무서운 밤이었을까요! 극도로 음울하고 기나긴 밤이었어요!」

그는 주위의 어둠을 응시하다가 경련이라도 일어난 듯이 머리를 흔들고 물었다.

「복음서의 열두 사도 이야기를 들어 보셨나요?」

「들어 봤죠.」바실리사가 대답했다.

「그렇다면, 최후의 만찬 때 베드로가 예수께 한 말을 아시겠군요. 〈당신과 함께라면 나는 감옥에 갈 수도 있고 죽을 수도 있습니다.〉그러자 주께서 그에게 이렇게 말씀하셨죠. 〈베드로야, 너에게 이르니, 오늘 수탉이 울기 전에 너는 나를 세 번 부인하리라.〉만찬이 끝나고 예수께서는 동산에 올라 몹시 번민하며 기도를 드리지만, 가엾은 베드로는 영혼이 지치고 유약해져 눈꺼풀이 무거워지자 잠을 이겨 내지 못합니다. 잠들고 만 거죠. 그런 다음, 아주머니도 아시겠지만, 유다가 그날 밤 예수께 입 맞추고 박해자들에게 예수를 팔아넘겼습니다. 그분은 결박당한 채 제사장에게 끌려가 매를 맞았지만, 비탄과 불안에 지치고 쇠약해져 깊은 잠에 들지 못했던 베드로는, 아시겠습니까, 지상에 이제 곧 뭔가 무서운 일이 일어날 것을 예감하면서 그 뒤를 따라갔죠……. 그는 열렬히, 의식을 잃을 정도로 예수를 사랑했지만, 이제 그분이 매 맞는 것을 멀리서 바라볼 뿐이었습니다…….」

루께리야가 숟가락들을 내려놓고 대학생에게 시선을 고정한 채 미동도 하지 않았다.

「사람들이 제사장에게 몰려왔죠.」 그가 말을 이었다. 「예수를 심문하기 시작했어요. 그러는 사이 하인들이 마당 가운데에 불을 피웠습니다. 추웠으니까요. 그리고 사람들은 불을 쬐었습니다. 모닥불 옆에 모인 그들 사이에 베드로가 서 있었던 겁니다. 그도 지금 나처럼 불을 쬐었죠. 그런데 한 여자가 그를 알아보고 〈이 사람은 예수와 함께 있었던 자다〉하고 말했어요. 그러니까 베드로도 끌어내 심문해야 한다는 거였죠. 그러자 불 옆에 있던 모든 하인들이 그를 의심스러운 눈초리로 험상궂게 쳐다본 것은 당연한 일이었을 겁니다. 그는 당황해서 이렇게 말했습니다. 〈나는 그를 모릅니다.〉 조금 있다가 또 누군가가 그가 예수의 제자 가운데 한 사람이라는 것을 알아보고 〈너는 그들 가운데 한 명이다〉하고 말했습니다. 그렇지만 그는 또다시 부인했죠. 그리고 세 번째로 누군가가 그를 가리키며 이렇게 말했습니다. 〈오늘 내가 동산에서 그이와 함께 있는 걸 본 것이 너 아닌가?〉 그는 세 번째로 부인했습니다. 그러자 곧이어 수탉이 울었고, 베드로는 멀리서 예수를 바라보며 만찬 때 그분께서 하신 말씀을 떠올렸습니다……. 그분의 말을 떠올리자 퍼뜩 제정신이 들어 마당을 빠져나와 서럽고 서럽게 울었습니다. 복음서에서는 이렇게 말하죠. 〈그곳에서 나와 서럽게 울었다.〉 이런 상상을 해봅니다. 고요하고 고요하며 어둡고 어두운 동산이 있고, 그 정적 속에서 나는 들릴 듯 말 듯한 나지막한 흐느낌…….」

대학생이 한숨을 내쉬고 생각에 잠겼다. 여전히 미소를 짓고 있던 바실리사가 갑자기 흐느껴 울었다. 굵은 눈물이 그녀의 뺨을 타고 뚝뚝 떨어졌다. 바실리사는 자신의 눈물이 부끄럽기라도 한 듯 불빛이 비치지 못하게 소매로 얼굴을 가렸다. 루께리야는 미동도 하지 않고 대학생을 바라보며 얼굴을 붉혔다. 루께리야의 얼굴 표정은 심한 고통을 참고 있는 사람처럼 어둡고 긴장되어 있었다.

일꾼들이 강에서 돌아왔다. 말을 탄 그들 가운데 한 사람이 가까이 다가오자 모닥불 불빛이 그 위에 어른거렸다. 대학생은 과부들에게 작별 인사를 하고 계속 걸었다. 다시 어둠이 그를 휩쌌고 손이 얼기 시작했다. 혹독한 바람이 불었다. 정말로 겨울이 되돌아온 것 같았다. 모레가 부활절이라는 사실이 이상할 정도였다.

이제 대학생은 바실리사에 대해서 생각하고 있었다. 바실리사가 그렇게 울었던 것은, 어쨌든 그 무서운 밤에 베드로에게 일어났던 일들이 바실리사와 어떤 관계가 있기 때문일 것이다…….

그는 뒤를 돌아보았다. 외로운 불빛이 어둠 속에서 조용히 깜박였다. 불빛 옆으로는 이제 아무도 보이지 않았다. 대학생은 다시 생각했다. 바실리사가 그렇게 울고 그 딸이 당혹해한 것은, 분명히, 그가 방금 이야기했던 19세기 전에 일어났던 일이 현재 이 두 여인 그리고 아마도 이 황량한 마을과 그 자신과 모든 사람들과 무슨 관계가 있기 때문일 거라고. 노파가 눈물을 흘린 것은 그가 이야기를 감동적으로 하는 능력을 가지고 있기 때문이 아니라, 베드로가 그녀와 가깝기 때문이고, 그녀가 자신의 온몸과 온 마음으로 베드로의 마음속에서 일어난 일에 관련되었다고 느꼈기 때문이라고.

그러자 갑자기 그의 마음속에서 기쁨이 일기 시작했다. 그는 심지어, 숨을 쉬기 위해 잠시 멈춰 서야 했다. 그는 생각했다. 과거는 현재와, 잇달아 발생하는 사건들의 끊임없는 사슬로 연결된다. 그리고 그는 방금 자신이 이 사슬의 양 끝을 본 것처럼 느껴졌다. 한쪽 끝을 건드렸더니 다른 한쪽 끝이 떨리는 것 같았다.

나룻배를 타고 강을 건너가 산 위로 올라가서 그는 자신의 고향 마을과, 차가운 자줏빛 노을이 가느다란 한 줄기 빛으로 빛나는 서쪽을 바라보며, 동산과 제사장의 마당에서 인류의 삶에 방향을 제시했던 정의와 아름다움이 끊어지지 않고 지금 이날까지 계속되고 있고, 분명히 인류의 삶과 이 지상 전체에서 언제나 가장 중요한 것을 형성해 왔다는 생각을 했다. 그리고 젊음과 건강과 힘의 감각 — 그는 이제 스물두 살이었다 — 그리고 행복에 대한, 알려지지 않은 신비로운 행복에 대한 형언할 수 없이 달콤한 기다림이 조금씩 그를 사로잡아, 삶은 매혹적이고 경이로우며 또한 고귀한 의미로 가득 차 있다고 여겨지게 했다.

문학 교사

1

통나무 바닥에 말발굽 부딪치는 소리가 났다. 마구간에서 흑마 그라프 눌린, 백마 벨리깐, 벨리깐의 자매 마이까가 이어서 끌려 나왔다. 이 세 필의 말은 모두 값비싼 최고의 말들이었다. 셀레스또프 노인은 벨리깐의 등에 안장을 얹고 자신의 딸 마샤를 돌아보며 말했다.

「자, 마리야 고드프루아, 이리 와서 타라. 워, 워!」

마샤 셀레스또바는 가족 중에서 가장 어렸다. 열여덟 살이지만 가족들이 여전히 어린아이로 여기고 그녀를 언제나 〈마냐〉 또는 〈마뉴샤〉라고 불렀다. 그리고 그녀가 열심히 구경하러 다녔던 서커스가 도시에 왔던 이후로는 모두가 〈마리야 고드프루아〉라고 부르기 시작했다.

「워, 워!」 벨리깐에 올라타며 마샤가 소리쳤다.

마샤의 언니 바랴는 마이까에 올라탔고, 니끼쩐은 그라프 눌린에 올라탔고, 장교들은 각자 자신들의 말에 올라탔다. 흰 장교복과 검은 여자 승마복으로 알록달록한, 길고 멋진

기마 행렬이 문밖으로 열을 지어 나갔다.

모두가 말에 올라타 거리로 나갈 때 니끼쩐은 마뉴샤가 왠지 자기에게만 눈길을 주고 있다는 것을 알아챘다. 마뉴샤는 그와 그라프 눌린을 걱정스럽게 돌아보며 말했다.

「세르게이 바실리치 씨, 말의 재갈을 언제나 꼭 잡으세요. 놀라게 하지 마세요. 그 말은 꾀를 부린답니다.」

마뉴샤가 탄 벨리깐이 특별히 그라프 눌린과 친해서 그랬는지, 아니면 우연히 그랬는지 모르겠지만, 마뉴샤는 어제도 그제도 항상 니끼쩐과 나란히 말을 타고 다녔다. 그는 당당한 백마를 탄 그녀의 아담하고 균형 잡힌 몸매와 날씬한 옆모습 그리고 실크해트를 바라보았다. 실크해트는 마뉴샤에게 전혀 어울리지 않아서 마뉴샤를 나이보다 더 성숙해 보이게 했다. 그는 기쁨과 감동과 환희를 가지고 그녀를 바라보며, 그녀의 말을 잘 이해하지도 못하면서 열심히 들었고 이런 생각을 했다.

〈오늘은 반드시 용기를 내어 그녀에게 고백을 해야겠다……〉

저녁 여섯 시가 되었다. 이 시간이면 하얀 아카시아와 라일락의 향기가, 공기는 물론이고 나무 자체도 자신의 향기에 움츠러들 정도로 강하게 풍겼다. 도시의 공원에서는 벌써 콘서트가 열리고 있었다. 포장된 길을 지나는 말발굽 소리가 낭랑하게 울렸다. 사방에서 웃음소리, 말소리, 문 여닫는 소리가 들렸다. 만나는 군인들이 장교들에게 거수 경례를 했고, 중학교 학생들은 니끼쩐에게 인사를 했다. 음악 소리가 나는 공원으로 바삐 걷던 사람들이 누구나 잠시 멈춰, 기마 행렬을 즐거워하는 모습으로 쳐다보았다. 그리고 또, 날씨는 얼마나 포근했으며, 하늘 여기저기 흩어져 흐르는 구름들은 얼마나 경쾌했으며, 미루나무와 아카시아의 그림자는 얼마나 부드럽고 상쾌했던가! 그 그림자는 폭넓은 거리 너머까지 드리워져 맞은편 건물의 발코니와 2층까지 덮었다.

도시를 벗어나자 그들은 큰길을 따라 말을 달렸다. 이제 아카시아와 라일락의 향기가 나지 않았고, 음악 소리도 들리지 않았다. 그 대신 흙 냄새가 났고, 푸릇푸릇한 보리와 밀의 어린 싹이 보였으며, 갈까마귀가 까옥거리고 들다람쥐들이 내는 소리가 들렸다. 어디를 바라봐도 온통 푸르렀다. 단지 군데군데 참외밭이 있는 곳만 거무스름했고, 왼쪽으로 멀리 묘지 근처에 꽃잎이 떨어지기 시작한 사과나무들이 있는 지대만 희끗희끗했다.

그들은 화장터 옆을 지나 양조장을 지나갔고, 교외 공원으로 서둘러 걸어가고 있던 군악대 무리를 앞질렀다.

「뽈란스끼는 정말 좋은 말을 가지고 있어요, 정말이에요.」 마뉴샤가 바랴와 나란히 말을 타고 가는 장교를 눈으로 가리키며 니끼찐에게 말했다. 「하지만 저 말에는 흠이 있지요. 왼쪽 다리에 있는 저 하얀 점은 전혀 어울리지 않아요. 그리고 보세요, 머리를 뒤로 젖히잖아요. 이제 저 버릇은 고치기 힘들어서, 죽을 때까지 저렇게 젖혀 댈 거예요.」

마뉴샤는 자기 아버지처럼 매우 열렬한 말 애호가였다. 누군가 좋은 말을 가지고 있는 것을 보면 부러워했고, 다른 사람의 말에서 흠을 발견하면 좋아했다. 니끼찐은 말에 대해서 전혀 몰랐고, 말의 고삐를 잡든 재갈을 잡든, 말이 빠르게 걷든 달리든 그에게는 전혀 상관없었다. 단지 말을 타고 있는 자신의 자세가 자연스럽지 못하고 긴장되어 있어서, 자기보다 의젓하게 안장에 앉아 있는 장교들이 아마도 틀림없이 마뉴샤의 마음에 들 거라고 느낄 따름이었다. 그는 마뉴샤와 장교들 사이를 시기했다.

교외 공원 옆을 지나갈 때 누군가 광천수를 마시러 가자고 제안했다. 공원 안에는 참나무들만이 자랐다. 참나무의 잎들이 피어나기 시작한 지 얼마 되지 않았기 때문에, 어린 잎새들 사이로 무대와 작은 탁자들과 그네들이 있는 공원 전체가 훤히 보였고, 커다란 모자처럼 생긴 까마귀의 둥지들도 모두 보였다. 말을 탄 남자들과 그들과 함께 온 부인들이 탁자 옆으로 서둘러 가서 광천수를 청했다. 그들 옆으로 공원을 산책하던 낯익은 사람들이 가까이 걸어왔다. 긴 장화를 신은 군의관과 자신의 군악대를 기다리던 지휘자도 다가왔다. 군의관은 니끼찐을 대학생으로 생각했는지 이렇게 물었다.

「방학이 돼서 여기에 왔나 보군요.」

「아닙니다, 나는 여기서 삽니다.」 니끼찐이 대답했다. 「중학교 교사로 있습니다.」

「그러세요?」 군의관이 놀랐다. 「이렇게 젊은데 벌써 교직에 있나요?」

「그렇게 젊어 보입니까? 스물여섯 살인데…… 어쨌든 고맙군요.」

「수염을 기르고 있지만, 스물둘이나 셋 정도로밖에 보이지 않는군요. 나이보다 젊어 보이십니다!」

〈이건 무슨 수작이야!〉 니끼찐이 생각했다. 〈이 작자는 나를 풋내기로 아는군!〉

그는 누구든 자신을 젊어 보인다고 말하는 게 아주 싫었다. 여자들이나 중학생들이 함께 있을 때에는 특히 더 그랬다. 이 도시에 와서 근무하기 시작한 이후 그는 나이보다 어려 보이는 자신의 외모를 혐오했다. 중학생들은 그를 무서워하지 않았고, 나이 든 사람들은 어린 사람 취급을 했으며, 여자들은 그와 긴 논의를 벌이기보다 함께 춤추는 것을 더 좋아했다. 그는 지금보다 10년 더 나이 들어 보일 수만 있다면 무슨 짓이라도 했을 것이다.

공원에서 나온 그들은 셀레스또프 일가의 농장을 향해 말을 달렸다. 농장 입구에서 말을 멈추고 농장 관리인의 아내 쁘라스꼬비야를 불러 갓 짜낸 우유를 청했다. 그런데 우유를 아무도 마시지 않고 서로 쳐다만 보며 한바탕 웃고는 왔던 길로 말을 돌려 달렸다. 그들이 다시 교외 공원으로 돌아왔을 때 거기서는 이미 음악회가 열리고 있었다. 태양은 묘지 너머로 숨어 버렸고, 하늘의 절반은 노을로 붉게 물들어 있었다.

마뉴샤는 다시 니끼찐과 나란히 말을 몰았다. 니끼찐은 자신이 그녀를 얼마나 뜨겁게 사랑하고 있는지 말하고 싶었다. 하지만 장교들과 바랴가 자기 말을 들을까 봐 두려워서 아무 말도 하지 못했다. 마뉴샤 역시 말이 없었다. 그는 그녀가 왜 말이 없고 어째서 자기와 나란히 말을 몰고 가는지를 깨닫고 무척 행복했다. 땅과 하늘과 도시의 불빛과 양조장의 검은 실루엣, 이 모든 것이 그의 눈에 아주 멋지고 사랑스럽게 비쳤다. 자신이 탄 그라프 눌린이 공중을 달려 붉게 노을 진 하늘로 날아오를 것처럼 느껴졌다.

그들이 집에 도착했다. 정원의 테이블 위에서는 이미 오래전부터 사모바르가 끓고 있었고, 테이블의 한쪽 끝에서는 셀레스또프 노인이 자기 친구들, 지방 법원의 관리들과 함께 언제나 그렇듯이 뭔가를 비판하고 있었다.

「그건 비열한 짓이오!」 그가 말했다. 「비열한 짓에 불과하오. 그렇소, 비열하단 말이오!」

마뉴샤를 좋아하게 된 이후로 니끼찐은 셸레스또프 집안의 모든 것이 마음에 들었다. 집도, 집에 딸린 정원도, 저녁에 차 마시는 모임도, 등나무 의자들도, 늙은 유모도, 심지어 노인이 자주 즐겨 말하는 〈비열한 짓〉이라는 말도 마음에 들었다. 단지 마음에 들지 않는 것이 있다면 그것은 개와 고양이, 그리고 테라스의 커다란 새장에서 침울하게 울고 있는 이집트 비둘기가 너무 많다는 것이었다. 정원과 집 안에 개가 얼마나 많은지, 그가 셸레스또프 일가와 알고 지내는 동안 겨우 두 마리, 무슈까와 솜만을 알아볼 정도였다. 무슈까는 머리의 앞쪽 부분에만 털이 덥수룩하고 몸뚱이에는 털이 빠진 조그만 개인데 사납고 버릇이 없었다. 니끼찐을 특히 싫어해서 그만 보면 머리를 옆으로 갸우뚱하며 이빨을 드러내고 으르렁거리고는 의자 밑으로 가서 앉았다. 니끼찐이 자기 의자에서 그 개를 쫓아내려고 하면 날카로운 소리로 마구 짖어댔다. 그러면 주인이 이렇게 말했다.

「겁내지 마세요, 물지는 않으니까요. 좋은 개랍니다.」

솜은 다리가 길고 막대기처럼 꼬리가 뻣뻣한 덩치 큰 검은 수캐다. 식사를 하거나 차를 마실 때에 솜은 보통 아무 소리도 내지 않고 식탁 주위를 어슬렁거리면서 사람들의 장화나 식탁 다리를 꼬리로 툭툭 치곤 했다. 솜은 착하고 우둔한 수캐였지만, 식사를 하고 있는 사람의 무릎에다 제 주둥이를 들이밀고 침으로 바지를 더럽히는 버릇을 가지고 있었기 때문에 니끼찐은 그대로 놔두지 않았다. 그는 여러 번 칼자루로 솜의 넓은 이마를 때리고 콧등을 치고 욕을 퍼붓고 푸념을 해댔다. 그래도 그의 바지는 침으로 얼룩지기 일쑤였다.

말을 탄 후에 먹는 차, 잼, 건빵, 버터는 무척 맛있었다. 첫 잔은 모두가 아주 맛있게 아무 말없이 들이켰다. 그리고 두 번째 잔을 앞에 두고 논쟁이 시작됐다. 차를 마시거나 식사를 할 때에 논쟁은 언제나 바랴가 시작했다. 바랴는 벌써 스물세 살이었다. 바랴는 착하고 마뉴샤보다 더 아름다웠으며, 집안에서 가장 총명하고 교양 있는 여자로 인정받았고, 돌아가신 어머니의 자리를 대신하는 맏딸로서 엄격하고 믿음직스럽게 처신하였다. 주부의 자격으로 바랴는 손님들이 있는 곳에서는 블라우스를 입고 다녔고, 장교들을 존칭하여 성(姓)으로 불렀으며, 마뉴샤를 어린아이처럼 돌봤고 특히 담임 교사인 양 그녀에게 말했다. 바랴는 자신을 늙은 처녀라고 표현했는데, 이것은 곧 시집가게 될 거라 확신하고 있다는 뜻이었다.

모든 대화를, 심지어 날씨에 관한 대화도 바랴는 어김없이 논쟁으로 이끌었다. 바랴에게는 모든 사람들의 말꼬리를 붙잡고 모순을 잡아내어 시비를 따지는 어떤 정열 같은 것이 있었다. 바랴와 무슨 말이든 시작하면 그녀는 이내 상대방의 얼굴을 뚫어지게 쳐다보고 그의 말을 가로채며 불쑥 이렇게 말할 것이다. 「잠깐만요, 잠깐만, 뻬뜨로프, 당신은 그저께 지금과 상반되게 말하지 않았던가요?」

아니면 바랴는 비웃는 미소를 지으며 이렇게 말할 것이다. 「그런데, 이제 보니, 당신은 제3부[1]의 원칙을 설교하기 시작하셨군요. 축하드립니다.」

만일 당신이 뭔가 해학적인 이야기를 하거나 농담을 하면 금방 바랴가 〈그건 오래된 이야기예요〉 하거나 〈그건 누구나 다 아는 이야기예요〉 하고 말하는 것을 듣게 될 것이다. 만일

1 1826년 짜르 니꼴라이 2세가 설립한 국가 정치 경찰의 고급 기관.

장교가 재치 있는 이야기라도 한다면 바랴는 경멸하는 표정을 짓고 이렇게 말한다. 「아하, 군인다운 재치로군요!」

이 〈아하……〉가 어찌나 인상 깊게 바랴의 입에서 흘러나오는지 무슈까가 탁자 아래서 〈으르렁…… 컹컹컹〉 하고 즉각 화답한다.

지금 차를 마시며 일어난 논쟁은 니끼찐이 중학교 시험에 대해서 말을 꺼내자 시작되었다.

「잠깐만요, 세르게이 바실리치 씨.」 바랴가 말을 가로챘다. 「지금 당신은 학생들이 어려워한다고 말씀하셨죠. 하지만 누가 잘못된 건지, 당신에게 묻고 싶군요. 예를 들어, 당신은 8학년[2] 학생들에게 〈심리학자로서의 뿌쉬낀〉이라는 주제로 논술하는 시험을 내셨죠. 첫째, 그렇게 어려운 주제를 시험에 내서는 안 됩니다. 그리고 둘째, 대체 뿌쉬낀이 심리학자인가요? 시체드린이나 아니면 도스또예프스끼라면 다른 문제죠. 하지만 뿌쉬낀은 위대한 시인이지 그 밖의 다른 건 있을 수 없습니다.」

「시체드린은 시체드린이고, 뿌쉬낀은 뿌쉬낀일 뿐입니다.」 니끼찐이 언짢은 기색으로 대답했다.

「당신네 중학교에서 시체드린을 인정하지 않는다는 걸 난 압니다. 하지만 문제는 그게 아니죠. 한번 말씀해 보세요, 뿌쉬낀이 심리학자인가요?」

「그럼 심리학자가 아니란 말인가요? 그렇다면 내가 예를 들어 보지요.」

니끼찐은 「오네긴」과 「보리스 고두노프」의 몇 구절을 낭송했다.

---

2 8학년은 중학교 2학년에 해당한다.

「거기엔 심리학이 전혀 없는데요.」 바랴가 크게 숨을 내쉬었다. 「인간 마음의 굴곡을 묘사하는 사람을 심리학자라 부르는데, 그건 훌륭한 시일 뿐 그 밖의 다른 건 없잖아요.」

「당신이 말하는 심리학이 무엇인지 알겠습니다!」 니끼찐이 화를 냈다. 「당신은 누군가 무딘 톱으로 내 손가락을 자르고 내가 목청껏 비명을 지르기를 바라는 거죠. 당신이 생각하기엔 그것이 심리학일 테니까요.」

「진부하네요! 어쨌든 당신은 나에게 뿌쉬낀이 왜 심리학자인지 증명하지 못했어요.」

니끼찐에게는, 구습이나 편협한 것 혹은 그와 유사하게 보이는 어떤 것을 논박해야 될 때 자리에서 벌떡 일어나 두 손으로 머리를 감싸 쥐고 신음 소리를 내며 구석구석을 빠르게 걸어 다니는 버릇이 있었다. 이번에도 역시 그랬다. 그는 벌떡 일어나 머리를 감싸 쥐고 신음 소리를 내며 탁자 주위를 왔다 갔다 하다가 좀 떨어진 자리에 앉았다.

「비열한 짓이오!」 탁자의 다른 곳에서 이런 소리가 들렸다. 「내가 지사에게 이렇게 말했소, 〈지사님, 그건 비열한 짓입니다!〉 하고.」

「나는 더 이상 논쟁하지 않겠소.」 니끼찐이 고함을 질렀다. 「이런 논쟁은 끝이 없을 거요! 그만두겠소! 이건 뭐야, 넌 저리 가, 망할 놈의 개 같으니!」 니끼찐은 그의 무릎에 머리와 발을 올려놓은 솜에게 고함을 쳤다.

「으르렁...... 컹컹컹.」 탁자 밑에서 짖는 소리가 들렸다.

「당신이 틀렸다는 걸 인정하세요!」 바랴도 큰 소리로 말했다. 「인정하세요!」

이때 처녀들이 방문했다. 논쟁은 저절로 끝났다. 모두가 홀로 갔다. 바랴가 피아노에 앉아 춤곡을 연주하기 시작했다. 먼저 왈츠를 추고 이어서 폴카를, 그리고 쌍을 지어 홀을 도는 쿼드릴을 이등 대위 뽈랸스끼의 리드로 췄고, 다시 왈츠를 췄다.

노인들은 춤을 추는 동안 홀에 앉아서 담배를 피우며 젊은이들을 바라보았다. 그들 가운데 문학과 무대 예술의 애호가로 유명한 도시 신용 조합의 이사장 세발진도 있었다. 그는 지방의 〈가극 단체〉를 창립했고 공연에도 직접 참가했다. 그런데 어찌 된 일인지 그가 맡는 배역은 언제나 우스꽝스러운 하인이거나, 노래를 부르듯 「죄지은 여인」을 낭독하는 역이었다. 도시 사람들은 그를 미라라고 불렀는데, 그가 무척 마르고 키가 큰 데다 힘줄이 튀어나왔고 언제나 엄숙한 얼굴을 하고 다녔으며 눈도 생기 하나 없이 고정되어 있었기 때문이다. 그는 배역을 위해 콧수염과 턱수염을 깎을 정도로 무대 예술을 진심으로 사랑했다. 그런데 이것 때문에 그는 더 미라와 닮아 보였다.

쿼드릴이 끝나자 그는 머뭇거리며 니끼쩐 옆으로 다가와 마른기침을 하고 나서 이렇게 말했다.

「나는 논쟁을 하며 차를 마시는 자리에 참석하게 된 것을 만족스럽게 생각합니다. 당신 의견에 전적으로 동감합니다. 당신과 나는 같은 생각을 가지고 있더군요. 당신과 이야기를 나눈다면 기쁘겠는데. 당신은 레싱의 『함부르크 연극론』을 읽어 보셨나요?」

「아니요, 못 읽었습니다.」

세발진은 크게 놀라, 손가락이라도 덴 듯 손을 내젓고는 더 이상 아무 말도 하지 않고 니끼쩐에게서 물러났다. 세발진의 질문과 놀라는 표정이 니끼찐에게 우스워 보였다. 그러면서도 그는 이런 생각을 했다.

〈사실 난처했어. 나는 문학 교사인데, 여태껏 레싱도 읽지 않았다니. 읽어 둬야겠어.〉

저녁 식사 전에 나이 든 사람, 젊은 사람, 모두 다 운수 점을 쳤다. 제각기 카드 두 장을 잡고, 한 장은 모두에게 똑같이 보여 주고, 또 한 장은 탁자 위에 엎어 놓았다.

「누구에게 이 카드가 있지요?」 셸레스또프 노인이 두 번째 장을 뒤집으며 엄숙한 목소리로 시작했다. 「이 카드를 쥔 사람은 지금 아이들 방으로 가서 유모에게 키스해야 할 운수요.」

유모와 키스해야 할 행운은 세발진의 몫이 되었다. 모두가 떠들썩하게 그의 주위에 모여들어 그를 아이들 방으로 데려갔고, 웃으며 손뼉을 치며 유모에게 키스하게 했다. 사람들의 소리로 소란스러웠다······.

「너무 열렬히 하지 마시오!」 셸레스또프가 너무 웃느라 눈물까지 글썽이며 외쳤다. 「너무 열렬히 하지 말라니까!」

니끼찐에게는 모두를 참회시킬 운수가 떨어졌다. 그가 홀 가운데 의자에 앉았다. 사람들이 숄을 가져다 그의 머리에서부터 덮어씌웠다. 첫 번째로 그에게 참회하러 간 사람은 바랴였다.

「나는 당신의 죄를 알고 있소.」 니끼찐이 숄을 덮어써서 어두운 가운데 바랴의 단정한 옆모습을 바라보며 시작했다. 「아가씨, 나에게 말하시오, 대체 무슨 이유로 당신은 날마다 뽈랸스끼와 산책을 하는 거요? 오호, 경기병과 함께 있을 이유가 있지, 이유가 있어!」

「그건 누구나 다 아는 이야기예요.」 바랴가 이렇게 말하고 일어섰다.

그리고 홀 안에서, 니끼쩐의 커다란 눈이 움직이지 않고 반짝이기 시작했다. 어두운 가운데서도 사랑스러운 옆모습이 보였고 마뉴샤의 방을 떠올리게 하는, 오래전부터 익숙한 소중한 냄새가 났다.

「마리야 고드프루아.」 이렇게 말한 그가 자기 목소리 같지 않다고 느꼈다. 그 정도로 그의 목소리는 부드럽고 온화했다. 「당신은 무슨 죄를 지었지요?」

마뉴샤는 눈을 가늘게 뜨고 그에게 혀를 얼른 내밀고 소리 내어 웃더니 일어섰다. 조금 뒤 그녀가 홀 한가운데에 서서 손뼉을 치며 큰 소리로 말했다.

「저녁 식사 하세요, 저녁 식사 하세요, 저녁 식사 하세요!」

모든 사람이 식당으로 몰려갔다.

저녁 식사를 하면서 바랴가 또 논쟁을 시작했다. 이번에는 아버지가 대상이었다. 뽈랸스끼는 점잖게 식사를 하며 붉은 포도주를 마시면서 니끼쩐에게 이야기했다. 그가 한번은 겨울에 전선에서, 적군이 가까이 있어서 말도 못하고 담배도 피우지 못하는 가운데 무릎까지 빠지는 늪 속에서 밤새 서 있었는데, 그 밤은 춥고 어두웠으며 살을 에는 듯한 바람이 불었다는 이야기였다. 니끼쩐은 이야기를 들으면서 마뉴샤를 곁눈질해 보았다. 마뉴샤는 눈도 깜박이지 않고 전혀 움직이지도 않은 채 그를 바라보고 있었다. 마치 무슨 생각에 잠겼거나 아무 생각도 없는 듯이······. 이런 그녀의 모습을 보며 그는 기쁘기도 했고 고민스럽기도 했다.

〈마뉴샤는 도대체 왜 나를 그렇게 바라보는 걸까?〉 그는 고민스러웠다. 〈난처하군. 사람들이 눈치 챌 거야. 아, 정말

어리고 순진한 처녀야!〉

밤이 깊어서야 손님들이 헤어지기 시작했다. 니끼찐이 대문 밖으로 나섰을 때, 2층 창문이 열리는 소리가 나더니 마뉴샤가 보였다.

「세르게이 바실리치 씨!」 마뉴샤가 소리 내어 불렀다.

「무슨 일이시죠?」

「저기……」 마뉴샤가 할 말을 찾는 모습으로 웅얼거렸다. 「저기…… 뽈랸스끼가 며칠 뒤에 사진기를 가져와 우리 모두를 찍어 주겠다고 약속했어요. 또 모여야겠어요.」

「좋습니다.」

마뉴샤가 사라지고 창문 닫히는 소리가 나더니 곧이어 집 안에서 누군가 피아노를 쳤다.

〈그래, 집!〉 니끼찐이 거리를 건너가며 생각했다. 〈자신들의 기쁨을 달리 어떻게 표현할 줄 모르기 때문에 이집트 비둘기들의 울음소리만 나는 집!〉

셸레스또프 가족만 즐겁게 살고 있는 것은 아니었다. 니끼찐이 2백 걸음도 채 걷지 않았는데, 다른 집에서도 피아노 치는 소리가 들려왔다. 조금 더 걷다가 그는 대문 옆에서 발라라이까[3]를 치는 농부를 보았다. 정원에서는 여럿이서 러시아 민요를 계속 연주하고 있었다…….

니끼찐은 셸레스또프 집에서 5백여 미터 떨어진 곳에 살았다. 여덟 개의 방이 있는 집을 그는 지리와 역사를 가르치는 동료 교사 이뽈리뜨 이뽈리띠치와 함께 1년에 3백 루블을 주고 임대해 살았다. 이뽈리뜨 이뽈리띠치는 아직 늦지 않은 사람으로, 붉은 턱수염을 기르고 들창코에 얼굴이 투박해 인텔

---

3 기타와 비슷한 러시아의 현악기.

리 같지 않고 직공 같아 보였지만 선량했다. 니끼찐이 집에 돌아왔을 때 그는 자기 책상에 앉아 학생들이 그린 지도를 고치고 있었다. 그는 지리학에 있어서는 지도를 그리는 것이, 역사학에 있어서는 연대를 아는 것이 가장 필요하고 또 중요하다고 여겼다. 그는 며칠 밤을 새우면서 파란 연필로 자기 학생들이 그린 지도를 정정하거나 연대표를 작성하거나 했다.

「오늘 날씨는 정말 좋았습니다!」 니끼찐이 그의 방으로 들어서며 말했다. 「이런 날 어떻게 방 안에만 앉아 있을 수 있는지 놀랍군요.」

이뽈리뜨 이뽈리띠치는 별로 말이 없는 사람이었다. 그는 아무 말없이 지내다가 가끔 말을 한다 해도 누구나 다 오래전에 아는 그런 이야기나 했다. 지금도 그는 이렇게 대답했다.

「예, 멋진 날씨로군요. 지금이 5월이니까 곧 진짜 여름이 올 겁니다. 여름은 겨울과 다르지요. 겨울에는 난로를 때야 하지만, 여름에는 난로가 없어도 따뜻하답니다. 여름에는 밤에 창문을 열어 놓아도 따듯하지만, 겨울에는 이중창을 해도 춥지요.」

니끼찐은 그의 책상 옆에 1분도 앉아 있지 않았지만 따분해졌다.

「안녕히 주무십시오!」 일어나 하품을 하면서 니끼찐이 말했다. 「나에 관한 어떤 낭만적인 이야기를 해드리고 싶었지만, 당신은 지리학자이시라! 사랑에 대해 이야기한다 해도, 곧 〈어느 해에 깔까 전투가 있었지요〉 하고 물을 테니. 당신이 말하는 그 전투나 추꼬뜨스끼 곶을 내가 어떻게 알겠습니까!」

「화가 나셨나요?」

「예, 화가 납니다.」

그는 마뉴샤에게 여태껏 고백하지도 못했고 지금 누구에게도 자신의 사랑을 말할 수 없다는 데 화를 내며, 자신의 서재로 들어가 소파에 누웠다. 서재는 어둡고 조용했다. 누워 어둠을 응시하면서 니끼찐은 왠지 이런 생각을 했다. 〈2~3년 후 그가 어떤 이유로 뻬쩨르부르그로 떠나게 되고, 마뉴샤는 그를 역에서 배웅하면서 운다. 그리고 뻬쩨르부르그에서 그는 하루라도 빨리 집으로 돌아와 달라고 간청하는 마뉴샤의 긴 편지를 받는다. 그러면 답장을 하겠지……. 답장은 이렇게 시작하겠지, 사랑하는 나의 사람…….〉

「그래 맞아, 사랑하는 나의 사람.」 이렇게 혼자 말하고 웃었다.

누워 있는 자세가 불편했다. 그는 두 팔을 머리 밑에 넣고 왼쪽 다리를 소파 등받이에 올려놓았다. 편해졌다. 그러는 사이 창문은 눈에 띄게 밝아지기 시작했고, 밖에서는 잠이 덜 깬 수탉들이 우는 소리가 들려왔다. 니끼찐은 계속 공상했다. 그가 뻬쩨르부르그에서 돌아오면 마뉴샤가 그를 역으로 나와 맞이할 것이다. 그럴 때 마뉴샤는 너무 기뻐 비명을 지르며 그의 목에 매달릴 것이다. 아니지, 더 좋은 건 꾀를 내어, 저녁에 몰래 도착해서 가정부가 문을 열어 주면 살금살금 침실로 들어가서 소리 내지 않고 외투를 벗고, 그리고 침대 속으로 쏙! 그러면 그녀는 잠에서 깨고, 그리고 그 기쁨이란!

주위가 온통 하얘졌다. 서재도 창도 이미 사라졌다. 오늘 지나쳤던 바로 그 양조장 입구에 마뉴샤가 앉아서 뭔가를 말하고 있다. 그러다 그녀가 니끼찐의 팔을 끼고 함께 교외 공원으로 나갔다. 거기서 그는 참나무들과 모자처럼 생긴 까마귀의 둥지들을 보았다. 둥지 하나가 흔들리기 시작하더니 그

속에서 세발진이 고개를 내밀고 큰 소리로 외쳤다. 〈당신은 레싱을 읽지 않았소!〉

니끼찐은 온몸을 떨며 눈을 떴다. 소파 앞에 이쁠리뜨 이쁠리띠치가 서서 목을 빼고 넥타이를 매고 있었다.

「일어나시죠, 출근할 시간입니다.」 그가 말했다. 「옷을 입고 주무시지 마십시오. 그러면 옷이 엉망이 되죠. 반드시 옷을 벗고 침대에서 주무셔야죠……」

그는 언제나 그렇듯이 누구나 다 아는 그런 이야기를 천천히 길게 말하기 시작했다.

니끼찐의 첫 수업은 2학년 러시아어였다. 그가 아홉 시 정각에 교실에 들어갔을 때 칠판에 두 개의 글자가 크게 쓰여 있었다. M. S. 이것은 분명히 마샤 셸레스또바를 의미했다.

〈녀석들, 냄새를 맡았군……〉 니끼찐이 생각했다. 〈도대체 어디서 알았을까?〉

두 번째 시간은 5학년 문학 수업이었다. 그 교실에도 M. S.가 쓰여 있었다. 그가 수업을 마치고 교실에서 나오자, 뒤에서 마치 극장의 싸구려 관람석에서처럼 왁자지껄한 소리가 들렸다.

「셸레스또바! 만세에!」

옷을 입은 채 잤기 때문에 머리가 맑지 못했고 몸도 나른했다. 시험을 보기 전에 매일매일 휴학이 되기만 바라던 학생들은 아무것도 하지 않으면서 갑갑해했고 그런 따분함을 벗어 버리려고 장난을 쳤다. 니끼찐 또한 갑갑해하며, 장난치는 것을 알아차리지 못하고 줄곧 창가로 가곤 했다. 태양이 밝게 내리비추는 거리가 보였다. 건물들 위로 투명하고 파란 하늘이 보였고, 새들이 날아다녔다. 멀리, 푸른색 공원과 건물들 너머 광활하고 끝없는 먼 곳에서 짙푸른 숲과 달리는 기차의 연기가 보였다…….

거리의 아카시아 그늘 아래로 하얀 여름 제복을 입은 두 명의 장교가 조그만 채찍을 휘두르며 걸어갔다. 수염이 희고 테 없는 모자를 쓴 유대인들이 대형 사륜마차를 타고 지나갔다. 교장 선생의 손녀가 가정 교사와 함께 산책을 하고 있었다……. 솜과 두 마리의 개가 어디론가 뛰어가고 있었다……. 그리고 곧 수수한 회색 옷을 입고 빨간 양말을 신은 바랴가 손에 『유럽 통신』을 들고 지나갔다. 아마도 시립 도서관에 다녀오는 모양이었다…….

수업이 끝나려면 아직 멀었다. 세 시가 되어야 한다! 수업이 끝나도 집이나 셀레스또프네 집으로 가지 못하고 볼프네 집으로 가르치러 가야 했다. 개신교를 믿는 부유한 유대인인 볼프는 자신의 아이들을 중학교에 보내지 않고, 한 과목에 5루블을 내고 중학교 교사들을 초빙해 가르쳤다…….

〈답답하고, 답답하고, 답답하구나!〉

세 시가 되어 그는 볼프네 집으로 향했다. 그 집에서 오랫동안 앉아 있었는데, 마치 영원처럼 느껴졌다. 다섯 시에 그 집에서 나왔다. 여섯 시에는 4학년과 6학년의 구술 시험 시간표를 작성하기 위한 교사 회의에 참석하러 학교에 가야 했다!

늦은 저녁, 학교에서 나와 셀레스또프네 집으로 향할 때, 그의 가슴은 뛰었고 얼굴은 달아올랐다. 한 달 전 그리고 1주일 전만 해도 매번 고백하려고 마음먹을 때마다 그는 처음부터 끝까지 완벽한 말을 준비했었다. 그러나 지금, 그에게는 한마디도 준비되어 있지 않았다. 머릿속은 온통 뒤죽박죽이었고, 다만 더 이상 기다릴 수 없고 오늘은 〈반드시〉 고백해야겠다는 생각뿐이었다.

⟨공원으로 나가자고 말해야지.⟩ 그가 궁리했다. ⟨산책을 좀 하다가 고백해야지…….⟩

현관에는 아무도 없었다. 그는 홀을 거쳐 응접실로 들어갔다……. 그곳에도 아무도 없었다. 바로 위 2층에서 바랴가 누군가와 논쟁하는 소리와 아이들 방에서 재봉사가 가위질하는 소리가 들렸다.

이 집에는 세 가지 이름으로 불리는 작은 방이 있었다. 조그만 방, 지나가는 방, 어두운 방. 그 방에는 의약품과 화약과 사냥 도구들이 들어 있는 낡고 커다란 장이 있었다. 이 방을 통해 2층으로 올라가는 좁은 목재 계단에 갈 수 있었는데, 그 계단에는 언제나 고양이들이 잠을 자고 있었다. 그리고 이 방에는 아이들 방으로 들어가는 문과 응접실로 나가는 문, 이렇게 두 개의 문이 있었다. 2층으로 올라가기 위해 니끼찐이 이 방에 들어섰을 때, 아이들 방으로 통하는 문이 계단과 장이 흔들릴 정도로 덜컹하며 활짝 열렸다. 그리고 검은 옷을 입은 마뉴샤가 파란 천 조각을 손에 들고 뛰어 들어와 니끼찐이 있는지도 모르고 급히 계단 쪽으로 향했다.

「잠깐만…….」 니끼찐이 마뉴샤를 불러 세웠다. 「잘 지냈소? 고드프루아…… 괜찮다면…….」

그는 숨이 가빴고 무슨 말을 해야 할지 몰랐다. 한 손으로는 그녀의 손을 잡았고 다른 한 손으로는 파란 천 조각을 잡았다. 그러나 마뉴샤는 놀라지도 당황하지도 않고 눈을 크게 뜨고 그를 바라보았다.

「괜찮다면…….」 니끼찐은 그녀가 나가 버리지나 않을까 걱정하면서 말을 이었다. 「당신에게 할 말이 있어요……. 저기……

여긴 거북하군요. 나는 이대로는 견딜 수가 없습니다……. 이해하겠어요, 고드프루아, 나는 견디지 못하겠습니다……. 그게 다입니다…….」

파란 천 조각이 바닥에 떨어졌다. 니끼찐이 마뉴샤의 나머지 한 손도 마저 잡았다. 그녀의 얼굴이 창백해지고 입술이 떨렸다. 그리고 뒷걸음치며 니끼찐으로부터 떨어져 벽과 장 사이 구석으로 갔다.

「정말입니다, 진정으로 그렇습니다…….」 그가 조용히 말했다. 「마뉴샤, 진정입니다…….」

그녀가 머리를 뒤로 젖혔다. 그는 그녀의 입술에 키스했다. 이 키스가 오래 계속되기 바라며 그는 그녀의 뺨에 손을 댔다. 어찌하다 그도 벽과 장 사이 구석에 서게 되었다. 그녀가 그의 목을 끌어안고 그의 턱에 머리를 바짝 들이밀었다.

그리고 두 사람은 정원으로 뛰어나갔다.

셀레스또프네 정원은 4제샤찌나[4]나 되는 큰 정원이었다. 정원에는 스무 그루 정도의 단풍나무와 보리수 고목 그리고 한 그루의 전나무가 있고, 나머지는 모두 과일나무였다. 버찌나무, 사과나무, 배나무, 야생 밤나무, 은빛 감람나무……. 꽃들도 많이 폈다.

니끼찐과 마뉴샤는 아무 말없이 웃으며 오솔길을 달렸다. 아주 드물게 뜬금없이 뭘 물어보기도 했지만 대답은 하지 않았다. 정원 위로 반달이 빛났다. 반달이 희미하게 비추는 땅 위 어두운 풀밭 사이로, 졸고 있는 튤립과 붓꽃이 길게 뻗어 있었다. 그 꽃들은 마치 두 사람의 사랑 고백을 원하는 듯했다.

니끼찐과 마뉴샤가 집으로 돌아왔을 때 장교들과 처녀들

4 약 4.4헥타르.

이 이미 모여 마주르카를 추고 있었다. 또다시 뽈랸스끼가 온 방으로 원무를 리드했고, 춤이 끝나자 또다시 운수 점을 쳤다. 저녁 식사 전, 손님들이 홀에서 나와 식당으로 갔을 때, 니끼찐과 단둘이 남은 마뉴샤가 그에게 바짝 다가가 말했다.

「당신이 직접 아버지와 바랴에게 말하세요. 전 부끄러워요……」

저녁 식사를 마치고 그는 노인과 이야기했다. 그의 말을 듣고 셀레스또프는 잠시 생각하고 나서 이렇게 말했다.

「당신이 나와 딸애에게 보여 준 영광에 대해 크게 감사하오. 그렇지만 괜찮다면, 좀 편안하게 당신에게 말하고 싶소. 아버지로서가 아니라 신사 대 신사로서 당신에게 말하겠소. 대체 당신은 왜 그렇게 일찍 결혼하려고 하는지 말해 주겠소? 농부들이나 일찍 결혼하는 거요, 그야 그들이 미천하기 때문이지. 하지만 당신은 무슨 까닭으로? 그렇게 젊은 나이에 스스로 족쇄를 채우는 게 뭐 좋은 일이겠소?」

「전 어리지 않습니다!」 니끼찐이 화를 냈다. 「전 만으로 스물여섯입니다.」

「아버지, 수의사가 왔어요!」 옆방에서 바랴의 외침 소리가 들렸다.

대화가 중단되고 말았다. 집으로 돌아가는 니끼찐을 바랴와 마뉴샤와 뽈랸스끼가 배웅했다. 문에 다다랐을 때 바랴가 말했다.

「당신 집의 그 알 수 없는 이뽈리뜨 이뽈리띠치 씨는 왜 아무 데도 나타나지 않는 거죠? 우리 집에도 좀 오시라고 해주세요.」

알 수 없는 이뽈리뜨 이뽈리띠치는, 니끼찐이 그의 방에 들어갔을 때 자기 침대에 앉아 바지를 벗고 있었다.

「이보시오, 눕지 마십시오!」 니끼찐이 숨을 내쉬며 그에게 말했다. 「잠깐만 눕지 마십시오!」

이쁠리뜨 이쁠리띠치는 얼른 바지를 입고 걱정스럽게 물었다.

「무슨 일입니까?」

「내가 장가들게 됐습니다!」

니끼찐은 동료 옆에 나란히 앉아, 마치 자기 자신에게 놀란 듯 그를 놀란 눈으로 바라보며 말했다.

「생각해 보세요, 장가들게 됐다고요! 마샤 셸레스또바에게! 오늘 청혼을 했습니다.」

「그런가요? 좋은 처녀인 것 같소. 나이는 좀 어리지만.」

「그렇습니다, 어리죠!」 니끼찐이 한숨을 내쉬며 근심스럽게 어깨를 움츠렸다. 「아주, 아주 어립니다!」

「마샤는 중학교 때 나에게 배웠습니다. 그래서 잘 알죠. 지리학은 전혀 공부하지 않았고, 역사학 성적은 나빴습니다. 학급에서는 산만한 편이었죠.」

니끼찐은 갑작스레, 왠지 자신의 동료가 안됐다는 생각이 들어 뭔가 위로가 되는 다정한 말을 해주고 싶어졌다.

「이보시오, 당신은 왜 결혼하지 않았습니까?」 그가 물었다. 「이쁠리뜨 이쁠리띠치, 바랴와 같은 사람하고 결혼하면 어떻겠습니까? 놀라울 정도로 대담한 처녀랍니다! 정말 그렇습니다, 논쟁하기를 무척 좋아하지만, 마음만은…… 얼마나 좋은데요! 조금 전에 바랴가 당신에 대해 묻더군요. 그 여자와 결혼하면 어떻겠습니까, 어때요?」

니끼찐은 바랴가 이런 따분한 들창코한테 시집오지 않을

거라는 것을 잘 알면서도 그에게 바랴와 결혼하라고 설득했다. 대체 왜?

「결혼이란 신중한 문제입니다.」 이쁠리뜨 이쁠리띠치가 잠시 생각하고 나서 이렇게 말했다. 「모든 것을 신중하게 고려하고 생각해야지, 그렇게 해서는 안 됩니다. 신중할 필요가 있죠, 특히 결혼 문제에 있어서는. 혼자 사는 생활을 정리하고 새로운 삶을 시작하는 건데 말입니다.」

그는 또 모든 사람이 이미 오래전부터 알고 있는 사실을 말하기 시작했다. 니끼찐은 더는 그의 말을 듣지 않고, 작별 인사를 하고 자기 방으로 갔다. 그는 자신의 행복에 대해, 마뉴샤에 대해, 그리고 미래에 대해 빨리 생각하고 싶어서 성급히 옷을 벗고 침대에 누웠다. 미소를 짓다가 문득 레싱을 읽지 않은 것이 떠올랐다.

〈읽어야겠어……〉 그가 생각했다. 〈그런데, 무엇 때문에 내가 그것을 읽어야 하나? 이런 제기랄!〉

자신의 행복에 지쳐 버린 그는 곧바로 잠에 빠져 들어 아침까지 미소를 지었다.

통나무 바닥에 말발굽 부딪치는 소리가 나더니, 마구간에서 흑마 그라프 눌린, 백마 벨리깐, 벨리깐의 자매 마이까가 이어서 끌려 나오는 꿈을 꿨다…….

2

교회 안은 무척 비좁고 소란스러웠다. 심지어 어떤 사람은 고함을 지르기도 했다. 나와 마뉴샤의 결혼 의식을 집전하던 사제는 안경 너머로 군중을 바라보며 엄숙히 말했다.

「교회 안에서 돌아다니지 마시오. 떠들지 마시오. 조용히 서서 기도하시오. 하느님을 두려워해야 합니다.」

내 들러리는 두 명의 동료가 섰고, 마뉴샤의 들러리는 이등 대위 뽈랸스끼와 중위 게르네뜨가 섰다. 성가대는 장엄하게 노래를 불렀다. 소리 내며 타는 촛불, 번쩍이는 광채, 잘 차려 입은 옷차림들, 장교들, 즐겁고 흐뭇해하는 수많은 얼굴들, 그리고 특히 마뉴샤의 들뜬 모습. 주위의 모든 환경과 결혼 의식의 기도 소리가 눈물이 나도록 나를 감동시켰고 득의양양하게 만들었다. 나는 생각했다. 요즈음 나의 생활은 시처럼 아름답고 활짝 피었구나! 2년 전만 해도 나는 대학생이었는데. 네글린 거리의 허름한 방에서 돈도 없고 친지도 없이 살았는데. 그때 나에게는 미래도 없는 듯했지. 지금 나는 이 지역의 가장 좋은 중학교들 가운데 한 학교의 교사이다. 생활도 안정되었고, 사람들의 사랑과 총애도 받고 있다. 나를 위해서 이렇게, 지금 이 군중들이 모였지. 나를 위해서 세 개의 샹들리에가 빛나고 사제가 큰 소리로 말하고 성가대가 수고하고 있다. 나를 위해서 이 젊은 여자도 그렇게 앳되고 우아하며 즐거운 것이다. 그리고 조금 있으면 나의 아내로 불릴 것이다. 나는 첫 만남, 교외로 나갔던 우리의 여행, 사랑 고백, 그리고 뜻밖에도 여름 내내 놀라울 정도로 좋았던 날씨에 대해서 회상했다. 예전에 네글린 거리에서 살 때, 나에게 행복은 소설에서나 가능했다. 그런데 지금, 나는 실제로 그 행복을 체험하고 있고 또 두 손으로 움켜쥐고 있는 것 같았다.

결혼 의식이 끝나고 모든 사람들이 마냐와 내 주위로 몰려들어, 정말 기쁘다면서 축하해 주었고 행복을 기원했다. 일흔 살이 다 된 여단의 장군은 마뉴샤에게만, 온 교회당이 울릴 정도로 크게 노인 특유의 쇳소리로 축하해 주며 말했다.

「내가 바라는 건, 애야, 결혼 후에도 여전히 장미꽃으로 남아 달라는 거다.」

장교들, 교장, 그리고 모든 교사들이 예의상 미소를 지었고, 나도 내 얼굴에 의례적인 기쁜 미소를 지었다. 역사와 지리 교사이며 언제나, 누구나 예전부터 잘 알고 있는 이야기만 하는 이뽈리뜨 이뽈리띠치가 가장 다정한 표정으로 내 손을 꼭 잡고 감격스럽게 말했다.

「지금까지 당신은 독신으로 홀로 살았습니다. 그렇지만 지금 당신은 결혼도 했고, 이제 둘이 함께 사는 겁니다.」

교회당에서 나와 미장 작업이 끝나지 않은 이층집으로 갔다. 최근에 내가 지참물로 받은 집이었다. 이 집 외에도 마뉴샤는 2천 루블의 돈과 파수꾼의 오두막이 있는 멜리또노의 황무지를 가지고 왔다. 이 황무지에는 아주 많은 암탉들과 오리들이 있는데 관리를 하지 않아서 야생의 상태로 있다고 했다. 교회당에서 돌아오자 나는 기지개를 켜고, 나의 새로운 서재에 놓인 터키제 소파 위에 편안하게 몸을 쭉 펴고 누워 담배를 피웠다. 편안하고 안락하며 쾌적했다. 생전 처음이었다. 바로 이때 손님들이 만세를 외쳤고 현관에서는 서투른 악대가 경축 음악을 연주했다. 그리고 온갖 시시한 말들이 들려왔다. 마냐의 언니 바랴가 손에 샴페인 잔을 들고 서재로 뛰어 들어왔다. 마치 입 안 가득 물을 머금은 듯 왠지 이상하고 부자연스러운 표정이었다. 뛰는 걸 멈추지 않을 기세였다. 그러다 갑자기 소리 내어 웃더니 통곡하기 시작했다. 샴페인 잔이 쨍그랑 소리를 내며 바닥에 떨어졌다. 우리는 바랴의 팔을 잡아 일으켜 세워 데리고 나갔다.

「아무도 모를 거야!」 바랴는 가장 멀리 떨어진 유모 방의 침대에 누워 중얼거렸다. 「아무도, 아무도! 아아, 아무도 모를 거야!」

그렇지만 누구나 잘 알고 있었다. 바랴는 자신의 여동생 마냐보다 다섯 살이나 많았지만 아직 시집을 가지 못했다. 바랴가 질투 때문이 아니라, 혼기를 놓치고 있다는, 아니 놓쳤다는 우울한 생각 때문에 우는 것이라는 사실을 누구나 잘 알고 있었다. 사람들이 쿼드릴을 출 때 바랴도 홀에 나와 있었다. 울어서 퉁퉁 부은 얼굴에 짙은 화장을 한 모습이었다. 그리고 나는 이등 대위 뽈랸스끼가 바랴 앞에서 아이스크림이 담긴 작은 접시를 들고 서 있고, 그녀가 스푼으로 떠먹고 있는 모습을 보았다……

벌써 새벽 다섯 시가 되었다. 나는 여러 가지로 충만한 나의 행복들을 기록하려고 일기장을 꺼냈다. 여섯 장을 써서 내일 마냐에게 읽어 주어야겠다고 생각했다. 그런데 이상한 일이었다. 나의 머릿속에서 모든 것이 온통 뒤죽박죽이 되어 꿈처럼 어렴풋해졌다. 다만 바랴의 삽화만 선명하게 떠올라, 〈불쌍한 바랴!〉라고 쓰고 싶어졌다. 이렇게 줄곧 앉아 〈불쌍한 바랴!〉라고 쓸 것만 같았다. 그때 나무들이 우수수 술렁거렸다. 비가 올 듯했다. 까마귀들이 까옥까옥 울어 댔다. 방금 잠이 든 나의 마냐의 얼굴이 왠지 슬퍼 보였다.

그 후 오랫동안 니끼찐은 자신의 일기장을 건드리지 않았다. 8월 초순 그의 학교에서는 재시험과 입학 시험이 시작되었고, 성모 승천 축일이 지나서는 수업도 시작되었다. 통상 그는 아침 여덟 시에 출근하는데, 아홉 시만 되면 벌써 마냐와 자신의 새 집이 그리워지기 시작해 시계를 자주 쳐다봤다. 저학년 수업 시간에는 아이들 중 아무나 한 명을 시켜 읽게 하고 다른 아이들이 그것을 받아쓰는 동안, 그는 창문 옆에서 눈을 감고 앉아 공상을 했다. 그가 미래를 공상하든 과거를 회상하든 그 모든 것이 언제나 옛날이야기처럼 아름다웠다. 고학년 수업 시간에는 고골리의 작품과 뿌쉬낀의 산문을 소리 내어 읽도록 시켰다. 그리고 그 소리를 들으며 그는 졸았다. 상상 속에서 사람과 나무와 벌판과 승마용 말들이 커져 갔다. 그리고 그는 마치 작가에게 감탄이라도 하듯 한숨을 내쉬며 말했다.

「정말 좋다!」

길게 쉬는 시간이 되면 마냐는 그에게 눈처럼 하얀 보자기로 싼 도시락을 보냈다. 그 도시락 먹는 즐거움을 오래 끌려고 그는 천천히 쉬엄쉬엄 먹었다. 통상 빵 하나로 점심을 때우는 이뽈리뜨 이뽈리띠치는 존경과 선망의 눈으로 그를 바라보며 이런 하나 마나 한 말을 했다.

「음식이 없으면 사람은 살 수가 없답니다.」

니끼찐이 개인 교습을 하러 학교에서 나왔다. 그리고 다섯 시가 되어 마침내 집으로 돌아왔을 때, 그는 마치 1년 동안 집을 비우기라도 한 듯한 기쁨과 불안을 느꼈다. 그는 계단을 뛰어 올라가 가쁜 숨을 몰아쉬며 마냐를 찾아 껴안고 입을 맞추며, 당신을 사랑한다느니 당신 없이는 살 수 없다느니 하며 맹세했고, 지독하게 쓸쓸했다는 것을 확신시켰고, 몸은 건강한지 얼굴은 왜 그렇게 우울한지 걱정스럽게 물었다. 그리고 두 사람은 함께 저녁 식사를 했다. 식사를 마치고 그는 서재에 있는 소파에 누워 담배를 피웠고, 그녀는 곁에 앉아 작은 목소리로 이런저런 이야기를 했다.

아침부터 저녁까지 집에 있을 수 있는 일요일과 경축일은 이제 그에게 가장 행복한 날이 되었다. 이런 날에 그는 목가적인 전원시를 연상시키는, 소박하면서도 보통 때와는 다른 즐거운 생활을 하였다. 그는 지혜롭고 적극적인 아내 마냐가 보금자리를 꾸미는 모습을 눈을 떼지 않고 지켜보았고, 그 자신도 집에서 쓸모없는 사람이 아니라는 걸 보여 주려고 헛간에서 이륜마차를 꺼내 여기저기 살펴보는 등 별로 필요 없는 일들을 했다. 마뉴샤는 세 마리의 암소에서 나오는 우유로 훌륭한 유제품을 만들었다. 그녀의 지하 저장실과 창고에는 버터를 만들기 위해 보관하고 있는, 우유가 담긴 항아리들과 발효 크림이 담긴 단지들이 많이 있었다. 이따금 니끼찐이 장난삼아 우유 한 컵을 청하면, 그것은 그녀의 살림 질서에서 벗어나는 일이라 그녀가 깜짝 놀라곤 했다. 그러면 그는 웃으면서 그녀를 껴안고 이렇게 말했다.

「아니, 아니, 내가 장난한 거요, 내 귀여운 사람! 장난을 한 거요!」

또는 그가 융통성 없는 마뉴샤의 행동에 웃곤 했는데, 이를테면 그녀는 찬장에서 오래되어 돌처럼 굳은 소시지나 치즈 조각을 발견하면 심각하게 말했다.

「이것 때문에 부엌에 벌레가 꾀겠네.」

그는 그런 작은 조각은 쥐덫에나 쓸 수 있다고 그녀에게 말했다. 그러자 그녀는 남자들이란 살림을 전혀 모른다고, 3뿌드[5]의 전채 음식을 부엌에 들여온다 하더라도 하녀가 전혀

---

[5] 러시아의 이전 무게 단위. 1뿌드는 16.38킬로그램. 3뿌드는 49.14킬로그램.

놀라지 않을 거라고 열렬히 증거를 대며 말하기 시작했다. 그러면 그는 수긍을 하고 그녀를 열광적으로 껴안았다. 그녀의 말이 지당하면 그는 의외로 여기며 놀랐고, 그의 확신과 어긋나면 순진하고 귀엽다고 생각했다.

이따금 그가 철학적인 기분에 사로잡혀 어떤 추상적인 테마를 논하기 시작하면, 그녀는 이야기를 들으면서 그의 얼굴을 호기심이 가득한 채 바라보았다.

「나는 당신과 사는 게 한없이 행복하오, 나의 기쁨이여.」 그가 그녀의 손가락을 만지작거리거나 그녀의 머리채를 풀었다 땋았다 하면서 말했다. 「나의 이 행복이 하늘에서 우연히 떨어진 것이라고 생각하지는 않소. 이 행복은 아주 자연스럽고 당연하며 논리적으로도 확실한 것이지. 사람은 자기 행복의 창조자라는 것을 나는 믿소. 그리고 지금 나는 나 자신이 창조한 것을 가지고 있지. 그래, 잘난 체하는 것이 아니라, 이 행복을 나 자신이 창조했고 그리고 정당하게 누리고 있는 거요. 당신도 나의 과거를 잘 알고 있지 않소. 고아, 가난, 불행한 유년 시절, 우울한 청년 시절, 이 모든 것이 행복에 이르기 위한 투쟁이고 길이었소.」

10월에 중학교는 큰 손실을 입었다. 이뽈리뜨 이뽈리띠치가 머리에 단독(丹毒)이 걸려 죽은 것이다. 죽기 전 마지막 이틀 동안 혼수상태에 빠져 헛소리를 하면서도 그는 누구나 이미 다 아는 이야기만 했다.

「볼가 강은 카스피 해로 흘러 들어갑니다……. 말은 귀리와 건초를 먹습니다…….」

그의 장례식날 학교에는 수업이 없었다. 동료들과 학생들이 운구하였고, 학교 합창단이 묘지로 가는 동안 내내 「신성한 하느님」을 불렀다. 장례 행렬에 세 명의 사제와 두 명의 보조 사제 그리고 모든 남자 중학생과 예복을 갖춰 입은 교회 성가대가 참가했다. 장엄한 장례식을 보며 지나가는 사람들이 성호를 긋고 말했다.

「하느님, 모든 이에게 이런 죽음을 주옵소서.」

묘지에서 집으로 돌아온 니끼찐은 감동하여 일기장을 꺼내 이렇게 적었다.

〈방금 이뽈리뜨 이뽈리또비치 리지쯔끼를 묘지에 묻었다. 고이 잠드시오, 겸손한 고행자여! 마냐, 바랴, 그리고 장례식에 참석했던 모든 여자들이 진심으로 눈물을 흘렸다. 아마도 이 재미없고 천대받는 사람을 어느 한 여자도 결코 사랑한 적이 없다는 걸 알고 있었기 때문이리라. 나는 동료의 무덤에서 따뜻한 말을 하고 싶었으나, 고인을 좋아하지 않았던 교장이 싫어할 거라고 사람들이 미리 경고했었다. 결혼식 후로 이날이 아마도 내 마음이 편치 못한 첫날일 것이다…….〉

이후 남은 학기 동안 특별한 사건은 없었다.

겨울은 그다지 춥지 않았고, 눈이 내리며 스산했다. 주현절[6] 무렵에는 밤새 가을처럼 바람이 애처롭게 울부짖었고, 지붕의 눈이 녹아 흘렀다. 그리고 아침의 세례 의식 때에는 경찰이 강에 들어가는 것을 금지했다. 얼음이 부풀어 거무스름해졌기 때문이라고 사람들이 말했다. 날씨는 나빴지만, 니끼찐은 여름철과 마찬가지로 행복하게 살았다. 오히려 오락이 하나 더 늘어났다. 카드놀이를 배운 것이다. 단지 한 가지가 그를 자극하고 신경 쓰이게 했는데, 이것이 그의 완전한 행복을 방해했다. 그것은 바로 그가 지참물로 받은 고양이와

---

6 러시아 정교에서 예수 세례를 기념하여 행하는 1월 6일의 축일.

개들이었다. 방에서는 항상, 특히 아침에, 동물 우리와 같은 냄새가 났고, 이 냄새를 어떻게 해도 없앨 수가 없었다. 고양이들은 자주 개들과 싸웠다. 사나운 무슈까에겐 하루에 열 번이나 먹이를 주었지만, 이전처럼 니끼찐을 인정하지 않고 짖어 댔다.

「으르렁…… 컹컹컹.」

언젠가 한번은 사순절 기간에 클럽에서 카드놀이를 하고 한밤중에 집으로 돌아오는 길이었다. 어두운 데다 비가 와 길도 질척질척했다. 니끼찐은 불쾌한 감정을 느꼈다. 그러나 그 까닭은 알 수 없었다. 클럽에서 20루블을 잃었기 때문인지, 아니면 같이 카드를 쳤던 사람들 중 한 명이 돈을 계산할 때 니끼찐의 돈은 닭도 쪼아 먹지 않을 거라며 은근히 지참금을 들먹였기 때문인지 알 수가 없었다. 20루블이 아까운 것도 아니었고 상대자의 말이 모욕적인 뜻을 지닌 것도 아니었는데, 그래도 어쨌든 불쾌한 감정이었다. 심지어 집으로 돌아가기도 싫었다.

「푸, 정말 기분 나쁘군!」 가로등 근처에 멈춰 서서 그가 중얼거렸다.

20루블이 거저 들어온 돈이기 때문에 자신이 아까워하지 않는다는 생각이 들었다. 만일 그가 노동자였더라면 동전 한 푼의 가치도 알았을 것이고, 그래서 따거나 잃는 일에 이토록 냉담할 수는 없었을 것이다. 그렇다, 모든 행복이 헛되게 거저 들어온 것이고, 건강한 사람을 위한 보조 식품처럼 자신에게 본질적으로 호사스러운 것이라고 그는 판단했다. 만일 그가 대부분의 사람들처럼 빵 한 조각에 대한 근심에 시달리고 생존을 위해 싸웠다면, 만일 그가 노동 때문에 등과 가슴이 아팠더라면, 저녁 식사와 따뜻하고 안락한 집과 가정의 행복이 그의 생활의 요구이자 보상이고 자랑이 되었을 것이다. 그러나 지금은, 이 모든 것이 어떤 기이하고 막연한 의미만을 지니고 있을 뿐이다.

「푸, 정말 기분 나쁘군!」 이런 판단들 자체가 이미 나쁜 징조라는 사실을 분명히 이해하면서 그가 반복해 중얼거렸다.

그가 집에 돌아왔을 때 마냐는 잠자리에 있었다. 그녀는 규칙적으로 숨을 내쉬면서 입에 미소를 머금고 아주 편안하게 잠자고 있었다. 그녀 옆에서는 하얀 고양이가 몸을 둥글게 웅크리고 누워 코를 골고 있었다. 니끼찐이 촛불을 켜고 담배를 피워 물자, 마냐가 잠에서 깨어 갈증이 난 듯 물 한 컵을 들이켰다.

「마멀레이드를 너무 먹었어요.」 그녀가 이렇게 말하고 웃음을 터뜨렸다. 「당신, 우리 아버지 집에 가셨어요?」 잠시 침묵하다 물었다.

「아니, 가지 않았소.」

바랴가 최근에 간절하게 마음에 두고 있던 이등 대위 뽈랸스끼가 서쪽 지역으로 전출 명령을 받아 이미 시내에서 송별 모임을 가졌기 때문에, 장인의 집이 적적하다는 것을 니끼찐은 알고 있었다.

「저녁에 바랴가 집에 들렀어요.」 마냐가 일어나 앉으며 말했다. 「아무 말도 하지 않았지만 얼굴이 몹시 힘들어 보였어요. 불쌍해요. 나는 뽈랸스끼가 싫어요. 뚱뚱한 데다가 피부도 푸석푸석하고, 걷거나 춤을 출 때 보면 뺨이 출렁거리고……. 하긴 내가 연애하는 건 아니니까. 그래도 어쨌든 나는 그 사람이 예의 바르다고 생각하긴 해요.」

「나도 지금은 그 사람이 예의 바르다고 생각하오.」

「그런데 어째서 그 사람은 바랴에게 바보같이 굴었을까요?」

「바보같이 굴다니?」 등을 쭉 펴고 기지개를 켜는 하얀 고양이에게 짜증을 느끼기 시작하며 니끼찐이 물었다. 「내가 아는 바로는, 그 사람은 청혼을 하지도 않았고 아무런 약속도 하지 않았소.」

「그런데 그 사람은 왜 자주 우리 집에 드나들었죠? 결혼 생각이 없었더라면 오지 않았을 거예요.」

니끼찐은 촛불을 불어 끄고 자리에 누웠다. 그러나 자고 싶지도, 누워 있고 싶지도 않았다. 그는 텅 빈 엄청나게 큰 창고 같은 자신의 머릿속에서 새롭고 특별한 생각이 마치 기다란 그림자 형태로 떠도는 것을 느꼈다. 가정의 고요와 행복에 미소 짓고 있는 램프의 부드러운 불빛 외에도, 그리고 자신과 고양이가 평화롭고 달콤하게 살고 있는 이 작은 세계 외에도, 다른 세계가 있다는 생각이 들었다……. 그러자 불현듯 그 다른 세계를 열정적으로, 마음이 아프도록 갈구하게 되었다. 공장이나 커다란 작업장에서 몸소 일한다거나 강단에 서서 강의하거나 책을 써서 출판하고 떠들고 지치고 힘들어하는 그런 다른 세계를……. 자기 자신을 망각하게 되고, 아주 단조롭게 느껴지는 개인의 행복에 무심하게 될 정도로 자기를 사로잡을, 그런 무엇을 갈구하였다. 그러다 갑자기 상상 속에서 수염을 깎은 세발진이 생생하게 나타나 무섭게 말했다.

〈당신은 레싱도 읽지 않았소! 정말 당신은 뒤처졌군! 맙소사, 정말 타락했군!〉

마냐가 또 물을 마셨다. 그는 그녀의 목덜미와 두툼한 어깨와 가슴을 바라보며 언젠가 교회당에서 여단의 장군이 장미꽃이라고 말한 것이 떠올랐다.

「장미꽃.」 그가 이렇게 중얼거리고 웃음을 터뜨렸다.

그에 대답이라도 하듯이 침대 밑에서 졸고 있던 무슈까가 으르렁댔다.

「으르렁…… 컹컹컹.」

무거운 적의가 마치 차가운 망치처럼 그의 마음속에서 들썩였다. 그는 마냐에게 뭔가 거친 말을 하고 싶어졌고, 심지어 벌떡 일어나 때리고 싶어졌다. 심장이 뛰기 시작했다.

「그렇다면…….」 그가 자신을 억제하며 물었다. 「내가 당신 집에 드나든 게 당신에게 꼭 장가들려고 그랬단 말이오?」

「물론이죠. 당신 자신이 잘 알잖아요.」

「좋아.」

잠시 후에 다시 말했다.

「좋아.」

쓸데없는 말을 하지 않고 마음을 진정시키기 위해 니끼찐은 자신의 서재로 가 소파 위에 베개도 없이 누웠다가 바닥 카펫으로 내려와 누웠다.

〈정말 시시한 생각이다!〉 그는 자신을 진정시키려 했다. 〈너는 교사다. 아주 고상한 분야에서 일하고 있지 않은가……. 그런데 도대체 다른 세계가 너에게 무슨 필요가 있단 말인가? 그 무슨 망상인가?〉

그러나 곧 그는 자기 자신이 교사가 아니라 관료이며, 체코 사람처럼 무능하고 개성 없는 그리스어 강사라고 스스로 확신했다. 그에게는 교육에 대한 사명감이 전혀 없었고, 교육학에 대해서도 잘 알지 못했을뿐더러 흥미도 없어서 아이들을 잘 다루지 못했다. 자신이 가르치는 과목의 의의도 알지 못했다. 어쩌면 그는 전혀 필요 없는 것을 가르치고 있는지도 모른다. 죽은 이뽈리뜨 이뽈리띠치는 정말 우둔했다. 모든 동료들과 학생들이 그가 어떤 사람이며 그에게서 무엇을 기대할 수 있는지를 알았다. 그렇지만 체코 사람과도 같은 니끼찐은 자신의 우둔함을 감출 줄 알았고, 다행히도 모든 게 잘 진행된다는 인상을 주며 모두를 교묘하게 속였다. 이런 새로운 생각들이 니끼찐을 놀라게 했다. 그는 이런 생각들을 부정하고 어리석다고 여기며, 이 모든 것이 신경과민에서 오는 것이고 이런 생각을 한 자신을 곧 비웃게 될 거라고 믿었다…….

실제로, 아침이 되었을 때 그는 자신의 신경과민을 비웃었고 자신이 아줌마 같다고 생각했다. 하지만 평온을 어쩌면 영원히 잃었고, 미장 작업이 끝나지 않은 이 이층집에서의 행복이 이제는 불가능하다는 것이 그에게 분명해졌다. 환상은 끝났고, 개인의 행복과 평온과는 조화를 이룰 수 없는, 새롭고 불안하며 자각적인 생활이 이미 시작되었다는 것을 그는 깨달았다.

다음 날 일요일에 그는 학교 교회에 갔다가 교장과 동료 교사들을 만났다. 이들 모두가 자신들의 무식과 생활에 대한 불만을 철저히 감추려는 데 급급하다고 생각했다. 그리고 그 자신도 불안을 드러내지 않으려고 유쾌하게 웃으며 쓸데없는 이야기를 늘어놓았다. 그곳을 나와 그는 기차역에 가서 우편 열차가 도착했다가 떠나는 광경을 바라보았다. 거기서 그는 자신이 혼자 있고 누구와도 이야기 나눌 필요가 없다는 점에 즐거웠다.

집에서 그는 점심을 먹으러 들른 장인과 바랴를 만났다.

바랴는 울어서 눈이 부은 채 두통을 호소했고, 셀레스또프는 음식을 많이 먹으면서 요즘 젊은이들이 미덥지 않고 별로 신사답지 못하다고 말했다.

「그건 비열한 짓이야!」 셀레스또프가 말했다. 「내가 그분에게 직접 말할 거다. 〈그건 비열한 짓입니다, 지사님!〉 하고.」

니끼찐은 유쾌하게 웃으며 손님들을 접대하는 마냐를 도왔다. 그러나 점심을 마친 다음에는 자기 서재로 가서 문을 잠가 버렸다.

3월의 태양이 밝게 빛났다. 유리창을 통해 책상으로 타는 듯한 빛이 떨어졌다. 아직 3월 20일밖에 되지 않았지만, 사람들은 무개마차를 타고 다녔고 정원에서는 찌르레기들이 소란스럽게 울어 댔다. 지금이라도 당장 마뉴샤가 들어와 한 손으로 그의 목을 끌어안고, 현관 계단 앞에 승마용 말들 혹은 이륜 무개마차를 준비해 놓았다며 춥지 않으려면 무얼 입을까 하고 물어볼 것만 같았다. 봄이 작년과 마찬가지로 그렇게 경이롭게 시작되며 지난해와 같은 기쁨을 약속했다······. 하지만 니끼찐은 지금, 휴가를 얻어 모스끄바로 떠나 그곳 네글린 거리의 익숙한 방에서 지내는 게 좋겠다고 생각했다. 옆방에서는 커피를 마시며 이등 대위 뽈랸스끼에 대해서 이야기들을 하고 있었다. 그러나 그는 일부러 듣지 않으며 일기에 이렇게 적었다. 〈오, 나는 어디에 있는가? 주위는 온통 저속함, 저속함뿐이다. 따분하고 보잘것없는 사람들, 발효 크림이 담긴 단지들, 우유가 담긴 항아리들, 바퀴벌레들, 우둔한 여자들······. 저속함보다 더 무섭고 모욕적이며 슬픈 것은 없다. 여기를 떠나야겠다, 오늘 당장 떠나야겠다. 그렇지 않으면 난 미쳐 버리고 말 것이다!〉

농부들

1

모스끄바의 호텔 〈슬라뱐스끼 바자르〉[1]에서 일하는 니꼴라이 치낄제예프가 병들었다. 다리가 마비되어 걷는 것이 불편했기 때문에, 한번은 테이블 사이를 걷다가 들고 있던 햄과 완두콩이 놓인 쟁반과 함께 나동그라졌다. 직장을 그만둘 수밖에 없었다. 자신과 아내가 번 돈을 치료비로 써버려 먹고살 돈이 하나도 없었고 또 일을 하지 않아 따분해졌기 때문에 그는 시골집으로 돌아갈 수밖에 없다는 결정을 내렸다. 고향에서 병을 앓는 것이 더 편하고 사는 것도 더 싸게 든다. 그래서 이런 말이 있는 것이다. 고향에서는 벽도 도움이 된다.

그가 고향 주꼬보에 도착한 것은 저녁 무렵이었다. 어린 시절의 기억 속에서 고향의 둥지는 그에게 밝고 아늑하고 편안했는데, 지금 농가에 도착해서 보니 깜짝 놀라지 않을 수 없었다. 무척이나 어둡고 좁고 또 지저분했다. 그와 함께 도

[1] 모스끄바의 고급 호텔.

착한 아내 올가와 딸 사샤는 어찌해야 할지 모르는 표정으로 농가의 바닥을 거의 다 차지하고 있는 크고 더러운 뻬치까를 바라보았다. 뻬치까는 그을음과 파리 떼로 검었다. 파리들이 얼마나 많던지! 뻬치까는 비스듬하게 기울어져 있었고, 벽의 기둥들도 굽어 있어서 농가는 금방이라도 허물어질 것 같았다. 입구 반대쪽 구석, 성상 옆에는 그림 대신 병에서 떼어 낸 상표들과 신문에서 잘라 낸 조각들이 덕지덕지 붙어 있었다. 가난, 가난 그 자체였다! 어른들은 모두 추수하러 나가 집에는 아무도 없었다. 뻬치까 위에는 씻지 않아 지저분한 여덟 살쯤 되어 보이는 금발의 소녀가 무표정한 모습으로 앉아 있었다. 심지어 소녀는 집 안으로 들어온 사람들을 거들떠보지도 않았다. 그 아래에는 하얀 고양이가 부젓가락에 자신의 몸을 문지르고 있었다.

「고양아, 고양아!」 사샤가 고양이를 불렀다. 「고양아!」

「우리 고양이는 듣지 못해.」 소녀가 말했다. 「귀먹었거든.」

「어떻게?」

「그냥, 얻어맞았어.」

니꼴라이와 올가는 첫눈에 이곳의 생활이 어떠한지 알 수 있었다. 그러나 서로에게 아무 말도 하지 않았다. 말없이 보따리를 던져 놓고 거리로 나갔다. 그들의 농가는 끝에서 세 번째에 있었는데, 가장 허름하고 낡아 보였다. 두 번째 농가도 더 나을 것이 없었다. 그렇지만 끝에 있는 농가는 철제 지붕에다 창문마다 커튼이 쳐져 있었고, 울타리는 없어도 따로 떨어져 있었다. 선술집이었다. 농가들이 일렬로 서 있는 마을 전체는 깊은 생각에 잠긴 듯 조용했고, 밖에서는 버드나무와 딱총나무와 마가목이 보이는, 마음을 끄는 풍경이었다.

농부들의 가옥을 지나면, 강에 이르는 가파른 비탈이 시작되었다. 진흙으로 이뤄진 비탈에는 여기저기 커다란 돌들이 비어져 나와 험했다. 경사면을 따라, 비죽 나온 돌들과 도공들이 파놓은 움푹 들어간 구덩이 사이로 좁은 길이 구불구불 나 있고, 깨진 도기의 갈색과 붉은색 파편들이 여러 군데 수북이 쌓여 있었다. 그 아래로는 청록색의 평평하고 넓은 풀밭이 펼쳐져 있다. 이미 풀을 벤 곳에는 가축들이 방목되고 있었다. 강은 마을에서 1베르스따[2]쯤 떨어져 굽이굽이 흘렀고, 그 강변은 경이로울 정도로 울창했다. 강 건너편에는 초원, 가축 떼, 하얀 거위들의 긴 행렬이 이어졌고, 그 너머로 이쪽과 마찬가지로 가파르게 솟아 있는 언덕 위에는 마을과 다섯 개의 둥근 지붕이 있는 교회가 있고, 조금 떨어져 지주의 저택이 있었다.

「당신 고향은 정말 훌륭해요!」 올가가 교회를 향해 십자가를 그으며 말했다. 「정말 넓어요, 오, 하느님!」

때마침 그 순간 저녁 기도를 알리는 종이 울렸다(주일 전날 저녁이었다). 아래에서 물동이를 나르던 두 명의 어린 소녀가 교회를 쳐다보며 종소리를 듣고 있었다.

「슬라뱐스끼 바자르 호텔에서는 정찬 시간인데······.」 니꼴라이가 꿈꾸듯 중얼거렸다.

벼랑 끝에 서서 니꼴라이와 올가는 지는 해를 바라보았다. 황금색과 붉은색의 하늘이 강 위에, 교회의 유리창에, 그리고 온 대기 속에 어리는 광경을 바라보았다. 모스끄바에서는 볼 수 없는, 부드럽고 고요하며 형언할 수 없이 순수한 광경이었다. 해가 지고 나자 가축들이 울음소리를 내며 지나갔

[2] 1,067킬로미터.

고, 건너편 거위들이 날아올랐고 그리고 아주 잠잠해졌다. 부드러운 빛이 대기 속으로 사라지자, 빠르게 저녁의 어둠이 엄습했다.

그 사이에 연로한 니꼴라이의 부모가 돌아왔다. 그들은 무척 야위고 등이 구부정하고 이가 다 빠졌으며 키가 같았다. 이어서 시골 아낙네들이 들어왔다. 그들의 며느리들로, 강 건너편에 있는 지주의 집에서 일하고 돌아오는 마리야와 페끌라였다. 형 끼리약의 아내인 마리야에게는 여섯 명의 아이들이 있었고, 군 복무 중인 동생 제니스의 아내인 페끌라에게는 두 명의 아이들이 있었다. 니꼴라이는 농가에 들어서며 온 가족을 볼 수 있었다. 크고 작은 몸들이 잠자리 위에서, 요람 안에서, 그리고 구석구석에서 들썩였다. 늙은 아버지와 시골 아낙네들이 흑빵을 물에 적셔 게걸스럽게 먹는 모습을 보며, 그는 병든 채 돈도 한 푼 없이 게다가 가족들까지 데리고 공연히 돌아왔다고 생각했다. 공연히!

「그런데 끼리약 형은 어디 갔죠?」 서로 안부를 주고받을 때 그가 물었다.

「어떤 상인의 관리인으로 있단다.」 아버지가 대답했다. 「숲을 지키는 일이지. 괜찮은 농부지만, 술을 너무 많이 마셔.」

「벌어 오는 돈은 하나도 없으면서!」 늙은 어머니가 눈물을 머금으며 웅얼거렸다. 「우리 집 남자들은 기가 막히지. 집에 가져오는 건 하나도 없으면서 오히려 집에서 가지고 나가니. 끼리약은 술이나 마시지, 영감도, 솔직히 말하자면, 선술집으로나 갈 줄 알지. 성모 마리아께서 화낼 일이다.」

손님들을 위해서 사모바르가 나왔다. 차에서 생선 냄새가 났다. 갉아먹다 남은 각설탕은 회색 빛깔이었고, 빵과 접시

위로는 바퀴벌레가 돌아다녔다. 차를 마시는 것도 역겨웠고, 온통 가난과 병에 대한 대화도 역겨웠다. 차 한 잔을 다 마시기도 전에 밖에서 길게 늘어지는 술 취한 고함 소리가 들려왔다.

「마아리야!」

「끼리약이 오나 보다.」 노인이 말했다. 「호랑이도 제 말 하면 온다더니.」

모두들 조용해졌다. 잠시 후 다시 고함 소리가 들렸다. 길고 거칠게 늘어지며 마치 땅속에서 울리는 듯한 소리였다.

「마아리야!」

큰며느리인 마리야는 얼굴이 창백해져서 뻬치까에 바짝 다가갔다. 어깨가 벌어지고 못생긴 건장한 여자의 겁에 질린 얼굴은 어쩐지 낯설게 보였다. 아까 뻬치까 위에 무표정한 모습으로 앉아 있었던 소녀가 갑자기 큰 소리로 울음을 터뜨렸다. 소녀는 마리야의 딸이다.

「보기 싫게 넌 또 왜 그래?」 페끌라가 소녀에게 소리쳤다. 페끌라는 아름답긴 했지만 역시 어깨가 벌어지고 건장한 시골 아낙네였다. 「널 죽이진 않을 테니, 울지 마라!」

니꼴라이는 마리야가 끼리약 형과 함께 사는 걸 두려워한다는 사실을 아버지에게 들어서 알게 되었다. 끼리약은 술에 취하기만 하면 늘 마리야에게 쫓아와 소동을 일으키며 무자비하게 그녀를 때린다는 것도 알게 되었다.

「마아리야!」 이번에는 바로 문밖에서 고함 소리가 났다.

「날 좀 도와줘요, 제발.」 마리야가 아주 차가운 물에 빠진 사람처럼 숨을 몰아쉬며 더듬더듬 말했다. 「도와줘요, 제발……」

농가 안에 있던 아이들이 모두 울음을 터뜨렸다. 그 아이들을 보면서 사샤도 울음을 터뜨렸다. 술에 취한 기침 소리가 들리더니, 농가 안으로 겨울 털모자를 쓴 키가 크고 수염이 짙은 농부가 들어왔다. 희미한 등불 때문에 얼굴이 잘 보이지 않아 더 무시무시했다. 끼리약이었다. 그는 아내에게 다가가서 팔을 번쩍 들더니 주먹으로 얼굴을 내리쳤다. 마리야는 얻어맞고도 몹시 놀라 아무런 소리도 내지 못하고 바닥에 주저앉았다. 그녀의 코에서 피가 터져 나왔다.

「이게 무슨 짓이냐, 부끄러운 줄 알아라!」 노인이 뻬치까 위로 기어오르며 웅얼거렸다. 「손님들도 와 있는데! 돼먹지 못한 놈!」

노파는 아무 말없이 웅크리고 앉아서 무슨 생각에 잠겨 있었다. 페끌라는 요람을 흔들 뿐이었다······. 끼리약은 자신이 무섭게 보인다는 것에 만족스럽다는 태도로 마리야의 팔을 붙잡고 문 쪽으로 끌고 가며, 더 무섭게 보이려고 짐승처럼 으르렁거렸다. 그러다 문득 손님들을 발견하고 멈춰 섰다.

「아, 오셨군······.」 아내를 놓아주며 중얼거렸다. 「동생이 가족들을 데리고······.」

그는 비틀거리며 술에 취한 빨간 눈을 크게 뜨고 성상 앞에서 잠시 기도를 드린 다음, 이어 말했다.

「동생이 가족들을 데리고 고향으로 오셨군······ 모스끄바에서 말이야. 모스끄바, 아름다운 도시, 도시들의 어머니에서 말이야······. 미안하다.」

그는 사모바르 옆에 있는 긴 의자에 주저앉아, 그릇에 차를 따라 큰 소리로 꿀꺽꿀꺽 마시기 시작했다. 모두가 침묵하는 가운데서······. 열 잔 정도의 차를 마신 다음 그는 긴 의자에 고꾸라져 코를 골기 시작했다.

모두들 잠자리에 들었다. 병자인 니꼴라이는 뻬치까 위에 올라 노인 옆에 누웠다. 사샤는 바닥에 누웠고, 올가는 아낙네들과 함께 헛간으로 갔다.

「그래요, 형님.」 올가가 마리야 옆 건초에 누워서 말했다. 「운다고 무슨 소용 있겠어요! 어찌 됐든 참아야지요. 『성서』에서도 만일 누가 네 오른뺨을 때리거든 네 왼뺨도 내놓아라 하고 말씀하잖아요……. 그래요, 형님!」

이어서 올가는 나지막한 소리로 노래를 부르듯, 모스끄바에 대해서, 가구가 가득 찬 호텔 방에서 일했던 모스끄바의 생활에 대해서 이야기했다.

「모스끄바의 건물들은 아주 크고 또 돌로 지어졌어요.」 올가가 말했다. 「교회도 셀 수 없이 아주, 아주 많지요, 형님. 그곳에 사는 나리들은 다 잘생기고, 점잖답니다!」

마리야는 모스끄바는 고사하고 가까운 도시에도 가본 적이 없다고 말했다. 마리야는 읽고 쓸 줄 몰라 기도문도 전혀 몰랐다. 심지어 「주의 기도」도 몰랐다. 막내 동서 페끌라도 조금 떨어진 곳에 앉아서 이야기를 듣고 있었다. 두 동서가 다 지능이 크게 낮아 아무것도 이해하지 못했다. 둘 다 자신의 남편들을 좋아하지 않았다. 마리야는 끼리약을 무서워해서 그와 함께 있을 때면 공포에 질려 부들부들 떨었다. 그리고 남편에게서 보드까와 담배 냄새가 지독하게 나, 그 곁에 있을 때엔 정신을 차리지 못했다. 한편 페끌라는 누가 남편과 떨어져 지내니 외롭지 않느냐고 묻기라도 하면 화를 내며 이렇게 대답했다.

「그런 남편 뒈져 버려라!」

그들은 좀 더 이야기하다가 조용해졌다…….

추위와 헛간 옆에서 큰 소리로 울어 대는 수탉 때문에 잠을 설쳤다. 푸르스름한 새벽빛이 틈새로 비치자 페끌라는 조용히 일어나 밖으로 나갔다. 그리고 맨발로 어디론가 뛰어가는 소리가 들렸다.

2

올가는 마리야를 데리고 교회로 갔다. 풀밭으로 난 오솔길을 따라 걸어 내려가면서 그들은 즐거워했다. 올가는 펼쳐진 넓은 공간이 마음에 들었고, 마리야는 동서를 가깝고 친밀한 사람으로 느꼈다. 해가 떠오르고 있었다. 잠이 덜 깬 매 한 마리가 초원 위를 낮게 날고 있었다. 강은 안개에 덮여 어슴푸레했지만, 건너편 언덕 위로는 이미 햇살이 퍼져 교회가 밝게 빛났다. 지주 저택의 정원에서는 갈까마귀들이 시끄럽게 울어 댔다.

「영감은 괜찮아.」 마리야가 말했다. 「하지만 할망구는 완고하고 잔소리가 심하지. 우리가 추수해 만든 빵으로는 마슬레니짜[3]까지 겨우 버틸 수 있기 때문에 선술집에서 곡분을 사야 하는데, 그러면 화를 내며, 너무 많이 먹는다고 말하는 거야.」

「그래요, 형님! 어찌 됐든 참아야지요. 수고하고 무거운 짐 진 자들아 다 나에게로 오라고 말씀했거든요.」

올가는 노래하듯이 차분하게 말했고, 걸음걸이는 순례자

3 러시아의 전통 축제 가운데 하나로, 다가올 봄을 기다리며 겨울을 보내는 축제다.

처럼 빠르고 분주했다. 올가는 매일 복음서를 사제처럼 소리 내어 읽었다. 이해하지 못하는 부분이 많아도 거룩한 말씀에 감동하여 눈물을 흘렸다. 〈이므로〉, 〈진실로〉와 같은 단어들은, 행복한 마음으로 가슴을 두근거리며 발음했다. 올가는 하느님을 믿었고 성모 마리아와 성인들을 믿었다. 그녀는 세상의 그 누구라도, 비천한 사람도 독일 사람도 집시도 유대인도 모욕해선 안 된다고 믿었다. 동물을 잔인하게 대하는 사람은 화를 입을 거라고 믿었다. 거룩한 책에 그렇게 적혀 있다고 믿으며, 『성서』의 말씀을 소리 내어 읽을 때면 비록 이해하지 못한다 하더라도 감동하여 얼굴이 밝고 자비롭게 빛났다.

「동서는 고향이 어디야?」 마리야가 물었다.

「블라지미르예요. 하지만 오래전에 모스끄바로 갔지요, 겨우 여덟 살 때.」

그들은 강에 다다랐다. 좀 떨어진 물가에 어떤 여자가 알몸으로 서 있었다.

「우리 뻬글라야.」 마리야가 알아보았다. 「강 건너편 지주의 농장에 들락거리지. 영지를 관리하는 남자들한테. 뻔뻔한 바람둥이에다가 지독한 욕쟁이야!」

머리를 풀어헤친 뻬글라는 아직 처녀처럼 젊고 단단했다. 강으로 뛰어들어 물장구를 치니 사방으로 물결이 일었다.

「정말 뻔뻔하다니까!」 마리야가 다시 말했다.

강을 가로질러 흔들거리는 작은 통나무 다리가 놓여 있고, 마침 그 밑의 맑고 투명한 물 속에서 큼직한 숭어들이 헤엄치고 있었다. 물 위로 모습을 드리운 초록색 풀숲에는 이슬이 빛났다. 따뜻한 기운이 일고, 기분이 좋아졌다. 무척이나 아름다운 아침이다! 만일 가난, 결코 도망칠 수 없는 한없이 끔찍한 가난만 아니라면, 이 세상의 삶은 아마도 무척이나 아름다웠을 것이다! 그때 마을을 뒤돌아보자 어제의 모든 일이 생생하게 떠올라, 주위에 펼쳐져 있는 듯한 황홀한 행복이 순식간에 사라졌다.

교회에 도착했다. 마리야는 입구에 멈춰 서서 감히 들어가려고 하지 않았다. 여덟 시가 지나야 아침 예배를 알리는 종이 울리기 시작하므로 앉으려고 하지도 않았다. 그렇게 줄곧 서 있었다.

복음서를 읽고 있을 때, 사람들이 갑자기 양쪽으로 비켜서며 지주 가족들을 위해 길을 내주었다. 하얀 드레스를 입고 차양이 넓은 모자를 쓴 두 소녀와 그 뒤로 세일러복을 입은 살찌고 혈색이 좋은 소년이 들어왔다. 그들의 등장에 올가는 감동했다. 올가는 첫눈에, 이들이 점잖고 교양 있고 훌륭한 사람들이라고 확신했다. 하지만 마리야는, 사람이 아니라 비켜서지 않으면 자신을 짓밟고 지나갈 괴물이라도 들어온 듯이 우울하고 불쾌하게 힐끔 쳐다보았다.

사제가 뭔가를 낮은 목소리로 낭송할 때마다 마리야는 〈마아리야〉라는 고함 소리를 듣기라도 하듯이 온몸을 떨었다.

3

손님들이 왔다는 소문이 마을에 이미 퍼져, 아침 예배가 끝나고 많은 사람들이 농가로 모여들었다. 레오니체프 일가와 마뜨베이체프 일가 그리고 일리초프 일가도 모스끄바에서 일하는 가족들의 소식을 알고 싶어서 방문했다. 읽고 쓸 줄 아는 주꼬보의 젊은이들은 모두 모스끄바로 떠나 그곳에서 식당의 종업원이나 호텔의 급사로 일했다(강 건너편 마을 출신들은 고작 빵 굽는 사람밖에 되지 못했다). 아직 농노제가 있던 시절에[4] 이젠 전설적인 인물이 된 루까 이바니치라는 주꼬보의 농노가 모스끄바의 한 클럽에서 일하며 고향 사람들만 자신의 일터로 받아들였고, 이후 이들은 또 자신의 친지들을 불러들여 술집과 레스토랑에 취직시켜 왔던 것이 오래된 관행이었다. 그 후로 주꼬보 마을은 인근 사람들에게 천박한 마을 또는 하인 마을이라 불렸다. 니꼴라이도 열한 살 때 모스끄바로 떠나, 당시 〈에르미따주〉 공원의 매표소에서 일하던 마뜨베이체프 일가의 이반 마까리치의 도움으로 일자리를 얻었다. 니꼴라이가 마뜨베이체프 일가를 향해 분명한 어조로 이렇게 말했다.

「이반 마까리치는 나에게 은인입니다. 내가 그분을 위해 쉬지 않고 기도를 드리는 건 당연합니다. 그분을 통해서 나는 좋은 사람이 되었으니까요.」

「그런가요.」 이반 마까리치의 누이인 키가 크고 늙은 여자가 울먹이며 말했다. 「동생에 대해서 아무 얘기도 못 들었답니다.」

「겨울에 그분은 오몬 공원에서 일했는데, 이번 시즌에는 소문에 의하면 교외에 있는 다른 공원에서 일하고 있다 하더군요……. 너무 늙으셨죠! 이전에 여름이면 하루에 10루블씩 벌어들였는데, 이제는 일도 거의 없어 나이 드신 분이 마음고생하고 계신답니다.」

---

4 러시아의 농노제는 1861년까지 있었다.

노인들과 아낙네들이 펠트로 만든 장화를 신은 니꼴라이의 발과 그의 창백한 얼굴을 보며 슬프게 말했다.

「당신도 버는 게 없군요, 니꼴라이 오시삐치, 수입이 없어요. 아, 저런!」

모두가 사샤를 귀여워했다. 사샤는 만 열 살이 되었지만 키가 작고 아주 말랐기 때문에 일곱 살도 채 되어 보이지 않았다. 얼굴이 검게 그을리고 아무렇게나 머리카락을 자르고 길고 바랜 작업복을 걸친 다른 소녀들 사이에서, 커다란 검은 눈에 빨간 리본으로 머리를 묶은, 얼굴이 하얀 사샤는 익살맞게 보였다. 마치 들판에서 잡혀 농가로 끌려 들어온 작은 동물 같았다.

「이 아이는 글을 읽을 줄 안답니다.」 올가가 딸을 다정스럽게 바라보며 칭찬했다. 「한번 읽어 보렴, 애야!」 보따리에서 복음서를 꺼내며 말했다. 「많은 정교도[5]들이 듣게 읽어 봐라.」

가죽으로 제본된 복음서는 낡아 책장 모서리가 닳았고 묵직했다. 그리고 마치 수사들이 농가로 들어온 듯한 냄새가 났다. 사샤는 눈썹을 치키고 큰 소리로 노래를 부르듯 읽기 시작했다.

「그들이 떠난 뒤, 주의 천사가······ 요셉의 꿈에 나타나 말하였다. 일어나 아기와 그의 어머니를 데리고 가라······.」

「아기와 그의 어머니를······.」 흥분하여 얼굴이 달아오른 올가가 반복했다.

---

[5] 러시아인들은 자신들을 주로 정교도(正教徒)라 일컫는다. 그만큼 그리스도교에 대한 러시아인들의 신앙심이 깊다. 또한 스스로 정교도라 부르는 데는 러시아가 정교의 중심이라는 자부심이 담겨 있다.

「그리고 이집트로 피하라…… 거기서 내가 말할 때까지 머무르라…….」

〈때까지〉라는 단어가 나올 때 올가는 참지 못하고 눈물을 흘렸다. 그런 올가를 바라보며 마리야도, 그리고 이반 마까리치의 누이도 흐느꼈다. 노인은 마른기침을 하며 손녀에게 뭐라도 주고 싶어서 부산을 떨었지만, 아무것도 찾지 못하고 단념했다. 읽기가 끝나고, 올가와 사샤에게 감동한 이웃 사람들이 아주 만족스러운 마음으로 각자의 집으로 돌아갔다.

휴일이 되면 모든 가족이 하루 종일 집에 있었다. 남편과 며느리들과 손자들이 할미라고 부르는 노파는 모든 일을 직접 하려고 했다. 뻬치까에 불을 지피고 사모바르를 손수 준비했다. 점심때에도 분주하게 다녔다. 그러고는 자신이 일에 치여 산다고 불평하곤 했다. 언제나 노파는 누가 조금이라도 더 많이 먹을까 봐, 영감과 며느리들이 하는 일 없이 빈둥거릴까 봐 걱정했다. 언젠가 한번은 선술집의 거위들이 집 뒤 텃밭에 들어온 소리를 듣고 긴 막대기를 들고 뛰쳐나가, 자기 몸처럼 시들고 말라비틀어진 양배추 옆에 서서 반 시간이나 쨍쨍거리며 소리를 질러 댄 적도 있다. 또 어떤 때는 까마귀가 병아리들을 노린다고 생각하고는 까마귀를 향해 욕설을 퍼붓기도 했다. 이렇게 노파는 아침부터 밤까지 화를 내고 으르렁거렸는데, 자주 큰 고함을 질러 길을 가던 사람이 멈춰 설 정도였다.

노파는 노인을 다정하게 대하지 않고, 게으름뱅이라거나 망할 작자라고 불렀다. 그는 정말 성실하지 못하고 미덥지 못한 남편이었다. 만일 노파가 끊임없이 몰아붙이지 않았다면 그는 정말 아무 일도 하지 않고 뻬치까 위에 앉아 떠들기만 했을 것이다. 그는 아들에게 자신이 싫어하는 사람들에 대해서 이야기하거나, 이웃들에게 매일 당한다고 생각하는 모욕들에 관해서 오랫동안 투덜거렸다. 그의 말을 듣는 것은 정말 지겨웠다.

「그래……」 그가 양손을 허리에 대고 말을 꺼냈다. 「그래…… 성 십자가 현양 축일[6]이 지나고 1주일 후 나는 건초를 1뿌드에 30꼬뻬이까씩 쳐서 기꺼이 팔았어……. 그래…… 잘한 일이었지……. 그런데 말이야, 아침에 내가 아무도 못 만지게 하고서 직접 건초를 나르고 있었거든, 근데 재수 없게 선술집에서 나오는 촌장 안찌쁘 세젤니꼬프를 맞닥뜨린 거지. 〈이런 나쁜 놈아, 어디로 가져가는 거야?〉 하더니 귀싸대기를 갈기지 않겠어.」

끼리약은 숙취로 머리가 심하게 아팠다. 그리고 동생 앞에서 부끄러웠다.

「보드까 때문이야. 이런, 제기랄!」 쑤시는 머리를 흔들어 대며 그가 중얼거렸다. 「니꼴라이 그리고 제수씨, 하느님을 봐서라도 용서하구려. 내참, 창피해서.」

휴일이 되면 선술집에서 청어를 사서 그 머리로 멀건 수프를 끓였다. 한낮에는 모두 앉아 차를 마셨다. 땀이 날 때까지 오랫동안 차를 마셨다. 마신 차 때문에 배가 부풀어 오른 듯해서야 마침내 멀건 수프를 먹기 시작했다. 그릇 하나에 떠놓고 모두 모여서 먹었다. 청어는 노파가 감췄다.

저녁에 도공이 비탈에서 그릇을 굽고 있었다. 아래쪽 풀밭

---

6 그리스도의 십자가를 발견한 것을 기념하여 정교회에서 기리는 축일. 9월 14일.

에서 여자애들이 둥글게 모여 춤을 추며 노래를 불렀다. 손풍금을 켜면서. 강 건너편에서도 가마 한 곳에 불을 땠고, 소녀들이 노래를 불렀다. 멀리서 들리는 노랫소리가 아름답고 부드러웠다. 선술집 안과 밖에서는 농부들 소리로 소란스러웠다. 그들은 술에 취한 목소리로 제각각 노래를 불러 댔다. 그리고 욕설을 퍼붓기도 했다. 올가는 몸서리치며 이렇게 말했다.

「오, 하느님……!」

올가는 욕설이 끊이지 않고 들리는 데 놀랐고, 죽을 때가 다 된 노인들이 가장 크고 길게 욕설을 퍼붓는 데 또한 놀랐다. 아이들과 소녀들은 그 욕설을 듣고도 조금도 놀라지 않았다. 태어날 때부터 욕설에 익숙해서 그럴 것이다.

자정이 지나자 이곳과 건너편에 있는 가마의 불이 꺼졌다. 하지만 아래쪽 풀밭과 선술집은 여전히 떠들썩했다. 술에 취한 노인과 끼리약은 서로의 팔을 잡고 어깨를 부딪치며 올가와 마리야가 누워 있는 헛간으로 다가갔다.

「내버려 둬라.」 노인이 끼리약을 설득했다. 「내버려 둬……. 온순하지 않니……. 죄를 짓는 거다…….」

「마아리야!」 끼리약이 고함을 질렀다.

「내버려 둬라……. 죄를 짓는 거다……. 무슨 잘못을 했다고.」

그들은 헛간 옆에 잠시 멈췄다가 계속 걸었다.

「난 들판에 핀 꽃을 사아랑하네!」 노인이 갑자기 크고 날카로운 테너 소리로 노래를 불렀다. 「초원에서 꽃을 꺼읶고 싶어라!」

그리고 침을 퉤 뱉고는 거칠게 욕을 하며 농가로 들어갔다.

4

 노파는 사샤를 텃밭 옆에 세워 놓고 거위가 들어오지 못하게 감시하라고 일렀다. 무더운 8월의 낮이었다. 선술집의 거위들이 텃밭 뒤쪽으로 들어올 수도 있었으나, 지금은 평화롭게 꽥꽥거리면서 근처에 있는 귀리를 쪼아 먹느라고 분주했다. 거위 한 마리만 노파가 막대기를 들고 쫓아오지나 않는지 살피기라도 하듯이 목을 길게 빼고 있었다. 다른 거위들이 아래쪽 풀밭에서 올라올 수도 있었으나, 지금은 강 건너 멀리에서 풀을 뜯고 있어 마치 풀밭을 따라 하얗고 긴 화단이 펼쳐진 듯했다. 사샤는 잠시 서 있다가 지루해져, 거위가 오지 않는 것을 보고는 비탈 쪽으로 걸어갔다.
 거기서 사샤는 마리야의 큰딸 모찌까를 보았다. 모찌까는 커다란 바위 옆에 꼼짝도 하지 않고 서서 교회를 바라보고 있었다. 마리야는 열세 명의 아이를 낳았지만 그중 여섯 명만 살아남았다. 여섯 아이 가운데 남자애는 하나도 없이 모두 여자애였으며, 가장 큰 아이가 여덟 살이었다. 긴 작업복을 걸친 모찌까는 맨발로 햇볕 아래 그대로 서 있었다. 모찌까의 머리 위에서 태양이 이글거렸으나, 화석이라도 된 듯 조금도 아랑곳하지 않았다. 사샤는 그 옆에 나란히 서서 교회를 바라보며 말했다.
 「교회 안에는 하느님이 사셔. 사람들은 램프와 초를 밝히지만, 하느님은 작은 눈과 같은 빨간색, 초록색, 파란색 등불을 밝히신대. 밤마다 하느님은 성모님과 성 니꼴라이를 데리고 교회 안을 돌아다니시지, 툭, 툭, 툭……. 그러면 야경꾼이 겁에 질려 벌벌 떨지! 그리고 애야…….」 사샤가 자기 엄마를 흉내 내며 덧붙였다. 「세상의 종말이 오면, 모든 교회는 하늘로 올라간단다.」

「교회에 있는 조옹들도 함께?」 모찌까가 단어를 길게 늘이며 낮은 목소리로 물었다.

「교회에 있는 종들도 함께. 세상의 종말이 오면, 착한 사람들은 천국에 가지만 화를 많이 낸 사람들은 영원히 꺼지지 않는 불 속에 던져진단다, 애야. 우리 엄마와 마리야 아줌마에게는 하느님이 이렇게 말씀하실 거야. 너희들은 아무도 해치지 않았으니 그 대가로 오른쪽 천국으로 가라. 그렇지만 끼리야 아저씨와 할미에게는, 너희들은 왼쪽, 불 속으로 들어가거라 하실 거야. 사순절에 고기를 먹은 사람들도 불 속에 던져질 거야.」

사샤가 눈을 크게 뜨고 하늘을 올려다보며 말했다.

「눈을 깜빡이지 않고 하늘을 쳐다보면 천사들을 볼 수 있어.」

모찌까도 하늘을 쳐다보기 시작했다. 잠시 정적이 흘렀다.

「보이니?」 사샤가 물었다.

「안 보여.」 모찌까가 낮은 목소리로 말했다.

「나는 보이는데. 모기만큼 아주 작은 천사들이 조그만 날개를 흔들며 하늘을 날아다니고 있어. 팔락, 팔락.」

모찌까가 땅바닥을 내려다보며 잠시 생각에 잠겼다가 물었다.

「할미가 불 속에 던져질까?」

「그럴걸, 얘.」

바위에서부터 비탈의 저 아래 바닥까지는 울퉁불퉁하지 않고 완만했으며, 손으로 만지거나 그 위에 눕고 싶을 만큼 부드러운 풀들이 깔려 있었다. 사샤가 눕더니 아래로 굴러

내려갔다. 모찌까가 진지하고 심각한 얼굴로 숨을 내쉬더니, 드러누워 사샤를 따라 굴러 내려갔다. 걸치고 있던 작업복이 어깨까지 말려 올라갔다.

「정말 재밌네!」 사샤가 들떠 말했다.

사샤와 모찌까가 다시 한 번 구르기 위해 위로 올라갔을 때 귀에 익은 째지는 목소리가 들려왔다. 오, 정말이지 섬뜩했다! 이빨이 없고 뼈가 앙상하며 등이 굽은 할미가, 짧은 흰 머리가 바람에 헝클어진 채 긴 막대기를 휘둘러 텃밭에서 거위를 몰아내며 소리를 지르고 있었던 것이다.

「양배추를 죄다 밟아 놓다니, 망할 놈들, 네놈들 목을 비틀어 버릴 테다. 젠장맞을, 염병할, 뒈져 버려라!」

노파는 아이들을 보자, 막대기를 내던지고 회초리를 집어 들었다. 그리고 사샤의 목덜미를 비틀어진 나뭇가지 같은 마르고 단단한 손가락으로 움켜잡고 때리기 시작했다. 두려움에 질리고 매를 맞아 아픈 사샤가 소리 내어 울었다. 바로 그때 거위 한 마리가 목을 길게 빼고 뒤뚱거리며 노파에게 다가와 쉿 소리를 내고 다시 무리 속으로 돌아갔다. 그러자 모든 거위들이 그 거위한테 잘했다고 칭찬이라도 하듯이 일제히 꽥꽥거렸다. 노파는 이어서 모찌까를 때리기 시작했다. 모찌까의 작업복이 또다시 말려 올라갔다. 낙담한 사샤는 큰 소리로 울면서 하소연이라도 하려고 농가로 걸어갔다. 그 뒤를 모찌까가 마찬가지로 울면서 따라갔다. 그렇지만 그 울음소리는 낮았다. 눈물을 닦지 않아 모찌까의 얼굴은 마치 물에 빠진 듯 온통 젖어 있었다.

「오, 하느님!」 농가 안으로 들어오는 두 아이를 보고 올가는 몹시 놀랐다. 「성모 마리아님!」

사샤가 무슨 일 때문이었는지 막 말하려는 순간, 노파가 째지는 큰 소리로 욕설을 퍼부으며 들어왔고, 페끌라가 신경질을 냈다. 농가 안이 소란스러워졌다.

「괜찮다, 괜찮아!」 정신이 나가 창백해진 올가가 사샤의 머리를 쓰다듬으며 달랬다. 「그래도 할머니한테 화를 내는 건 나쁘단다. 아무 일도 아니란다, 얘야.」

끊임없이 이어지는 고함 소리와 배고픔과 연기와 악취에 지쳐 버린, 무엇보다 가난을 증오하고 경멸하는, 그리고 자기 아버지와 어머니 때문에 아내와 딸 앞에서 부끄러운 니꼴라이가 뻬치까 밑으로 다리를 내려뜨리고 눈물에 젖은 목소리로 어머니를 향해 화를 내며 말했다.

「어머니, 이 애를 때리지 마세요! 어머니에겐 이 애를 때릴 자격이 없어요!」

「이런 썩을 인간, 거기 뻬치까 위에서 뒈지기나 할 것이지!」 페끌라가 니꼴라이를 향해 악의에 차서 소리 질렀다. 「귀신이 이런 기생충들을 여기다 데려다 놨다니까!」

사샤와 모찌까를 포함한 모든 여자 애들이 뻬치까 위 구석, 니꼴라이 등 뒤로 숨어 두려움에 떨며 숨을 죽이고 있었다. 아이들의 작은 심장이 뛰는 소리만 들렸다. 가족들 가운데 병자가 있으면, 그것도 이미 오랫동안 희망도 없이 앓고 있는 병자가 있으면, 가까운 사람들일지라도 몰래 힐끔거리며 마음속 깊은 곳에서 그가 죽기를 바라는 그런 힘든 순간들이 있다. 아이들만이 가까운 사람의 죽음을 두려워하며, 그런 생각만으로도 무서워한다. 지금 숨죽이고 있는 여자 애들은 슬픈 표정으로 니꼴라이를 쳐다보며 그가 곧 죽을지도 모른다는 생각을 했다. 그러자 울고 싶어졌고, 니꼴라이에게 뭔가 따뜻한 위로의 말을 하고 싶어졌다.

니꼴라이는 보호라도 받고 싶은 듯 올가 옆에 바짝 다가가 앉으며 떨리는 목소리로 조용히 말했다.

「여보, 올랴, 난 더 이상 여기 있을 수 없어. 견딜 수가 없다고. 하느님께 빌고, 하늘에 계신 그리스도께 빌어, 당신의 언니 끌라브지 아브라모브나에게 편지를 써서 가지고 있는 것을 죄다 팔고 저당 잡혀서 그 돈을 보내라고 해. 그 돈으로 여길 떠나자고. 오, 주님…….」 그가 애처롭게 계속 말했다. 「모스끄바를 다시 볼 수만 있다면! 사랑하는 모스끄바를 꿈에서라도 볼 수만 있다면!」

저녁이 되어 농가가 어두워지자 모두들 침울해져 거의 말이 없었다. 화를 잘 내는 노파는 호밀빵 껍질을 물에 적셔 오래도록, 거의 한 시간을 우물거렸다. 마리야는 소젖을 짜서 들통에 담아 가지고 들어와 긴 의자 위에 놓았다. 그러자 노파는 들통의 우유를 몇 개의 단지에 옮겨 부었다. 역시 오래도록 서두르지 않고. 성모 승천 축일이라서 아무도 우유를 먹지 않기 때문에 우유가 그대로 남게 되는 것에 만족스러워하는 표정이었다. 단지 아주 조금, 페끌라의 아기를 위해 작은 접시에 우유를 부어 놓았을 뿐이었다. 할미와 마리야가 단지들을 지하 창고로 나르러 나갔을 때, 모찌까가 갑자기 몸을 일으켜 뻬치까에서 미끄러져 내려오더니 긴 의자 쪽으로 다가가 그곳에 있는, 빵 껍질이 담긴 목재 컵에 작은 접시의 우유를 끼얹었다.

할미가 농가로 돌아와 다시 빵 껍질을 먹기 시작하자, 사샤와 모찌까는 뻬치까 위에 앉아 그런 할미를 보며, 할미가 금지된 음식을 먹었으니 이젠 분명히 지옥에 떨어질 거라고 생각하며 즐거워했다. 이런 일로 위안을 삼은 아이들이 잠자리에 누웠다. 어렴풋이 잠이 든 사샤는 심판의 날을 꿈꿨다. 도공의 것과 같은 커다란 가마가 활활 타오르고, 소처럼 뿔이 난 순결하지 못한 영혼이 온통 시꺼먼 옷을 걸치고 긴 막대기를 휘두르며 할미를 불 속으로 몰아넣는다. 조금 전 할미가 거위를 그렇게 몰았듯이.

5

성모 승천 축일 밤 열 시가 지났을 무렵, 아래쪽 풀밭에서 떠들며 놀던 처녀들과 청년들이 갑자기 비명과 고함을 지르며 마을 쪽으로 뛰어왔다. 위쪽 비탈 끝에 앉아 있던 사람들은 처음에 무슨 일 때문에 그러는지 알 수가 없었다.

「불이야! 불!」 아래쪽에서 절망적인 외침이 들려왔다. 「불이 났다!」

위쪽에 앉아 있던 사람들이 뒤를 돌아보니, 무시무시하고 엄청난 광경이 눈에 들어왔다. 마을 끝에 있는 농가 한 채에서, 짚으로 만든 지붕 위로 불기둥이 1사젠[7] 이상의 높이로 치솟아 소용돌이치며 마치 분수처럼 사방으로 불꽃을 뿌리고 있었다. 금세 지붕 전체가 밝은 화염에 휩싸이더니 탁탁, 불꽃이 튀는 소리가 들렸다.

달빛이 희미해졌고, 붉게 흔들리는 빛에 마을 전체가 온통 휩싸였다. 검은 연기의 그림자가 땅 위를 뒤덮었고, 그을음 냄새가 났다. 아래쪽에서 뛰어 올라온 사람들은 숨을 헐떡이

---

[7] 1사젠은 2.134미터.

며 떠느라 아무 말도 하지 못했고, 서로 부딪쳐 넘어지기도 했다. 갑작스러운 밝은 빛에 눈이 부셔 서로 알아보지도 못했다. 무서운 일이었다. 불 위로 솟는 연기 속에서 이리저리 날아다니는 비둘기들의 모습과, 불이 난 줄 모르는 선술집에서 아무 일도 없는 것처럼 계속 들리는 노랫소리와 손풍금 소리가 더 무서운 분위기를 만들었다.

「세묜 아저씨 집에서 불이 났다!」 누군가가 크고 거친 소리로 고함을 질렀다.

불이 난 곳은 멀리 떨어진 마을 끝이었지만, 마리야는 두 손을 꽉 쥐고 울면서 자신의 농가 근처에서 덜덜 떨며 허둥댔다. 니꼴라이가 펠트 장화를 신고 밖으로 나왔다. 속옷만 입은 아이들도 뛰쳐나왔다. 누군가가 파출소 옆에 있는 철판을 두드렸다. 쟁, 쟁, 쟁…… 하고 울리는 소리가 대기 속으로 퍼졌다. 쉬지 않고 불안하게 울리는 쇳소리가 가슴을 서늘하게 저몄다. 늙은 여자들은 성상을 들고 서 있었다. 양과 송아지와 젖소들이 뒤뜰에서 거리로 내몰렸고, 상자와 양가죽과 목재 통들이 밖으로 날라졌다. 다른 말들에게 뒷발질해서 상처를 입히기 때문에 평소에는 말 무리에 두지 않았던 검은색 종마가 놓여나 앞발로 땅을 차고 울며 마을을 이리저리 뛰어다녔다. 그러다 갑자기 짐마차 옆에 멈춰 서더니 뒷발로 걷어차기 시작했다.

강 건너편에 있는 교회에서 종이 울렸다.

불타는 농가 근처는 뜨거웠고 풀 한 포기까지 선명하게 보일 정도로 밝았다. 밖으로 간신히 끌어낸 상자 위에 코가 큰 빨간 머리의 농부 세묜이 재킷을 걸치고 모자를 귀밑까지 깊숙이 눌러쓴 채 앉아 있었다. 그의 아내는 정신이 나가 고개를 떨구고 신음 소리를 내고 있었다. 그 근방을 여든 살가량 된 어떤 노인이 모자도 쓰지 않은 채 손에 흰 보따리를 들고 걸어 다녔다. 키가 작고 산신령처럼 수염이 많이 난 그 노인은 이 마을 사람이 아니었고, 화재와 어떤 연관이 있는 듯했다. 집시처럼 피부가 가무잡잡하고 머리카락이 검은 촌장 안찌쁘 세젤니꼬프가 도끼를 들고 농가로 다가가 창문을 하나씩 차례로 부수고 나서 입구 계단을 내리쪽었다. 다른 사람들은 창문을 부수는 이유를 몰랐다.

「여자들은 물을 떠와!」 촌장이 소리쳤다. 「펌프를 가져와! 어서 서둘러!」

조금 전까지만 해도 선술집에서 흥청댔던 사람들이 소방 펌프를 끌어냈다. 그들은 모두 술에 취해 비틀거리고 넘어졌으며, 어떻게 해볼 도리가 없다는 표정으로 눈에는 눈물이 가득했다.

「망할 년들, 물을 떠와!」 역시 술에 취해 있던 촌장이 고함을 질렀다. 「어서 서두르라니까!」

여자들이 샘이 있는 곳으로 뛰어 내려가 들통과 대야에 물을 가득 담아 힘겹게 들고 올라와서 소방 펌프에 붓고는 다시 뛰어갔다. 올가도 마리야도 사샤도 모찌까도 물을 날랐다. 아낙네들과 소년들이 펌프질하여 호스에서 슈 소리가 나자, 촌장이 호스를 문과 창문에 번갈아 들이댔다. 손가락으로 호스 구멍을 조절하자 물줄기가 더 강해지며 슈 소리가 더 커졌다.

「잘한다, 안찌쁘!」 여기저기서 격려하는 소리가 터져 나왔다. 「힘내라!」

안찌쁘는 현관으로 들어가 불 속에서 밖을 향해 외쳤다.

「펌프질해! 정교도들이여, 이렇게 불행한 일에는 더욱 분발하시라!」

농부들은 근방에 무리를 지어 서 있으면서 아무 일도 하지 않고 구경만 했다. 아무도 무엇에 손을 대야 할지 몰랐다. 바로 옆에 곡물 더미와 건초와 헛간과 마른 나뭇단이 있었지만 누구도 어찌할 바를 몰랐다. 그곳에 끼리약과 그의 아버지 오시쁘 노인도 거나하게 취한 채 서 있었다. 노인이 아무 일도 하지 않고 있는 자신의 무사태평함을 변명이라도 하려는 듯이 땅바닥에 주저앉아 있는 아낙네를 향해 말했다.

「여보시오, 걱정하지 마시오! 농가는 괜찮을 거요. 무슨 걱정이란 말이오!」

세몬이 한 사람 한 사람을 붙잡고 어떻게 불이 났는지 이야기했다.

「보따리를 든 바로 그 키 작은 노인, 주꼬프 장군 집에서 일했던 노인 말이오……. 지금은 돌아가신 장군님의 요리사였소. 저녁에 와서는 하룻밤만 묵게 해달라는 거였소……. 그리고 물론, 함께 한잔했지요……. 마누라가 그 노인에게 차를 주려고 사모바르를 들어서 문 옆에 놓는데, 불똥이 튀더니 곧장 지붕에 얹은 짚더미에 불이 붙었소. 그렇게 불이 난 거요. 우리도 불에 타버릴 뻔했소. 그 노인의 모자는 타버렸답니다. 끔찍한 일입니다.」

그러는 동안에도 철판을 두드리는 소리와 강 건너편에 있는 교회의 종소리가 쉬지 않고 들렸다. 올가는 온몸에 불빛을 받으며, 연기 속에서 이리저리 날뛰는 붉은색 양들과 핑크빛 비둘기들을 공포에 질린 채 바라보면서, 숨을 헐떡이며 샘을 오르내렸다. 두드려 대는 쇳소리가 날카로운 바늘이 되어 그녀의 가슴을 찌르는 듯했다. 불이 영원히 꺼지지 않고, 사샤를 잃어버릴 것만 같았다……. 농가의 천장이 소리를 내며 무너져 내리자, 이제 어쩔 수 없이 마을 전체가 불타 버릴 거라는 생각에 마음이 약해져 더 이상 물도 나르지 못하고 비탈에 주저앉았다. 들통을 내려놓은 채 다른 아낙네들도 비탈에 주저앉아 장례라도 치르는 듯 몹시 슬프게 울었다.

바로 그때, 지주의 저택에서 영지 관리인과 일꾼들이 두 대의 짐마차에 나눠 타고 강을 건너왔다. 소방 펌프도 가져왔다. 말 위에는 단추를 풀어 헤친 채 몸에 붙는 짧은 상의를 걸친 아주 젊은 대학생이 앉아 있었다. 그들이 도끼질을 하기 시작했다. 그리고 불붙은 기둥에 사다리를 가져다 대더니 다섯 명의 사람들이 사다리를 타고 재빨리 올라갔다. 맨 앞에 올라간 대학생이 불빛을 받아 온통 붉어진 채 쉰 목소리로 다급하게 외쳤다. 불 끄는 일에 아주 익숙한 톤이었다. 그들은 농가에서 통나무들을 떼어 냈다. 마구간과 울타리와 가까이 있는 곡물 더미를 허물었다.

「부수지 못하게 해!」 마을 사람들 속에서 험악한 소리가 터져 나왔다. 「못하게 해!」

끼리약이 부수지 못하게 막겠다는 듯이 단호한 표정을 짓고 농가 쪽으로 다가갔다. 일꾼들 가운데 한 명이 돌아서더니 주먹으로 그의 목 부분을 쳤다. 웃음소리가 났다. 그 일꾼이 한 방 더 쳤다. 나가떨어진 끼리약이 두 팔과 두 다리로 기어서 마을 사람들 속으로 돌아갔다.

모자를 쓴 두 명의 예쁜 소녀들이 강 맞은편에서 건너왔다. 대학생의 누이들인 듯했다. 그들은 조금 떨어져서 불을 구경했다. 떼어 낸 통나무들에서는 이제 불이 꺼져 연기가 심하게 났다. 대학생이 호스를 가져다가 통나무들에 물을 뿌렸다. 그러다 농부들과 물을 나르던 아낙네들에게도 뿌렸다.

「조르주!」 대학생을 향해 소녀들이 책망하듯 다급하게 외쳤다. 「조르주!」

불이 다 꺼졌다. 사람들이 흩어지려는데 여명이 밝아 왔다. 마지막 별들이 하늘에서 사라져 가는 이른 새벽이면 언제나 그렇듯이, 그렇게 어슴푸레하면서 창백했다. 농부들은 흩어지면서 주꼬프 장군의 요리사와 불타 버린 그의 모자를 웃음거리 삼아 농담을 했다. 그들은 벌써 화재를 장난스럽게 이야기했고, 심지어 불이 너무 일찍 꺼져서 유감스럽다는 듯 행동했다.

「당신은 정말 훌륭하게 불을 껐어요.」 올가가 대학생에게 말했다. 「우리가 살던 모스끄바에 계셨더라면 좋았을 텐데. 그곳에서는 거의 매일 불이 나거든요.」

「정말 모스끄바에서 오셨나요?」 어린 아가씨들 중 한 명이 물었다.

「그렇습니다. 남편이 슬라뱐스끼 바자르에서 일했거든요. 여기 내 딸도 역시 모스끄바에서 왔지요.」 새벽 한기를 느껴 자신에게 바짝 달라붙는 사샤를 올가가 가리켰다.

두 명의 어린 아가씨들이 대학생에게 뭔가를 프랑스어로 이야기했고, 대학생이 사샤에게 20꼬뻬이까 은화 한 닢을 주었다. 오시쁘 노인이 이것을 보았다. 그리고 그의 얼굴이 갑자기 희망의 빛으로 밝아졌다.

「하느님께 감사드려야 합니다, 지체 높으신 도련님. 바람이 불지 않았으니까요.」 노인이 대학생을 향해 말했다. 「바람이 불었다면 순식간에 다 타버릴 뻔했습니다. 도련님은 정말 좋으신 분입니다.」 머뭇거리다 목소리를 낮추어 덧붙여 말했다. 「새벽이라 춥습니다. 몸을 좀 따뜻하게 해야 할 텐데……. 한잔만 할 수 있게 도와주십시오.」

아무것도 얻지 못한 노인이 투덜거리면서 느릿느릿 집으로 걸어갔다. 올가는 비탈 위에 서서 두 대의 짐마차가 얕은 곳으로 강을 건너가는 것과 대학생과 두 소녀가 풀밭을 가로질러 걸어가는 것을 바라보았다. 마차가 맞은편에서 그들을 기다리고 있었다. 농가로 돌아온 후 올가는 남편에게 들떠서 말했다.

「정말 좋은 분들이에요! 어쩜 그렇게들 잘생겼는지! 아가씨들은 꼭 천사들 같았다니까요.」

「지옥에나 떨어져라!」 잠에 취한 페끌라가 심술궂게 웅얼거렸다.

6

마리야는 자신이 불행하다고 생각하고 자주 죽고 싶다고 말했다. 반대로, 페끌라에게는 가난과 더러움 그리고 욕설이 끊임없이 이어지는 이런 생활이 잘 맞았다. 페끌라는 아무것이나 가리지 않고 잘 먹었고, 어디서나 몸을 기대고 잘 잤다. 구정물을 문을 열고 바로 버렸기 때문에 문지방까지 더러운 물로 흥건했지만, 괴어 있는 그 더러운 물을 맨발로 밟고 지나다녔다. 페끌라는 첫날부터 올가와 니꼴라이를 아주 싫어했다. 단지 그들이 이런 생활을 마음에 들어 하지 않는다는 이유 때문이었다.

「모스끄바에서 온 나리들, 난 당신들이 여기서 뭘 먹는지 지켜보겠어!」 페끌라가 독살스럽게 말했다. 「지켜보겠다고!」

9월 초의 어느 날 아침, 페끌라가 물을 담은 들통 두 개를 비탈 아래쪽에서부터 들고 들어왔다. 추위로 빨갛게 된 얼굴은 건강하고 아름다웠다. 그때 마리야와 올가는 탁자에 앉아 차를 마시고 있었다.

「차에 설탕이라!」 페끌라가 비꼬면서 말했다. 「귀부인이라도 되셨나 보군.」 들통을 내려놓으며 덧붙였다. 「우아하게 매일 차를 마시는 게 습관이라도 되셨나 본데, 조심들 하라고. 그렇게 차를 마시다간 부풀어 터져 버릴 테니!」 올가를 혐오스럽게 쳐다보면서 계속 말했다. 「모스끄바에서 살아서 그렇게 상판대기가 뒤룩뒤룩하나 봐, 돼지같이!」

페끌라가 물지게를 치켜들더니 올가의 어깨를 내리쳤다. 두 동서는 서로 손을 꼭 잡고 이렇게 말할 뿐이었다.

「오, 이런 맙소사.」

그러고 나서 페끌라는 속옷 빨래를 하러 강으로 내려갔다. 내려가면서 농가까지 들리는 커다란 소리로 욕설을 내뱉었다.

해가 저물었다. 긴 가을밤이 시작되었다. 농가 안에서는 모두가 모여 실을 감고 있었다. 강 너머로 건너간 페끌라만 없었다. 실을 가까운 공장에서 가져와, 모든 식구가 매달려 1주일에 20꼬뻬이까를 벌어들였다.

「농노였을 때가 더 좋았어.」 노인이 실을 감으며 말했다. 「일하고 먹고 자면 됐는데. 그러면 아무 근심도 걱정도 없었거든. 점심에 양배추 수프와 까샤를 먹었고 저녁에도 같은 것을 먹었지. 오이와 양배추는 양껏 먹었는데. 원하는 만큼 마음껏 말이야. 그때는 더 엄격했지. 모두 다 자기가 할 일을 알았거든.」

램프 하나만이 연기를 내며 희미하게 타올라 주위를 밝혔다. 누구라도 그 앞에 서면 거대한 그림자가 창문에 드리워져 달빛이 밝게 보였다. 오시쁘 노인이 천천히, 농노제가 있던 시절에는 어떻게 살았는지에 대해 말했다. 지금은 생활이 몹시 따분하고 가난하지만 바로 똑같은 이곳에서, 예전에는 사람들이 해리어와 보르조이와 리트리버[8]들을 데리고 사냥을 했고 또 사냥몰이를 하는 동안 농부들은 보드까를 실컷 마실 수 있었다고 했다. 그리고 모스끄바의 젊은 귀족들을 위해 사냥으로 잡은 새들을 짐마차들이 줄지어 실어 날랐고, 행실이 나쁜 농노는 매를 맞거나 뜨베리의 영지로 쫓겨났지만 말을 잘 듣는 농노는 포상을 받았다고도 했다. 할미도 이것저것 이야기했다. 할미는 모든 것을 잘 기억하고 있었다. 신앙심이 깊고 선량했던 자신의 여주인에 관해 이야기했다. 그 남편은 방탕한 난봉꾼이었고, 딸들도 불행한 결혼을 했다. 큰딸은 술주정뱅이와 결혼했고, 둘째 딸은 속물에게 시집을 갔고, 셋째 딸은 누군가와 눈이 맞아 야반도주했는데, 당시에 소녀였던 할미 자신이 야반도주를 도와주었다고 했다. 세 딸은 모두 상심하여 일찍 죽어 버렸고, 그들의 어머니도 역시 곧 죽었다. 이 이야기를 하면서 할미는 조금 울기까지 했다.

갑자기 누군가가 문을 두드렸고, 모두들 깜짝 놀랐다.

「오시쁘, 하룻밤만 재워 주시오!」

8 해리어는 토끼 사냥개이고, 보르조이는 러시아 토종 사냥개이며, 리트리버는 총으로 쏜 사냥감을 물어 오도록 훈련된 사냥개이다.

대머리에 키가 작은 노인이 들어왔다. 화재로 모자를 잃은 바로 그 주꼬프 장군의 요리사였다. 그는 쪼그리고 앉아 이야기를 듣다가 마찬가지로 옛 추억에 잠겨 말하기 시작했다. 니꼴라이는 뻬치까 위에 앉아 두 다리를 늘어뜨리고, 〈지주들은 무슨 요리를 먹었는지······〉 하면서 줄곧 음식에 관해서 물었다. 그들은 크로켓과 커틀릿과 여러 종류의 수프와 소스들에 관해서 이야기했다. 역시 모든 것을 잘 기억하고 있는 요리사는 지금은 없는 요리들에 관하여 언급했다. 이를테면, 황소의 눈알로 만든 요리가 있었는데, 그 요리의 이름은 〈아침에 눈을 떠서〉라는 거였다.

「당시에 커틀릿을 마레샬식으로[9] 요리했나요?」

「그렇지는 못했소.」

니꼴라이가 비난하듯 고개를 저으며 말했다.

「에이, 당신은 시시한 요리사였나 보군요.」

여자애들은 뻬치까 위에 앉거나 누워서 눈을 깜빡거리지도 않고 아래를 내려다보았다. 마치 구름 속의 천사들처럼 많아 보였다. 아이들은 이야기를 좋아했다. 즐거워하거나 무서워하거나 하면서 한숨을 내쉬기도 하고 몸서리치기도 하고 얼굴이 창백해지기도 했다. 특히 누구보다도 흥미롭게 이야기하는 할미의 말을 아이들은 무서워서 꼼짝도 하지 않고 숨소리도 내지 않으며 들었다.

모두가 잠자리에 누워 이젠 아무 말도 하지 않았다. 나눴던 이야기들로 흥분되고 뒤숭숭해진 노인들은 좋았던 젊은 시절을 생각했다. 실제로 그러했는지와는 상관없이 젊은 시절의 기억은 활기차고 즐겁고 감동적이었다. 그리고 가까이

[9] 장군의 취향대로.

다가온 차갑고 무서운 죽음을 생각했다. 죽음에 관해서는 생각하지 않는 게 더 나았다! 램프가 꺼졌다. 어둠, 달빛으로 윤곽이 선명하게 드러난 두 개의 창문, 정적, 삐걱거리는 요람 소리가 어쩐지 인생이 이미 지나갔고 결코 되돌릴 수 없다는 생각만 들게 했다……. 졸다가 깜빡 깊은 잠이 들기도 했지만, 누군가 갑자기 어깨를 건드리거나 볼에 대고 숨을 내쉬면 잠이 달아났다. 몸이 마비라도 된 듯 늘어지자 온통 죽음에 대한 생각이 머릿속으로 슬그머니 기어 들어온다. 반대쪽으로 돌아누워 죽음에 대한 생각이 사라지면, 이번에는 가난과 사료와 값이 오른 곡물에 대한 떨쳐 버릴 수 없는 우울하고 지겨운 생각이 맴돌았다. 그러다 잠시 후 다시, 인생은 이미 지나갔고 결코 되돌릴 수 없다는 생각이 떠올랐다…….

「오, 주님!」 요리사가 한숨을 내쉬었다.

누군가 아주 조용히 창문을 두드렸다. 페끌라가 돌아왔을 것이다. 올가가 하품을 하면서 일어나 기도문을 중얼거리며 빗장을 벗기고 문을 열어 주었다. 하지만 아무도 들어오지 않았고, 밖에서 찬 기운만 들이닥칠 뿐이었다. 달빛으로 농가 안이 갑자기 환해졌다. 열린 문으로 조용하고 쓸쓸한 거리와 하늘에 덩그러니 떠 있는 달이 보였다.

「거기 누구요?」 올가가 소리를 내어 물었다.

「나야.」 대답 소리만 들렸다. 「나라니까.」

문 옆에서 페끌라가 벽에 몸을 기대고 서 있었다. 아무것도 걸치지 않은 알몸이었다. 추위에 떨고 있었다. 이 부딪치는 소리가 났다. 밝은 달빛 아래 있는 페끌라의 몸은 푸르스름하니 아름다웠고 야릇했다. 몸 위의 그림자와 피부 위의 달빛이 눈에 선명하게 들어왔다. 특히 그녀의 짙은 눈썹과 젊고 탄력 있는 젖가슴이 아주 또렷하게 보였다.

「강 건너 망나니들이 옷을 벗기고 이렇게 내보낸 거야……」 페끌라가 중얼거렸다. 「옷도 걸치지 못하고…… 발가벗은 채 왔어. 옷 좀 갖다줘.」

「어서 들어가!」 올가도 덜덜 떨면서 나지막이 말했다.

「노인네들이 보는 게 싫어.」

그렇지만 이미 노파는 뒤척이며 투덜거리고 있었고, 노인은 〈거기 누구냐?〉 하고 물었다. 올가는 자신의 셔츠와 치마를 가져다 페끌라에게 입혀 주었다. 그리고 둘은 문소리를 내지 않으려고 조심하면서 조용히 농가 안으로 들어갔다.

「너였냐?」 노파가 누군지 알아차리고 화를 내며 툴툴댔다. 「대체 밤늦게 어딜 쏘다니는 거냐…… 뒈지려고 환장했냐!」

「괜찮아, 괜찮아.」 올가가 페끌라를 감싸 안으며 속삭였다. 「괜찮아, 동서.」

다시 조용해졌다. 농가 안에서는 언제나 제대로 잠을 못 잤다. 성가신 일이 집요하게 모두의 잠을 방해했던 것이다. 노인은 등이 아파서, 할미는 근심과 악의 때문에, 마리야는 무서워서, 아이들은 가렵고 배고파서 제대로 잠을 못 잤다. 지금도 어수선해서 잠을 제대로 잘 수가 없었다. 이리저리 뒤척이고, 잠꼬대를 해대고, 물을 마시기 위해 일어나 부스럭거렸다.

페끌라가 갑자기 크고 거친 소리로 울음을 터뜨렸다. 그러다 곧바로 자신을 억제하며 간혹 흐느꼈다. 그 흐느낌도 점차 작아지더니 아무 소리도 들리지 않았다. 이따금 강 건너 맞은편에서 시간을 알리는 종소리가 들려왔다. 그런데 종소리가 이상했다. 다섯 번을 치더니, 다음에는 세 번을 쳤다.

「오, 주님!」 요리사가 한숨을 내쉬었다.

창문으로 보아서는 달빛이 여전히 비치고 있는 건지, 동이 이미 튼 건지 분간하기 어려웠다. 마리야가 일어나 밖으로 나갔다. 소젖을 짜며 〈가만히 있어!〉 하는 그녀의 소리가 들렸다. 노파도 밖으로 나갔다. 농가 안은 아직 어두웠지만, 그래도 이미 모든 사물들을 알아볼 수 있게 되었다.

밤새 한잠도 못 잔 니꼴라이가 뻬치까에서 내려왔다. 그는 초록색 트렁크에서 연미복을 꺼내 입고 소매의 주름을 펴며 창가로 다가갔다. 그리고 연미복의 뒷자락을 잡고 미소를 지었다. 그런 다음 조심스럽게 그것을 벗어 트렁크에 집어넣고 다시 누웠다.

마리야가 돌아와 뻬치까에 불을 지피기 시작했다. 아마도 마리야는 잠이 완전히 깨지 않아 걸어 다니면서 마저 잤을 것이다. 마리야가 뻬치까 앞에서 기분 좋게 몸을 쭉 펴며 이렇게 말하는 걸 보면, 틀림없이 무슨 꿈을 꿨든지 아니면 밤중에 오고 간 이야기들을 떠올렸든지 했을 것이다.

「아니야, 자유가 더 좋아!」

7

나리가 도착했다. 마을 사람들은 지방 감독관을 나리라고 불렀다. 그가 언제, 왜 오는지에 대해 마을 사람들은 1주일 전부터 알고 있었다. 주꼬보에는 겨우 마흔 채의 농가가 있었지만, 체납금이 지방세와 국세를 합쳐서 2천 루블이 넘었다.

감독관이 선술집에 들렀다. 거기서 그는 차 두 잔을 마시고 나서 촌장의 농가를 향해 걸어갔다. 촌장의 농가 근처에는 많은 수의 체납자들이 기다리고 있었다. 촌장 안찌쁘 세젤니꼬프는 젊었지만 — 그는 많아야 서른 살 정도였다 — 엄격했고, 자신도 비록 가난하고 세금을 연체하고 있으면서도 늘 관청 편에 섰다. 그는 자신이 촌장이라는 사실을 즐기며 권력 의식을 좋아했다. 그는 권력을 엄격함으로만 드러낼 줄 알았다. 마을 회의가 있을 때면 사람들은 그를 두려워했고, 그의 말에 온순히 따랐다. 촌장은 거리에서나 선술집 근방에서 술 취한 사람이라도 만나면 그의 두 손을 뒤로 묶고 유치장에 가둬 버렸다. 한번은 오시쁘 대신 마을 회의에 참석해 욕지거리를 했다는 이유로, 노파를 유치장에 만 하루 동안이나 가둔 적도 있었다. 촌장은 도시에서 살아 본 적도 없고 책을 읽어 본 적도 없지만, 어딘가에서 여러 유식한 단어들을 모아 두었다가 대화할 때 즐겨 사용했다. 그것 때문에 마을 사람들은 비록 그 단어들의 뜻을 이해하지 못하면서도 그를 존경했다.

오시쁘가 자신의 세금 장부를 들고 촌장의 농가로 들어서니, 회색 상의를 걸치고 희고 긴 턱수염이 난 늙고 마른 감독관이 입구에 놓여 있는 탁자에 앉아 뭔가를 쓰고 있었다. 농가 안은 깨끗이 청소되어 있었고, 벽마다 잡지에서 오려 낸 그림들로 알록달록했다. 성상 옆 가장 눈에 잘 띄는 곳에는 불가리아의 대공이었던 바텐베르그의 초상이 걸려 있었다. 탁자 옆에 팔짱을 끼고 안찌쁘 세젤니꼬프가 서 있었다.

「나리, 이 사람은 119루블이 밀려 있습니다.」 오시쁘의 차례가 되자 그가 말했다. 「부활절 전에 1루블을 냈지만, 그 후로는 1꼬뻬이까도 내지 않았습니다.」

감독관이 고개를 들고 오시쁘를 바라보며 물었다.

「어떻게 된 거요?」

「자비를 베풀어 주십시오, 각하.」 오시쁘가 가슴을 두근거리며 말을 꺼냈다. 「말씀드리자면, 작년에 류또레즈끼에서 오신 나리께서 이렇게 말씀하셨죠. 〈오시쁘, 건초를 팔게…… 좀 팔게나.〉 팔지 않을 이유가 뭐 있겠습니까? 저에겐 팔려고 내놓은 건초가 100뿌드[10]나 있었는데, 며느리들이 초지에서 베어 들인 거죠……. 그래서 값을 흥정했습니다…… 모든 게 잘 풀려 나갔습죠…….」

오시쁘는 촌장에 대한 이런저런 불만을 늘어놓으며, 마치 증인으로 끌어들이려는 듯 다른 농부들을 바라보았다. 오시쁘의 얼굴은 벌겋게 달아올랐고 땀이 흘러내렸다. 눈은 날카롭고 악의로 가득 찼다.

「당신이 이런 말을 늘어놓는 이유가 뭔지 나는 모르겠소.」 감독관이 말했다. 「당신에게 묻는 건…… 내가 당신에게 묻는 것은 말이오, 대체 왜 체납금을 내지 않는가 하는 것이오. 당신들은 세금을 제대로 내지 않았소. 그런데 그것을 내가 책임져야 하겠소?」

「능력이 되지 않습니다!」

「이러다간 끝도 없겠습니다, 나리.」 촌장이 말했다. 「사실 치낄제예프 일가가 극빈 계층에 속하긴 하지만 말입니다, 다른 사람들에게 물어보십시오, 그 이유는 순전히 보드까 때문입니다. 악질들이죠. 아무것도 이해할 줄 모른답니다.」

감독관이 뭔가를 적은 다음, 오시쁘에게 조용하고 담담하게, 마치 물 한잔 달라는 어투로 말했다.

[10] 100뿌드는 1,638킬로그램.

「나가시오!」

감독관은 곧 떠났다. 그가 자신의 볼품없는 마차에 올라타 마른기침을 할 때, 그의 길고 마른 등만 보아도, 이미 오시쁘도 촌장도 주꼬보의 체납금도 완전히 잊어버리고 이젠 자신에 관한 것만을 생각하고 있다는 것을 알 수 있었다. 그가 1베르스따도 채 가지 않았을 때, 촌장 안찌쁘 세젤니꼬프가 어느새 치낄제예프 일가의 농가에서 사모바르를 밖으로 꺼내고 있었고, 그 뒤에서 노파가 뛰어나오면서 째지는 소리로 있는 힘을 다해 악을 쓰고 있었다.

「못 가지고 간다! 그건 못 가지고 가, 이 망할 놈아!」

촌장이 빠르게 성큼성큼 걸었고, 등이 굽고 사나운 노파가 그 뒤를 숨을 헐떡이며, 거의 넘어질 듯 말 듯하면서 쫓아갔다. 숄이 노파의 어깨에서 흘러내렸고, 군데군데 푸르스름한 흰머리가 바람에 헝클어졌다. 갑자기 노파가 멈춰 서더니, 마치 진짜 폭도처럼 자신의 가슴을 주먹으로 치면서 더 큰 소리로 리드미컬하게 울부짖었다.

「하느님을 믿는 정교도 여러분! 놈이 날 모욕한다오! 마을 사람들, 놈이 날 박해한다오! 오, 오, 제발, 나와 보시오!」

「할멈, 할멈.」 촌장이 엄격하게 말했다. 「정신이나 차리시오!」

사모바르가 없는 치낄제예프 농가는 아주 적적했다. 빼앗겼다는 게 어쩐지 수치스럽고 모욕적이어서 마치 집안의 명예가 갑자기 사라진 듯했다. 촌장이 차라리 탁자나 의자나 그릇을 가져갔다면 이렇게까지 황당하지는 않았을 것이다. 노파는 소리를 질러 댔고, 마리야는 눈물을 흘렸으며, 아이들은 그런 마리야를 바라보며 울었다. 노인은 자신이 잘못했다고 느끼며 고개를 떨군 채 구석에 앉아서 아무 말도 하지 않았다. 니꼴라이도 말이 없었다. 평소에 노파는 니꼴라이를 사랑하고 또 귀하게 여겼지만, 지금은 그런 마음을 잊고 그에게 갑자기 욕설과 잔소리를 퍼붓고 그의 얼굴 바로 밑에 대고 주먹을 흔들어 댔다. 노파는 이 일이 다 니꼴라이의 탓이라고 악을 썼다. 편지로는 슬라뱐스끼 바자르에서 한 달에 50루블을 번다고 자랑해 놓고 돈은 왜 그렇게 조금 부쳤냐? 뭣 때문에 이곳에 가족들까지 이끌고 왔느냐? 죽기라도 하면 무슨 돈으로 너의 장례를 치르겠느냐……? 노인은 니꼴라이와 올가와 사샤를 바라보기가 민망했다.

노인은 가래를 뱉은 뒤, 모자를 움켜쥐고 촌장을 만나러 나갔다. 이미 어두워졌다. 안찌쁘 세젤니꼬프는 뻬치까 옆에서 혹혹 불어 가며 뭔가를 땜질하고 있었다. 집 안에 타는 냄새가 가득했다. 씻지 않아 초췌한 그의 아이들은 치낄제예프네 아이들보다 더 나을 게 없었다. 아이들이 마룻바닥에서 장난치며 떠들고 있었다. 똥배가 많이 나오고 주근깨투성이인 못생긴 그의 아내가 실을 감고 있었다. 이 불행하고 초라한 가족들 속에서 안찌쁘만 건장하고 잘생겼다. 긴 의자 위에 사모바르 다섯 개가 나란히 놓여 있었다. 노인이 바텐베르그를 향해 기도문을 암송하고는 말했다.

「안찌쁘, 자비를 베풀어 사모바르를 돌려주게! 제발!」

「3루블을 가져와서 들고 가!」

「나에겐 그런 돈이 없어!」

안찌쁘가 바람을 훅 불자, 뻬치까의 불이 탁탁 소리를 내며 타올랐다. 그 불빛이 사모바르들 위에서 어른거렸다. 노인이 모자를 꽉 쥐고 생각에 잠겼다가 말했다.

「돌려주게!」

거무스름한 촌장의 얼굴이 아주 시꺼메져 마법사 같아 보였다. 그가 오시쁘를 향해 빠르고 험상궂게 말했다.
「모든 것은 젬스뜨보의 의장에게 달려 있어. 이달 26일에 열리는 행정 회의에서 불만의 이유를 구두나 문서로 표명할 수 있어.」
오시쁘는 무슨 말인지 전혀 이해하지 못했지만, 그래도 이 말에 만족하여 집으로 돌아갔다.
열흘 뒤 감독관이 다시 와서는 한 시간가량 머물다 떠났다. 이 무렵의 날씨는 바람이 많이 불고 추웠다. 강은 오래전에 얼어붙었으나, 아직 눈은 오지 않았다. 밖으로 나다니기가 힘들었다. 어느 휴일, 밤이 되기 전에 이웃 사람들이 오시쁘에게 들러 이야기를 나눴다. 일을 하는 것이 죄악이 되는 날이라 불도 붙일 수 없었기 때문에, 어둠 속에서 이야기를 주고받았다. 상당히 불쾌한 새로운 소식들이 몇 가지 있었다. 두세 집에서 체납금 대신 닭들을 빼앗겼는데, 관청에서 아무도 사료를 주지 않아 전부 죽어 버렸다는 것이다. 양들도 빼앗겼는데, 그 양들을 묶어 각 마을마다 다른 달구지들에 실어 나르다가 한 마리가 죽었다는 것이다. 마침내 그들은 누가 잘못한 건지 따지기 시작했다.
「젬스뜨보야!」 오시쁘가 말했다. 「그렇지 않으면 누구겠어!」
「맞아, 젬스뜨보야.」
아무도 젬스뜨보가 무슨 뜻인지 알지 못했으면서도, 젬스뜨보는 모든 일로, 이를테면 체납금 문제, 직권 남용, 흉작 등의 문제로 비난을 받았다. 이런 전통은 공장과 상점과 여인숙을 소유한 부농들이 자치회 의원으로 참여했다가 불만을 품고서 자신의 공장과 술집에서 젬스뜨보를 욕하던 시절부터 이어져 내려왔다.

하느님이 눈을 내려 주지 않는 것에 대해서도 이야기했다. 장작을 운반해야 했지만, 눈은 오지 않고 얼어붙기만 한 길이 울퉁불퉁해서 수레로도 지게로도 나르기 어려웠다. 이전, 15년이나 20년 전에 주꼬보에서 나눴던 이야기들은 훨씬 더 재미있었다. 그 시절에 노인들은 비밀을 간직하고 뭔가를 알고 있으며 기다리는 듯한 표정을 짓고 있었다. 그들은 금빛 활자의 문서, 땅의 분할, 새로운 토지 그리고 땅속에 숨겨진 보물에 관하여 이야기하며 뭔가를 암시하곤 했다. 하지만 이제 주꼬보 사람들에게는 어떤 비밀도 없다. 그들의 모든 생활은 손금 보듯 뻔해서, 그들이 할 수 있는 이야기는 고작 가난과 사료와 오지 않는 눈에 관한 것들뿐이었다…….

잠시 침묵이 흘렀다. 그리고 다시 닭들과 양들을 떠올리고 누가 잘못한 건지 따지기 시작했다.

「젬스뜨보야!」 오시쁘가 침울하게 웅얼거렸다. 「그렇지 않으면 누구겠어!」

8

교구 교회는 6베르스따[11]나 떨어진 꼬소고로보에 있었다. 그래서 마을 사람들은 세례식이나 결혼식이나 장례식과 같이 필요한 경우에만 그 교회에 갔다. 일상적인 예배는 강 건너편의 교회에서 봤다. 날씨가 좋은 휴일이 되면 여자 아이들은 말끔하게 차려입고 여럿이 어울려 예배에 참석했다. 여

11 약 6.5킬로미터.

자 아이들이 빨갛고 노랗고 파란 옷들을 입고 풀밭을 가로질러 걸어가는 모습을 바라보는 것은 즐거웠다. 날씨가 나쁠 때에는 모두들 집에 있었다. 재계 기간이 되었다. 사순절 동안 재계하지 않은 사람들에게서, 사제가 십자가를 들고 농가를 돌아다니면서 벌금으로 15꼬뻬이까씩 거둬들였다.

노인은 하느님을 믿지 않았다. 하느님에 관해서 생각해 본 적이 거의 없었기 때문이다. 노인은 초자연적인 것을 인정했지만, 그런 건 전적으로 여자들의 문제라고 생각했다. 누가 노인 앞에서 종교나 기적에 관해서 묻기라도 하면, 노인은 머리를 긁적이며 마지못해 이렇게 대답했다.

「그걸 누가 알겠소?」

노파는 하느님을 믿었지만, 그 믿음은 어쩐지 어렴풋했다. 모든 것이 머릿속에서 뒤죽박죽이어서, 죄악과 죽음과 영혼의 구원에 관해 생각하다가도 일상의 근심거리들과 가난이 마음을 빼앗아 노파는 방금 무엇에 대해 생각하고 있었는지도 잊어버렸다. 노파는 기도문을 외우지 못해 밤마다 잠들기 전 성상 앞에 서서 이렇게 웅얼거렸다.

「까잔의 성모 마리아여, 스몰렌스끄의 성모 마리아여, 뜨로에루치쯔의 성모 마리아여……」

마리야와 페끌라는 세례를 받았고, 해마다 금식을 했다. 하지만 그 의미는 전혀 이해하지 못했다. 아이들에게 기도문을 가르치지도 않았고, 하느님에 대해서 말하지도 않았으며, 규칙들을 알려 주지도 않았다. 다만 재계 기간에 부정한 음식을 먹어서는 안 된다고 금지하기만 했다. 다른 가족들도 마찬가지였다. 신앙심이 거의 없었고, 거의 이해하지도 못했다. 그러면서도 모두가 부드럽고 경건한 마음으로 『성서』를 사랑했다. 그런데 그들에게는 『성서』가 없었고, 『성서』를 읽어 주거나 설명해 줄 사람도 없었다. 그래서 복음서를 가끔 읽어 주는 올가를 모두가 존경했고, 또한 올가와 사샤를 함부로 대하지 못했다.

올가는 이웃 마을과 도시에서 열리는 교회 축제와 기도회에 자주 갔다. 도시에는 두 개의 수도원과 스물일곱 개의 교회가 있었다. 올가는 부주의해서 순례를 떠날 때에는 가족들에 대해서 완전히 잊어버렸다가 집으로 돌아올 때에야 비로소 자신에게 남편과 딸이 있다는 사실을 기쁜 마음으로 깨닫고, 밝은 얼굴로 미소를 지으며 이렇게 되뇌었다.

「하느님의 축복이야!」

마을에서 일어나는 일들이 올가는 싫었고 그 일들로 고통을 받았다. 마을 사람들은 엘리야 축일에도, 성모 승천 축일에도, 그리고 부활절에도 술을 마셨다. 성모제 때에는 교구 축제가 주꼬보에서 열렸는데, 이때에도 농부들은 사흘 동안 술을 마셨다. 공공 기금 50루블을 술 마시는 데 써버리고 나서는 집집마다 돌아다니면서 보드까를 사기 위해 돈을 거뒀다. 축제 첫날 치낄제예프 가족은 양 한 마리를 잡았다. 그 양고기를 아침에도 점심에도 저녁에도 실컷 먹었다. 그러고도 아이들은 밤중에 잠에서 깨어나 더 먹고 싶어 했다. 끼리약은 사흘 내내 술에 취해 있었다. 그는 모든 것을, 심지어 모자와 장화까지도 마셔 버렸다. 그리고 마리야를 실신할 정도로 두들겨 팼다. 그 후 모두가 부끄러워했고 거북해했다.

그렇지만 이 하인 마을인 주꼬보에서도 진짜 종교 행사가 한 번 열렸다. 8월에 성모 마리아 성상이 이 마을에서 저 마을로 전 구역을 돌 때였다. 주꼬보 마을에 성상이 오던 날은 구름이 잔뜩 끼고 차분했다. 소녀들은 아침부터 깨끗한 옷으로 잘 차려입고 마을 어귀로 성상을 맞으러 나갔다. 저녁 무렵이 돼서야 성상을 든 행렬이 성가를 부르면서 도착했다. 이때 강 건너편 교회에서는 종소리가 크게 울렸다. 마을 사람들과 방문객들로 거리는 가득 찼다. 소란스럽고 혼잡해서 이리 밀리고 저리 밀리며 먼지가 났다……. 노인과 노파와 끼리야도 성상을 향해 두 팔을 뻗고 간절히 울면서 말했다.

「우리를 지켜 주시는 성모 마리아여! 우리의 보호자여!」

모든 사람들이 문득, 하늘과 땅 사이가 텅 비어 있지 않고, 부유한 자와 힘 센 자가 모든 것을 움켜쥐고 있지 않으며, 온갖 모욕과 노예 같은 속박과 견디기 힘든 가난과 소름 끼치는 보드까로부터 벗어날 안식처가 여전히 있다는 것을 깨달은 듯했다.

「우리를 지켜 주시는 성모 마리아여!」 마리야가 흐느꼈다. 「성모 마리아여!」

하지만 행사가 끝나고 성상이 떠나면, 모든 것이 예전의 상태로 되돌아갔다. 선술집에서는 다시 술 취한 거친 목소리들이 들려왔다.

죽음은 부농들만 걱정했다. 그들은 부유해질수록 하느님과 영혼의 구원을 잘 믿지 않았고, 지상에서의 마지막이라는 공포심이 들 때에만 초에 불을 켜고 기도를 드렸다. 가난한 농부일수록 죽음을 두려워하지 않았다. 노인과 노파의 얼굴에서는 자신들이 너무 오래 살았고 이제 죽을 때가 되었으며 또 그런 것에 개의치 않는다는 표정을 읽을 수 있었다. 그들은 거리끼지 않고 니꼴라이가 있는 데서 페끌라에게, 니꼴라이가 죽으면 그녀의 남편 제니스가 병역을 면제받아 집으로 돌아올 거라고 말했다. 마리야도 죽음을 두려워하지 않았을 뿐만 아니라 심지어, 늦지 않게 죽음이 찾아와 주기를 바랐고 또 자신의 아이들이 죽기라도 하면 기뻐했다.

죽음을 두려워하지 않았지만, 모든 종류의 병에 대해서는 지나칠 정도로 무서워했다. 아주 사소한 일에도, 이를테면 배가 아프다거나 오한이 가볍게 나도, 노파는 어느새 뻬치까 위에 이불을 덮어쓰고 누워 끙끙 신음 소리를 내며 〈아이고, 나 죽네에!〉를 연발했다. 그러면 노인은 서둘러 사제를 데려와 노파에게 마지막 성체와 종부 성사를 받게 해주었다. 감기나 기생충 감염, 복부와 가슴에 돋는 종기는 매우 자주 호소하는 병이었다. 특히 감기를 가장 두려워했다. 그래서 감기에 걸리면 여름철이라도 두꺼운 이불을 뒤집어쓰고 뻬치까 위에 누워 몸을 따뜻하게 했다. 노파는 약 먹는 것을 좋아해서 자주 병원에 갔다. 그리고 병원에 가면 자신이 일흔 살이 아니라 쉰여덟 살이라고 말했다. 의사가 만일 자신의 진짜 나이를 안다면 약을 처방해 주는 대신, 죽을 때가 되어서 그런다고 말할까 봐 겁냈기 때문이다. 노파는 보통 아침 일찍 손녀 두셋을 데리고 병원으로 갔다. 그리고 자신이 복용할 물약과 아이들이 바를 연고를 가지고 굶주려 신경질을 내면서 저녁에 돌아왔다. 한번은 노파가 니꼴라이를 데리고 갔다. 그 후 니꼴라이는 2주일 동안 물약을 복용하고 좀 나아졌다고 말했다.

노파는 근방 30베르스따[12] 내에 사는 모든 의사들과 간호사들 그리고 주술사들을 알고 있었다. 사제가 십자가를 들고 집집마다 방문하던 성모제 때, 보조 사제가 도시의 구치

12 약 32킬로미터.

소 근처에 위생병으로 근무했던 늙은이가 살고 있는데 병을 아주 잘 치료한다면서 한번 찾아가 보라고 말해 주었다. 노파는 그의 말대로, 첫눈이 내리던 날 도시로 가서 그 늙은이를 데리고 왔다. 수염이 텁수룩하고 긴 겉옷을 걸친, 기독교로 개종한 유대인이었다. 파란 정맥이 얼굴에 우툴두툴했다. 때마침 그때 농가 안에서 삯꾼들이 일하고 있었다. 늙은 양복장이가 지저분한 돋보기를 코에 걸치고 낡은 옷을 잘라 조끼를 만들고 있었고, 젊은 청년 두 명이 양털로 장화를 만들고 있었다. 술 때문에 일자리에서 쫓겨나 이제는 집에 있는 끼리약이 양복장이 옆에 앉아 멍에를 고치고 있었다. 농가 안은 좁고 답답했으며 악취가 났다. 개종한 유대인이 니꼴라이를 살펴보고 나쁜 피를 빼야 한다고 말했다.

그가 피를 빼기 시작했다. 늙은 양복장이와 끼리약과 아이들이 옆에 서서 그것을 바라보면서, 니꼴라이의 몸에서 병이 빠져나가고 있다고 생각했다. 니꼴라이도 가슴에 붙은 병에 조금씩 검은 피가 차오르는 것을 바라보며, 자신의 몸에서 정말로 나쁜 것이 빠져나가고 있다고 느끼고 만족스럽게 미소를 지었다.

「그거 괜찮군.」 양복장이가 말했다. 「효과를 보게 하느님께 빌자고.」

개종한 유대인은 연거푸 열두 번의 피를 뺐고 이어서 또 열두 번을 뺐다. 그러고 나서 차를 마시고 떠났다. 니꼴라이가 몸을 떨었다. 얼굴이 헬쑥해졌다. 아낙네들의 표현으로 말하자면 주먹만 해졌다. 손가락은 푸르스름해졌다. 담요와 털옷으로 그의 몸을 덮었지만, 더욱 차가워질 뿐이었다. 저녁 무렵부터 니꼴라이는 고통스러워했다. 자신을 바닥에 눕혀 달라고 부탁했고, 양복장이에게 담배를 피우지 말아 달라고 말했다. 털옷 아래가 조용해졌다. 그리고 다음 날 아침, 그가 죽었다.

9

아, 얼마나 혹독하고 긴 겨울이었던지!

크리스마스가 지나고 이미 곡식이 떨어져, 곡분을 샀다. 이제는 집에서 지내는 끼리약이 저녁마다 소란을 피워 모두가 공포에 떨었다. 아침이 되면 끼리약은 숙취와 수치심에 괴로워했고, 그런 그의 모습은 애처로워 보였다. 외양간에서는 밤낮으로 굶주린 젖소의 울음소리가 들렸고, 이 소리가 노파와 마리야의 마음을 찢어 놓았다. 일부러 그러기라도 하듯이, 추위는 한겨울 내내 지독했고 엄청난 눈이 쌓였다. 겨울은 쉽게 끝나지 않았다. 성모 영보 대축일[13]이 되어서도 심한 눈보라가 휘몰아쳤고, 부활절에는 눈이 내렸다.

그래도 어쨌든 겨울이 끝났다. 4월 초에도 밤에는 얼음이 얼어 겨울이 완전히 물러나지 않은 듯했지만, 점차 따뜻한 날이 많아져 갔다. 시냇물이 다시 흐르고, 새들이 지저귀기 시작했다. 강 주변의 풀밭과 덤불은 눈 녹은 물에 잠겼고, 주꼬보와 맞은편 마을 사이에는 범람한 물로 가득 찼다. 물 위 여기저기에서 야생 오리 떼가 날아올랐다. 불타는 듯한 봄의 석양과 그 빛을 받아 찬란하게 빛나는 구름이 매일 저녁 새

---

13 가브리엘 천사가 성모 마리아에게 예수 탄생을 알려 준 것을 기념하는 축일로, 3월 25일.

롭고 특별하며 놀라운 감흥을 가져다주었다. 나중에 그와 같은 색채와 구름을 그림에서 본다 하더라도 믿지 못할 그런 광경이었다.

두루미들이 누군가를 부르듯 구슬프게 울며 빠르게 날아갔다. 올가는 비탈 끝에 오랫동안 서서 범람한 물과 태양과 새로운 생명을 받은 듯 빛나는 교회를 바라보며 눈물을 흘렸다. 어디론가 멀리, 눈길이 닿는 곳으로, 세상 끝으로라도 떠나고 싶은 열정에 휩싸여 숨이 막혀 왔다. 올가가 다시 모스끄바로 돌아가 하녀로 일하고, 끼리약도 함께 떠나 문지기나 다른 일을 찾아보기로 이미 결정되어 있었다. 오, 좀 더 빨리 떠났으면!

땅이 마르고 날씨가 더 따뜻해지자, 떠날 준비를 했다. 올가와 사샤는 등짐을 지고 나무껍질을 엮어 만든 신을 신고 새벽녘에 떠났다. 마리야가 그들을 배웅하러 따라나섰다. 끼리약은 몸이 좋지 않아 1주일 후에 떠나기로 했다. 올가는 남편을 생각하면서 마지막으로 교회를 향해 기도를 드렸다. 울지는 않았지만, 찌푸린 올가의 얼굴은 마치 노파의 얼굴처럼 추레했다. 겨울을 지내면서 올가는 여위었고 매력도 사라졌으며 머리카락도 하얗게 셌다. 이전의 명랑한 미소와 사랑스러운 표정 대신 그동안 겪은 비애가 드러나는 침울하고 무기력한 모습이었다. 그리고 마치 듣지를 못하는 듯 시선은 멍하니 고정되어 있었다. 올가는 마을과 농부들을 떠나는 것이 애석했다. 마을 사람들이 니꼴라이를 운구하는 도중 모든 농가의 앞에 가서 그의 안식을 빌게 했던 일과 모두가 그녀의 슬픔을 함께하며 울었던 것을 떠올렸다. 여름과 겨울 동안 이 사람들이 사는 것이 돼지보다 못하며 이들과 지내는 것이 끔찍하다고 생각하던 때가 있었다. 그들은 거칠고 성실하지 못하고 더럽고 술에 취해 있었으며, 서로를 존중할 줄 모르고 꺼려 하고 의심했기에 화합하지 못하고 언제나 다투기만 했다. 누가 술집에서 사람들을 취하게 하는가? 농부들이다. 누가 마을과 학교와 교회의 기금을 술을 마시는 데 탕진하는가? 농부들이다. 누가 보드카 한 병을 위해 이웃의 것을 도둑질하고 불을 지르며 법정에서 거짓 증언을 하는가? 누가 자치 회의를 비롯한 여러 회의들에서 제일 먼저 농부들과 싸우는가? 농부들이다. 그렇다, 그들과 함께 지내는 것은 끔찍했다. 그렇지만 그들도 모두 사람이고, 고통당하고 우는 존재이다. 그들의 삶에서 해명될 수 없는 것은 하나도 없다. 힘든 노동, 그로 인해 밤마다 아픈 몸, 혹독한 겨울, 부족한 수확, 협소한 집, 전혀 기대할 수 없는 도움. 그들보다 더 부유하고 힘 센 자들도 실은, 거칠고 성실하지 못하고 술에 취해 있으며 마찬가지로 혐오스럽게 욕지거리를 해대기 때문에 도울 수가 없다. 아주 하찮은 관리나 지주의 하인도 농부들을 마치 부랑자처럼 취급하여, 심지어 마을의 노인들과 교회의 집사들에게도 하대하면서 그것을 당연하다고 생각한다. 모욕하고 강탈하고 위협하려고 마을에 마차를 타고 오는 탐욕스럽고 음탕하며 게으른 사람들에게서 무슨 도움이나 좋은 모범을 바라겠는가? 올가는, 끼리약이 겨울에 태형을 받으러 끌려갈 때 노인들이 보인 애처롭고 굴욕적인 표정을 잊을 수가 없었다……. 이제 올가는 이 모든 사람들을 안타까워하고 애처롭게 여겼다. 올가는 걸어가면서 자꾸 농가를 뒤돌아보았다.

마리야는 그들을 3베르스따쯤 따라가다가 작별 인사를

했다. 그리고 무릎을 꿇고 고개를 숙이고 슬프게 울기 시작했다.

「다시 난 혼자야. 아아, 불쌍한 사람, 불쌍하고 가련한 사람······.」

마리야는 오랫동안 그렇게 슬프게 울었다. 마리야가 무릎을 꿇고 두 손으로 머리를 감싸 쥔 채 한쪽으로 몸을 숙이고 있는 모습이 오랫동안 올가와 사샤의 눈에 들어왔다. 그런 마리야 위에서 까마귀가 날고 있었다.

태양이 높이 떠, 더워지기 시작했다. 주꼬보는 뒤쪽으로 멀어졌다. 걷는 일이 수월해졌다. 올가와 사샤는 곧 마을과 마리야를 잊어버렸다. 모든 것이 그들의 기분을 밝고 명랑하게 해주었다. 오래된 무덤, 줄지어 늘어서 지평선 너머 알 수 없는 곳으로 사라지는 전신주의 행렬, 신비한 느낌을 주며 윙윙거리는 전선. 멀리 신록에 파묻힌 조그만 마을이 보이고, 습기와 대마 냄새가 풍겨 왔다. 그곳에는 어쩐지 행복한 사람들이 살 것 같았다. 색이 바랜 말의 뼈가 들판에서 쓸쓸히 나뒹굴었다. 종달새들이 지칠 줄 모르고 울어 댔고, 메추라기들이 짝을 찾아 울어 댔다. 뜸부기는 정말로 누군가가 낡은 쇳조각을 긁듯[14] 울어 댔다.

한낮에 올가와 사샤는 큰 마을에 들어섰다. 마을의 넓은 길에서 주꼬프 장군의 요리사와 마주쳤다. 더위에 땀이 나고 붉어진 대머리가 햇빛을 받아 빛났다. 요리사와 올가는 서로 무심코 지나쳤다가 동시에 뒤를 돌아보며 누군지 알아봤다. 그렇지만 둘 다 아무 말도 하지 않고 각자 자신의 길을 계속 걸어갔다. 새로 지어진 부유해 보이는 농가의 열린 창문 앞

---

[14] 러시아어에서 뜸부기는 〈긁다〉라는 동사에서 파생했다.

에 멈춰 서서 올가는 절을 하고 크고 가는 목소리로 노래를 부르듯이 말했다.

「정교도들이여, 그리스도를 위하여 자비를 베푸시라, 당신의 선행을 축복하사, 당신의 부모들께 하느님의 나라와 영원한 평화가 함께하시리니.」

「정교도들이여.」 사샤가 따라 불렀다. 「그리스도를 위하여 자비를 베푸시라, 당신의 선행을 축복하사, 하느님의 나라가……」

새로운 별장

1

 오브루차노보 마을로부터 3베르스따[1] 떨어진 곳에 커다란 다리를 놓는 공사를 하고 있었다. 가파른 강둑 위 높은 곳에 위치한 마을에서는 다리의 격자 골격이 보였고, 조용하고 안개 낀 겨울 낮, 다리의 섬세한 철제 구조물들과 상판이 온통 서리로 뒤덮일 때면 그림 같고 환상적이기까지 한 장관을 연출했다. 마을을 가로질러 이따금, 다리를 건설하는 엔지니어 꾸체로프가 빠른 드로슈끼나 사륜마차를 타고 지나갔다. 꾸체로프는 뚱뚱하고 어깨가 벌어지고 수염이 덥수룩한 남자로 부드럽고 구겨진 챙 달린 모자를 쓰고 다녔다. 휴일이면 이따금 공사장에서 일하는 부랑자들이 마을로 걸어 들어왔다. 그들은 구걸을 하고, 마을 여자들에게 웃음을 지어 보이고, 때로는 뭔가를 훔쳐 갔다. 하지만 그런 일은 아주 드물었다. 보통은, 다리를 건설하고 있지 않은 듯 조용하고 평온한 날들이 지나갔다. 단지 저녁마다, 다리 근처에 모닥불이

[1] 3.201킬로미터.

피어오를 때면, 부랑자들의 노랫소리가 바람을 타고 희미하게 들려올 뿐이었다. 그리고 낮에 이따금 슬픈 금속성 소리가 뎅…… 뎅…… 뎅…… 하고 들려오기도 했다.

어느 날 엔지니어 꾸체로프에게 그의 아내가 왔다. 그녀는 나무들과 교회와 가축 떼가 있는 초록색 계곡의 멋진 경치와 강변이 마음에 들어, 남편에게 땅을 좀 사서 여기에 별장을 짓자고 졸랐다. 남편도 그러기로 했다. 이전에 오브루차노보의 젖소들을 풀어놓았던 강변 위 풀밭 20제샤찌나[2]를 사서, 테라스와 발코니와 탑이 있고 일요일마다 깃발이 펄럭이는 깃대도 있는 아름다운 이층집을 지었다. 석 달가량 걸려 짓고 난 후, 겨울 동안 커다란 나무들을 심었고 봄이 오자 주위가 온통 푸르러졌으며 새로 지은 집 주변으로 가로수 길이 생겨났다. 정원사와 두 명의 일꾼이 하얀 에이프런을 두르고 집 주위를 파 작은 분수를 만들었다. 거울로 만든 구(球)를 바라보면 눈이 아플 정도로 밝게 빛났다. 이 저택은 이미 〈새로운 별장〉이라고 불렸다.

5월 말 맑고 따뜻한 아침, 오브루차노보의 대장장이 로지온 뻬뜨로프에게 편자를 고치러 두 마리의 말을 끌고 사람들이 왔다. 새로운 별장에서 온 것이다. 말들은 눈처럼 하얗고 늘씬하고 윤기가 흘렀으며 놀랄 만큼 서로 닮아 있었다.

「진짜 순종들이군!」 로지온이 두 마리의 말을 보고 경탄하면서 웅얼거렸다.

그의 아내 스쩨빠니다와 자식들 그리고 손자들도 말을 보기 위해 밖으로 나왔다. 차츰 사람들이 모여들었다. 선천적으로 수염이 나지 않는 리치꼬프 가(家)의 아버지와 아들도

[2] 약 22헥타르.

모자를 쓰지 않고 푸석푸석한 얼굴로 다가왔다. 길고 폭이 좁은 수염이 난, 키가 크고 마른 노인 꼬조프도 손잡이가 구부러진 지팡이를 짚고 다가왔다. 그는 줄곧 자신의 예리한 눈을 깜박이며 뭔가를 알고 있다는 듯이 비웃는 미소를 지었다.

「하얗다는 것뿐, 그게 어떻다는 거지?」그가 말했다.「내 말들도 귀리만 먹이면 이렇게 매끈하게 될걸. 이놈들도 채찍질당하며 쟁기질한다면…….」

마부는 그를 경멸하는 눈빛으로 바라만 볼 뿐 한마디도 하지 않았다. 조금 뒤 대장간에 불을 지피는 동안 마부는 담배를 피우면서 여러 이야기를 했다. 농부들은 그를 통해서 많은 것을 상세히 알게 되었다. 주인 부부는 부유한 사람들이다. 그렇지만, 여주인 엘레나 이바노브나는 결혼하기 전에는 모스끄바에서 가정교사를 하며 가난하게 살았다. 그녀는 선량하고 인정이 많아 가난한 사람들을 잘 도와준다. 마부의 말에 따르면, 그들은 새로운 소유지에서 땅을 경작하거나 씨를 뿌리지 않을 거고, 그냥 편안하게 맑은 공기를 들이마시며 살려고 한다. 그가 볼일을 마치고 말을 몰고 나가자 그 뒤를 아이들 무리가 따랐고, 개들이 짖어 댔다. 그 모습을 뒤에서 지켜보면서 꼬조프가 비웃으며 눈을 깜박였다.

「지주들이란 여역시!」그가 말했다.「집을 짓고 말을 기르지만, 틀림없이 전혀 쓸데없는 사람들이야. 지주들이란 여역시!」

꼬조프는 무슨 이유에서인지 새로 지은 집도, 하얀 말들도, 살찌고 잘생긴 마부도 처음부터 싫어했다. 그는 혼자 사는 홀아비였다. 그는 일하지 않고 살았는데(몸이 아파 일을 할 수 없었는데, 그는 자신의 병이 탈장이라고도 했고 기생충에 감염된 병이라고도 했다), 생활비는 하리꼬프의 제과점에서 일하는 아들로부터 받았다. 이른 아침부터 저녁까지 하는 일 없이 강변이나 마을을 어슬렁거렸고, 통나무를 나르거나 물고기를 잡고 있는 농부를 보기라도 하면, 〈죽은 나무에서 잘라 낸 통나무라 썩었군〉, 또는 〈이런 날씨에는 물고기가 잡히지 않아〉라고 말하곤 했다. 가뭄이 들면 그는 얼음이 얼 때까지 비가 오지 않을 거라고 했다가, 비가 오면 들판에 있는 게 모두 썩어 망쳐질 거라고 했다. 그럴 때면 언제나 뭔가를 알고 있다는 듯이 눈을 깜박였다.

새로 지은 집 근처에서는 저녁마다 쏘아 올리는 뱅골 불꽃[3]이 빛났고, 오브루차노보 옆으로 붉은색 등을 단 작은 범선이 지나다녔다. 어느 날 아침, 엔지니어의 아내 옐레나 이바노브나가 어린 딸과 함께 짙은 밤색 조랑말 두 마리가 끄는 노란 바퀴의 사륜마차를 타고 마을에 왔다. 엄마와 딸, 두 사람 다 귀밑까지 내려오는 챙이 넓은 밀짚모자를 쓰고 있었다.

때마침 비료를 주고 있던, 키가 크고 마른 노인인 대장장이 로지온이 대머리에 맨발로 어깨에 갈퀴를 멘 채 자신의 더럽고 보기 흉한 짐마차 옆에 멍하니 서서, 평생 그렇게 작은 말은 보지 못했다는 얼굴로 조랑말들을 바라보았다.

「꾸체로프의 부인이 왔다!」 속삭이는 소리가 주위에서 들렸다. 「저길 봐, 꾸체로프의 부인이 왔어!」

옐레나 이바노브나는 마치 한 채를 골라내려는 듯 농가들을 둘러보다가, 그 가운데 가장 가난해 보이는 농가 옆에 말을 세웠다. 창문으로 금발, 짙은 색 머리, 빨간 머리 등 많은 아이들의 머리가 보였다. 뚱뚱한 노파인 로지온의 아내 스쩨빠니다가 농가에서 뛰어나와, 스카프가 벗겨져 흰머리를 드

3 선명한 오색 불꽃.

러낸 채 햇빛을 받으며 사륜마차를 바라보았다. 햇빛 때문에 잘 보이지 않는 듯 눈살을 찌푸렸지만 스쩨빠니다의 얼굴에는 미소가 떠올랐다.

「당신 아이들에게 주는 겁니다.」 엘레나 이바노브나가 스쩨빠니다에게 3루블을 건네며 말했다.

스쩨빠니다는 갑자기 울음을 터뜨리며 땅에 머리가 닿도록 고개를 숙였다. 로지온도 자신의 검게 탄 대머리를 보이면서 고개를 숙였기 때문에, 하마터면 갈퀴로 자기 아내의 옆구리를 찌를 뻔했다. 엘레나 이바노브나는 당황하여 되돌아갔다.

2

리치꼬프 가의 아버지와 아들은 자신들의 목초지에서 두 마리의 짐말과 한 마리의 조랑말 그리고 머리가 큰 스페인산 어린 황소를 잡아, 대장장이 로지온의 아들인 붉은 머리의 볼로지까와 함께 마을로 몰고 내려왔다. 그들은 촌장에게 호소하고, 증인들을 불러 모아 함께 가축들이 짓밟은 피해를 보러 갔다.

「좋아, 맘대로 하라고 해!」 꼬조프가 눈을 깜박이며 말했다. 「마암대로 하라고 해! 엔지니어란 자가 펑계를 대려고 하면 그래 보라고 해. 재판받을 일이 없을 것 같아? 좋아! 순경을 불러서 조서를 쓰자고……!」

「조서를 쓰자고!」 볼로지까가 반복했다.

「난 그냥 내버려 두지 않겠어!」 아들 리치꼬프가 소리쳤다. 점차 큰 소리로 외쳐 댔기 때문에 수염이 나지 않은 그의 얼굴이 더 크게 부풀어 오르는 것 같았다. 「최신식 건물을 지으면 다야? 그대로 놔두면 목초지를 몽땅 다 짓밟아 버릴 거야! 사람들을 괴롭힐 권리가 그들에겐 없어! 이제 농노는 없다고!」

「이제 농노는 없다고!」 볼로지까가 반복했다.

「다리가 없어도 우리는 살아왔어.」 아버지 리치꼬프가 우울하게 중얼거렸다. 「우리가 언제 다리를 지어 달랬나. 다리가 우리에게 무슨 필요가 있어? 우리는 원치 않는다고!」

「정교도 형제들! 이대로 내버려 둬서는 안 됩니다!」

「좋아, 맘대로 하라고 해!」 꼬조프가 눈을 깜박였다. 「핑계를 대려고 하면 그래 보라고 해! 지주들이란 여역시!」

사람들은 마을로 돌아왔다. 아들 리치꼬프는 돌아오면서 줄곧 주먹으로 자신의 가슴을 치며 소리쳤고, 볼로지까도 소리치며 그의 말을 반복했다. 한편 마을에서는 혈통이 좋은 어린 황소와 말들 주위로 많은 사람들이 모여들었다. 어린 황소는 놀라 눈을 희번덕거리다가 갑자기 고개를 숙이고 뒷발을 박차고 뛰어나갔다. 꼬조프가 놀라 황소를 향해 지팡이를 흔들어 댔고, 모든 사람들이 웃음을 터뜨렸다. 그러고 나서 가축을 가둬 놓고 기다리기 시작했다.

저녁에 엔지니어는 피해 보상금으로 5루블을 보내왔다. 그리고 물도 마시지 못하고 풀도 먹지 못한 짐말 두 마리와 조랑말과 어린 황소가 마치 죄를 지어 형장으로 끌려가듯이 고개를 떨군 채 집으로 돌아갔다.

5루블을 받은 후, 리치꼬프 가의 아버지와 아들, 촌장과 볼로지까는 배를 타고 강을 건너 맞은편 끄랴꼬보 마을의 선술집으로 가서 오랫동안 흥청대며 마셨다. 그들이 부르는 노래와 젊은 리치꼬프가 질러 대는 소리가 들려왔다. 마을 여자들은 밤새 잠을 이루지 못하고 불안해했다. 로지온도 역시 잠을 이루지 못했다.

「옳지 못한 일이야.」 로지온은 몸을 뒤척이다가 한숨을 쉬며 말했다. 「나리께서 화를 내시고, 그리고 분쟁이 생길 거야……. 사람들이 나리를 모욕했으니…… 아, 모욕을 하다니, 옳지 못한 일이야…….」

한번은 농부들과 로지온이 자신들의 숲에서 풀을 베고 집으로 돌아오다가 엔지니어를 만나게 되었다. 그는 무명으로 만든 붉은색 셔츠를 입고 긴 장화를 신고 있었다. 그 뒤로 긴 혀를 내놓은 사냥개가 따라가고 있었다.

「형제들, 안녕하십니까!」 그가 말했다.

농부들은 멈춰 서서 모자를 벗었다.

「오래전부터 여러분들에게 하고 싶은 말이 있었습니다.」 그가 말을 이었다. 「그건 말입니다. 올봄 초부터 매일 나의 정원과 숲에 당신네 가축 떼가 오더니, 모두 다 짓밟아 버렸습니다. 돼지들이 풀밭을 파헤쳐 놓거나 채소밭을 망쳐 놓았고, 숲은 새끼 동물들이 다 망가뜨렸습니다. 당신네 가축을 모는 사람들은 아무리 해도 어찌할 도리가 없더군요. 아무리 부탁을 해도 거칠게 나올 뿐이니. 매일 나는 피해를 입으면서도 가만히 있었습니다. 당신들에게 피해 보상을 요구하지도 않았고, 불만을 털어놓지도 않았습니다. 그런데도 당신들은 내 말들과 어린 황소를 잡아 가두고 5루블을 받아 냈죠. 이게 과연 옳은 일입니까? 이웃 간에 이래도 되는 겁니까?」 그가 계속해서 말했다. 그의 목소리는 매우 부드럽고 간절했으며, 시선 또한 험상궂지 않았다. 「이것이 과연 올바른 사람이 할 행동입니까? 1주일 전쯤 당신네들 가운데 누군가가 내 숲에서 두 그루의 참나무를 베어 갔습니다. 당신들은 에레스네보로 가는 길을 파더군요. 그래서 나는 이제 3베르스따를 돌아서 다녀야 한답니다. 대체 왜 당신들은 내가 하는 모든 일에 해코지를 하는 겁니까? 내가 당신들에게 잘못한 일이라도 있는 겁니까? 솔직히 말해 보세요. 아내와 나는 최선을 다해 당신들과 조화를 이루며 평화롭게 살려고 노력하고, 할 수 있는 한 농부들을 돕고 있는데도 말입니다. 나의 아내는 선량하고 인정이 많은 여자입니다. 당신들 돕는 일을 마다하지 않아요. 당신들과 당신네 아이들에게 도움이 되는 게 아내의 바람입니다. 그런데 당신들은 우리의 호의에 악하게 답하는군요. 여러분, 당신들은 옳지 않습니다. 한번 생각해 보세요. 당신들에게 간절히 부탁합니다, 한번 생각해 보십시오. 우리가 당신들을 인간적으로 대하듯이, 당신들도 우리에게 같은 액수로 갚아 주시오.」

그는 몸을 돌려 떠났다. 농부들은 잠시 서 있다가 모자를 쓰고 다시 걷기 시작했다. 자신이 들은 이야기를 원래대로가 아니라 언제나 자기 방식대로 이해하는 로지온이 한숨을 내쉬며 말했다.

「갚아야 해. 〈당신들도 같은 액수로 갚아 주시오〉라고 말하잖아…….」

마을에 도착할 때까지 그들은 말이 없었다. 집에 돌아와 로지온은 잠시 기도를 드린 다음 신발을 벗고 나서, 아내 옆 의자에 나란히 앉았다. 그와 스쩨빠니다는 집에 있을 때에는 언제나 나란히 앉았고, 거리에서도 항상 나란히 걸었으며,

먹는 것도 마시는 것도 잠을 자는 것도 언제나 함께했다. 그들은 늙어 갈수록 서로에게 더 강한 애착을 보였다. 그들의 농가는 좁고 더웠으며, 바닥, 창틀, 뻬치까 위, 어디에나 아이들이 있었다……. 스쩨빠니다는 나이가 많았지만 여전히 아이를 낳았고, 이제는 많은 아이들을 보면서 어떤 아이가 자신의 아이이고 어떤 아이가 볼로지까의 아이인지 구별하기 힘들었다. 볼로지까의 아내 루께리야는 눈이 튀어나오고 코가 새의 부리 같은, 젊고 수수한 시골 여자로 큰 통 속에 손을 넣고 반죽하고 있었다. 볼로지까는 두 다리를 늘어뜨리고 뻬치까 위에 앉아 있었다.

「니끼따의 메밀밭 근처를 지나가는데…… 개를 데리고 가던 엔지니어가……」 로지온이 잠시 쉬고 나서 자신의 옆구리와 팔꿈치를 긁으면서 이렇게 말했다. 「갚아야 한다고 말하더군…… 같은 액수로 말이야……. 액수가 같건 아니건, 집집마다 10꼬뻬이까씩 거둬야 할 것 같아. 그동안 우리는 너무 나리를 괴롭혔어. 정말 안됐어…….」

「우리는 다리 없이도 살아왔어요.」 볼로지까가 아무도 쳐다보지 않은 채 말했다. 「우리는 원치 않아요.」

「그게 무슨 상관이야! 다리 건설은 국가가 하는 일이야.」

「우리는 원치 않아요.」

「그들은 네 의견 따위를 묻지 않아. 대체 네가 뭔데!」

「묻지 않는다…….」 볼로지까가 따라 말했다. 「우리에게 다리가 무슨 소용이야, 우리에게 어디 갈 곳이라도 있나? 필요하다면 배를 타고 건너면 되잖아.」

밖에서 누군가 집 전체가 흔들릴 정도로 세게 창문을 두드렸다.

「볼로지까, 집에 있나?」 아들 리치꼬프의 목소리였다. 「볼로지까, 어서 나와 함께 가자!」

볼로지까가 뻬치까에서 뛰어내려 자신의 모자를 찾기 시작했다.

「가지 마라, 볼로쟈.」 로지온이 주저하며 작은 소리로 말했다. 「그들을 따라가지 마라, 아들아. 어린아이처럼 철없는 너에게 저자들이 좋은 걸 가르칠 리 없다. 가지 마라.」

「애야, 가지 마라.」 스쩨빠니다가 울 듯이 눈을 깜박이며 간절히 말했다. 「아마도 술집에 가자는 걸 거다.」

「술집에……」 볼로지까가 따라 말했다.

「또 한 번 술에 취해 돌아오면, 당신은 개 같은 헤롯이야!」 루께리야가 그를 노려보며 말했다. 「보드까에 붉게 물들게 한번 가보시지그래. 꼬리 없는 사탄 같으니!」

「입 닥쳐!」 볼로지까가 고함쳤다.

「저런 바보한테 시집보내다니, 나를, 이 불쌍한 고아를 망쳐 버렸어. 빨간 머리의 술꾼……」 루께리야가 반죽이 범벅인 손으로 얼굴을 문지르며 울부짖었다. 「내 눈앞에서 당신이 더 이상 보이지 않았으면 좋겠어!」

볼로지까는 그녀의 따귀를 때리고 나가 버렸다.

3

엘레나 이바노브나와 그녀의 어린 딸이 걸어서 마을에 왔다. 그들은 산책을 하고 있었다. 마침 일요일이어서, 밝은 드레스를 입은 많은 농부(農婦)들과 처녀들이 거리로 나와 걸어 다녔다. 로지온과 스쩨빠니다는 현관 계단에 나란히 앉아, 이미 알고 있던 엘레나 이바노브나와 그녀의 딸에게 미소를 지으며 인사를 했다. 창문으로 열 명이나 되는 아이들이 망설임과 호기심이 섞인 얼굴로 그들을 바라보았다. 속삭이는 소리가 들렸다.

「꾸체로프의 부인이 왔다! 꾸체로프의 부인이!」

「안녕하세요.」 엘레나 이바노브나가 이렇게 말하고 멈춰섰다. 그리고 잠시 말이 없다가 물었다. 「어떻게 사셨나요?」

「하느님 덕분에 별일 없었답니다.」 로지온이 빠르게 대답했다. 「물론, 살고 있습니다.」

「우리의 생활은 언제나 그렇죠!」 스쩨빠니다가 가볍게 웃었다. 「마님, 가난한 생활을 직접 보세요! 우리 식구는 모두 열네 명인데, 밥벌이는 겨우 두 명이 한답니다. 하는 일이라곤 대장간의 일인데, 말의 편자를 박으러 와도 석탄은 없고 그걸 살 돈도 없답니다. 죽을 지경이죠, 마님.」 이렇게 말한 뒤 웃었다. 「아, 정말 죽을 지경이랍니다.」

엘레나 이바노브나가 자신의 딸을 안고 계단에 앉아 뭔가를 골똘히 생각했다. 얼굴 표정으로 보아, 어린 딸의 머리에서도 뭔가 우울한 생각이 떠도는 듯했다. 그 아이는 생각에 잠겨 엄마 손에 있던 화려한 레이스가 달린 우산을 가져다 만지작거렸다.

「가난!」 로지온이 말했다. 「걱정거리는 많고, 일을 해도 끝이 보이지 않죠. 이렇게 신께서 비를 내려 주시지 않으니…… 사는 게 쉽지 않고, 무슨 말을 하겠습니까.」

「당신들은 이 세상에서 힘들게 살지만……」 엘레나 이바노브나가 말했다. 「그렇지만 저세상에서는 행복할 거예요.」

로지온은 그녀의 말을 이해하지 못하고, 움켜쥔 손에 대고 기침하는 것으로 대답을 대신했다. 스쩨빠니다가 말했다.

「친절하신 마님, 부자는 저세상에서도 잘 지내겠죠. 부자는 촛불도 밝히고, 헌금도 하고, 거지에게 동냥도 주지만, 농부들이 뭘 하겠어요? 이마에 성호를 그을 시간도 없고, 거지 중에서도 상거지인데 어디서 구원받을 수 있겠어요. 가난 때문에 짓는 죄가 얼마나 많은데, 게다가 고통스러워서 좋은 말은 한마디도 나오지 않고 마치 개처럼 짖어 댈 뿐인데, 언제나 그런 일뿐인데, 친절하신 마님, 그런 일은 당치도 않죠. 분명히 우리는 저세상에서도 이 세상에서도 행복하지 않을 거예요. 행복이란 모두 부자들에게나 있는 거죠.」

스쩨빠니다는 유쾌하게 말했다. 이미 오래전부터 자신의 어려운 생활에 대해서 이야기하는 것이 익숙했기 때문인 듯했다. 로지온도 미소를 지어 보였다. 그는 자신의 늙은 마누라가 그렇게 똑똑하게 말을 잘하는 데에 기분이 좋았다.

「부자들은 편안해 보일 뿐입니다.」 엘레나 이바노브나가 말했다. 「모든 사람에겐 각자 자신의 슬픔이 있는 겁니다. 보세요, 나와 남편만 해도 가난하지 않고 재산도 있지만, 어디 우리가 행복하기만 한가요? 나는 아직 젊지만 벌써 아이가 넷이나 있고, 아이들이 노상 아프고, 나도 아파 언제나 치료를 받아야 한답니다.」

「무슨 병인가요?」 로지온이 물었다.

「부인병이랍니다. 잠을 자지 못하고 두통 때문에 늘 괴롭답니다. 이렇게 앉아 말하고 있는 지금도 머리가 아프죠. 온몸이 약하기만 하니, 이런 상태로 사는 것보다 차라리 힘든 일을 하는 게 더 나을 거라고 생각한답니다. 마음도 편치 않죠. 언제나 아이들 걱정, 남편 걱정뿐이랍니다. 나는 귀족 출신이 아닙니다. 나의 할아버지께서는 평범한 농부셨고, 아버지는 모스끄바에서 장사를 하던 역시 평민이셨습니다. 하지만 남편의 부모님은 저명하고 부유한 분들이시죠. 그분들은 그이가 나와 결혼하는 걸 원치 않으셨어요. 그이는 말을 듣지 않고 그분들과 다퉜고, 그래서 지금까지도 그분들은 우리를 용서하지 않으신답니다. 이런 일 때문에 남편은 마음이 편치 않고 불안해하고, 늘 근심하며 지낸답니다. 그이는 자신의 어머니를 사랑하거든요, 무척이나 사랑한답니다. 그러니 나도 편치 않고 마음이 아프죠.」

로지온의 농가 근처로 마을 사람들이 모여들어 그 이야기를 듣고 있었다. 꼬조프도 서서, 자신의 길고 폭이 좁은 수염을 이따금 흔들었다. 리치꼬프 가의 아버지와 아들도 다가와 있었다.

「그러니 자기가 있는 자리가 자신에게 맞지 않다고 느낀다면 행복하거나 만족스러울 수 없는 겁니다.」 엘레나 이바노브나가 계속 말했다. 「당신들은 각자 자신의 땅을 가지고 있고, 일을 하면서 무엇을 위해 하는지 잘 알고 있습니다. 내 남편도 다리를 건설하고 있죠. 말하자면 모두 다 자신의 자리가 있습니다. 그런데 나는? 나는 어슬렁거릴 뿐입니다. 나는 땅도 없고, 일을 하고 있지도 않아 나 자신이 낯설게 느껴진답니다. 내가 이런 말을 하는 것은 여러분이 피상적인 모습만 보고 판단하지 않으시길 바라기 때문입니다. 좋은 옷을 걸치고 또 재산을 많이 가지고 있다고 해서 그 사람이 곧 자신의 삶에 만족하고 있다고 볼 수는 없는 겁니다.」

엘레나 이바노브나가 떠나기 위해 일어서서 딸의 손을 잡앉다.

「당신들이 사는 이곳이 난 정말 마음에 듭니다.」 이렇게 그녀가 말하고 미소를 지었다. 그 희미하고 연약한 미소를 보며 그녀가 정말 건강하지 못하고 또 여전히 젊고 아름답다는 생각을 떠올릴 수 있었다. 엘레나 이바노브나는 창백하고 여윈 얼굴에 짙은 눈썹을 가진 금발이었다. 그리고 딸도 엄마처럼 여위고 금발에다 가냘팠다. 그들 모녀에게서 향수 냄새가 났다.

「강도 마음에 들고 숲도 마을도 마음에 듭니다······.」 엘레나 이바노브나가 계속 말했다. 「여기서 평생 살았으면 해요. 여기에서라면 건강해질 수 있을 것 같고, 또 나의 자리를 찾을 수 있을 것 같아요. 여러분들에게 도움이 되기를 간절히 바랍니다. 여러분들에게 유익하고 가까운 사람이 되길 바랍니다. 여러분들의 가난을 압니다. 알지 못하는 것은 느끼고 마음으로 짐작합니다. 나는 병들었고 허약하지요. 아무리 원한다 해도 나의 삶을 바꾸는 것은 이미 불가능한 것 같습니다. 하지만 나에겐 아이들이 있습니다. 나는 아이들이 당신들에게 익숙해지고 또 당신들을 사랑할 수 있도록 키우려고 노력할 겁니다. 나는 항상 아이들에게 그들의 삶이 자신들이 아니라 당신네들에게 속해 있다고 일깨울 겁니다. 단지 여러분에게 우리를 믿어 주고 우리와 잘 지내 주시길 간절히 부탁드립니다. 내 남편은 착하고 좋은 사람입니다. 그이를 자극하거나 짜증나게 하지 말아 주세요. 그이는 아주 사소한 일에도 예민하답니다. 어제만 해도 당신네 가축들이 우리 채소밭에 있었고, 당신네 중 누군가가 우리 벌통의 울타리를 부숴 버렸습니다. 우리에 대한 그런 태도는 남편을 절망에 빠지게 합니다. 부탁드립니다.」 엘레나 이바노브나는 가슴에 손을 얹고 간절한 목소리로 말을 이었다. 「제발 우리를 선량한 이웃으로 대해 주세요. 평화롭게 살도록 말입니다! 좋은 다툼보다 나쁜 평화가 더 낫고, 땅을 사지 말고 이웃을 사라는 말도 있지 않습니까. 다시 말씀드리지만, 내 남편은 착하고 좋은 사람입니다. 모든 게 순조로워지면, 당신들께 약속드리죠, 우리가 할 수 있는 건 모두 다 할 겁니다. 우리는 길도 보수해 드릴 거고, 여러분의 아이들을 위해 학교도 지어 드리겠습니다. 여러분께 약속드리죠.」

「그거야 물론 무척 고맙습니다, 부인.」 아버지 리치꼬프가 땅을 내려다보며 말했다. 「당신들은 교육받은 사람들이니 더 잘 알 겁니다. 에레스네보에서도 부유한 농부 보로노프가 학교를 지어 주겠다고 약속했었죠. 그때도 이렇게 말했습니다. 당신들을 위해서 하겠습니다, 당신들을 위해서 하겠습니다. 그리고 기초만 닦아 놓고는 손을 떼더군요. 나중에 농부들이 어쩔 수 없이 지붕을 얹고 다 지었습니다. 천 루블이 들었죠. 보로노프는 아무 일도 없다는 듯이 수염만 쓰다듬더군요. 그건 농부들에게 상당히 모욕적이었습니다.」

「까치였던 게 이제 까마귀가 되어 날아든 거야.」 꼬조프가 눈을 깜박거리며 말했다.

웃는 소리가 들렸다.

「우리에게 학교는 필요 없습니다.」 볼로지까가 낮은 목소리로 무뚝뚝하게 말했다. 「우리 아이들은 뻬뜨로프스꼬예에 있는 학교에 다니고 있고, 앞으로도 그러면 됩니다. 우린 원치 않습니다.」

엘레나 이바노브나가 갑자기 겁에 질린 듯했다. 얼굴이 창백해지고 헬쑥해졌으며, 마치 어떤 거친 것이 몸에 닿기라도 한 듯 온몸을 움츠렸고, 더 이상 아무 말도 하지 않고 걷기 시작했다. 뒤도 돌아보지 않고 점점 더 빠르게 걸어갔다.

「부인!」 로지온이 뒤를 따라가며 불렀다. 「부인, 잠깐만 기다려 주십시오. 제가 드릴 말씀이 있습니다.」

그가 모자도 쓰지 않고 그녀 뒤를 따라 걸으며 마치 구걸이라도 하듯이 조용히 말했다.

「부인, 잠깐만 기다려 주십시오. 제가 드릴 말씀이 있습니다.」

마을에서 벗어나자, 엘레나 이바노브나가 마가목 고목 그늘 아래 누군가의 짐마차 옆에 멈춰 섰다.

「불쾌하게 생각하지 마십시오, 부인.」 로지온이 말했다. 「신경 쓰지 마십시오! 참으세요. 2년만 참으세요. 여기에 살면서 참으면 모든 게 다 잘될 겁니다. 저희 마을 사람들은 착하고 온순합니다…… 괜찮은 사람들입니다. 저는 부인께 아주 솔직히 말씀드리는 겁니다. 꼬조프나 리치꼬프 부자나 볼로지까만 보지 마세요. 볼로지까 그 녀석은 멍청하답니다. 누가 처음 말하면 그걸 그대로 따르죠. 그 밖의 사람들은 온순하고 말도 없습니다……. 비록 그러지는 못해도, 솔직하게 말하고 옹호하고 싶은 마음만은 가지고 있다는 걸 아셔야 합니다. 생각도 있고 양심도 있지만 말이 없을 따름입니다. 불쾌하게 생각하지 마십시오…… 참으십시오…… 신경 쓸 필요 없습니다!」

엘레나 이바노브나는 조용히 흐르는 넓은 강을 바라보며 무슨 생각에 잠겼다. 그녀의 두 뺨에 눈물이 흘러내렸다. 로지온도 그녀가 눈물을 흘리는 것에 놀라 거의 울 뻔했다.

「별일 아닙니다……」 그가 웅얼거렸다. 「딱 2년만 참으십시오. 학교도 가능하고, 길도 가능합니다, 금방은 아니어도 말입니다……. 구릉지에 곡물을 파종하고 싶다면, 처음에는 잡초도 뽑고 돌도 골라낸 다음 땅을 갈고, 그렇게 하나하나 해나가야 하지 않습니까……. 사람들도 마찬가지로 그렇게…… 두 손 들 때까지 하나하나 해나가야 합니다.」

사람들이 로지온의 농가에서 흩어져 길을 따라 걷다가 그들이 있는 곳을 향했다. 노래를 부르고 손풍금을 연주하기 시작했다. 점차 가까이 다가왔다…….

「엄마, 우리 여기서 떠나요!」 창백해진 아이가 엄마에게 바짝 달라붙어 온몸을 떨며 말했다.

「어디로?」

「모스끄바로 가요……. 떠나요, 엄마!」

아이가 울음을 터뜨렸다. 로지온은 너무 당황해서 온 얼굴이 땀투성이가 되었다. 그는 주머니에서 호밀빵 부스러기가 잔뜩 묻어 있는, 작고 반달처럼 구부러진 오이를 꺼내 아이의 손에 쥐여 주었다.

「자, 자…….」 험하게 얼굴을 찡그리고 그가 작은 목소리로 말했다. 「오이를 받아라, 한번 먹어 보렴……. 우는 건 나쁘단다. 엄마가 집에 가서 아빠한테 이르거나 때려 줄지도 몰라……. 자, 자…….」

그들 모녀가 걷기 시작했고, 그는 여전히 그들 뒤를 따라 걸으며 뭐든 부드러운 말로 설득하려고 애썼다. 그들 두 사람 다 자신들의 생각과 슬픔에 몰두해 있어 그에게는 관심도 없다는 것을 알아차리고 그는 멈춰 섰다. 눈으로 쏟아지는 햇빛을 가리며 그들이 자신들의 숲으로 사라질 때까지 오랫동안 뒷모습을 바라보았다.

4

 엔지니어는 예민하고 마음이 좁아진 듯 아주 사소한 도둑질이나 불법 행위도 그냥 넘어가지 않았다. 그의 출입문은 낮에도 잠겨 있었고, 밤에는 두 명의 경비원이 정원에서 판자를 두드리며 순찰했다. 이제 오브루차노보에서 일품을 파는 사람들을 데려다 쓰지도 않았다. 누군가(농부들 중에서 그랬는지 부랑자들 중에서 그랬는지 알 수 없다) 일부러 짐마차에서 새 바퀴를 떼어 내고 낡은 것으로 바꿔 놓고, 그리고 얼마 지나지 않아 말굴레 두 개와 펜치를 도둑맞는 일이 벌어지자, 마을에서도 웅성거리기 시작했다. 리치꼬프와 볼로지까의 집을 수색해야 한다는 말들이 나왔는데, 얼마 지나지 않아 펜치와 말굴레가 엔지니어 집 정원의 울타리 아래서 발견되었다. 누군가 몰래 던져 놓은 것이다.
 한번은 마을 사람들이 숲에서 나와 길을 걷다가 엔지니어와 다시 마주친 일이 있었다. 그는 인사도 하지 않고 화가 난 듯 한 사람 한 사람씩 쳐다보며 말을 꺼냈다.
 「내가 내 공원과 농장 근처에서 버섯을 따지 말고 내 아내와 아이들을 위해 남겨 놓아 달라고 부탁했는데, 당신네 처녀들이 날이 채 밝기도 전에 와서 버섯을 하나도 남겨 놓지 않았더군요. 부탁을 하든 하지 않든, 언제나 마찬가지로군요. 내가 보니, 부탁을 하든 간청을 하든 설명을 하든 전혀 소용이 없어요.」
 그는 로지온에게 분노의 시선을 고정한 채 계속 말했다.
 「아내와 나는 당신들을 우리와 같은 사람으로 대했는데, 당신들은 어땠죠? 말 좀 해보시지! 결국 당신들을 경멸하게 될 것이오. 그 밖에 다른 게 뭐 있겠소.」

그리고 더 이상 말하지 않으려고 분노를 참으면서 몸을 돌려 걸어가 버렸다.

집에 돌아온 로지온은 기도드린 다음 신발을 벗고, 아내의 옆 의자에 나란히 앉았다.

「그래……」그가 한숨을 내쉬고 말을 꺼냈다.「지금 오다가, 꾸체로프 나리를 만났어……. 그래…… 날이 채 밝기도 전에 마을 처녀들을 봤다는군……. 도대체 왜 버섯을 가져다…… 자기 아내와 아이들에게 주지 않느냐고 말하더군. 그리고 나서 나를 쳐다보며 자신과 자신의 아내가 나를 돌보게 될 거라고 말하더군.[4] 그의 발등에 엎드려 감사드리고 싶었지만, 용기가 나지 않았어……. 그에게 건강을 주소서……. 그를 축복하소서, 하느님…….」

스쩨빠니다도 성호를 긋고 한숨을 내쉬었다.

「정말 친절하고 순수한 분들이야…….」로지온이 계속 말했다.「〈돌보게 될 것이오……〉하고 많은 사람들 앞에서 약속했어. 늙은 나이에…… 괜찮은 일이야……. 그분들을 위해서 언제나 기도드리겠어…… 성모님, 그들을 축복하소서…….」

9월 14일, 성 십자가 현양 축일이 되었다. 리치꼬프 가의 아버지와 아들은 아침부터 건너편 마을로 배를 타고 가더니 점심 무렵 술에 취한 채 돌아왔다. 그들은 한참 동안 마을을 돌아다니며 노래를 부르거나 욕설을 퍼부었다. 그러다가 서로 주먹질하고는 하소연하러 새로운 별장에 갔다. 먼저 집

---

[4] 러시아어에서 경멸하다 *prezirati*와 돌보다 *prizirati*의 발음이 거의 같다 (악센트가 없는 *e*는 *i*발음이 난다). 로지온은 꾸체로프가 경멸하게 될 거라고 말한 것을 돌보게 될 거라고 잘못 들은 것이다.

마당으로 아버지 리치꼬프가 긴 물푸레나무 막대기를 손에 들고 들어갔다. 그리고 멈춰 서서 머뭇거리다가 모자를 벗었다. 엔지니어가 가족들과 함께 테라스에 앉아 차를 마시고 있었다.

「당신은 뭐요?」 엔지니어가 소리쳤다.

「나리, 나리……」 이렇게 말을 꺼내고 리치꼬프가 울음을 터뜨렸다. 「자비를 베풀어 주십시오, 지켜 주십시오……. 아들 녀석 때문에 못살겠습니다……. 아들 녀석이 횡포를 부리고, 주먹질을 합니다…… 나리…….」

이때 모자를 쓰지 않은 아들 리치꼬프가 역시 막대기를 들고 들어왔다. 그리고 술에 취해 초점 없는 눈으로 테라스를 바라보았다.

「당신들의 문제를 해결하는 건 나의 일이 아니오.」 엔지니어가 말했다. 「촌장이나 순경을 찾아가시오.」

「다 찾아다녀 봤습니다…… 청원서를 내보기도 했습니다…….」 아버지 리치꼬프가 이렇게 말하고 흐느끼기 시작했다. 「이제 저는 어디로 가야 합니까? 저놈이 이제 절 죽일지도 모릅니다. 저놈이 무슨 짓을 할지 모릅니다. 아버지한테 그래도 되는 겁니까? 아버지한테!」

그가 막대기를 들어 올리더니 아들의 머리를 내리쳤다. 아들도, 머리카락이 듬성듬성 빠진 노인의 머리 한가운데를 막대기가 튀어오를 정도로 내리쳤다. 아버지 리치꼬프는 끄떡도 하지 않고 다시 아들의 머리를 내리쳤다. 그렇게 둘은 선 채로 상대방의 머리를 계속 때렸고, 그 모습은 싸움이라기보다 차라리 놀이 같아 보였다. 대문 밖으로 몰려왔던 농부들과 아낙네들이 아무 말도 하지 못하고 마당 안을 바라보기만 했다. 그들 모두의 얼굴이 심각했다. 농부들은 축일을 축하하는 인사를 하기 위해 온 것인데, 리치꼬프 부자를 보고 부끄러워서 차마 마당 안으로 들어서지 못했던 것이다.

다음 날 아침 엘레나 이바노브나는 아이들과 함께 모스끄바로 떠났다. 그리고 엔지니어가 별장을 내놓았다는 소문이 퍼졌다…….

5

마을 사람들은 오래전부터 다리에 익숙해져, 이제는 다리가 없는 강을 상상하기 어려웠다. 공사 때문에 생긴 쓰레기 더미들 위로 잡초들이 자란 지 이미 오래였고, 부랑자들은 잊혔고, 뱃사공의 노래 대신 기차 지나가는 소리가 거의 매시간 들려왔다.

새로운 별장은 오래전에 팔렸다. 이제 그 별장은 어떤 관리의 소유가 되었다. 그 관리는 휴일이 되면 가족들과 함께 도시에서 이곳으로 와 테라스에서 차를 마시고, 그리고 다시 도시로 돌아갔다. 배지가 달린 모자를 쓰고 다니는 그는 10등관[5]이면서도 직책이 아주 높은 관리라도 되는 듯이 말하고 헛기침을 했다. 농부들이 그에게 인사해도 아무런 대꾸도 하지 않았다.

오브루차노보 사람들에게도 세월은 비껴 가지 않았다. 꼬조프는 이미 죽었고, 로지온의 농가에는 아이들이 더 늘어났고, 볼로지까의 얼굴에는 긴 붉은 수염이 자랐다. 모두 이전

5 러시아의 관리 등급은 14등급까지 있다.

처럼 가난하게 살고 있었다.

이른 봄, 오브루차노보의 농부들이 역 근처에서 나무를 잘라 장작을 만들었다. 일을 마치고 그들은 함께 집으로 천천히 걸어왔다. 어깨에 걸친 폭 넓은 톱들이 휘청거리며 햇빛을 받아 반짝였다. 강가의 덤불 속에서 꾀꼬리가 노래했고, 하늘에서 종달새가 지저귀었다. 새로운 별장은 사람 그림자도 보이지 않고 조용했다. 햇빛을 받아 황금색으로 빛나는 비둘기들만이 별장 위를 날아다녔다. 모두가, 로지온도 리치꼬프 부자도 볼로지까도 하얀 말들과 작은 조랑말과 불꽃과 등을 단 작은 범선을 떠올렸다. 잘 차려입은 아름다운 엔지니어의 아내가 마을에 와서 친절하게 말하던 일도 떠올렸다. 그러나 이 모든 것이 선명하게 떠오르지는 않았다. 마치 꿈이나 옛날이야기 같았다.

그들은 일에 지쳐 터벅터벅 걸으며 생각에 잠겼다…….

마을 사람들은 이런 생각을 하고 있었다. 〈우리는 착하고 온순하며 현명하여 하느님을 두려워할 줄 안다, 엘레나 이바노브나도 온순하고 선량하며 친절하다. 엘레나 이바노브나를 애처롭게 생각하며 바라봤으면서도 대체 왜 그들과 사이 좋게 지내지 못하고 마치 원수처럼 갈라졌을까? 안개에 덮이듯 가장 중요한 것을 보지 못하고, 가축으로 인한 피해, 말굴레, 펜치와 같이 지금 생각해 보면 아주 하찮은 그런 사소한 것들만 보인 것은 대체 무슨 까닭인가? 별장의 새로운 주인은 평화롭게 살고 있는데, 대체 왜 엔지니어하고는 잘 지내지 못했을까?〉

이런 의문에 뭐라고 대답해야 할지 몰라 모두들 말이 없었다. 볼로지까만이 뭐라고 웅얼거렸다.

「뭐라는 거냐?」 로지온이 묻는다.

「다리가 없어도 살았는데……」 볼로지까가 우울하게 말한다. 「우리는 다리가 없어도 살았는데, 그리고 만들어 달라고 하지도 않았는데…… 우리에게는 필요 없는데.」

그의 말에 아무도 대꾸하지 않았다. 모두들 고개를 떨군 채 말없이 걸어갈 뿐이다.

개를 데리고 다니는 부인

1

바닷가 거리에 새로운 얼굴이 나타났다는 소문이 자자했다. 개를 데리고 다니는 부인이. 드미뜨리 드미뜨리치 구로프도 얄따에서 지낸 지 벌써 2주일째라 이곳에 익숙해져서, 새로운 얼굴들에 흥미를 가지게 되었다. 카페 베르나에 앉아 있다가 그는 창밖으로, 바닷가 거리를 지나가는 젊은 부인을 보았다. 키가 그리 크지 않은 금발의 여자로 베레모를 쓰고 있었다. 뒤에는 하얀 스피츠가 따라가고 있었다.

이후로 그는 그 여자를 도시의 공원에서, 네거리 광장에서 하루에도 몇 번씩 만났다. 그 여자는 혼자, 늘 같은 베레모를 쓰고 하얀 스피츠를 데리고 산책했다. 아무도 그 여자가 누구인지 알지 못했으며, 그래서 그 여자를 단순히 이렇게 불렀다. 개를 데리고 다니는 부인.

〈저 여자가 남편이나 친구와 함께 이곳에 오지 않았다면 사귀어 보는 것도 괜찮을 텐데〉 하고 구로프는 생각했다.

그는 마흔이 채 되지 않았지만 벌써, 열두 살 난 딸 하나와 중학교에 다니는 아들 둘을 두었다. 그는 일찍, 대학교 2학년 때 결혼했는데, 지금 그의 아내는 그보다 1.5배는 더 늙어 보였다. 그의 아내는 키가 크고 뚱뚱하고 짙은 눈썹에, 직설적이고 거만하며 자신을 스스로 사려 깊은 여자라고 말했다. 그의 아내는 책을 많이 읽었으며, 유행하던 멋 부린 철자법에 따라, 남편을 드미뜨리가 아니라 지미뜨리라 불렀다. 그렇지만 그는 은근히 아내를 천박하고 속 좁으며 촌스럽다고 여기고 꺼려 해서 집에 있기를 싫어했다. 이미 오래전부터 그는 바람을 피우기 시작해, 여러 여자들과 어울려 다녔다. 아마도 그래서인지 여자들에 관해서라면 거의 언제나 나쁘게 말했고, 그가 있는 자리에서 여자들 이야기라도 나오면 그들을 이렇게 불렀다.

「저급한 인종!」

쓰디쓴 경험을 충분히 했기 때문에 여자들을 내키는 대로 불러도 된다고 여겼지만, 사실 그 〈저급한 인종〉이 없다면 그는 단 이틀도 살지 못할 것이다. 남자들만 있는 곳에서는 지루해했고, 기분도 나빠 말도 나누지 않고 냉담했지만, 여자들과 있을 때에는 자유로웠고 무슨 말을 하고 어떻게 처신해야 할지 알았다. 심지어 아무 말 하지 않아도 여자들과 함께 있으면 편안했다. 그의 외모나 성격, 기질 전체에는 매력적이면서도 좀처럼 알 수 없는 뭔가가 있어, 그것이 여자들을 끌고 유혹했다. 그는 이 점을 알고 있을뿐더러, 그 또한 어떤 힘에 의해 여자들에게 이끌렸다.

잦은 경험, 정말로 쓰라린 경험을 자주 했기에 그는 이미, 모든 정사는 처음에는 생활에 유쾌한 변화를 가져다주고 부드럽고 산뜻한 모험으로 생각되지만, 점잖은 사람, 특히 속내를 잘 털어놓지 못하는 우유부단한 모스끄비치[1]들에게는 결국 아주 복잡한 문제로 커져 곤혹스럽게 되어 버린다는 것을 잘 알고 있었다. 그렇지만 매력적인 여자와 새롭게 만날 때면 그 쓰라린 경험도 슬그머니 기억에서 사라져, 제대로 살고 싶어졌고, 모든 일이 정말이지 단순하고 유쾌하게 여겨졌다.

어느 해 질 무렵, 그가 노천 식당에서 식사를 하고 있는데, 베레모를 쓴 그 부인이 옆 테이블에 앉으려고 천천히 다가왔다. 표정, 걸음걸이, 의상, 머리 모양에서 그는 그 여자가 점잖은 신분으로, 남편이 있으며, 얄따에는 처음 그리고 혼자 왔고, 여기서 무료하게 지내고 있다는 것을 알아챘다……. 이 지역의 부정한 풍속들 가운데 많은 부분이 사실이 아니며, 할 수만 있다면 직접 저지르고 싶은 사람들이 그런 이야기들의 대부분을 지어낸다는 것을 그 또한 알고 있다. 그러나 그 부인이 세 발짝쯤 떨어진 옆 테이블에 앉자, 손쉬운 승리니 산속의 유람이니 하는 것들이 생각나, 바로 그 신속하고 순간적인 관계에 대한, 이름도 성도 모르는 미지의 여인과 나누는 로맨스에 대한 유혹적인 상상이 불현듯 그를 사로잡았다.

그가 부드럽게 스피츠에게 손짓해, 그 개가 다가오자 손가락으로 얼렀다. 스피츠가 으르렁대기 시작했다. 구로프가 다시 얼렀다.

부인이 그를 쳐다보고 곧 눈을 내리깔았다.

「물지는 않아요.」 그녀는 이렇게 말하고 얼굴을 붉혔다.

「뼈를 줘도 될까요?」 그녀가 고개를 끄덕이자, 그는 친절하게 물었다. 「얄따에 오신 지 오래되셨나요?」

[1] 모스끄바에서 태어나 살고 있는 사람들.

「5일째예요.」

「나는 벌써 2주일째랍니다.」

잠시 침묵이 흘렀다.

「시간은 빠르죠, 그런데 여기는 정말 지루하군요!」 그녀가 그를 보지 않고 말했다.

「흔히들 이곳이 지루하다고 말하죠. 벨료프[2]나 지즈드라[3] 같은 곳에서는 전혀 지루한 줄 모르고 살던 사람도 이곳에 오면, 〈아, 지루해! 먼지투성이야!〉라고 말합니다. 그라나다[4]에서 오기라도 한 듯이 말입니다.」

그녀가 웃음을 터뜨렸다. 그러고는 둘 다 묵묵히, 낯선 사람들처럼 식사를 계속했다. 그렇지만 식사를 마치고 나서는 나란히 나왔다. 그리고, 어딜 가든 무얼 말하든 상관하지 않는 한가롭고 여유 있는 사람들이 나누는 농담 섞인 가벼운 대화가 시작됐다. 그들은 한가로이 거닐면서 묘한 바다의 빛깔에 대해 이야기했다. 무척 부드럽고 따뜻해 보이는 연보랏빛 바닷물 위로 달빛이 금색 선을 긋고 있었다. 그들은 뜨거운 낮이 지나도 여전히 무덥다고 이야기했다. 구로프는 자신이 모스끄비치이며, 인문학을 공부했으나 은행에서 일하고 있고, 한때 오페라 가수가 되려고 연습했으나 그만두었고, 모스끄바에 집 두 채를 가지고 있다는 이야기들을 했다. 그리고 그녀가 뻬쩨르부르그에서 자랐으며 지금은 결혼하여 2년째 S시에서 살고 있고, 얄따에는 앞으로 한 달쯤 더 머무를 거고, 역시 휴식이 필요한 그녀의 남편도 어쩌면 이곳에 올지

2 러시아 중부 뚤라 근처의 작은 도시.
3 러시아 중부 깔루가 근처의 작은 도시.
4 스페인 남부 안달루시아 지방의 유명한 관광 도시.

모른다는 사실을 알았다. 그녀는 스스로도 우스워하며 자기 남편이 일하는 곳이 지방 관청인지 지방 의회인지 제대로 설명하지 못했다. 그리고 구로프는 그녀의 이름이 안나 세르게예브나라는 것도 알게 되었다.

이후 자신의 호텔 방에 돌아온 그는 그녀를 떠올리며, 내일도 틀림없이 그녀와 만나게 될 거라고 생각했다. 당연히 그럴 것이다. 침대에 누워 그는, 그녀가 바로 얼마 전까지만 해도 자기 딸과 마찬가지로 여학생이어서 학교에 다녔을 일을 상상했다. 그녀가 웃을 때나 낯선 사람과 이야기할 때에 무척이나 수줍어하고 어색해하던 것을 상기했다. 분명히 세상에 태어나서 처음으로 그녀가, 사람들이 뒤를 따라다니며 쳐다보고 그녀로서는 전혀 추측할 수 없는 은근한 목적을 가지고 말을 걸어 오는 환경에 처해 있다고 생각했다. 그리고 그녀의 가늘고 연약한 목과 아름다운 회색 눈동자를 떠올렸다.

〈그 여자에겐 어쩐지 애틋한 데가 있어.〉 이렇게 생각하고 잠이 들었다.

2

알고 지낸 지 1주일이 지났다. 휴일이었다. 방은 무더웠고, 거리에는 회오리바람이 불어 먼지가 일고 벗겨진 모자가 굴러다녔다. 하루 종일 목이 말라, 구로프는 자주 카페에 들러 안나 세르게예브나에게 시럽을 탄 물이나 아이스크림을 권했다. 견디기 힘든 날이었다.

저녁이 되어 바람이 좀 잦아들자, 그들은 기선이 들어오는 것을 보기 위해 방파제로 나갔다. 부두는 꽃다발을 들고 누군가를 마중 나온 사람들로 붐볐다. 세련된 얄따 사람들의 두 가지 특징, 중년의 부인들이 젊게 차려입고 장군들이 많은 것이 특히 눈에 띄었다.

파도가 심해 기선이 늦게, 해가 진 뒤에야 도착했다. 게다가 부두에 대기 위해 방향을 돌리는 데도 한참이나 걸렸다. 안나 세르게예브나는 마치 아는 사람이라도 찾는 것처럼, 손잡이가 달린 안경으로 기선과 승객들을 바라보다가, 눈을 반짝이며 구로프에게 말을 걸었다. 그녀는 말이 많아져서 엉뚱한 질문들을 퍼붓고는 곧 무엇을 물었는지 잊어버렸다. 그러다가 혼잡한 사람들 속에서 손잡이가 달린 안경을 잃어버렸다.

법석대던 군중들이 흩어지고, 얼굴이 보이지 않을 정도로 어두워지고 바람도 완전히 잦아들었으나, 구로프와 안나 세르게예브나는 아직 기선에서 내리지 않은 누군가를 기다리는 듯 그대로 서 있었다. 안나 세르게예브나는 이제 구로프를 보지 않고 아무 말없이 꽃향기를 맡고 있었다.

「저녁이 되니까 날씨가 좀 나아졌군요.」 그가 말했다. 「이제 우리 어디로 갈까요? 마차라도 탈까요?」

그녀는 아무 대답도 하지 않았다.

그는 그녀를 뚫어지게 바라보다가 갑자기 그녀를 껴안고 입을 맞췄다. 물기 머금은 꽃향기가 그를 감쌌다. 그러다 누가 보고 있지 않나 해서 흠칫 주위를 둘러보았다.

「당신 방으로 갑시다……」 그는 조용히 속삭였다.

그리고 두 사람은 빠르게 걸었다.

그녀의 호텔 방은 무더웠고, 그녀가 일본 상점에서 산 향수 냄새가 났다. 구로프는 새삼스레 그녀를 바라보며 〈이런 만남도 다 있군!〉 하고 생각했다. 그가 지닌 기억 속에는, 사랑 때문에 즐거워하고 비록 짧았을망정 행복했다며 그에게 고마워하는, 편안하고 선량한 여인들이 있는가 하면, 사랑에 진실하지 않은 여자들도 있었다. 그들은 수다스럽고 가식적이며 히스테릭하고, 이건 사랑이나 열정이 아닌 고상한 무엇이라는 듯한 표정을 짓는, 이를테면 그의 아내와 같은 여자들이었다. 그런가 하면, 삶이 줄 수 있는 것보다 더 많은 것을 얻어 내기 위해 탐욕스러운 표정과 집요한 욕구를 언뜻언뜻 드러내는, 두세 명의 매우 아름답지만 차가운 여자들에 대한 기억도 있는데, 그들은 이제 나이가 들어 변덕스럽고 분별력도 없으며 억지나 부리는 천박한 여자들이 되었다. 그 여자들에 대한 관심이 식자, 그들의 아름다움은 오히려 역겹게 느껴졌고, 심지어 그들의 속옷을 장식하고 있는 레이스조차 비늘처럼 여겨졌다.

그런데 지금은 누군가 갑작스럽게 문을 두드릴 때 느끼는 그런 당혹스러움과 같은 서투른 감정, 미숙한 아이들의 수줍음과 어색함이 있을 뿐이다. 안나 세르게예브나, 이 〈개를 데리고 다니는 부인〉은 이 일을 꽤나 특별하고 심각하게 여기며, 마치 자신이 타락한 여자가 되어 버린 듯한 태도를 취해서, 그에게는 그것이 기이하고 어색해 보였다. 그녀는 낙담하고 풀이 죽은 표정으로, 얼굴 양옆으로 긴 머리카락을 애처롭게 늘어뜨린 채 우울한 생각에 잠겨 있어, 마치 옛 그림에 나오는 죄 많은 여인처럼 보였다.

「잘못됐어요.」 그녀가 말했다. 「당신은 더 이상 저를 존중하지 않겠죠.」

호텔 방의 테이블 위에는 수박이 놓여 있었다. 구로프는 한 조각을 잘라서 천천히 먹기 시작했다. 침묵 속에서 반 시간 이상이 지났다.

안나 세르게예브나는 애처로워 보였고, 그녀에게서 착실하고 순진하며 세상일에 닳지 않은 여인의 순결함이 느껴졌다. 테이블 위에서 외로이 타오르는 촛불이 희미하게 그녀의 얼굴을 비추고 있었다. 그녀의 마음이 무거워 보였다.

「내가 당신을 존중하지 않게 되다니요?」 구로프가 물었다. 「무슨 뜻인지 모르겠군요.」

「하느님, 저를 용서하세요!」 눈에 눈물을 가득 머금고 그녀가 말했다. 「무서워요.」

「변명할 필요는 없습니다.」

「제가 무엇으로 변명하겠어요? 저는 천하고 나쁜 여자인걸요. 저 자신을 경멸하는데 뭘 변명하겠어요. 저는 남편이 아니라 저 자신을 배반한 거예요. 지금뿐 아니라 이미 오래전부터 그랬죠. 제 남편, 그래요, 정직하고 선량한 사람이죠, 하지만 노예인걸요! 그 사람이 무슨 일을 어떻게 하는지 저는 몰라요. 하지만 그 사람이 노예 같은 사람이라는 것만은 알죠. 그 사람하고 결혼할 때 저는 스무 살이었어요. 저는 호기심이 강했고 더 나은 뭔가를 바랐죠. 그래, 다른 삶이 있을 거야 하고 스스로에게 말하곤 했죠. 제대로 살아 보고 싶었어요! 제대로, 제대로……. 호기심이 저를 괴롭혔어요……. 당신은 이해하지 못하시겠죠, 하지만, 맹세코, 저는 더는 견딜 수가 없어, 무슨 일이라도 벌일 것 같아, 어떻게 할 수 없어, 남편에게 아프다고 말하고 이곳에 온 거예요……. 여기서 정신없이 미친 듯 걸어 다녔죠……. 보세요, 저는 저속하고 타락한 여자가 돼버렸어요. 누구나 경멸해도 되는 그런 여자가.」

구로프는 이내 듣는 일이 지루해졌다. 이 자리에 어울리지 않는 갑작스러운 참회, 그리고 그 순진한 말투가 그를 짜증 나게 했다. 눈에 눈물이 괴어 있지 않았다면, 그녀가 실없는 소리를 하거나 연기를 하고 있다고 생각했을 것이다.

「당신이 뭘 바라는지 이해할 수가 없군.」 그가 나지막이 말했다.

그녀는 그의 가슴에 얼굴을 묻고 매달렸다.

「믿어 주세요, 저를 믿어 주세요, 제발······.」 그녀가 이어서 말했다. 「저는 정직하고 깨끗한 생활이 좋아요. 타락은 정말 싫어요. 제가 지금 뭘 하고 있는지 저 자신도 모르겠어요. 귀신에 홀렸다는 말이 있죠. 제가 지금 그래요, 귀신에게 홀렸어요.」

「그만, 그만 됐어······.」 그가 웅얼거렸다.

그는 그녀의 움직이지 않는, 겁에 질린 눈동자를 바라보고 그녀에게 입을 맞추며 조용하고 부드러운 말로 달랬다. 그녀는 점차 평정을 되찾더니 다시 쾌활해졌다. 두 사람은 함께 소리 내어 웃기도 했다.

잠시 뒤 그들은 밖으로 나왔다. 바닷가 거리에는 아무도 없었고, 사이프러스가 우거진 번화가는 죽은 듯 조용했으며, 바다에서는 여전히 파도치는 소리가 났다. 고깃배 한 척이 물결에 흔들리고, 그 위에서 작은 등불이 졸린 듯 깜박거렸다. 그들은 마차를 찾아 타고 오레안다[5]로 향했다.

「나는 조금 전 아래층 로비에서 당신의 성을 알았소. 흑판에 폰 디데리츠라 써 있더군. 남편이 독일 사람이오?」 구로

5 얄따에서 6.4킬로미터 떨어진 해안 도시. 짜르의 여름 휴양지.

프가 말했다.

「아뇨, 그 사람 할아버지가 아마 독일인이었을 거예요. 그 사람은 정교도예요.」

오레안다에 도착한 두 사람은 교회당에서 멀리 떨어지지 않은 벤치에 앉아 바다를 내려다보며 말이 없었다. 새벽 안개 속에서 어렴풋이 얄따가 보이고, 산 정상에는 흰 구름이 걸려 있었다. 나뭇잎 하나 흔들리지 않았고, 매미들이 울고 있었다. 아래에서 들려오는 단조롭고 공허한 바닷소리가 우리 모두를 기다리는 영원한 잠, 평온에 대해 말하고 있었다. 그렇게 아래에서는 바닷소리가, 이곳에 아직 얄따도 오레안다도 없었던 때에도 울렸고, 지금도 울리고 있고, 우리가 없어진 후에도 똑같이 무심하고 공허하게 울릴 것이다. 어쩌면 바로 이 변화 없음에, 우리 개개인의 삶과 죽음에 대한 완전한 무관심에, 우리의 영원한 구원에 관한, 지상의 끊임없는 삶의 움직임에 관한, 완성을 향한 부단한 움직임에 관한 비밀이 담겨 있는지도 모른다. 바다와 산과 구름과 넓은 하늘이 펼치는 신비로운 풍경 속에서 여명을 받아 더욱 아름답고 편안하고 매혹적으로 보이는 젊은 여자와 나란히 앉아, 구로프는 이런 생각을 했다. 사실 잘 생각해 보면, 이 세상의 모든 것은 얼마나 아름다운가. 우리가 존재의 고결한 목적과 자신의 인간적 가치도 잊은 채 생각하고 행하는 것을 제외한 모든 것이.

아마도 야경꾼인 듯한 어떤 사람이 다가와 그들을 잠시 쳐다보고는 사라졌다. 이 사소한 일도 신비롭고 아름답게 여겨졌다. 아침 빛이 밝아 이미 불을 끈, 페오도시야[6]에서 온

---

[6] 끄림 반도 남쪽의 작은 항구.

기선이 보였다.

「풀에 아침 이슬이 맺혔네요.」 침묵을 깨며 그녀가 말했다.

「이제 그만 갑시다.」

그들은 얄따로 돌아왔다.

이후 그들은 매일 한낮에 바닷가 거리에서 만나, 함께 가볍게 점심을 먹고 저녁 식사도 했으며, 산책을 하거나 황홀하게 바다를 바라보기도 했다. 그녀는 잠을 제대로 못 잤다느니 심장이 몹시 뛴다느니 하며 불평을 늘어놓거나, 때로는 질투심에, 때로는 걱정에 젖어 그가 자기를 정말로 존중하지 않는 것 아니냐며 언제나 같은 질문을 퍼부었다. 그리고 그는 가로수 길에서나 공원에서 근처에 사람이 없을 때면 자주, 갑자기 그녀를 끌어안고 열정적으로 키스했다. 누가 보고 있지는 않나 하는 조바심 속에서 나누는 대낮의 키스, 더위, 바다 냄새, 언제나 눈앞에서 지나다니는 세련되고 포만감에 젖어 있는 한가한 사람들, 그런 가운데서 아무 하는 일 없이 지내는 생활이 그를 다른 사람으로 만든 듯했다. 그는 안나 세르게예브나에게 아름답고 매력적이라고 말하며, 정열에 젖어 그녀로부터 한 발짝도 떨어지지 않으려 했다. 그녀는 곧잘 생각에 잠겨, 그가 자신을 존중하지 않고 조금도 사랑하지 않으며 천박한 여자로 여기지 않는지 고백하라고 졸라 댔다. 거의 매일 저녁 늦은 시간에 그들은 마차를 타고 도시 밖으로, 오레안다로 혹은 폭포가 있는 곳으로 나갔다. 이런 짧은 여행은 언제나 아름답고 장엄한 인상을 가져다주었다.

그들은 그녀의 남편이 올 줄 알았다. 그런데 남편으로부터, 눈병을 심하게 앓고 있으며 하루라도 빨리 집으로 돌아오라는 편지가 왔다. 안나 세르게예브나는 서두르기 시작했다.

「잘됐어요, 저는 떠나야 돼요.」 그녀가 구로프에게 말했다. 「그럴 수밖에 없는 운명이니까요.」

그녀는 마차를 타고 역으로 출발했고, 그가 그녀를 배웅했다. 역까지는 거의 하루가 걸렸다. 급행열차에 자리를 잡고 앉은 후 출발을 알리는 두 번째 벨이 울렸을 때, 그녀가 말했다.

「한 번만 더 당신의 얼굴을 볼게요…… 한 번만 더. 네, 그렇게…….」

그녀는 울지 않았으나 마치 아픈 사람처럼 우울해 보였다. 그녀의 얼굴이 떨렸다.

「당신을 생각하게 될 거예요……. 잊지 못할 거예요.」 그녀가 말했다. 「안녕히 계세요. 잘 지내시길 빌겠어요. 제가 좋은 기억으로 남기 바라요. 우리는 영원히 헤어지는군요. 하기야 그래야 하겠죠, 다시 만나서는 안 되니까. 그럼 안녕히 계세요.」

기차는 빠르게 떠났고, 그 불빛도 곧 사라졌다. 잠시 뒤에는 기차 소리도 들리지 않았다. 마치 이 달콤한 몰두, 이 혼란에서 조금이라도 빨리 벗어나라고 모든 것이 일부러 꾸며진 듯했다. 플랫폼에 홀로 남아 어둠 속을 응시하던 구로프는 귀뚜라미 우는 소리와 전선이 윙윙거리는 소리를 듣자, 잠에서 막 깨어난 듯했다. 자신의 인생에 또 하나의 진기한 사건이 있었고, 그것도 이미 끝나 이제는 추억으로 남았다는 생각이 들었다……. 그는 마음이 흔들리고 쓸쓸했으며 가벼운 후회를 했다. 그가 더 이상 만날 수 없는 이 젊은 여인은 그와 함께 있을 때 진정으로 행복하지 못했다. 그가 그녀에게 친절했고 또 애정을 보였지만, 그래도 그의 태도에는, 그의 목소리와 애무에는, 행운을 잡은 거의 두 배나 나이가 많은 사내의 가벼운 조소와 거친 오만의 그림자가 깔려 있었던 것이다. 그녀는 늘 그를 선량하고 특별하며 고상하다고 말했으니, 분명히 그는 그녀에게 본래의 모습으로 보이지 않았던 것이다. 그러니까 무의식중에 그녀를 속인 셈이다…….

이제 정거장에서는 가을 냄새가 났고, 밤은 쌀쌀했다.

〈나도 북부로 돌아갈 때가 됐군.〉 구로프는 플랫폼을 나오면서 생각했다. 〈돌아갈 때가 됐어!〉

3

모스끄바의 집은 이미 겨울 채비를 해서 난로를 땠고, 아이들이 학교에 갈 준비를 하고 차를 마시는 아침이면 아직 어두워서 유모가 잠깐씩 불을 밝혀야 했다. 이미 얼음이 얼기 시작했다. 첫눈이 내려 썰매를 처음 타는 날에는 하얀 땅과 지붕을 바라보는 일이 즐겁고, 숨 쉬는 것도 상쾌하고 달콤하다. 이런 때가 되면 어린 시절이 떠오른다. 서리를 맞아 하얗게 된 푸근한 모습의 보리수나무와 자작나무 고목은 사이프러스나 종려나무보다 더 친근해, 그 옆에 있으면 산과 바다가 생각나지 않는다.

구로프는 모스끄바 출신이다. 기분 좋게 추운 날 모스끄바에 돌아온 그가 털외투를 입고 따뜻한 장갑을 끼고 뻬뜨로프까[7] 거리를 걷고 있노라면, 토요일 저녁 종소리를 듣고 있

7 모스끄바 중심의 번화가.

노라면, 얼마 전의 여행과 그가 머물렀던 장소들에 대한 매력이 사라졌다. 점차 그는 모스끄바 생활에 젖어 들어, 하루에 세 종류의 신문을 탐욕스럽게 읽으면서도 모스끄바 신문은 보지 않는 게 원칙이라고 말하고 다녔다. 이제 그는 레스토랑, 클럽, 초대 만찬, 기념식에 마음이 끌렸고, 자기 집에 유명한 변호사들과 예술가들이 방문한다거나 의사 클럽에서 교수와 카드 친다는 걸 은근히 우쭐거리고 다녔다. 이제 접시에 가득한 훈제 고기와 양배추도 먹어 치우게 되었다…….

한 달쯤 지나면 안나 세르게예브나도 기억에서 희미해져 아주 가끔, 다른 사람들처럼 측은한 미소를 띠고 꿈속에나 나타날 거라고 그는 생각했다. 그렇지만, 한 달도 더 지났고 겨울도 깊었건만, 기억 속에서 안나 세르게예브나는 마치 어제 헤어진 것처럼 또렷이 떠올랐다. 기억은 더 생생해져 갔다. 그의 서재에서 아이들의 목소리가 저녁의 정적을 가르고 들릴 때면, 레스토랑에서 노래나 오르간 연주를 들을 때면, 벽난로에서 눈보라 치는 소리가 윙윙거릴 때면, 기억 속에서 모든 것이 되살아났다. 방파제에 갔던 일과 새벽 안개 속의 산과 페오도시야에서 온 기선과 입맞춤이. 그는 한참이나 방 안을 서성거리며 그때를 떠올리고 미소 짓곤 했는데, 그러다 회상은 공상으로 바뀌어, 과거의 일이 상상 속에서 미래의 일로 혼동되곤 하였다. 안나 세르게예브나가 꿈에 나타나는 게 아니라, 그림자처럼 어디든 그를 따라다녔고 사로잡았다. 눈을 감으면 그녀가 생생하게 보였다. 이전보다 더 아름다웠고 젊었으며 사랑스러웠다. 그 자신도 얄따에 머물 때보다 멋진 듯했다. 그녀는 밤마다 책장에서 벽난로에서 방 안 한 구석에서 그를 바라보았고, 그는 그녀의 숨소리와 부드러운 옷자락 소리를 들었다. 그는 거리에서 여자들을 쳐다보며 그녀를 닮은 여자가 없나 찾곤 하였다…….

그러다 견딜 수 없이 누군가에게 자신의 추억을 털어놓고 싶어졌다. 그렇지만 집에서 말할 수도 없는 일이었고, 집 밖에는 그럴 상대가 없었다. 이웃 주민들에게 이야기할 수도 없고 그렇다고 은행에 그럴 만한 상대가 있는 것도 아니었다. 그런데 도대체 무엇을 말한단 말인가? 과연 그가 그때 사랑을 했던가? 과연 그와 안나 세르게예브나의 관계에 뭔가 아름다운 것, 시적인 것, 아니면 유익하거나 순수하게 관심을 끌 만한 것이 있기나 한가? 그래서 어쩔 수 없이 막연하게 사랑과 여자에 관해서 이야기했지만, 누구도 그 속뜻을 알아채지 못했고, 그의 아내만이 짙은 눈썹을 실룩거리며 이렇게 말했다.

「지미뜨리, 당신에게는 멋쟁이 역할이 어울리지 않아요.」

어느 날 밤, 의사 클럽에서 카드놀이를 함께했던 관리와 밖으로 나오면서 그는 참지 못하고 말했다.

「아시겠어요, 나는 얄따에서 아주 매력적인 여성과 사귀었단 말입니다.」

관리는 썰매를 타고 출발하다 갑자기 뒤돌아보며 이름을 불렀다.

「드미뜨리 드미뜨리치!」

「네?」

「조금 전 당신이 한 말이 옳았소. 그 철갑상어는 냄새가 아주 고약했어.」

평소에 하던 이 평범한 말이 어쩐지 갑자기 구로프를 짜증나게 했다. 이 말이 모욕적이고 불결하게 여겨졌다. 얼마나

야만적인 습관들이며 야만적인 사람들인가! 정말 의미 없는 매일 밤이고, 홍미도 가치도 없는 나날이다! 미친 듯한 카드놀이, 폭식, 폭음, 끝없이 이어지는 시시한 이야기들. 쓸데없는 일과 시시한 대화로 좋은 시간과 정력을 빼앗기고 결국 남는 것은 꼬리도 날개도 잘린 삶, 실없는 농담뿐이다. 정신병원이나 감옥에 갇힌 듯 벗어날 수도 도망칠 수도 없다!

그날 밤 구로프는 화가 나 한숨도 못 잤고, 다음 날 하루 종일 머리가 아팠다. 이어지는 밤마다 그는 제대로 잠을 이루지 못해, 침대에 걸터앉아서 생각에 잠기거나 방 안을 서성거렸다. 아이들도 귀찮았고, 은행일도 귀찮았고, 아무 데도 가고 싶지 않았고, 아무 말도 하고 싶지 않았다.

12월의 휴가가 주어지자 그는 여행을 준비했다. 아내에게는 한 청년의 취직 자리 때문에 뻬쩨르부르그에 다녀오겠다고 말하고 S시로 떠났다. 무슨 일 때문에? 그 자신도 잘 몰랐다. 그저 안나 세르게예브나를 보고 싶었고, 가능하면 만나 이야기하고 싶었다.

오전에 S시에 도착한 그는 호텔의 가장 좋은 방에 들었다. 바닥에는 회색의 군복 천이 깔려 있었고, 탁자에는 잉크스탠드가 먼지로 인해 회색 빛을 띤 채 놓여 있었다. 잉크스탠드에 장식된 말 탄 기수의 상(像)은 목이 떨어져 나간 채 모자를 든 손을 치켜들고 있었다. 호텔 수위가 그에게 필요한 정보를 알려 주었다. 폰 디데리츠는 호텔에서 멀지 않은 구(舊) 곤차르나야 거리의 자기 저택에서 부유하고 호화롭게 살고 있으며, 자기 소유의 마차를 가지고 있고, 이 도시에서 그를 모르는 사람은 아무도 없다는 것이었다. 호텔 수위는 그 사람 이름을 이렇게 발음했다. 드리디리츠.

구로프는 서두르지 않고 구 곤차르나야 거리로 나가 집을 찾았다. 집 바로 앞에 못질을 한 회색의 긴 울타리가 펼쳐져 있었다.

〈이런 울타리는 쉽게 넘어갈 수 있겠군〉 하고 생각하며 구로프는 울타리와 창문을 번갈아 쳐다보았다.

그는 여러 가지 생각을 해보았다. 오늘은 휴일이니까 남편이 아마도 집에 있을 거다. 어쨌거나 집으로 들어가 그녀를 당황하게 하는 것은 좋은 방법이 아니다. 메모를 보냈는데 혹시 남편 손에라도 들어가게 되면 모든 것이 다 허사가 된다. 가장 좋은 것은 우연히 만나는 거다. 그리고 그는 울타리 근처 거리에서 서성대며 만남을 기다렸다. 그러다 걸인 한 명이 대문 안으로 들어가고 개들이 덤벼드는 것을 보았다. 한시간쯤 뒤에는 피아노 치는 소리가 희미하게 들렸다. 아마도 안나 세르게예브나가 치는 것일 거다. 갑자기 현관문이 열리더니 한 노파가 나오고 그 뒤를 따라 낯익은 하얀 스피츠가 뛰어나왔다. 구로프는 개를 부르고 싶었으나, 갑자기 심장이 뛰고 흥분하여 그만 그 개 이름을 잊어버렸다.

계속 서성거리고 있으려니 점차 회색 울타리가 싫어졌다. 그리고 초조해져, 어쩌면 안나 세르게예브나가 이미 그를 잊고 다른 사람과 즐겁게 지내고 있으며, 이런 기분 나쁜 울타리를 아침부터 밤까지 보고 살 수밖에 없는 젊은 여자라면 당연히 그럴 거라는 생각이 들었다. 그는 호텔 방으로 돌아와 어떻게 해야 할지 몰라 오랫동안 소파에 앉아 있다가 식사를 하고 잠이 들었다.

〈이런 어리석고 한심한 일이.〉 잠에서 깨어나 어두워진 창밖을 바라보며 그는 생각했다. 벌써 저녁이 되었다. 〈어쩌자

고 이렇게 잔 거야. 이 밤중에 뭘 어쩌자는 거야?〉

병원에서나 볼 수 있는 회색의 싸구려 모포가 덮인 침대에 걸터앉아 그는 자신에게 짜증을 냈다.

〈이렇게 해서 개를 데리고 다니는 부인을 만나겠다고⋯⋯ 이렇게 해서 만날 수 있을 거라고⋯⋯ 정말 딱하구나.〉

이날 아침에 역에서 「게이샤」[8]의 초연을 알리는, 매우 커다란 글씨로 된 포스터가 그의 눈에 띄었다. 이것이 생각나자 그는 곧장 극장으로 갔다.

〈그녀가 초연을 보러 올 가능성은 매우 높아〉 하고 그는 생각했다.

극장은 초만원이었다. 지방 극장이라면 어디나 그렇듯이, 샹들리에 위로 연기가 자욱했고 2층 객석은 소란스러웠다. 공연이 시작되기 전, 지방의 멋쟁이들이 뒷짐을 지고 첫 번째 열에 서 있었다. 현 지사의 지정 박스 앞자리에는 지사의 딸이 모피 목도리를 두르고 앉아 있었고, 지사 자신은 두꺼운 커튼 뒤에 정중하게 앉아 있어 손만 보였다. 막이 흔들리고, 오케스트라는 한참이나 조율했다. 관객들이 들어와 자리에 앉는 시간 내내 구로프는 열심히 둘러보았다.

이때 한 여자가 객석에 들어왔는데 안나 세르게예브나였다. 그녀는 세 번째 열에 앉았다. 그녀를 본 순간, 구로프의 심장은 터질 듯했다. 그리고 지금 자신에게 그녀보다 이 세상에서 더 가깝고 소중한 사람은 없다는 것을 분명히 깨달았다. 시골의 군중 속에 묻혀 있는 이 조그만 여인, 손잡이가 달린 평범한 오페라글라스를 손에 들고 있는, 전혀 두드러지지 않는 그녀가 지금 그의 삶을 가득 채우고 있고, 그의 슬픔이

---

8 The Geisha(1896). 시드니 존스의 뮤지컬 작품.

고 기쁨이며, 이 순간 그 자신이 원하는 유일한 행복이었다. 보잘것없는 오케스트라와 이류 바이올린 주자가 연주하는 소리 속에서 그는 그녀가 얼마나 아름다운지 생각했다.

한 젊은 남자가 안나 세르게예브나와 함께 들어와 나란히 앉았다. 짧은 구레나룻을 기르고 매우 키가 크고 등이 굽은 남자였다. 그는 걸을 때마다 줄곧 절이라도 하는 듯이 고개를 끄덕였다. 그녀가 얄따에서 흥분하며 노예와 같다고 말한 남편이 틀림없을 것이다. 사실 그 남자의 긴 얼굴, 구레나룻, 조금 벗겨진 이마에는 노예 같은 비굴함이 담겨 있었으므로 구로프는 달콤한 미소를 지었다. 그 남자의 단춧구멍에서는 학위 배지 같은 것이 웨이터의 번호표처럼 빛나고 있었다.

첫 번째 막간 휴식 시간에 남편이 담배를 피우러 나가서, 그녀는 혼자 좌석에 앉아 있었다. 같은 아래층에 자리를 잡았던 구로프가 그녀에게 다가가 힘겹게 미소를 지으며 떨리는 목소리로 말했다.

「안녕하셨습니까.」

그를 쳐다본 그녀의 얼굴이 창백해졌다. 다시 한 번, 눈을 못 믿겠다는 듯이 두려움에 떨며 쳐다보았다. 그리고 기절이라도 할까 봐 두 손으로 부채와 오페라글라스를 꽉 쥐었다. 두 사람 다 말이 없었다. 그녀는 앉아 있었고, 그는 서 있었다. 당황하는 그녀의 모습에 놀란 그가 미처 옆자리에 앉을 생각을 못했던 것이다. 바이올린과 플루트가 조율을 하기 시작했다. 모든 사람이 주시하는 듯한 느낌이 들어 흠칫 놀랐다. 바로 그때, 그녀가 일어나 빠르게 출구 쪽으로 걸어갔다. 그는 그녀의 뒤를 따라갔다. 두 사람은 공연히 복도와 계단을 올라갔다 내려갔다 했다. 그들의 눈앞으로 법관 복장을 한 사람들, 교사 복장을 한 사람들, 공무원 복장을 한 사람들이 스쳐 지나쳤다. 그들은 모두 배지를 달고 있었다. 그리고 부인들과 걸어 놓은 모피 외투들이 스쳐 지나쳤다. 스며든 바람에 담배 냄새가 퍼졌다. 심장이 심하게 뛰면서 구로프는 생각했다.

〈오, 하느님! 이 사람들, 이 오케스트라는 대체 왜…….〉

그 순간 갑자기, 그날 저녁 역에서 안나 세르게예브나를 배웅했을 때, 그녀가 〈모든 것이 끝났다, 우리는 다시 만나서는 안 된다〉하고 자신에게 말했던 것을 떠올렸다. 하지만 끝나려면 아직도 멀었다!

〈측면 좌석 입구〉라고 쓰인 좁고 어두운 계단에서 그녀가 멈춰 섰다.

「당신 때문에 얼마나 놀랐는지 몰라요!」 여전히 창백하고 당황한 표정으로 힘겹게 숨을 내쉬며 그녀가 말했다. 「오, 당신 때문에 얼마나 놀랐는지 몰라요! 죽는 줄 알았어요. 대체 왜 오신 거죠? 왜?」

「이해해 주시오, 안나, 이해해 주시오…….」 그는 낮은 목소리로 서둘러 말했다. 「제발, 이해해 주시오…….」

그녀는 그를 두려움과 애원과 사랑이 뒤섞인 시선으로 쳐다보았다. 그의 모습을 더 확실히 기억하려는 듯 뚫어지게 쳐다보았다.

「저는 정말 괴로워요!」 그녀는 그의 말을 듣지 않고 계속 말했다. 「저는 언제나 당신을 생각했어요. 당신 생각으로 살았어요. 그렇지만 잊으려, 잊으려 했는데, 도대체 왜, 왜 오셨어요?」

위쪽 층계참에서 두 명의 학생이 담배를 피우며 아래를 내려다보고 있었다. 하지만 구로프는 신경도 안 쓰고 안나 세르게예브나를 끌어당겨 그녀의 얼굴에, 볼에, 손에 입 맞추기 시작했다.

「이러지 마세요, 이러지 마세요!」 그를 밀쳐 내면서 그녀가 두려움에 휩싸여 말했다. 「우리는 둘 다 미쳤어요. 오늘 당장 떠나세요, 지금 떠나세요……. 당신에게 간절히 부탁드리는 거예요, 간절히……. 사람들이 와요!」

계단 아래서 누군가 올라왔다.

「떠나셔야 해요……」 안나 세르게예브나가 작은 소리로 계속했다. 「아시겠어요, 드미뜨리 드미뜨리치? 제가 모스끄바로 당신을 찾아갈게요. 저는 행복했던 적이 없어요, 지금도 불행하지요, 그리고 앞으로도 절대 행복하지 못할 거예요, 절대로! 더 이상 저를 괴롭히지 말아 주세요! 맹세해요, 제가 모스끄바로 가겠어요. 그러니 지금은 헤어져요! 저에게 소중한, 사랑하는 당신, 지금은 헤어져요!」

그녀는 그의 손을 잡고 나서 빠르게 계단을 내려갔다. 계속 뒤를 돌아보면서. 그녀의 눈에서 정말 그녀가 행복하지 않다는 것을 알 수 있었다. 구로프는 잠시 서 있다가, 주위가 조용해진 후 자신의 외투를 찾아 들고 극장을 떠났다.

4

안나 세르게예브나는 모스끄바로 그를 찾아왔다. 두세 달에 한 번 그녀는 남편에게 자신의 부인병 때문에 대학 병원에 간다면서 S시를 떠났다. 남편은 반신반의했다. 모스끄바에

도착하면 〈슬라뱐스끼 바자르〉에 묵으며 곧장 구로프에게 빨간 모자를 쓴 사람을 보냈다. 그러면 구로프가 그녀를 만나러 갔다. 모스끄바에서 이 일을 아는 사람은 아무도 없었다.

어느 겨울 아침에도, 그는 그녀에게 가고 있었다(심부름꾼이 전날 저녁에 왔으나 그때 그는 없었다). 도중에 있는 학교까지 바래다주려고 딸과 함께 갔다. 습기를 머금은 눈이 펑펑 쏟아졌다.

「지금 기온은 3도인데, 그래도 눈이 내리는구나.」 구로프가 딸에게 말했다. 「하지만 따뜻한 건 땅의 표면이지, 대기의 상층에서는 기온이 전혀 다르단다.」

「아빠, 그럼 왜 겨울에 천둥이 치지 않아요?」

그것도 설명해 주었다. 그는 말하면서 이런 생각을 했다. 지금 그녀를 만나러 가지만 이를 아는 사람은 한 명도 없다. 아마 앞으로도 알지 못할 것이다. 자신에게는 두 개의 생활이 있다. 하나는 원하는 사람이라면 누구나 볼 수도 있고 알 수도 있는 그런 공개된, 상대적 진실과 상대적 거짓으로 가득 찬, 주위 사람들의 삶과 아주 닮은 그런 생활이다. 다른 하나는 은밀하게 흘러가는 생활이다. 우연히 이상하게 얽힌 어떤 사정에 의해 그에게 소중하고 흥미로우며 반드시 있어야 하는 것, 그 속에서라면 그가 진실하고 또 자신을 속이지 않아도 되는, 그의 생활의 핵심을 차지하는 그런 모든 것은 다른 사람들에게 알려질 수 없다. 반면에 진실을 숨기기 위해 자신을 감추는 그의 가식, 껍데기인 모든 것, 이를테면 은행에서의 일, 클럽에서의 토론, 그의 〈저급한 인종〉인 아내와 함께 가는 기념식, 이런 모든 것은 공개되어 있다. 그래서 그는 언제나 자신의 경우처럼 남들을 판단해서, 눈에 보이는 것을 믿지 않았고, 누구나 밤의 덮개 같은 비밀 아래서 자신만의 가장 흥미로운 진짜 생활을 살고 있다고 생각하게 되었다. 각자 개인의 생활은 비밀 속에서 유지되며, 아마도 부분적으로는 그런 이유 때문에 교양 있는 사람들이 그토록 예민하게 사생활의 비밀이 보장되어야 한다고 강조하는지도 몰랐다.

딸을 학교까지 바래다준 구로프는 슬라뱐스끼 바자르로 향했다. 그는 아래층에서 털외투를 벗고, 위층으로 올라가 조용히 노크했다. 그가 좋아하는 회색 옷을 입은 안나 세르게예브나가 여행과 걱정에 지친 채, 어제 저녁부터 그가 오기를 기다리고 있었다. 창백한 그녀는 그를 보면서도 미소조차 짓지 못했지만, 곧장 그의 가슴에 안겼다. 2년이나 못 만난 것처럼 그들의 키스는 길고 오랫동안 계속되었다.

「어떻게 지냈소?」 그가 물었다. 「별일은 없고?」

「잠깐만요, 말씀드릴게요……. 잠깐만요.」

그녀는 우느라 말을 하지 못했다. 몸을 돌려 손수건으로 눈을 가렸다.

〈울게 내버려 둬야지, 앉아서 기다리면 돼.〉 그렇게 생각한 그는 안락의자에 앉았다.

잠시 후 그는 벨을 눌러 차를 주문했다. 그가 차를 마시는 동안, 그녀는 창문을 향해 서 있었다. 그녀는 자신들의 생활이 서글프게 되었다는 비참한 생각에 감정이 격해져 운 것이다. 그들은 몰래, 마치 도둑처럼 사람들의 눈을 피해서만 만날 수 있다. 어찌 그들의 생활이 파괴되지 않았다고 할 수 있겠는가?

「이제, 그만!」 그가 말했다.

그는 그들의 이 사랑이 쉽게 끝나지 않으리라는 걸 잘 알고 있었다. 그 끝이 언제일지 알 수 없었다. 안나 세르게예브나가 그에게 점점 더 애착을 갖고 그를 열렬히 사랑했기에, 그녀에게 이 모든 것이 언젠가 끝나게 될 거라는 말조차 할 수 없었다. 그렇게 말한다 해도 그녀는 믿지 않을 것이다.

그는 그녀에게 다가가, 위로하고 기분을 바꿔 줄 생각으로 그녀의 어깨에 손을 올렸다. 그러다 거울에 비친 자신의 모습을 보게 되었다.

머리가 이미 세기 시작했다. 최근 갑자기 더 나이 들어 보이고 추해진 자신의 모습이 낯설게 느껴졌다. 손을 얹어 놓은 그녀의 따뜻한 어깨가 떨고 있었다. 아직은 무척 따뜻하고 아름답지만, 분명히 곧 자신의 삶처럼 시들고 바래질 이 생명에 그는 연민을 느꼈다. 도대체 왜 그녀는 그를 그토록 사랑하는가? 그는 언제나 여자들에게 본래 모습으로 보이지 않았다. 여자들은 그 자체가 아니라, 자신들이 상상으로 만들어 놓은, 평생 간절히 원하던 그런 사람으로 그를 사랑했다. 그런데 자신들의 이런 실수를 알아차리고도 그들은 여전히 그를 사랑했다. 그리고 그들 중 누구도 그로 인해 행복하지 않았다. 흐르는 시간 속에서 그는 사귀고 가까워지고 헤어졌지만, 한 번도 사랑한 적은 없었다. 다른 것은 몰라도 사랑만은 없었다.

그런데 지금, 그의 머리가 세기 시작한 지금, 그는 진심으로 사랑하게 되었다. 태어나서 처음으로.

안나 세르게예브나와 그는 아주 가깝고 친밀한 사람처럼, 남편과 아내처럼, 절친한 친구처럼 서로를 사랑했다. 그들은 서로를 운명이 맺어 준 상대로 여겼다. 그가 왜 결혼을 했고,

그녀가 왜 결혼을 했는지 이해할 수가 없었다. 마치 두 마리의 암수 철새가 잡혀 각기 다른 새장에서 길러지는 것 같았다. 그들은 과거의 부끄러웠던 일들, 현재 일어나는 일들을 서로 용서했다. 그리고 이 사랑이 자신들을 바꿔 놓았음을 느꼈다.

예전에 그는 슬플 때면, 머리에 떠오르는 온갖 논리로 자신을 위로했다. 하지만 이제는 논리를 따지지 않고 깊이 공감한다. 진실하고 솔직하고 싶을 따름이다…….

「그만 울어요, 내 사랑.」 그가 말했다. 「그만 됐어요……. 이제 얘기 좀 합시다, 뭐든 생각해 봅시다.」

그들은 남의 눈을 피해야 하고 속여야 하며 서로 다른 도시에서 살며 자주 만날 수 없는 이런 처지에서 어떻게 벗어날 수 있을까에 대해 오랫동안 이야기하고 또 이야기했다. 어떻게 하면 이 견딜 수 없는 굴레에서 벗어날 것인가?

「어떻게 하면? 어떻게 하면?」 그는 머리를 감싸고 물었다. 「어떻게 하면?」

좀 더 있으면 해결책을 찾을 수 있을 것이고 그때는 새롭고 멋진 생활이 시작될 거라고 여겼다. 그렇지만 두 사람은 그 끝이 아직 멀고 멀어, 이제야 겨우 아주 복잡하고 어려운 일이 시작됐다는 것을 잘 알고 있었다.

역자 해설
하찮음 속의 진실

안똔 빠블로비치 체호프Anton Pavlovich Chekhov(1860~1904)는 현대 문학의 초석을 놓은 러시아의 작가이다. 현대의 단편소설은 체호프를 통해서 양식과 주제를 습득해 풍요로운 세계를 구축했고, 현대의 연극은 체호프의 새로운 극적 스타일에서 출발하여 다양한 장르들을 전개시켰다. 그래서 고리끼, 부닌, 밤뻴로프, 제임스 조이스, 버지니아 울프, 어니스트 헤밍웨이, 캐서린 맨스필드, 사뮈엘 베케트 등 현대의 저명한 작가들이 체호프를 통해서 문학을 배웠거나 체호프에게서 영향을 받았다고 고백하고 있다. 〈체호프를 읽으면 문학과 예술의 위대한 힘을 알 수 있다〉라는 레이몬드 카버의 언급이나 〈체호프가 없었다면 단편소설을 쓰는 우리 가운데 누가 존재할 수 있었겠는가? 체호프가 없었다면 단편소설은 고리타분한 형식이 되었을 것이다〉는 네이딘 고디머의 언급은 현대 문학이 체호프를 스승으로 삼고 있다는 점을 말해 준다. 체호프는 새로운 언어를 창조하여 예술의 전망을 새롭게 밝힌 그야말로 위대한 예술가인 것이다.

그렇지만 체호프의 작품 세계는 무척 소박하고 평이하다.

평범하기에 그만큼 다양한 인물들, 그들만큼 다양한 감정의 상태들, 그들 사이의 다양한 관계들, 그리고 그들을 둘러싼 일상의 자질구레한 디테일들과 그것들에서 비롯되는 사소한 해프닝들, 이런 소소한 것들이 빚어내는 이야기가 체호프의 전 작품을 관통한다. 우리는 흔히 문학 작품, 그것도 큰 작가의 문학 작품을 대할 때면 어떤 거창한 사상을 만나게 될 거라고 기대한다. 하지만 체호프의 작품들은 독자들의 이러한 관습화된 기대를 저버린다. 그래서 많은 비평가들이 체호프가 가장 이해하기 힘든 작가라고 솔직히 고백하기도 한다. 소박해서 난해한 역설적인 작가가 바로 체호프인 것이다. 그것은 체호프가 삶 자체의 진리 혹은 진실을 작품의 근간으로 삼았기 때문이다. 체호프는 어떤 전망이나 사상을 위해 삶을 재배열하여 일그러뜨리지 않는다. 체호프는 하나의 거창한 진리를 내세워 평범하고 사소한 삶의 사실들을 억압하지 않는다.

체호프는 한 편지에서 자신이 특정한 경향을 추구하는 사상가가 아니라 자유로운 예술가임을 강조했다. 〈내가 두려워하는 사람은, 행간에서 경향을 찾아 나를 자유주의자니 보수주의자니 하고 확고하게 규정지으려는 자들이다. 나는 자유주의자도 보수주의자도 점진주의자도 성직자도 무신론자도 아니다. 나는 그저 단지 자유로운 예술가이고자 한다.〉 이어서 체호프는 진실이 문학의 가장 중요한 토대라고 강조한다. 〈나는 거짓과 모든 형태의 폭력을 증오한다. 나에게 가장 신성한 것은 모든 형태의 거짓과 폭력으로부터 완전히 벗어나는 것이다. 이것이 내가 위대한 예술가라면 가지고 있다고 할 수 있는 강령이다.〉 체호프의 작품들은 진실의 토대 위에 구축되어 있어서 평이한 듯하지만 난해하다.

작가의 전기에서 진실의 문학이 탄생하는 배경을 읽을 수 있다. 체호프는 러시아 남부 아조프 해의 항구 도시 따간로그에서 태어났다. 소년 시절 체호프는 식료 잡화점을 운영하던 아버지의 파산으로 경제적 곤란에 처한다. 가족이 모스끄바의 빈민가로 이주한 후, 그는 홀로 따간로그에 남아 스스로 돈을 벌며 중등학교를 졸업한다. 그리고 나서 가족이 있는 모스끄바로 가서 모스끄바 대학 의학부에 들어가 의사가 된다. 의사가 되기 전 체호프는 생계를 위해 〈체혼떼, 지라 없는 사나이〉 등의 필명으로 유머 단편들을 쓰기 시작한다. 체호프의 작품들이 거창한 사상이 아니라 삶의 사소하고 잡다한 현상에 주목하는 것은 바로 그 때문이다. 그에게 있어서 글쓰기는 관념의 유희가 아니라 실제 삶의 조건이었던 것이다. 삶의 소박한 현상과 사실이 지닌 가치를 존중하는 그는 앞서 언급한 편지에서도 밝히고 있듯이 거창한 사상가라기보다 진정한 예술가라 할 수 있다.

체호프가 의사였다는 사실도 그의 작품들을 이해하는 데 도움을 준다. 이는 그가 유물론자로 해석될 정도로 객관성을 지닌 작품들을 내놓은 원인이 되기 때문이다. 체호프 자신도 의학부의 동창생인 G. I. 로솔리모에게 의학을 공부한 것이 자신의 관찰력을 상당히 확장시켰음을 고백한 바 있고, A. S. 수보린에게 보낸 편지에서는 심지어 의학이 아내이고 문학은 정부라고 표현하기도 한다. 의사이기도 한 체호프는 어떤 사실은 그 사실이 보이는 양태들을 통해서 진단되어야 한다는 세계관을 가지고 있었고, 또 그것이 예술가가 세상을 바라보는 태도여야 한다고 일관되게 강조한다. 사실 좋은 의

사란 병에 걸린 환자를 동정하여 눈물을 흘리는 게 아니라 객관적으로 냉철하게 진단해야 한다. 그래서 다른 한 편지에서 체호프는 이렇게 말한다. 〈진정한 예술가라면 화학자처럼 객관적이어야 합니다.〉 그러다 보니 체호프의 작품들은 화려하지도 전율적이지도 신랄하지도 설교적이지도 않다. 그저 담담할 따름이다. 담담하니까 뭔가를 해석해 내려는 독자나 비평가들에게는 난해하다. 다음은 체호프의 작품 세계를 이해하는 데 결정적으로 중요한 그의 편지 가운데 한 구절이다.

우리가 영원하다거나 단순히 좋다라고 부르는, 그리고 우리를 취하게 하는 작가들은 하나의 공통된 아주 중요한 특징을 가지고 있습니다. 그것은 그들이 어디론가 가서 거기서 당신을 부른다는 것입니다. 그러면 당신은 이성이 아닌 자신의 온몸으로, 목적을 가지고 와서 마음을 흔들어 놓는 햄릿 아버지의 유령에게처럼 그들에게도 어떠한 목적이 있다고 느낍니다. ……하지만 그들보다 더 뛰어난 작가들은 사실적이며, 삶을 있는 그대로 씁니다. 그럼에도 당신은, 각각의 문장들에 마치 액즙과 같은 목적의식들이 스며들어 있다면서, 있는 그대로의 삶을 배제하고 어떻게 되어야 할 삶을 느낍니다. 또 그런 것이 당신을 홀립니다. 그렇지만 우리는? 우리는! 우리는 삶을 있는 그대로 씁니다. 그 이상은 알 바 아닙니다.

이 번역서의 표제로 뽑은 단편 「개를 데리고 다니는 부인」도 거창한 진리에 대한 우리의 기대를 배반하면서 동시에 진실의 세계를 그리고 있다. 휴양지 얄따에서 권태로워하던 구로프는 개를 데리고 다니는 부인인 안나를 만나 정사를 벌인다. 이후 휴양지를 떠나 각자의 일터와 가정으로 돌아간 구로프와 안나는 그러나 상대를 잊지 못하고 서로 결국 다시 찾는다. 남의 눈을 피해야만 하는 그들은 이중생활을 할 수밖에 없다. 그들에게 희망은 안개처럼 어렴풋할 뿐이다. 달리 말하면 거창한 진리는 존재하지 않는다. 그러면서 이 작품은 진실에 관한 문제를 다루고 있다. 단편 뒷부분에 나오는 다음의 구절이 이 작품의 의미를 해독하는 열쇠가 된다.

어느 겨울 아침에도, 그는 그녀에게 가고 있었다(심부름꾼이 전날 저녁에 왔으나 그때 그는 없었다). 도중에 있는 학교까지 바래다주려고 딸과 함께 갔다. 습기를 머금은 눈이 펑펑 쏟아졌다.
「지금 기온은 3도인데, 그래도 눈이 내리는구나.」 구로프가 딸에게 말했다. 「하지만 따뜻한 건 땅의 표면이지, 대기의 상층에서는 기온이 전혀 다르단다.」 (본문 336면)

이 에피소드는 사소하지만 작품 전체의 의미를 함축한다. 단편의 한 조각이 작품 전체의 의미와 긴밀하게 연결되는 것이다. 마치 하나의 음이 다른 음과 만나 음악이 이루어지듯이. 그렇게 체호프의 작품들은 음악과 친밀한 일종의 소나타이다. 이 부분은 사실과 진실 그리고 그것들 간의 상관성에 관한 문제를 함축한다.

구로프와 그 딸이 걷고 있는 거리에 눈이 내리고 있다. 이것은 〈사실〉이다. 그런데 기온은 영상 3도이다. 눈이 내릴 수 없는 기온이다. 이 역시 〈사실〉이다. 그럼에도 눈이 내린다. 공존할 수 없이 상충되는 이 두 사실이 지금 분명히 공존하고 있는 것이다. 영상 3도임에도 눈이 내리는 것은 대기 상층의 기온이 따뜻한 땅 표면의 기온과 다르기 때문이다. 그래서 문제는 언뜻 해결될 듯하다. 그렇지만 여전히 혼란스럽고 해결되지 않는다. 지상의 어떤 사실을 〈진실〉로 받아들여야 하는가에 있어서 그렇다. 〈눈이 내리는 사실〉이 지상의 진실인가, 아니면 〈영상 3도인 사실〉이 지상의 진실인가. 알 수 없다. 여기서 분명한 점은 상충한다고 해서 둘 중 어느 하나의 사실만을 진실로 받아들이는 것은 문제가 있다는 것이다.

이 단편의 두 인물, 구로프나 안나는 휴양지 얄따에서 서로 만나기 전까지 각자 아주 평범하게 잘 살고 있었다. 두 인물 다 나름대로 가정을 꾸리고 경제적으로도 부유하게 살고 있었다. 그런데 잘 산다는 것이 이런 것에 불과할까? 어쨌거나 그런 그들은, 잘 살고 있던 일상의 공간이 아닌 휴양지 얄따에서 만났다. 휴양지는 누구에게나 그렇듯이 실제 삶의 현장이 아니다. 휴양지는 실제로부터 일탈하는 곳이다. 그러니까 구로프나 안나 모두 실제의 삶으로부터 일탈해서 서로 만난 것이다. 그래서 휴양지에서의 정사는 그들에게 삶의 사실이 아니라 하나의 몽상과도 같은 것이다. 〈우리는 영원히 헤어지는군요. 하기야 그래야 하겠죠, 다시 만나서는 안 되니까. 그럼 안녕히 계세요.〉 이렇게 말하며 안나는 얄따를 떠난다. 이어서 구로프도 여름의 일탈 공간을 떠나 삶의 현장으로 돌아간다. 〈이제 정거장에서는 가을 냄새가 났고, 밤은 쌀쌀했다. 《나도 북부로 돌아갈 때가 됐군.》 구로프는 플랫폼을 나오면서 생각했다. 《돌아갈 때가 됐어!》〉 그런데, 그렇게 삶의 사실로 돌아간 그들 모두 자꾸 자신의 삶의 사실이 거짓으로 여겨진다. 잘 살고 있었던 두 사람은 서로 만난 이후, 자신의 삶의 사실을 계속 거부하게 되는 것이다. 그것은 그동안 그들이 그저 남들이 보기에 잘 살고 있었던 것이지, 그들 스스로 잘 살고 있지 못했기 때문이기도 하다. 그동안 그들은 삶에 대한 고민이나 반성도 없이 그저 건강하고 부유하게 잘 살고 있었던 것이다.

이제 그들은 자신의 삶의 사실 속에서 주변과 소통을 하지 못한다. 특히 구로프에게 이전에는 당연하고 일상적으로 통용되던 표현이 갑자기 환멸스럽게 다가온다. 〈「그 철갑상어는 냄새가 아주 고약했어.」 평소에 하던 이 평범한 말이 어쩐지 갑자기 구로프를 짜증나게 했다. 이 말이 모욕적이고 불결하게 여겨졌다.〉 그래서 그는 결정적으로 안나를 다시 찾는, 즉 그들의 관계를 휴양지의 한 만남으로 국한시키는 것이 아니라 자신의 삶의 사실로 끌어오는 일을 감행하게 된다. 그 후, 두 사람은 인습의 눈을 피해 몰래 이중생활을 하게 된다. 두세 달에 한 번씩 안나가 모스끄바로 구로프를 만나러 오는 것이다. 두 사람 모두 기존의 삶의 사실에 거짓말을 하고 몰래 만난다. 이제 이 둘은 어느 것이 자신의 삶의 사실인지 모른다. 기존의 가정과 일터인가, 아니면 그들이 모두 가식으로부터 벗어날 수 있는, 그렇지만 거짓말을 해야 가능한 은밀한 만남인가. 두 가지 모두 물론 그들의 삶의 사실이지만 분명히 서로 상충된다. 이 두 삶이 공존할 수 없기에 그 하나만 그들에게 삶의 사실이고 나머지 하나는 필연적으로 사실일 수 없다. 마치 공존하는 〈내리는 눈〉과 〈영상 3도〉가 상충하듯이.

언뜻 보면 가식적이었던 것으로 드러난 과거의 사실보다 이 둘의 은밀한 만남이 진실인 듯도 하다. 그렇지만 이 단편에서 누차 반복되듯이 구로프가 안나에게 역시 진실로 보였는지도 의문이다. 〈분명히 그는 그녀에게 본래의 모습으로 보이지 않았던 것이다. 그러니까 무의식중에 그녀를 속인 셈이다…….〉 그러다 보니 단편의 마지막에서 이 두 사람의 미래는 모호하다. 진정 진실하고 그래서 새롭고 행복한 삶이 와줄지는 요원할 뿐이다. 이 둘은 단지 교착 상태에 놓여 있을 뿐이다. 이전에 잘 살고 있었던 구로프와 안나가 이제는 엄청난 혼란에 빠진 것이다. 한 가지 긍정적인 면이 있다면, 구로프가 이제는 진실을 진실로 대할 수 있는 가능성을 가졌다는 점이다. 〈예전에 그는 슬플 때면, 머리에 떠오르는 온갖 논리로 자신을 위로했다. 하지만 이제는 논리를 따지지 않고 깊이 공감한다. 진실하고 솔직하고 싶을 따름이다…….〉 슬픔은 감정의 상태다. 이전에 구로프는 이를 머리와 논리로 이해했다. 가식의 이해일 뿐이다. 그러나 지금 구로프는 그 슬픔을 공감하고 느낄 따름이다. 감정의 상태를 감정의 해석으로 대한다. 진실에 다가갈 수 있는 것이다. 여하튼 이 소설에서 가장 중요한 사실은 실제의 삶에 가식을 느꼈고 또 새로운 삶에 희망을 가졌지만, 인물들이 처해 있는 현실, 즉 그들의 삶의 사실은 전혀 변하지 않았다는 것이다. 이렇게 이 작품은 우리네 삶의 진실을 담고 있다. 〈사실이 곧 진실이 되지 않는 삶의 진실〉 말이다. 드러난 사실이 곧 진실이 되는, 즉 사실과 진실이 일치하는 삶과 시대, 그래서 옳고 그름[是非]이 가려지는 삶과 시대, 이는 인류의 영원한 유토피아이다.

이렇게 체호프에게는 모든 것을 통괄하는 특별하거나 위

대한 것이 존재하지 않는다. 그렇다고 물론 사소한 것들 자체가 곧바로 체호프 문학의 진실이 되지는 않는다. 그것은 존재하는 단순 사실일 뿐이기 때문이다. 체호프가 말하는 문학의 진실이 사실의 세계를 정확히 재현했다는 차원에 있는 것은 아니다. 진실이라는 인식론적 개념과 사실이라는 물리적 성격은 다르다. 「개를 데리고 다니는 부인」을 분석하면서 밝혔듯이 체호프의 작품에서는 모든 사소한 요소들이 자체의 권리를 지니고 있다. 그러면서 동시에 동등한 자격으로 서로 관련되어 각각의 의미를 드러낸다. 독단적으로 자신의 의미를 상대에게 강요하는 것이 아니다. 그럼으로써 체호프의 작품들은 현실과 사실을 그것들을 바라보는 국외자의 관점으로 왜곡하지 않는다. 국외자의 관점은 나름의 논리로 개개의 사실들을 단순화하고 또 통일된 구심점으로 응축시킨다. 그래서 현실을 왜곡하고 기형화한다. 근본적인 본질을 상정하고 개개의 사실들을 이해하고자 하는 것은 마치 「6호 병동」에 나오는 고정된 인식의 소유자 니끼따가 벌이는 일처럼 폭력이 되는 단순화인 것이다.

각각의 요소들이 서로 관련되어 조화를 형성하며, 또 그렇게 자체의 논리를 생산한다. 그러면서 그들 사이의 보편을 확장한다. 그런 특징 때문에 체호프의 작품들은 상호 간의 관련 속에서 일반 규칙과 제도를 형성하는 사람들의 실제 삶 자체와 호응한다. 그렇게 우리는 체호프의 작품 안에서 세계를 만나고 세계 안에서 체호프의 작품을 만난다.

체호프가 말년에 직접 자신의 작품들을 선별한 선집의 첫 작품 「굽은 거울」은 독단적인 인식이 낳는 우스꽝스러움을 보여 준다. 이 작품에서 아내는 굽은 거울을 통해 자신의 일

그러진 모습에 도취된다. 세상을 비춰 주는 거울, 그렇지만 굽어 있는 거울, 증조할머니에 관한 이야기 등이 아내의 태도와 병치되어 작품의 체계를 형성한다. 「어느 관리의 죽음」에서 독자들은 독단적인 인식이 지닌 우스꽝스러운 현상을 애처롭게 바라보게 된다. 소심한 어느 관리는 지나치게 자기의식에 갇혀 사소한 사건을 확대 해석하고 그로 인해 결국 죽고 만다. 그렇지만 주위 사람들은 아무도 그 관리의 고민과 고통을 알 수 없다. 관리 자신만이 자신의 일그러져 확대된 해석에 갇혀 고민하고 고통받다 죽고 마는 것이다. 그러한 관리를 보면서 독자는 웃을 수도 울 수도 없다.

「마스크」에서도 독자들은 혼란스럽다. 좋고 나쁨 또는 옳고 그름을 확연하게 구분 짓지 않기 때문이다. 가면무도회라는 설정 아래 인물들 모두에게서 위선의 마스크를 볼 수 있다. 어떻게 보면 인텔리들의 가식이 가증스럽다. 그런데 또 어떻게 보면 그들의 가식을 폭로하는 백만장자의 가식이 더 가증스럽다. 가면무도회라는 파티와는 별개로 독자들은 가면 쓴 사람들이 한바탕 벌이는 소동을 혼란스럽게 바라보게 된다.

「실패」는 아주 짧은 이야기이지만, 오해와 실수가 절묘하게 뒤섞여 우리네 삶의 희극적인 모습이 어떻게 발생하는지를 함축하고 있다. 노처녀 부모의 오해와 실수가 낳는 부조화의 코미디는 정서법 교사이면서도 글씨는 괴발개발 그리는 남자를 통해서 더욱 부각된다. 「애수」를 읽으며 독자들은 마부 이오나가 아들을 잃었다는 사실 때문에 슬퍼한다는 것을 잘 알게 된다. 그러면서 이 작품을 여러 번 읽다 보면 점차 마부가 혹시 자신의 슬픔을 누구에게도 털어놓을 수 없다는 사실 때문에, 달리 말해 다른 사람들이 자신의 슬픔을 알아 주지 않기 때문에 슬퍼하는 것 아닌가 하는 생각이 든다. 하지만 그래도 아들을 잃었다는 그 고통 때문에 이오나가 슬픈 거라는 생각을 떨쳐 버릴 수 없다. 체호프의 작품에서는 논리가 작품 속에서 발생하기 때문에 독자는 이 미묘한 애수를 미묘하게 체험하게 된다. 「농담」에서도 나젠까가 행복한 것인지 불행한 것인지 독자들은 알 수 없다. 장난처럼 내뱉은 농담이 한 여자를 평생 황홀하게 했다는 이 이야기는 사람의 연약한 모습을 우스꽝스럽게 보여 준다. 그래서 슬픔과 우스꽝스러움이 교차한다.

「하찮은 것」은 상대적으로 하찮은 것이 있을지언정 절대적으로 하찮은 것은 없다고 말한다. 니꼴라이 일리치 아저씨에게는 자신의 체면이 가장 중요한 문제이지만, 꼬마에게는 아저씨가 약속을 저버린 일이 가장 심각한 문제이다. 물론 일리치 아저씨에게 꼬마의 고통 따위는 정말 하찮은 것이다. 그렇지만 그로 인해 꼬마는 태어나서 처음으로 거짓과 거칠게 맞닥뜨렸다. 아무리 사소해도 세상에 하찮은 것은 없다. 그런데도 자신만의 세계가 중요하다고 생각한다면 우스워진다. 만일 작가가 그렇게 생각한다면 그 작가의 글은 삼류일 수밖에 없다. 「쉿!」은 혼자만의 세계에 갇혀 스스로에게만 잘난 어떤 작가의 유난한 글 쓰는 작업을 그리고 있다. 그러면서 그의 책상에 있는 위대한 작가의 반신상과 사진들이 이 삼류 작가와 대비되어 글을 쓴다는 것이 결코 현실의 삶에서 떨어져 나오지 않는다는 것을 역설적으로 암시한다.

「어느 여인의 이야기」에서 독자들은 특별한 사건이 일어날 것을 기대한다. 하지만 낭만주의의 주인공과 같이 놀라운 능력을 발휘하여 삶의 진로를 바꾸는 그런 일은 일어나지 않는다. 현실은 그렇게 평범하다. 작품 내에 나오는 다음의 구절이 이를 함축한다. 〈그리고 무슨 일이 벌어졌던가? 그러고 나서 아무 일도 없었다.〉

「자고 싶다」는 어린 유모가 어린아이를 살해한다는 끔찍한 이야기이다. 그런데 이상하게도 이 윤리적 터부는 이야기를 읽는 독자들에게 그리 큰 호소력을 발휘하지 못한다. 어린 유모가 어린아이를 죽일 수밖에 없었다는 논리가 작품 안에서 형성되고 있기 때문이다. 그렇지만 그 살해가 결코 정당화되는 것도 아니다. 그러한 일을 가능케 하는 현실의 조건들에도 불구하고 그러한 일을 감행하게 하는 그릇된 관념의 문제가 여전히 남는다. 끔찍한 그릇된 관념을 정당화하는 논리가 이 세상에서 얼마나 횡행하고 있는지를 생각나게 하는 작품이다. 그것은 바로 폭력이기도 하다.

「6호 병동」은 정신 병동을 통해서 사람들 내부에 잠재된 폭력을 형상화한다. 그러면서 의사 안드레이 에피미치의 무기력하고 비현실적인 철학이 맞이하는 최후를 통해 현실 속에서 철학이나 사상은 어떠해야 하는가도 시사한다. 무엇보다 이 작품에서 두드러지는 인물은 니끼따이다. 독단의 질서를 사랑해서 주위의 세계를 인정하지 않는 그의 곧은 행동은 곧 폭력이다. 「검은 수사」에서 독자들은 절대의 진리, 궁극의 진리를 갈구하는 학자 꼬브린을 만난다. 궁극의 거창한 진리를 추구하는 꼬브린은 환각인 검은 수사를 통해 자신을 정당화한다. 그렇지만 그러는 사이 그의 실제 생활과 생명은 망가져 간다. 그뿐 아니라 그의 주위에 있는 사람들의 생활과 생명 역시 망가져 간다. 하찮고 사소한 것들로 이루어진

실제의 삶이 거창한 궁극의 진리와 그 추론의 세계에 의해서 붕괴되는 것이다. 사소하고 평범한 일상을 넘어서 존재하려는 거창한 세계는 실제로 살아가야 하는 삶의 세계를 파괴한다. 그럼에도 그것에 만족해하는 꼬브린의 죽음을 보면서 아이러니한 슬픔을 느낄 수밖에 없다. 진리가 가치를 지니려면 현실과 조화를 이루어야 한다. 「대학생」의 주인공은 계절의 흐름을 거스르며 엄습한 추위와 그로 인해 파괴된 조화 때문에 황량한 생각에 잠긴다. 그러다 우연히 대학생은 사람들의 삶 속에서 조화가 가능할 수 있다는 깨달음을 얻는다. 그런 후 삶은 그에게 매혹적이고 경이롭게 보인다.

「문학 교사」의 니끼찐은 잔재주를 부려 너무도 쉽게 부와 행복을 획득한다. 그렇지만 그 행복은 청년 니끼찐에게 진정한 기쁨을 주지 못한다. 그래서 그는 진정한 삶 속으로의 진입을 선언하며 무기력한 현재로부터의 탈출을 감행하려 한다. 거짓과 위선 그리고 그 저속함 속에서 살다가는 미쳐 버릴 것이기 때문이다. 그렇지만 그에게 새로운 삶이 가능할지는 의문이다. 「농부들」에서는 병들어 모스끄바에서 고향으로 돌아온 니꼴라이 가족이 맞닥뜨리는 시골 생활을 그리고 있다. 여러 가지 사소한 에피소드들을 통해 그려진 농부들의 다양한 삶의 모습을 따뜻한 시선으로 포착하고 있다. 거칠고 조야한 듯하지만 사람 사는 냄새가 물씬 나는 작품이다. 그러면서 역시 농부들이 살아가는 모습에 담긴 애처로움과 우스꽝스러움이 소설 안에서 조화를 이루고 있다. 그렇다고 농부들을 무조건 미화하지는 않는다. 「새로운 별장」에서 농부들은 이웃에 별장을 짓고 이사 온 엔지니어의 가족과 사이좋게 지내지 못한다. 모두가 자신의 생각대로 상대방을 이해하고 있어 서로 진정한 이웃이 되지 못하는 것이다. 그렇다고 그들이 서로 적의를 가지고 대하는 것은 아니다. 서로 친하고는 싶지만 그러지 못하는 상태 속에서 결국 엔지니어 가족은 떠난다. 성찰은 독자들의 몫으로 남는다.

체호프는 사람들이 살아가는 다양한 모습 옆에 나란히 자연을 묘사한다. 때로는 무심하고 때로는 장엄한 자연은 인물들의 행위를 더욱 우습게 부각시키기도 하고 더욱 애처롭게 만들기도 한다. 그러면서, 일상과 공존하는 자연은 삶의 따뜻한 희망을 살며시 비춘다. 다음은 「개를 데리고 다니는 부인」에 나오는 자연이다.

바다와 산과 구름과 넓은 하늘이 펼치는 신비로운 풍경 속에서 여명을 받아 더욱 아름답고 편안하고 매혹적으로 보이는 젊은 여자와 나란히 앉아, 구로프는 이런 생각을 했다. 사실 잘 생각해 보면, 이 세상의 모든 것은 얼마나 아름다운가. 우리가 존재의 고결한 목적과 자신의 인간적 가치도 잊은 채 생각하고 행하는 것을 제외한 모든 것이. (본문 324면)

빠스쩨르나끄의 『닥터 지바고』에서 의사이자 시인인 지바고는 자신의 노트에 이렇게 적는다. 〈체호프의 순박함, 인류의 궁극적인 목적이니 그 구원이니 하는 거대한 일에 대한 겸손한 무관심. 그런 것에 관해 숙고하면서 전혀 건방지지 않은 것. 체호프는 마지막까지 예술가의 본분에 따른 당면한 일에 충실했고, 그 일을 하면서 조용히 누구에게도 상관하지 않는 개인적인 몫으로서의 자신의 삶을 살았다. 그런데 이제 그 일이 보편적인 관심사가 되어 마치 나무에서 딴 푸른 풋사과가 저절로 익어 가듯이 점점 그 맛과 의미를 더해 갔다.〉 체호프는 소소한 것들이 빚어내는 삶의 진실을 다뤄 희망을 찾아가는 길을 열었다. 닥터 지바고가 노트에 적었듯이 체호프의 진리와 희망은 쉽게 읽히지 않는다. 천천히 느리게 이해된다.

체호프의 작품 세계를 관통하는 주요 작품들을 번역하여 두 권의 선집으로 묶었다. 국내에 처음으로 번역 소개되는 작품들이 상당수 포함된 이 선집을 통해서 체호프가 제시하는 진리와 희망이 이해되기를 바란다. 이 선집의 원서로는 체호프가 직접 선별한 작품들이 표시된 러시아 쁘라브다 출판사의 열두 권짜리 『체호프 전집』(1985)을 사용하였다.

오종우

안똔 체호프 연보

1860년 출생 1월 17일(러시아 구력, 현재의 그레고리우스력으로는 1월 30일) 러시아 남부 아조프 해의 항구 도시 따간로그에서 태어남.

1876년 16세 식료 잡화점을 운영하던 아버지가 파산하여 가족이 모스끄바로 이주함. 체호프는 따간로그에 혼자 남아 가정 교사를 하며 고학함.

1879년 19세 6월 따간로그의 중등학교를 졸업함. 9월 모스끄바 의과 대학에 입학함.

1880년 20세 첫 콩트 「배운 이웃에게 보내는 편지」가 뻬쩨르부르그의 주간지 『잠자리』에 게재됨. 이후 1887년까지 〈안또샤 체혼떼〉, 〈지라 없는 사나이〉 등의 필명으로 각종 잡지와 신문에 유머 콩트를 기고함.

1883년 23세 「굽은 거울」, 「어느 관리의 죽음」 등을 발표함. 「굽은 거울」은 1903년 말에 체호프가 손수 뽑은 선집의 첫 작품임.

1884년 24세 6월 모스끄바 의과 대학을 졸업함. 브스끄레셴스끄의 지방 자치회 병원에서 잠시 근무함. 9월 개업. 12월 처음으로 객혈함. 첫 유머 단편집 『멜뽀메나의 이야기들』이 출판됨. 유머 단편 「마스크」 등을 발표함.

1885년 25세 5월 인상파 화가 레비딴을 만남. 12월 『새 시대』지의 발

357

행인 수보린과 친교를 맺음.

1886년 26세 2월 『새 시대』지에 단편 「추도회」를 처음으로 자신의 본명으로 발표함. 4월 두 번째 객혈. 5월 「실패」, 「애수」, 「하찮은 것」 등이 수록된 두 번째 단편집 『잡다한 이야기들』이 출판됨. 「농담」, 「쉿!」 등을 발표함.

1887년 27세 4월 고향인 러시아 남부를 여행함. 세 번째 단편집 『황혼』이 출판됨. 「어느 여인의 이야기」 등을 발표함.

1888년 28세 10월 단편집 『황혼』으로 뿌쉬낀상 수상. 12월 차이꼬프스끼와 사귐. 「자고 싶다」 등을 발표함.

1889년 29세 6월 화가인 둘째 형 니꼴라이가 폐결핵으로 사망. 12월 「바냐 아저씨」의 토대가 되는 희곡 「숲의 정령」을 모스끄바의 아브라모바 극장에서 초연하나 혹평을 받음. 단막극 「청혼」, 「어쩔 수 없이 비극 배우」 등을 발표함.

1890년 30세 4~12월 시베리아를 횡단하여 사할린까지 여행함.

1891년 31세 3~4월 수보린과 함께 이탈리아와 프랑스로 첫 유럽 여행. 단막극 「기념일」 등을 발표함.

1892년 32세 3월 모스끄바 남쪽 멜리호보에 영지를 구입하여 이사함. 여름에 이 지역에서 콜레라가 유행하자 의사로서 방역 활동을 함. 11월 「6호 병동」을 『러시아 사상』지에 발표하여 커다란 반향을 일으킴. 「아내」를 발표함.

1894년 34세 3월 건강이 악화되어 얄따로 가서 지내다가 여름에 밀라노, 니스 등 남유럽을 여행하고 10월에 멜리호보로 돌아옴. 「검은 수사」, 「대학생」, 「문학 교사」 등을 발표함.

1895년 35세 8월 똘스또이의 영지 야스나야 뽈랴나로 가서 똘스또이를 처음으로 만남.

1896년 36세 10월 장막 희극 「갈매기」를 알렉산드린스끼 극장에서 초연하지만 크게 실패함.

1897년 37세 3월 결핵이 악화되어 모스끄바의 병원에 입원함. 똘스또이가 문병함. 「농부들」, 「바냐 아저씨」 등을 발표함.

1898년 38세 고리끼와 교우하며 편지를 주고받음. 편지로 고리끼에게 소설 쓰는 방법을 가르침. 8월 건강 때문에 얄따로 이사함. 12월 모스끄바 예술 극장에서 「갈매기」가 공연되어 대단한 성공을 거둠.

1899년 39세 3월 고리끼가 체호프를 만나러 얄따에 옴. 10월 모스끄바 예술 극장에서 「바냐 아저씨」가 초연됨. 「새로운 별장」, 「개를 데리고 다니는 부인」 등을 발표함.

1900년 40세 1월 똘스또이와 함께 학술원 명예 회원으로 선출됨.

1901년 41세 1월 모스끄바 예술 극장에서 「세 자매」가 초연됨. 5월 모스끄바 예술 극장의 여배우 올가 끄니뻬르와 결혼함. 10월 얄따에서 똘스또이와 다시 만남.

1902년 42세 8월 고리끼가 학술원 명예 회원 자격을 박탈당하자 이에 항의하여 자신도 명예 회원직을 사퇴함.

1903년 43세 10월 마지막 작품 「벚꽃 동산」을 탈고함. 체호프가 직접 자신의 작품들을 선별한 『선집』이 마르크스 출판사에서 간행됨.

1904년 44세 1월 모스끄바 예술 극장에서 「벚꽃 동산」이 초연됨. 6월 병세가 악화되어 아내 끄니뻬르와 독일의 바덴바일러로 요양을 떠남. 7월 3일(신력으로는 7월 16일) 바덴바일러의 호텔에서 독일어로 〈*Ich sterbe*(나 죽는다)〉와, 더 이상 어떤 조치도 취할 수 없었던 의사가 급히 주문한 샴페인을 아내 올가와 함께 마신 후 〈샴페인은 정말 오랜만이군〉이라는 마지막 말을 남기고 새벽 3시에 영면. 모스끄바의 노보제비치 수도원 묘지에 묻힘.

열린책들 세계문학 006 개를 데리고 다니는 부인

옮긴이 오종우 1965년 서울에서 태어나 고려대학교 노어노문학과를 졸업하고 동 대학교 대학원에서 체호프 연구로 석사와 박사 학위를 받았으며 모스끄바 국립 대학교에서 수학했다. 현재 성균관대학교 러시아어문학과 교수로 있다. 지은 책으로는 2006년 대한민국학술원 우수 학술 도서로 선정된 『체호프의 코미디와 진실』과 『대지의 숨 — 러시아의 숨표들』, 옮긴 책으로는 체호프 희곡선집 『벚꽃 동산』, 『러시아 희곡』(공역), 『영화의 형식과 기호』가 있으며, 문학과 예술에 관한 다수의 논문들을 발표하였다.

지은이 안똔 체호프 **옮긴이** 오종우 **발행인** 홍예빈
발행처 주식회사 열린책들 **주소** 경기도 파주시 문발로 253 파주출판도시
전화 031-955-4000 **팩스** 031-955-4004 **홈페이지** www.openbooks.co.kr
Copyright (C) 주식회사 열린책들, 2004, 2009, *Printed in Korea.*
ISBN 978-89-329-0920-2 04890 **ISBN** 978-89-329-1499-2 (세트)
발행일 2004년 8월 10일 초판 1쇄 2006년 10월 1일 초판 6쇄 2007년 9월 20일 보급판 1쇄 2008년 8월 20일 보급판 2쇄 2009년 11월 10일 세계문학판 1쇄 2025년 4월 30일 세계문학판 20쇄

이 도서의 국립중앙도서관 출판예정도서목록(CIP)은 서지정보유통지원시스템 홈페이지(http://seoji.nl.go.kr)와 국가자료공동목록시스템(http://www.nl.go.kr/kolisnet)에서 이용하실 수 있습니다.(CIP제어번호:CIP2009003280)

열린책들 세계문학
Open Books World Literature

001 **죄와 벌** 표도르 도스토옙스키 장편소설 | 홍대화 옮김 | 전2권 | 각 408, 512면

003 **최초의 인간** 알베르 카뮈 장편소설 | 김화영 옮김 | 392면

004 **소설** 제임스 미치너 장편소설 | 윤희기 옮김 | 전2권 | 각 280, 368면

006 **개를 데리고 다니는 부인** 안똔 체호프 소설선집 | 오종우 옮김 | 368면

007 **우주 만화** 이탈로 칼비노 단편집 | 김운찬 옮김 | 424면

008 **댈러웨이 부인** 버지니아 울프 장편소설 | 최애리 옮김 | 296면

009 **어머니** 막심 고리끼 장편소설 | 최윤락 옮김 | 544면

010 **변신** 프란츠 카프카 중단편집 | 홍성광 옮김 | 464면

011 **전도서에 바치는 장미** 로저 젤라즈니 중단편집 | 김상훈 옮김 | 432면

012 **대위의 딸** 알렉산드르 뿌쉬낀 장편소설 | 석영중 옮김 | 240면

013 **바다의 침묵** 베르코르 소설선집 | 이상해 옮김 | 256면

014 **원수들, 사랑 이야기** 아이작 싱어 장편소설 | 김진준 옮김 | 320면

015 **백치** 표도르 도스토옙스키 장편소설 | 김근식 옮김 | 전2권 | 각 504, 528면

017 **1984년** 조지 오웰 장편소설 | 박경서 옮김 | 392면

019 **이상한 나라의 앨리스** 루이스 캐럴 환상동화 | 머빈 피크 그림 | 최용준 옮김 | 336면

020 **베네치아에서의 죽음** 토마스 만 중단편집 | 홍성광 옮김 | 432면

021 **그리스인 조르바** 니코스 카잔차키스 장편소설 | 이윤기 옮김 | 488면

022 **벚꽃 동산** 안똔 체호프 희곡선집 | 오종우 옮김 | 336면

023 **연애 소설 읽는 노인** 루이스 세풀베다 장편소설 | 정창 옮김 | 192면

024 **젊은 사자들** 어윈 쇼 장편소설 | 정영문 옮김 | 전2권 | 각 416, 408면

026 **젊은 베르테르의 슬픔** 요한 볼프강 폰 괴테 장편소설 | 김인순 옮김 | 240면

027 **시라노** 에드몽 로스탕 희곡 | 이상해 옮김 | 256면

028 **전망 좋은 방** E. M. 포스터 장편소설 | 고정아 옮김 | 352면

029 **까라마조프 씨네 형제들** 표도르 도스토옙스키 장편소설 | 이대우 옮김 | 전3권 | 각 496, 496, 460면

032 **프랑스 중위의 여자** 존 파울즈 장편소설 | 김석희 옮김 | 전2권 | 각 344면

034 **소립자** 미셸 우엘벡 장편소설 | 이세욱 옮김 | 448면

035 **영혼의 자서전** 니코스 카잔차키스 자서전 | 안정효 옮김 | 전2권 | 각 352, 408면

037 **우리들** 예브게니 자먀찐 장편소설 | 석영중 옮김 | 320면

038 뉴욕 3부작 폴 오스터 장편소설 | 황보석 옮김 | 480면

039 닥터 지바고 보리스 파스테르나크 장편소설 | 홍대화 옮김 | 전2권 | 각 480, 592면

041 고리오 영감 오노레 드 발자크 장편소설 | 임희근 옮김 | 456면

042 뿌리 알렉스 헤일리 장편소설 | 안정효 옮김 | 전2권 | 각 400, 448면

044 백년보다 긴 하루 친기즈 아이뜨마또프 장편소설 | 황보석 옮김 | 560면

045 최후의 세계 크리스토프 란스마이어 장편소설 | 장희권 옮김 | 264면

046 추운 나라에서 돌아온 스파이 존 르카레 장편소설 | 김석희 옮김 | 368면

047 산도칸 - 몸프라쳄의 호랑이 에밀리오 살가리 장편소설 | 유향란 옮김 | 428면

048 기적의 시대 보리슬라프 페키치 장편소설 | 이윤기 옮김 | 560면

049 그리고 죽음 짐 크레이스 장편소설 | 김석희 옮김 | 224면

050 세설 다니자키 준이치로 장편소설 | 송태욱 옮김 | 전2권 | 각 480면

052 세상이 끝날 때까지 아직 10억 년 스뜨루가츠끼 형제 장편소설 | 석영중 옮김 | 224면

053 동물 농장 조지 오웰 장편소설 | 박경서 옮김 | 208면

054 캉디드 혹은 낙관주의 볼테르 장편소설 | 이봉지 옮김 | 232면

055 도적 떼 프리드리히 폰 실러 희곡 | 김인순 옮김 | 264면

056 플로베르의 앵무새 줄리언 반스 장편소설 | 신재실 옮김 | 320면

057 악령 표도르 도스토옙스키 장편소설 | 박혜경 옮김 | 전3권 | 각 328, 408, 528면

060 의심스러운 싸움 존 스타인벡 장편소설 | 윤희기 옮김 | 340면

061 몽유병자들 헤르만 브로흐 장편소설 | 김경연 옮김 | 전2권 | 각 568, 544면

063 몰타의 매 대실 해밋 장편소설 | 고정아 옮김 | 304면

064 마야꼬프스끼 선집 블라지미르 마야꼬프스끼 선집 | 석영중 옮김 | 384면

065 드라큘라 브램 스토커 장편소설 | 이세욱 옮김 | 전2권 | 각 340, 344면

067 서부 전선 이상 없다 에리히 마리아 레마르크 장편소설 | 홍성광 옮김 | 336면

068 적과 흑 스탕달 장편소설 | 임미경 옮김 | 전2권 | 각 432, 368면

070 지상에서 영원으로 제임스 존스 장편소설 | 이종인 옮김 | 전3권 | 각 396, 380, 496면

073 파우스트 요한 볼프강 폰 괴테 희곡 | 김인순 옮김 | 568면

074 쾌걸 조로 존스턴 매컬리 장편소설 | 김훈 옮김 | 316면

075 거장과 마르가리따 미하일 불가꼬프 장편소설 | 홍대화 옮김 | 전2권 | 각 364, 328면

077 순수의 시대 이디스 워튼 장편소설 | 고정아 옮김 | 448면

078 검의 대가 아르투로 페레스 레베르테 장편소설 | 김수진 옮김 | 384면

079 예브게니 오네긴 알렉산드르 뿌쉬낀 운문소설 | 석영중 옮김 | 328면

080 장미의 이름 움베르토 에코 장편소설 | 이윤기 옮김 | 전2권 | 각 440, 448면

082 **향수** 파트리크 쥐스킨트 장편소설 | 강명순 옮김 | 384면

083 **여자를 안다는 것** 아모스 오즈 장편소설 | 최창모 옮김 | 280면

084 **나는 고양이로소이다** 나쓰메 소세키 장편소설 | 김난주 옮김 | 544면

085 **웃는 남자** 빅토르 위고 장편소설 | 이형식 옮김 | 전2권 | 각 472, 496면

087 **아웃 오브 아프리카** 카렌 블릭센 장편소설 | 민승남 옮김 | 480면

088 **무엇을 할 것인가** 니꼴라이 체르니셰프스끼 장편소설 | 서정록 옮김 | 전2권 | 각 360, 404면

090 **도나 플로르와 그녀의 두 남편** 조르지 아마두 장편소설 | 오숙은 옮김 | 전2권 | 각 408, 308면

092 **미사고의 숲** 로버트 홀드스톡 장편소설 | 김상훈 옮김 | 424면

093 **신곡** 단테 알리기에리 장편서사시 | 김운찬 옮김 | 전3권 | 각 292, 296, 328면

096 **교수** 샬럿 브론테 장편소설 | 배미영 옮김 | 368면

097 **노름꾼** 표도르 도스토옙스키 장편소설 | 이재필 옮김 | 320면

098 **하워즈 엔드** E. M. 포스터 장편소설 | 고정아 옮김 | 512면

099 **최후의 유혹** 니코스 카잔차키스 장편소설 | 안정효 옮김 | 전2권 | 각 408면

101 **키리냐가** 마이크 레스닉 장편소설 | 최용준 옮김 | 464면

102 **바스커빌가의 개** 아서 코넌 도일 장편소설 | 조영학 옮김 | 264면

103 **버마 시절** 조지 오웰 장편소설 | 박경서 옮김 | 408면

104 **10 1/2장으로 쓴 세계 역사** 줄리언 반스 장편소설 | 신재실 옮김 | 464면

105 **죽음의 집의 기록** 표도르 도스토옙스키 장편소설 | 이덕형 옮김 | 528면

106 **소유** 앤토니어 수전 바이어트 장편소설 | 윤희기 옮김 | 전2권 | 각 440, 488면

108 **미성년** 표도르 도스토옙스키 장편소설 | 이상룡 옮김 | 전2권 | 각 512, 544면

110 **성 앙투안느의 유혹** 귀스타브 플로베르 희곡소설 | 김용은 옮김 | 584면

111 **밤으로의 긴 여로** 유진 오닐 희곡 | 강유나 옮김 | 240면

112 **마법사** 존 파울즈 장편소설 | 정영문 옮김 | 전2권 | 각 512, 552면

114 **스쩨빤치꼬보 마을 사람들** 표도르 도스토옙스키 장편소설 | 변현태 옮김 | 416면

115 **플랑드르 거장의 그림** 아르투로 페레스 레베르테 장편소설 | 정창 옮김 | 512면

116 **분신** 표도르 도스토옙스키 장편소설 | 석영중 옮김 | 288면

117 **가난한 사람들** 표도르 도스토옙스키 장편소설 | 석영중 옮김 | 256면

118 **인형의 집** 헨리크 입센 희곡 | 김창화 옮김 | 272면

119 **영원한 남편** 표도르 도스토옙스키 장편소설 | 정명자 외 옮김 | 448면

120 **알코올** 기욤 아폴리네르 시집 | 황현산 옮김 | 352면

121 **지하로부터의 수기** 표도르 도스토옙스키 장편소설 | 계동준 옮김 | 256면

122 **어느 작가의 오후** 페터 한트케 중편소설 | 홍성광 옮김 | 160면

- 123 **아저씨의 꿈** 표도르 도스토옙스키 장편소설 | 박종소 옮김 | 312면
- 124 **네또츠까 네즈바노바** 표도르 도스토옙스키 장편소설 | 박재만 옮김 | 316면
- 125 **곤두박질** 마이클 프레인 장편소설 | 최용준 옮김 | 528면
- 126 **백야 외** 표도르 도스토옙스키 소설집 | 석영중 외 옮김 | 408면
- 127 **살라미나의 병사들** 하비에르 세르카스 장편소설 | 김창민 옮김 | 304면
- 128 **뻬쩨르부르그 연대기 외** 표도르 도스토옙스키 소설선집 | 이항재 옮김 | 296면
- 129 **상처받은 사람들** 표도르 도스토옙스키 장편소설 | 윤우섭 옮김 | 전2권 | 각 296, 392면
- 131 **악어 외** 표도르 도스토옙스키 소설선집 | 박혜경 외 옮김 | 312면
- 132 **허클베리 핀의 모험** 마크 트웨인 장편소설 | 윤교찬 옮김 | 416면
- 133 **부활** 레프 똘스또이 장편소설 | 이대우 옮김 | 전2권 | 각 308, 416면
- 135 **보물섬** 로버트 루이스 스티븐슨 장편소설 | 머빈 피크 그림 | 최용준 옮김 | 360면
- 136 **천일야화** 앙투안 갈랑 엮음 | 임호경 옮김 | 전6권 | 각 336, 328, 372, 392, 344, 320면
- 142 **아버지와 아들** 이반 뚜르게네프 장편소설 | 이상원 옮김 | 328면
- 143 **오만과 편견** 제인 오스틴 장편소설 | 원유경 옮김 | 480면
- 144 **천로 역정** 존 버니언 우화소설 | 이동일 옮김 | 432면
- 145 **대주교에게 죽음이 오다** 윌라 캐더 장편소설 | 윤명옥 옮김 | 352면
- 146 **권력과 영광** 그레이엄 그린 장편소설 | 김연수 옮김 | 384면
- 147 **80일간의 세계 일주** 쥘 베른 장편소설 | 고정아 옮김 | 352면
- 148 **바람과 함께 사라지다** 마거릿 미첼 장편소설 | 안정효 옮김 | 전3권 | 각 616, 640, 640면
- 151 **기탄잘리** 라빈드라나트 타고르 시집 | 장경렬 옮김 | 224면
- 152 **도리언 그레이의 초상** 오스카 와일드 장편소설 | 윤희기 옮김 | 384면
- 153 **레우코와의 대화** 체사레 파베세 희곡소설 | 김운찬 옮김 | 280면
- 154 **햄릿** 윌리엄 셰익스피어 희곡 | 박우수 옮김 | 256면
- 155 **맥베스** 윌리엄 셰익스피어 희곡 | 권오숙 옮김 | 176면
- 156 **아들과 연인** 데이비드 허버트 로런스 장편소설 | 최희섭 옮김 | 전2권 | 각 464, 432면
- 158 **그리고 아무 말도 하지 않았다** 하인리히 뵐 장편소설 | 홍성광 옮김 | 272면
- 159 **미덕의 불운** 싸드 장편소설 | 이형식 옮김 | 248면
- 160 **프랑켄슈타인** 메리 W. 셸리 장편소설 | 오숙은 옮김 | 320면
- 161 **위대한 개츠비** 프랜시스 스콧 피츠제럴드 장편소설 | 한애경 옮김 | 280면
- 162 **아Q정전** 루쉰 중단편집 | 김태성 옮김 | 320면
- 163 **로빈슨 크루소** 대니얼 디포 장편소설 | 류경희 옮김 | 456면
- 164 **타임머신** 허버트 조지 웰스 소설선집 | 김석희 옮김 | 304면

165 **제인 에어** 샬럿 브론테 장편소설 | 이미선 옮김 | 전2권 | 각 392, 384면

167 **풀잎** 월트 휘트먼 시집 | 허현숙 옮김 | 280면

168 **표류자들의 집** 기예르모 로살레스 장편소설 | 최유정 옮김 | 216면

169 **배빗** 싱클레어 루이스 장편소설 | 이종인 옮김 | 520면

170 **이토록 긴 편지** 마리아마 바 장편소설 | 백선희 옮김 | 192면

171 **느릅나무 아래 욕망** 유진 오닐 희곡 | 손동호 옮김 | 168면

172 **이방인** 알베르 카뮈 장편소설 | 김예령 옮김 | 208면

173 **미라마르** 나기브 마푸즈 장편소설 | 허진 옮김 | 288면

174 **지킬 박사와 하이드 씨** 로버트 루이스 스티븐슨 소설선집 | 조영학 옮김 | 320면

175 **루진** 이반 뚜르게네프 장편소설 | 이항재 옮김 | 264면

176 **피그말리온** 조지 버나드 쇼 희곡 | 김소임 옮김 | 256면

177 **목로주점** 에밀 졸라 장편소설 | 유기환 옮김 | 전2권 | 각 336면

179 **엠마** 제인 오스틴 장편소설 | 이미애 옮김 | 전2권 | 각 336, 360면

181 **비숍 살인 사건** S. S. 밴 다인 장편소설 | 최인자 옮김 | 464면

182 **우신예찬** 에라스무스 풍자문 | 김남우 옮김 | 296면

183 **하자르 사전** 밀로라드 파비치 장편소설 | 신현철 옮김 | 488면

184 **테스** 토머스 하디 장편소설 | 김문숙 옮김 | 전2권 | 각 392, 336면

186 **투명 인간** 허버트 조지 웰스 장편소설 | 김석희 옮김 | 288면

187 **93년** 빅토르 위고 장편소설 | 이형식 옮김 | 전2권 | 각 288, 360면

189 **젊은 예술가의 초상** 제임스 조이스 장편소설 | 성은애 옮김 | 384면

190 **소네트집** 윌리엄 셰익스피어 연작시집 | 박우수 옮김 | 200면

191 **메뚜기의 날** 너새니얼 웨스트 장편소설 | 김진준 옮김 | 280면

192 **나사의 회전** 헨리 제임스 중편소설 | 이승은 옮김 | 256면

193 **오셀로** 윌리엄 셰익스피어 희곡 | 권오숙 옮김 | 216면

194 **소송** 프란츠 카프카 장편소설 | 김재혁 옮김 | 376면

195 **나의 안토니아** 윌라 캐더 장편소설 | 전경자 옮김 | 368면

196 **자성록** 마르쿠스 아우렐리우스 명상록 | 박민수 옮김 | 240면

197 **오레스테이아** 아이스킬로스 비극 | 두행숙 옮김 | 336면

198 **노인과 바다** 어니스트 헤밍웨이 소설선집 | 이종인 옮김 | 320면

199 **무기여 잘 있거라** 어니스트 헤밍웨이 장편소설 | 이종인 옮김 | 464면

200 **서푼짜리 오페라** 베르톨트 브레히트 희곡선집 | 이은희 옮김 | 320면

201 **리어 왕** 윌리엄 셰익스피어 희곡 | 박우수 옮김 | 224면

202 **주홍 글자** 너새니얼 호손 장편소설 | 곽영미 옮김 | 360면

203 **모히칸족의 최후** 제임스 페니모어 쿠퍼 장편소설 | 이나경 옮김 | 512면

204 **곤충 극장** 카렐 차페크 희곡선집 | 김선형 옮김 | 360면

205 **누구를 위하여 종은 울리나** 어니스트 헤밍웨이 장편소설 | 이종인 옮김 | 전2권 | 각 416, 400면

207 **타르튀프** 몰리에르 희곡선집 | 신은영 옮김 | 416면

208 **유토피아** 토머스 모어 소설 | 전경자 옮김 | 288면

209 **인간과 초인** 조지 버나드 쇼 희곡 | 이후지 옮김 | 320면

210 **페드르와 이폴리트** 장 라신 희곡 | 신정아 옮김 | 200면

211 **말테의 수기** 라이너 마리아 릴케 장편소설 | 안문영 옮김 | 320면

212 **등대로** 버지니아 울프 장편소설 | 최애리 옮김 | 328면

213 **개의 심장** 미하일 불가꼬프 중편소설집 | 정연호 옮김 | 352면

214 **모비 딕** 허먼 멜빌 장편소설 | 강수정 옮김 | 전2권 | 각 464, 488면

216 **더블린 사람들** 제임스 조이스 단편소설집 | 이강훈 옮김 | 336면

217 **마의 산** 토마스 만 장편소설 | 윤순식 옮김 | 전3권 | 각 496, 488, 512면

220 **비극의 탄생** 프리드리히 니체 | 김남우 옮김 | 320면

221 **위대한 유산** 찰스 디킨스 장편소설 | 류경희 옮김 | 전2권 | 각 432, 448면

223 **사람은 무엇으로 사는가** 레프 똘스또이 소설선집 | 윤새라 옮김 | 464면

224 **자살 클럽** 로버트 루이스 스티븐슨 소설선집 | 임종기 옮김 | 272면

225 **채털리 부인의 연인** 데이비드 허버트 로런스 장편소설 | 이미선 옮김 | 전2권 | 각 336, 328면

227 **데미안** 헤르만 헤세 장편소설 | 김인순 옮김 | 264면

228 **두이노의 비가** 라이너 마리아 릴케 시선집 | 손재준 옮김 | 504면

229 **페스트** 알베르 카뮈 장편소설 | 최윤주 옮김 | 432면

230 **여인의 초상** 헨리 제임스 장편소설 | 정상준 옮김 | 전2권 | 각 520, 544면

232 **성** 프란츠 카프카 장편소설 | 이재황 옮김 | 560면

233 **차라투스트라는 이렇게 말했다** 프리드리히 니체 산문시 | 김인순 옮김 | 464면

234 **노래의 책** 하인리히 하이네 시집 | 이재영 옮김 | 384면

235 **변신 이야기** 오비디우스 서사시 | 이종인 옮김 | 632면

236 **안나 까레니나** 레프 똘스또이 장편소설 | 이명현 옮김 | 전2권 | 각 800, 736면

238 **이반 일리치의 죽음·광인의 수기** 레프 똘스또이 중단편집 | 석영중·정지원 옮김 | 232면

239 **수레바퀴 아래서** 헤르만 헤세 장편소설 | 강명순 옮김 | 272면

240 **피터 팬** J. M. 배리 장편소설 | 최용준 옮김 | 272면

241 **정글 북** 러디어드 키플링 중단편집 | 오숙은 옮김 | 272면

242 **한여름 밤의 꿈** 윌리엄 셰익스피어 희곡 | 박우수 옮김 | 160면

243 **좁은 문** 앙드레 지드 장편소설 | 김화영 옮김 | 264면

244 **모리스** E. M. 포스터 장편소설 | 고정아 옮김 | 408면

245 **브라운 신부의 순진** 길버트 키스 체스터턴 단편집 | 이상원 옮김 | 336면

246 **각성** 케이트 쇼팽 장편소설 | 한애경 옮김 | 272면

247 **뷔히너 전집** 게오르크 뷔히너 지음 | 박종대 옮김 | 400면

248 **디미트리오스의 가면** 에릭 앰블러 장편소설 | 최용준 옮김 | 424면

249 **베르가모의 페스트 외** 옌스 페테르 야콥센 중단편 전집 | 박종대 옮김 | 208면

250 **폭풍우** 윌리엄 셰익스피어 희곡 | 박우수 옮김 | 176면

251 **어셴든, 영국 정보부 요원** 서머싯 몸 연작 소설집 | 이민아 옮김 | 416면

252 **기나긴 이별** 레이먼드 챈들러 장편소설 | 김진준 옮김 | 600면

253 **인도로 가는 길** E. M. 포스터 장편소설 | 민승남 옮김 | 552면

254 **올랜도** 버지니아 울프 장편소설 | 이미애 옮김 | 376면

255 **시지프 신화** 알베르 카뮈 지음 | 박언주 옮김 | 264면

256 **조지 오웰 산문선** 조지 오웰 지음 | 허진 옮김 | 424면

257 **로미오와 줄리엣** 윌리엄 셰익스피어 희곡 | 도해자 옮김 | 200면

258 **수용소군도** 알렉산드르 솔제니찐 기록문학 | 김학수 옮김 | 전6권 | 각 460면 내외

264 **스웨덴 기사** 레오 페루츠 장편소설 | 강명순 옮김 | 336면

265 **유리 열쇠** 대실 해밋 장편소설 | 홍성영 옮김 | 328면

266 **로드 짐** 조지프 콘래드 장편소설 | 최용준 옮김 | 608면

267 **푸코의 진자** 움베르토 에코 장편소설 | 이윤기 옮김 | 전3권 | 각 392, 384, 416면

270 **공포로의 여행** 에릭 앰블러 장편소설 | 최용준 옮김 | 376면

271 **심판의 날의 거장** 레오 페루츠 장편소설 | 신동화 옮김 | 264면

272 **에드거 앨런 포 단편선** 에드거 앨런 포 지음 | 김석희 옮김 | 392면

273 **수전노 외** 몰리에르 희곡선집 | 신정아 옮김 | 424면

274 **모파상 단편선** 기 드 모파상 지음 | 임미경 옮김 | 400면

275 **평범한 인생** 카렐 차페크 장편소설 | 송순섭 옮김 | 280면

276 **마음** 나쓰메 소세키 장편소설 | 양윤옥 옮김 | 344면

277 **인간 실격·사양** 다자이 오사무 소설집 | 김난주 옮김 | 336면

278 **작은 아씨들** 루이자 메이 올컷 장편소설 | 허진 옮김 | 전2권 | 각 408, 464면

280 **고함과 분노** 윌리엄 포크너 장편소설 | 윤교찬 옮김 | 520면

281 **신화의 시대** 토머스 불핀치 신화집 | 박중서 옮김 | 664면
282 **셜록 홈스의 모험** 아서 코넌 도일 단편집 | 오숙은 옮김 | 456면
283 **자기만의 방** 버지니아 울프 지음 | 공경희 옮김 | 216면
284 **지상의 양식·새 양식** 앙드레 지드 지음 | 최애영 옮김 | 360면
285 **전염병 일지** 대니얼 디포 지음 | 서정은 옮김 | 368면
286 **오이디푸스왕 외** 소포클레스 비극 | 장시은 옮김 | 368면
287 **리처드 2세** 윌리엄 셰익스피어 희곡 | 박우수 옮김 | 208면
288 **아내·세 자매** 안톤 체호프 선집 | 오종우 옮김 | 240면
289 **폭풍의 언덕** 에밀리 브론테 장편소설 | 전승희 옮김 | 592면
290 **조반니의 방** 제임스 볼드윈 장편소설 | 김지현 옮김 | 320면
291 **의무론** 마르쿠스 툴리우스 키케로 지음 | 김남우 옮김 | 312면
292 **밤에 돌다리 밑에서** 레오 페루츠 지음 | 신동화 옮김 | 360면
293 **한낮의 열기** 엘리자베스 보엔 장편소설 | 정연희 옮김 | 576면